# Sweet Temptation
# Ein Milliardär zum Anbeißen

Liebesroman von
Lotte Römer und Karin Koenicke

# Impressum



Buchcoverdesign: Sarah Buhr - www.covermanufaktur.de
unter Verwendendung von Bildmaterial von
www.shutterstock.com:
Cupcake: Africa Studio / shutterstock.com
Törtchen: lozas / shutterstock.com
Mann: Minerva Studio / shutterstock.com
Textur: HAKKI ARSLAN / shutterstock.com
Vektoren: freedesignfiles, iimages (123rf)

Kontakt:
Karin Koenicke
Primelstr. 9
85386 Eching
koenicke@t-online.de



ISBN: 152360784x
ISBN-13: 978-1523607846

# Anmerkung:

Handlung, Personen sowie Firmen sind frei erfunden. Ähnlichkeiten mit realen Orten, Menschen oder Unternehmen sind rein zufällig und nicht beabsichtigt. Für beim Lesen auftretende Hungerattacken und Appetitanfälle übernehmen wir keine Haftung. Die erwähnten Lieder sind alle real und haben uns beim Schreiben begleitet, selbst Matt the Electrician ist ein echter Musiker und kein Handwerker.

Selbstverständlich waren wir schon oft bei Emilia in der New Yorker Konditorei und haben genau die eine einzigartige Praline aus unseren kühnsten Schokoladenträumen gekauft. Wir sollen liebe Grüße von ihr weitergeben und teilen am Ende des Romans gerne einige ihrer Rezepte mit euch!

Lotte Römer
Karin Koenicke

Für mehr Rezepte, Gewinnspiele und Hintergrundinfos besucht uns doch auf unseren Facebookseiten

facebook.com/k.koenicke/
facebook.com/lotteroemerschreibt

# INHALT

# 1. Creamfudge Blackberry Truffle

*Samtenes Karamell vereint sich mit der dezenten Säure der Beeren zu einer überraschenden Geschmacksexplosion*

New York, Manhattan, 16. Straße

„Nur noch ein Hauch von Zimt obendrauf, dann seid ihr perfekt", erklärte Emilia den frisch gebackenen Dark Chocolate Brownies und bestäubte sie vorsichtig. Sie schob das Tablett mit den Leckereien in die Theke, zwischen die säuberlich aufgereihten Pralinen und die Cupcakes. Keine New Yorker Bäckerei, die etwas auf sich hielt, kam ohne diese bunt verzierten Küchlein aus. Wobei Emilias winziger Laden, der sich „Pastry Passion" nannte, mit einer herkömmlichen Bakery so wenig zu vergleichen war wie die Yankees mit den Toronto Blue Jays. Langweiliges Weißbrot oder fetttriefende Donuts fanden sich hier nicht. Emilia machte den meisten Umsatz mit selbst hergestellten Pralinen und aufregenden Gebäckkompositionen, deren Rezepturen es nur bei ihr im Laden gab. Das Geschäft war ihr ganzer Stolz und sie probierte ständig neue Sorten aus.

Als die Türklingel hell bimmelte, blickte Emilia auf.

„Hallo, Mrs. Witherleaf", begrüßte sie die grauhaarige Frau, die gerade den Laden betrat. „Wieder einmal Lust auf etwas Süßes bekommen?"

„Ach ja", seufzte sie, „diese Schokoladen sind einfach zu einladend! Davon hätte ich gern zwei." Sie deutete auf die Brownies mit Bitterschokolade. „Die hätten sogar meinem Steve, Gott hab ihn selig, geschmeckt."

Emilia wusste, dass Mrs. Witherleaf verwitwet war und keine hohe Rente hatte. Ihr Mann war Police Officer beim NYPD gewesen und vor über zehn Jahren bei einem Einsatz ums Leben gekommen. Seither versuchte sie, allein zurechtzukommen. Als Highlight gönnte sie sich hin und wieder eine Leckerei von „Pastry Passion".

„Ich packe Ihnen ein paar davon ein", sagte Emilia und strich sich eine ihrer dunklen Haarsträhnen hinters Ohr. „Und dazu noch sechs von den Toffee Trüffeln mit Blackberries?"

Mrs. Witherleaf kramte unschlüssig in ihrer Geldbörse.

„Ich weiß nicht recht. Ich habe nur drei Dollar dabei", antwortete sie und ließ beschämt den Kopf hängen.

„Die Trüffel sind heute im Angebot", log Emilia.

Sie gab einige davon in ein Tütchen, packte noch vier Brownies dazu und ein wenig von dem Schokoladenbruch, der vom Garnieren übrig war. Solche unverkäuflichen Restbestände hob sie immer auf, um sie Mrs. Witherleaf zu schenken.

Die Augen der grauhaarigen Frau strahlten, als sie Emilia zusah.

„Sie sind ein echter Engel", sagte sie.

„Unsinn." Emilia schüttelte den Kopf, dass ihre Locken nur so flogen. „Man muss hier in der Nachbarschaft doch zusammenhalten. Außerdem ist Frühling und ich mache gleich Feierabend."

Mrs. Witherleaf nickte zustimmend, zahlte und legte die Tüte mit den Köstlichkeiten bedächtig in ihre abgewetzte Handtasche.

„Noch einen schönen Abend, Emilia", wünschte sie und verließ den Laden mit einem glücklichen Lächeln.

Emilia freute sich immer, wenn die grauhaarige Frau vorbeikam. Natürlich verdiente sie an ihr nichts, aber das war egal. Es gab zum Glück noch ein paar andere Kunden, die das ausglichen. So hoffte sie zumindest. Für die neue

Kühltheke, die sie vor drei Monaten angeschafft hatte, war ein Kredit nötig gewesen. Den galt es jetzt erst einmal abzustottern, was nicht leicht war. Aber wenn man einen Laden hatte, musste man eben auch investieren. Finanzen und Buchhaltung waren allerdings etwas, mit dem sich Emilia ungefähr so gut anfreunden konnte wie mit einem Magengeschwür. Schon in der Schule war Mathe ihr schlechtestes Fach gewesen. Aber bisher kam sie mit „Pasty Passion“ gut über die Runden. Sie verdiente kein Vermögen, doch sie liebte ihren Job und es reichte zum Überleben.

Emilia sah auf ihre Armbanduhr. In einer Viertelstunde würde sie hier abschließen. Sie überlegte gerade, ob sie schon einige der Backwaren in die luftdichten Aufbewahrungsboxen geben sollte und beugte sich nach unten zu einer Schublade, da klingelte die altmodische Türglocke Sturm. Irgendjemand hatte heftig die Ladentür aufgerissen.

Erschrocken fuhr Emilia hoch. Zwei elegant gekleidete Männer betraten mit hastigen Schritten den Raum. Mit einem schnellen Blick versuchte sie, die beiden einzuschätzen. Der erste, der hereinstürmte als handle es sich um eine Razzia, trug einen mürrischen Gesichtsausdruck vor sich her und einen riesigen Blumenstrauß in der Hand. Seine rotblonden Haare waren hinten zu einem Pferdeschwanz gebunden und vorne mit Gel an den Kopf geklebt. Emilia hatte schon freundlichere Typen gesehen. Bei seinem Anblick ging alles an ihr in Habachtstellung.

Der andere, ein hochgewachsener Mann Mitte dreißig in einem perfekt sitzenden schwarzen Anzug und mit der Aura eines hochrangigen Geschäftsmannes, hielt ein Handy ans Ohr, in das er hineinredete. Sein markantes Kinn war für Emilias Geschmack viel zu glattrasiert, die blauen Augen zu kühl und seine Haare waren so dunkel, dass sie sich fragte, ob das schimmernde Schwarz echt sein konnte. Er war einer dieser typischen New Yorker

Businesstypen, stellte Emilia sofort fest. Solche Wichtigtuer konnte sie von Haus aus nicht leiden, insbesondere wenn sie nicht einmal „Guten Tag“ herausbrachten, sondern ohne aufzusehen in ihr Smartphone sprachen.

„Das Marketingkonzept sollte bis heute um fünf auf meinem Schreibtisch liegen! Verzögerungen akzeptiere ich nicht. Ich erwarte, dass meine Anordnungen befolgt werden. Geben Sie mir fünfhundert Gramm von Ihren besten Pralinen.“

Es dauerte einen Moment, bis Emilia klar wurde, dass mit dem letzten Satz sie selbst und nicht sein bemitleidenswerter Gesprächspartner gemeint war. Sie funkelte den Anzugträger vorwurfsvoll an. Er hatte sie nicht einmal angesehen! Am liebsten hätte sie ihn vor die Tür gesetzt, aber bei dieser Bestellmenge überlegte sie es sich doch schnell anders.

Alles an dem Kerl roch nach Geld. Seine goldene Uhr, die maßgeschneiderten Klamotten, das teure Handy an seinem Ohr, dem er weiterhin seine volle Aufmerksamkeit schenkte. Sie würde ihm einen Sonderpreis machen – aber in anderer Richtung als bei Mrs. Witherleaf.

„Soll ich die Pralinen in eine Schachtel packen als Geschenk oder wollen Sie sie selbst essen, als Heilmittel gegen Ihren stressigen Job?“, fragte sie mitten in sein Gespräch hinein und lächelte ihn dazu betont freundlich an.

Das brachte ihn offenbar aus dem Konzept. Sein Blick schoss zu ihr und hielt den ihren fest. Emilia musste unwillkürlich schlucken, so intensiv war das Blau seiner Augen, aber auch der selbstbewusste Ausdruck in seinem Blick. Er war es allem Anschein nach nicht gewohnt, infrage gestellt zu werden.

„Natürlich als Geschenk. Ich esse nichts Süßes“, erwiderte er barsch, wandte sich wieder seinem vernachlässigtem Handy zu und diskutierte anschließend eine immens innovative Verkaufsstrategie.

Mit hochgezogenen Augenbrauen befüllte Emilia eine lila Schachtel, die das Emblem ihres Ladens trug. Auch wenn ihr durch den Augenkontakt für einen Moment die Luft weggeblieben war – von einem Typen wie diesem ließ sie sich nicht einschüchtern. „Hätte mich tatsächlich gewundert, wenn so jemand einen Sinn für Genuss mitbrächte", murmelte sie vor sich hin, während sie die Pralinen zusammensuchte.

Sie fand es unmöglich, dass diese Typen hier hereinmarschierten, als sei „Pastry Passion" ein Schnellrestaurant. Schließlich war das hier nicht irgendein Laden. Emilia wusste, dass ihre Pralinen und ihre Gebäcke die besten weit und breit waren.

Der Rothaarige stopfte sich inzwischen den halben Inhalt des Probiertellers in den Mund. Als er bemerkte, dass sie ihn vorwurfsvoll ansah, schnauzte er sie an.

„Los, ein bisschen schneller. Wir haben nicht ewig Zeit!"

Dann vertilgte er die nächste Nougatkugel. Der Kerl war widerlich. Wenn der andere Mann schon kein Genussmensch war – dieser hier warf ihre wertvollen Pralinen ein, als wären sie gesalzene Erdnüsse auf der Tribüne des Yankees-Stadions.

Emilia beeilte sich, die lilafarbene Geschenkverpackung zu schließen. Kaum war sie fertig, streckte sie sie dem fleißigen Telefonierer entgegen, aber der reagierte gar nicht. Glaubte der allen Ernstes, sie würde ewig so dastehen?

„Macht achtundsiebzig Dollar", verlangte sie laut.

Der Dunkelhaarige nickte dem Pferdeschwanztypen wortlos zu, welcher ihr eine Hundert-Dollar-Note in die Hand drückte.

„Stimmt so, Schätzchen", sagte der Rothaarige und grinste schleimig. Dazu zwinkerte er ihr auch noch anzüglich zu.

Emilia kochte innerlich. Da war ihr Mrs. Witherleaf tausend Mal lieber.

Endlich hatte der Anzugträger aufgelegt und sah zu ihr herüber. Sie nutzte die Chance, um ihn anzusprechen.

„Ich habe Ihnen meine Creamfudge Blackberry Truffles mit eingepackt. Die passen nämlich außerordentlich gut zu Ihrem Handy“, erklärte Emilia und schenkte ihm ein aufgesetztes Verkäuferinnenlächeln.

Er schien Emilia zum ersten Mal als Person wahr zu nehmen. Seine meerblauen Augen, die einen attraktiven Kontrast zu den dichten, dunklen Haaren bildeten, weiteten sich leicht.

„BlackBerry?“, wiederholte er fragend, als wisse er nicht genau, ob sie vom Smartphone oder von der Praline gesprochen hatte. Er sah sie an, als wolle er sie genau ergründen. Wieder fand sein Blick den ihren, verweilte bei ihr, machte sie atemlos. An ihrem Nacken prickelte es und die Luft im Verkaufsraum begann mit einem Mal zu flirren. Seine Augen hatten irgendetwas an sich, das andere Menschen zu durchdringen schien. Emilia hatte so einen Blick noch nie erlebt und fühlte sich hin- und hergerissen. Sie spürte eine fast magnetische Anziehung, die es ihr unmöglich machte, einfach wegzuschauen. Gleichzeitig war sie verärgert, weil der Mann sie abschätzend taxierte. Es fiel ihr schwer, sich auf die Unterhaltung zu konzentrieren. Dabei hatte sie sich vorgenommen, diesen aufgeblasenen Wichtigtuer mit lieblicher Höflichkeit aus dem Konzept zu bringen. Sie räusperte sich und kam auf das Thema zurück.

„Genau. Blackberry Truffle. Mit Sahnekaramell, das ich zu einer leicht herben Note eingekocht habe, und der aparten Säure von Schwarzbeeren. Sehr gerne dürfen Sie diese exquisite Kreation probieren! Sie ist geradezu ideal für hart verhandelnde Geschäftsmänner wie Sie.“ Emilia hielt ihm auffordernd einen Trüffel mit der Zange hin. Ihr Ton war sehr bestimmend. Dass ihr Atem zu schnell kam, hörte man zum Glück nicht.

Drohend schob sie die Süßigkeit noch näher an sein Gesicht. Niemand hier in ihrem Laden kaufte einfach so nebenbei Pralinen, nicht mal ein attraktiver Manager mit hypnotischem Blick! Das war eine ernste Angelegenheit und sie würde auch diesen ungehobelten Kerl dazu zwingen, sich ihren Köstlichkeiten mit dem ihnen gebührendem Respekt zu nähern.

„Also gut“, sagte er und seine raue Stimme ließ winzige Eiskristalle über ihren Rücken rieseln. Er nahm ihr den Trüffel vorsichtig ab und schob ihn sich gehorsam in den Mund. Hübsche Lippen hatte der Mann, das musste man ihm lassen. Sinnlich und so schön geschwungen, als hätte Botticelli sie gemalt.

Gespannt blickte Emilia ihn an. Hatte sie ihn mit der Praline für Süßes begeistern können? Ein leichter Duft nach Bergamotte, Baumrinde und würzigem Moos stieg in ihre Nase. Sie schnupperte. So ein Männerparfüm war ihr noch nie untergekommen. Irgendwie roch er anders als die Anzugträger, die sonst hier hereinschneiten. Natürlicher. Nicht so künstlich. Der andere Typ, der ekelhafte, roch wie Emilias schlimmster Geruchs-Albtraum. Süßscharf, verbunden mit einem säuerlichen Eigengeruch. Aber der Dunkelhaarige verströmte einen Duft, der sie an laue Sommerabende in einem Pinienhain vor den Toren von Rom erinnerte. Sie wäre am liebsten näher an ihn herangetreten und hätte das Aroma genauer erkundet. Emilia hatte eine gute Nase, schon als Kind hatte sie sich an Düfte erinnern können und diese Fähigkeit kam ihr auch bei ihrer Arbeit zugute.

Prüfend musterte sie den Geschäftsmann. Was war das für ein Typ? Er wirkte mächtig und selbstbewusst. Sicher war er einer, der bestimmte, wo es lang ging. Wie würde er sich zu der Blackberry-Praline äußern? Ihre Blicke trafen erneut aufeinander, nur für den Bruchteil einer Sekunde, aber Emilias Puls beschleunigte sich, obwohl sie arrogante Manager wie ihn nicht mochte.

Doch der kurze Augenblick wurde jäh unterbrochen. Der rothaarige Pralinenvernichter räusperte sich laut. „Senator Barrington wartet vor dem Dinner noch auf uns“, warf er ein. „Wir haben doch jetzt alles. Es wird wirklich Zeit loszufahren.“

Er nahm dem anderen Geschäftsmann die lila Schachtel mit dem „Pastry Passion“-Logo ab und ging zur Tür. Der Mann mit den blauen Augen wandte sich mit einer abrupten Bewegung von Emilia ab. Er folgte seinem Kollegen umgehend, ohne sich zu verabschieden oder auch nur ein Wort über die Trüffelkreation fallen zu lassen. Nur ein zarter Hauch von Waldduft blieb zurück.

„Unhöfliche Holzklötze!“, rief Emilia den beiden hinterher, kaum dass sie den Gehweg betreten hatten und die Tür hinter ihnen zugefallen war. Sie holte den Ladenschlüssel und ging nach vorne, um für heute abzusperren. Als sie auf die Straße blickte, sah sie eine abgedunkelte Limousine losfahren. Na wunderbar. Das waren also tatsächlich irgendwelche hoch bezahlten Manager aus einem der vielen Glaspaläste gewesen. Investmentbanker oder Anwälte, die zu einem noblen Dinner eingeladen waren und unterwegs in letzter Minute noch Blumen und Pralinen für die Gastgeberin besorgt hatten. Dass der Strauß von Sam, der neben ihrem Laden eine Blumenhandlung führte, gewesen war, hatte sie gleich erkannt.

Auf dem Weg nach Hause fiel ihr ein, dass sie noch nie Bergamotte für ihre Pralinen verarbeitet hatte. War eigentlich keine schlechte Idee. Vielleicht sollte sie das demnächst einmal ausprobieren.

*

Draußen roch es nach Sommer. Der Frühling neigte sich fast schon dem Ende zu. Obwohl sich ihr Laden mitten in Manhattan befand, erschnupperte Emilia den dezenten Duft von aufblühendem Jasmin und Mandelbäumchen, die in schweren Töpfen manchen Hinterhof bevölkerten. Emilia liebte es, wenn der Sommer unmittelbar bevorstand. Es war eine einzige Verheißung.

Die Menschen kamen ihr freundlicher vor um diese Jahreszeit und sie mochte es, wenn man die Sonne wieder warm auf der Haut spürte. Das erinnerte sie immer an ihre Kindheit in Rom. Ach, wie hatte sie die Wärme dort genossen! Und auch den Duft von Oleander. Den hatte sie heute noch in der Nase, wenn sie an die warmen Monate in Italien dachte.

Auf dem Weg nach Hause ging Emilia noch kurz in den italienischen Supermarkt. Es gab dort diese fantastische Pasta, handgemacht. Und sie wollte Tante Violetta eine Freude bereiten. Emilias Tagliatelle Salmone waren Vios Leibgericht. Eigentlich war sie ihre Großtante, aber so durfte man sie nicht ansprechen, außer man wollte Ärger.

Als Emilia mit der vollen Einkaufstasche in der Hand die Tür zu der Wohnung aufschloss, die sie mit ihrer Großtante teilte, kam ihr eine Rauchwolke entgegen.

„Violetta? Violetta!“

Emilia stürmte in die Küche, wo sie den Ursprung des Gestanks und des Rauchs vermutete. Violetta hatte wohl wieder einmal vergessen, dass sie gerade beim Kochen gewesen war. Emilia packte die Pfanne und ihren bis zur Unkenntlichkeit verbrannten Inhalt und hielt sie unter das kalte Wasser. Es dampfte und zischte. Dann riss sie die Küchenfenster auf und holte tief Luft.

Wo war Violetta nur?

„Tantchen, wo bist du?“

Emilia fand Violetta am Fenster im Wohnzimmer. Sie streckte den Kopf hinaus, um mehr sehen zu können, und rauchte gemütlich eine Zigarette.

„Da steckst du ja, dio mio!“

Emilia stützte sich neben Violetta auf der Fensterbank ab. „Du hättest fast die Bude abgefackelt! Die ganze Küche war schon zugeraucht und…“

„Ciao, Bella! Schön dass du jetzt da bist.“ Violetta hielt Emilia ihre gepuderte Wange zum Kuss hin. Wie immer war die Tante perfekt geschminkt. Die grauen Haare trug sie zu einer Art Turban aufgetürmt. Das Mundstück ihrer Zigarette war fünfzehn Zentimeter lang, was ihren Gesten beim Rauchen Eleganz verlieh.

„Ich dachte, ich koche dir etwas Schönes. Daraus wird jetzt wohl nichts, tut mir wirklich leid. Haben wir einen Plan B?“ Violetta lächelte Emilia an und tätschelte ihr die Wange.

Diese Frau war wirklich durch nichts aus der Ruhe zu bringen. Emilia drehte die Augen gen Decke. Sie hatten diese Diskussion schon oft geführt.

„Ich habe doch mehrmals gesagt, dass ich für uns koche! Irgendwann brennt noch das ganze Haus.“

Tante Violetta blies Rauchkringel in die Luft. Sie war voll auf ihre Tätigkeit konzentriert.

Emilia gab auf. Vio war ein Schatz. Aber stur wie ein Esel. Und wenn sie etwas nicht wahrhaben wollte, konnte Emilia sich auf den Kopf stellen und mit den Füßen wackeln, bringen würde es am Ende nichts.

Sie stieß sich von der Fensterbank ab und machte sich auf den Weg in die Küche. Der Lachs musste noch in ihre spezielle Zitrusmischung eingelegt werden. Sie wollte die Gewürze frisch mörsern und das Gemüse musste auch blanchiert werden. Bestimmt würde Violetta sich über die Tagliatelle Salmone freuen.

Emilia deckte liebevoll den kleinen Tisch mit der rotkarierten Tischdecke, entkorkte eine Flasche Weißwein und briet den Lachs genau auf den Punkt. Alles war perfekt. Die Pasta war al dente, der Pinot Grigio hatte genau die richtige Temperatur und das Wasser war „gassata“, wie Violetta es mochte.

Als die Tante an den Tisch kam und sah, was es zu essen gab, strahlte sie.

„Emilia, es ist wirklich ein Segen, dich hier zu haben.“ Violetta hob ihr Glas und stieß mit Emilia an. „Auf dich, Carissima!“

Die beiden Frauen tranken den ersten Schluck Wein. Er war wunderbar trocken, wie Emilia es liebte. Sie gab noch frischen weißen Pfeffer auf die Tagliatelle. Dann saßen die beiden einträchtig beisammen und genossen ihre Nudeln.

„Genau so lecker wie ein Burger“, sagte Violetta, als sie ihre Portion aufgegessen und das letzte bisschen Soße mit einem Stückchen Ciabattabrot aufgetunkt hatte.

„Ein Burger? Violetta! Das ist eine Beleidigung!“, rief Emilia in gespielter Entrüstung.

Violetta war New Yorkerin mit ganzem Herzen. Sie liebte die Stadt. Zwar hatte sie wie Emilia italienische Wurzeln, aber sie lebte schon ihr Leben lang in New York. Für sie war der Vergleich von Emilias fantastischer Pasta mit einem amerikanischen Burger ein hohes Lob, während Emilia wohl nie verstehen würde, was den Reiz von Fastfood ausmachte.

Emilia genoss die Abende mit Violetta in der Küche. Sie fühlte sich hier wohl und geborgen. Die antiken Möbel, die nicht so recht zueinander passen wollten, der goldumrandete Spiegel im Flur, die Küche, die seit Jahrzehnten gute Dienste tat – was man ihr mittlerweile auch ansah. Für Emilia war das hier der gemütlichste Platz auf der Welt. Hier erfand sie ihre einzigartigen Rezepte und verfeinerte altbekannte Backgenüsse. Ihre Schokoladenpudding-Bomboloni beispielsweise waren ein Renner! Normalerweise waren diese italienischen Krapfen mit Vanillepudding gefüllt. Aber weil Violetta Schokopudding nun mal liebte, hatte Emilia ihr zum Geburtstag eine schokoladige Version des süßen Genusses zubereitet. Jetzt waren die Gebäckstücke im Laden immer sofort ausverkauft, wenn sie sie in die Theke sortiert hatte.

„Wie war denn dein Tag, Bella?“

Violetta riss Emilia aus ihren Gedanken. Nun, wo ihre Tante älter wurde, kam sie nicht mehr so viel unter die Leute. Es war ein bisschen so, als würde sie Emilias Leben mitleben. Jeden Abend erzählte sie ihr von ihrem Tag und schmückte die Anekdoten ein wenig aus, sodass die Augen ihrer Tante nur so strahlten.

„Heute ist so ein Blackberry-Business-Heini dagewesen. Du weißt schon, einer von diesen Ego-Typen. Sein Begleiter hat meine Schüssel mit den Schokoladenproben leergefressen. Ehrlich, es war widerlich. Und dieser Anzug-Fuzzi hat mich behandelt wie Luft. So extrem ist mir das überhaupt noch nie passiert."

Emilia gestikulierte wild herum, wie es nur Italienerinnen können, und erzählte die ganze Geschichte. Sie war eine sehr gute Erzählerin. Violetta lauschte gebannt, mit leicht geröteten Wangen.

Als Emilia von der BlackBerry-Truffle Praline erzählte und wie sie das Schokowerk quasi direkt in seinen Mund gezwungen hatte, musste Violetta herzlich lachen.

„Typisch, Bella! Du kannst es nicht lassen." Sie schüttelte den Kopf und kicherte noch immer.

Dann jedoch bekam sie diesen besonderen Blick, den Emilia nur zu gut kannte. Sie wusste, was jetzt kommen würde, und behielt natürlich recht.

„Hatte dieser reiche Kerl einen Ehering am Finger? Und war er attraktiv?", fragte Violetta gerade heraus.

Emilia verdrehte die Augen. Sie wusste, dass ihre Großtante sie nur zu gern unter der Haube sehen würde. Eine von Violettas Lieblingsbeschäftigungen war es, in Hochzeitsmagazinen zu blättern. Doch so gerne Emilia ihre Verwandte hatte – diesen Wunsch konnte sie ihr nicht erfüllen.

„Er war ein arroganter Holzklotz!", stellte sie klar. „Ohne den geringsten Anstand. Den würde keine Frau der Welt haben wollen."

Violetta wiegte ihren Kopf hin und her.

„Täusch dich da nicht, Cara. Geld macht Männer anziehend", sagte sie.

„Für mich nicht. Für mich ist dieser Kerl so anziehend wie ein eingewachsener Zehennagel."

Sie stand auf, um das Geschirr in die Küche zu räumen. Doch Violetta packte sie am Ellbogen.

„Ich habe irgendwie das Gefühl, dass ihr euch

wiederseht", sagte die Tante mit bedeutungsschwerer Stimme. „Manchmal habe ich Vorahnungen, das weißt du doch."

Jetzt musste Emilia lachen. „Wäre mir nur recht. Der Typ hat mir hundert Dollar da gelassen. Als Kunde darf er gerne jeden Tag kommen."

Violetta ließ sie los, seufzte theatralisch und ging zum Sideboard, wo die Flaschen standen. „Du nimmst die Liebe einfach nicht ernst, das ist dein Problem! Wirklich schlimm mit dir."

Dann goss sie sich ein großes Glas Grappa ein, leerte es in einem Zug und deutete auf die Flasche. „Außerdem solltest du daraus mal Pralinen machen, nicht nur aus Nüssen und Marzipan."

„Gute Idee, Tantchen. Ich nehme die Flasche morgen mit und probiere das aus."

Beide lachten.

Emilia wischte den Tisch ab und gesellte sich dann zu ihrer Großtante. Satt und zufrieden lehnte sie sich auf ihrem Stuhl zurück. Wieder einmal fiel ihr auf, wie wohl sie sich in dieser unkonventionellen Wohngemeinschaft fühlte.

Violetta deutete mit dem Kopf in Richtung des Flurs.

„Hast du die Post beim Reingehen gesehen?", fragte sie. „Du hast ein paar Briefe bekommen."

„Du bist ja witzig, Tante. Beim Reingehen habe ich nur Rauch gesehen, sonst gar nichts."

Violetta hatte wohl doch einen Anflug von schlechtem Gewissen, denn sie stand selbst auf und kam kurz darauf mit zwei Briefen zurück, die sie ihrer Nichte übergab. Einer war von einem kleinen Kakaohersteller, mit dem sie kürzlich Kontakt aufgenommen hatte. Seine Schokosplitter hatten eine feine Zimtnote, die Emilia sich einfach wundervoll auf Apfelcupcakes vorstellte. Sie musste das Rezept unbedingt bald mal ausprobieren.

Und dann war da noch ein Brief von der Hausverwaltung des Gebäudes, in dem sich ihre Bäckerei befand. Oh Gott, hoffentlich war das keine Mieterhöhung! Das würde sich Emilia nicht leisten können, sie stotterte schließlich immer noch die Raten für die Kühltheke ab.

Sie warf Violetta einen verstohlenen Blick zu. Doch die Tante hatte zu einem kleinen Taschenspiegel gegriffen und zog sich ihre Lippen hochkonzentriert in leuchtendem Pink nach.

Mit einer schnellen Bewegung riss Emilia den Brief auf. Es half ja nichts.

Während sie las, wurde sie immer blasser. Das durfte einfach nicht wahr sein!

Emilias Herz klopfte wie wild, als sie den Brief ein zweites und drittes Mal las. Das war eine Katastrophe!

„Ist alles gut, Bella?“ Tante Violetta schaute sie besorgt an.

„Ja, klar, warum? Es geht nur um die Nebenkosten…“, sagte sie schnell.

Emilia brachte es nicht fertig, ihrer Tante die Wahrheit zu sagen. Violetta hatte schließlich ihr ganzes Vermögen in das Geschäft gesteckt. Außerdem litt sie manchmal unter Herzrhythmusstörungen und Emilia hatte sich geschworen, jede Aufregung von ihrer Großtante fernzuhalten.

„Gut, dann geh ich mal ins Wohnzimmer.“ Violetta zückte ihre Zigarettenspitze und verließ die Küche.

Emilia starrte noch immer auf das Schreiben in ihrer Hand. Ihre Finger zitterten. Die Buchstaben verschwammen vor ihren Augen:

„… müssen wir Ihnen leider mitteilen, dass das Gebäude verkauft wurde und Sie bis zum Ende des übernächsten Monats Ihren Laden räumen müssen“, las sie zum wiederholten Male.

Sie musste also raus. Musste in drei Monaten ihren Laden, den sie so mühsam aufgebaut hatte, aufgeben.

Emilias Kehle war wie zugeschnürt. Sie konnte förmlich spüren, wie die Verzweiflung von ihr Besitz ergriff. Was sollte sie nur tun? Ihre Existenz hing von diesem Geschäft ab.

Mit zittrigen Händen schenkte sich Emilia einen Grappa ein und kippte ihn, was sonst gar nicht ihre Art war, in einem Schluck hinunter. Das Brennen in der Kehle tat gut, sie wurde ein wenig ruhiger.

Langsam erholte sich ihr Gehirn von dem Schock und begann wieder zu arbeiten.

Man hatte ihr also eine Kündigung geschickt. Okay. Aber das hieß noch lange nicht, dass sie das einfach so hinnehmen würde.

Entschlossen schüttelte Emilia das negative Gefühl ab. So einfach würde sie nicht aufgeben! Schon allein wegen Violetta. Sie beide hatten für den Erfolg von „Pastry Passion" hart gearbeitet und nun ließ sich Emilia das alles nicht einfach kaputt machen, von irgend so einem dahergelaufenen Hausverwalter. So konnte man mit ihr nicht umspringen. Sie würde das tun, was sie schon ihr Leben lang gewohnt war: Sie würde kämpfen!

## 2. Lowfat vegan Brownies with chocolat drops

*Fettreduziertes Schokoladengebäck, mit zartschmelzenden Schoko-Minz-Tropfen verfeinert für die ganz besondere Note*

Emilia schreckte aus dem Schlaf auf. Was für ein fürchterlicher Albtraum! Sie streckte sich und rieb sich die Augen. Da fiel ihr alles schlagartig wieder ein. Die Kündigung für den Laden war kein Traum gewesen, sondern bittere Realität.

Kein Wunder, dass sie kaum geschlafen hatte.

Gleich am Abend hatte sie noch versucht, die Hausverwaltung zu erreichen, aber natürlich war dort niemand mehr gewesen um die späte Uhrzeit.

Also hatte sie die Zeit bis zum Schlafengehen irgendwie totgeschlagen, die Küche geputzt und noch einen Grappa mit Violetta getrunken. Violetta liebte Grappa. Sie hatte ein bisschen über den Durst getrunken und war dann zu Paolo Conte durchs Wohnzimmer getanzt. „Via con me“ war eigentlich ein Song, der bei Emilia sofort gute Laune zauberte, aber es war ihr schwer gefallen, ein fröhliches Gesicht zu machen. Gut, dass Violetta dank des Grappas und des von ihr sehr verehrten Signor Conte nicht besonders aufmerksam gewesen war.

Emilia rieb sich den Schlaf aus den Augen. Sie musste unbedingt gleich die Hausverwaltung anrufen. Ob es schon spät genug war? Sie schaute auf ihren Wecker. Oh nein! Das auch noch. Sie hatte verschlafen. Das war ihr noch nie passiert! Seit sie ihr Geschäft betrieb, war sie eigentlich immer von selbst aufgewacht. Meistens ging sie schon ganz früh in den Laden, weil sie viele Pastries schon vor den Öffnungszeiten in den Ofen schob. Heute hatte sie die Apfelcupcakes in Angriff nehmen wollen und Chocolate Bomboloni machte sie freitags eigentlich auch immer.

Emilia sprang aus dem Bett und stürmte ins Bad, um sich notdürftig zu waschen und ihre widerspenstigen Locken zu einem Pferdeschwanz zu binden. Sie schlüpfte in ihre Arbeitsuniform – schwarze Hose, schwarzes T-Shirt – und lief in die Küche. Ein schneller Espresso musste einfach sein, sonst funktionierte sie nicht richtig.

Violetta saß in einem seidenen Morgenrock und mit einem riesigen Handtuchturban auf dem Kopf am Tisch und schlürfte einen Latte Macchiato. Ohne ihr abenteuerliches Make-up wirkte sie so alt wie sie war und sah ein wenig zerbrechlich aus.

„Buongiorno, Emilia." Die alte Frau trank einen Schluck aus ihrer Tasse und lächelte ihre Nichte liebevoll an.

Die drückte aufs Knöpfchen für den Espresso. „Warum weckst du mich denn nicht? Ich muss doch zur Arbeit!"

„Ach Kind! Die Welt besteht nicht nur aus Arbeit, Arbeit, Arbeit. Du solltest das Leben auch ein wenig genießen. Schließlich bist du jung und schön. Die Welt ist voller Abenteuer."

Der Blick von Violetta schweifte in die Ferne und sie machte eine weit ausholende Geste.

„Bist du noch betrunken, Tante?"

Emilia sah Vio zu, wie diese einen weiteren Schluck ihres Kaffees nahm und genüsslich die Augen schloss. Manchmal wusste sie wirklich nicht, ob ihre Großtante sich ein wenig Schnaps in den Kaffee kippte. Aber sie vermutete, dass das gar nicht nötig war. Violetta hatte nun mal eine etwas andere Lebenseinstellung. Dazu brauchte es keinen Alkohol.

Hastig trank Emilia ihren Espresso aus, küsste ihre Tante auf die Wange und rannte aus der Wohnung. Ihr Ziel für diesen Morgen war klar: Sie musste dringend die Hausverwaltung erreichen.

Heute hatte sie keinen Blick für die Morgenstimmung und das geschäftige Treiben auf den Straßen. Sie rannte fast in die 16. Straße, um „Pastry Passion" aufzusperren. Schon von Weitem sah sie das auffällige lila Schild, das sie sich extra hatte anfertigen lassen. Der Gedanke, dass sie alles, was sie sich hier aufgebaut hatte, verlieren könnte, war einfach unerträglich.

„Bist spät dran heute, Em!"

Sam, der Besitzer des Blumenstandes von nebenan, winkte freundlich zu ihr herüber. Er trug wie immer eine alte Jeans und ein Sweatshirt, heute mit einem Grizzlybären als Aufdruck. Das Bärenoberteil war sein Lieblingskleidungsstück und Emilia fand, der rundliche Grizzly passte gut zu Sams graumelierten Vollbart.

Emilia erwiderte seine freundliche Geste und grinste ihm zu. Sie würde ohnehin gleich einen Kaffee mit ihm trinken. Aber erst musste sie ans Telefon.

Emilia sperrte ihren Laden auf.

Sofort stiegen die unterschiedlichen Gerüche in ihre Nase. Da war der zartherbe Duft bester Schokolade, die Vanillenote, die über allem schwebte und ein zarter Geruch von Zimt und Nelken. Die Nelken waren die geheime Zutat der Brownies für Mrs. Hannigan-Flynn. Emilia hatte sie eigens für die Jetset-Lady erfunden. Sie waren extra fettarm, hatten viele Ballaststoffe und waren vegan. Also eine low-fat und low-carb Leckerei, was genau den Bedürfnissen der New Yorker High Society-Ladies entsprach. Mrs. Hannigan-Flynn holte jeden Freitag eine riesige Ladung Brownies für ihr Kaffeekränzchen mit den anderen Upperclass-Damen ab. Es war eine große Herausforderung gewesen, für die Damen, die sich quasi ohne Kohlenhydrate und nach strengem Diätplan ernährten, etwas Süßes zu kreieren. Aber dank

Agavensirup, Vollkornschrot und einer großen Ladung ausgeklügelter Gewürze hatte Emilia das Wunder vollbracht. Nun war die Hannigan-Flynn-Clique süchtig nach ihren gesunden Brownies und das schlug sich äußerst positiv im Umsatz nieder.

Emilia schmiss die Espressomaschine an. Sie brauchte eindeutig einen zweiten Kaffee, bevor sie sich auf das Gespräch einließ. Anschließend kramte Emilia in ihrer Handtasche nach dem Brief von der Hausverwaltung.

Als sie die Nummer gewählt hatte und den Hörer ans Ohr drückte, hielt sie vor Aufregung die Luft an. Endlich meldete sich jemand. Nachdem sie ihr Aktenzeichen mitgeteilt hatte, kam sie direkt auf ihr Anliegen zu sprechen.

„Wer hat denn das Haus gekauft? Ich meine, vielleicht lässt der neue Besitzer ja mit sich reden."

„Ich bedaure sehr, Madam, aber ich darf Ihnen da keine Auskunft geben", sagte die neutrale Stimme am anderen Ende der Leitung.

Emilia spürte leichte Panik in sich aufsteigen – gepaart mit einer deutlichen Portion Wut wegen der so offensichtlich zur Schau getragenen Gleichgültigkeit ihres Gesprächspartners.

„Ist Ihnen klar, dass meine Existenz bedroht ist?" Emilia musste sich zusammenreißen, um den emotionslosen Kerl nicht anzuschreien.

„Wie schon gesagt, ich kann Ihnen da leider nicht weiterhelfen. Ich bin nicht befugt, Ihnen Auskunft zu erteilen."

„Ich will doch nur den Namen des Käufers wissen. Bitte! Ich möchte doch nur nachfragen, ob ich mein Geschäft hier weiter betreiben kann. Haben Sie ein Herz!" Emilia hasste es zu betteln. Aber was blieb ihr übrig?

„Es tut mir leid." Die Stimme am anderen Ende des Apparats war ein wenig weicher geworden. „Wir haben Schweigepflicht. Ich bin genauso auf meinen Job hier angewiesen wie Sie auf Ihr Geschäft. Ich habe Familie."

„Verstehe."

Emilia seufzte. Offensichtlich war ihr Telefonat aussichtslos. Sie musste sich etwas anderes einfallen lassen. Dann verabschiedete sie sich und legte auf.

Die Hausverwaltung würde ihr niemals verraten, wer der Käufer des Hauses war. Ob Sam mehr wusste? Sie würde gleich zwei Tassen Cappuccino machen und zu ihm rübergehen. Das Backen verschob sie ausnahmsweise auf später. Die Sache mit dem Haus ging einfach vor.

Als Emilia Sam seinen Kaffee hinhielt, strahlte er sie an.

„Danke Em, dein Cappuccino ist einfach der Beste in ganz Manhattan."

Sie erwiderte sein Lächeln und umschloss ihre Tasse mit beiden Händen.

„Sag mal, Sam, hast du was mitgekriegt, dass die Häuser hier verkauft werden?"

„Nein, warum?" Auf Sams Stirn bildete sich eine kleine Sorgenfalte.

„Ich habe die Kündigung bekommen. Es wird wohl renoviert oder so. Zumindest gibt es einen neuen Besitzer. Und du weißt, dass ich mir den Laden dann nicht mehr leisten kann."

Emilia spürte, wie ihre Augen sich mit Tränen füllten. Sie wollte hier nicht weg. Allein wegen Sam und weil sie gerade so viel Geld in das Geschäft investiert hatte. An Violetta wollte sie gar nicht denken. Sie erinnerte sich, wie ihre Tante am Vorabend mit dem Grappa in der Hand durch die Wohnung getanzt war. Wie hätte sie ihr sagen sollen, dass „Pastry Passion" und somit Vios gesamten Ersparnisse in Gefahr waren? Allein der Gedanke daran bereitete Emilia Magenschmerzen.

Sam schlürfte ein wenig Milchschaum.

„Und was machst du? Du wirst dich doch sicher wehren!" Für ihn war ganz klar, dass Emilia niemals klein beigeben würde – dafür kannte er sie schon gut genug.

„Ich muss erst einmal herauskriegen, wer das Haus

gekauft hat, um handeln zu können. Aber so schnell lasse ich mich nicht vertreiben, keine Sorge."

Emilia nippte an ihrer Tasse. In diesem Moment bremste der rote Porsche von Mrs. Hannigan-Flynn neben ihr und hupte.

„Juhuuu", flötete die spindeldürre Frau und winkte affektiert. Obwohl sie die fünfzig sicher schon weit überschritten hatte, war ihr Gesicht dank Botox fast faltenfrei. Nur mit der Mimik haperte es etwas, vielleicht neigte sie deshalb zu übertriebener Gestik. Die vegane Kuchenliebhaberin parkte direkt vor „Pastry Passion" im Halteverbot und stieg aus. Emilia verabschiedete sich von Sam und ging zu dem Sportflitzer.

„Kommen Sie gleich mit, Mrs. Hannigan-Flynn, ich habe Ihre Brownies schon hergerichtet. Vielleicht wollen Sie ja auch ein paar kandierte Apfelstücke mit Nüssen und Rosinen probieren? Die sind auch vegan und wären bestimmt ein Renner bei ihren Freundinnen."

„Ach, Emilia, Sie wissen einfach, was ich brauche." Mrs. Hannigan-Flynn stöckelte hinter Emilia her in das Ladenlokal.

Emilia reichte ihr eines der kandierten Apfelstückchen über den Tresen.

„Köstlich, einfach köstlich! Ob man das auch mit Aprikosen machen kann? Ich könnte zu meinem Geburtstag nächste Woche ein Kandisfruchtbuffet anrichten. Es wird nur ein kleiner Umtrunk, wissen Sie. Und man weiß ja heutzutage nicht mehr, was man noch bieten soll. Sie verstehen das sicher."

Emilia nickte mitfühlend. „Natürlich. Man hat es wirklich nicht leicht heutzutage." Innerlich verdrehte sie die Augen. Aber natürlich durfte ihre Kundin das nicht merken.

„Selbstverständlich kann ich Ihnen sämtliche Köstlichkeiten auch aus Aprikosen zaubern. Alles was Sie wünschen. Ich würde auch ein paar Nussbissen für die Herren vorschlagen. Mit Marzipan. Und vielleicht ein paar

Grissini mit hausgemachten Dips zum Champagner?"

„Großartig, so machen wir es! Sie sind einfach die Beste!"

Emilia freute sich über den unerwarteten Auftrag. Gerade jetzt konnte sie wirklich jeden Dollar brauchen.

„Wollen Sie, dass ich die Sachen liefere?"

„Ja, das wäre gut. Mein Auto ist einfach zu unpraktisch." Mrs. Hannigan-Flynn steckte sich vermeintlich unbemerkt eine Nougatpraline vom Probierteller in den Mund, als Emilia sich über ihren Notizblock beugte.

Was ihr Personal Trainer wohl dazu sagen würde, dass sie sich eine Kombination aus Fett und Zucker zu Gemüte führte? Emilia musste heimlich lächeln.

Sie schrieb sich alles genau auf. Es war ein toller Auftrag. Sicher fünfhundert Dollar, die extra in die Kasse flossen, bei den Mengen, die Mrs. Hannigan-Flynn orderte. Sie würde Bitterschoko-Gewürz-Weintrauben, Erdbeer-Balsamico-Spieße mit Kandis, die Apfelstücke und Aprikosen im Kokosmantel liefern. Dazu noch die Nussbissen und deftige Aufstriche mit Vollkorngrissini, selbstgebacken, aber das war bei Emilia sowieso selbstverständlich.

Als Mrs. Hannigan-Flynn ihr Geschäft verlassen hatte, nahm Emilia einen weiteren Schluck des mittlerweile kalt gewordenen Cappuccinos. Sie musste sich beschäftigen und über ihre missliche Situation nachdenken.

Wenn Emilia sich unwohl fühlte, fand man sie von jeher in der Küche, wo sie sich mit Kochen ablenkte. Gestern hatte sie sich nach dem Vorschlag ihrer Tante ein Rezept für Pralinen mit flüssiger Grappafüllung ausgedacht. Mal sehen, ob es sich in die Praxis umsetzen ließ. Man könnte sicher wunderbare Süßspeisen mit gutem Grappa zaubern. Und das wäre sogar etwas, womit man männliche Kunden begeistern könnte, da diese Pralinen erstens nicht süß wären und zweitens Alkohol beinhalteten. Vielleicht eine ganz neue Verkaufsstrategie.

Emilia verschwand in dem kleinen Nebenraum, um Schokolade zu schmelzen, zu würzen und in Formen zu gießen. Dabei dachte sie über ihre Optionen nach. Ihr fiel im Moment nicht ein, wie sie – außer über die Hausverwaltung – an den neuen Besitzer des Hauses herankommen konnte. Womöglich musste sie sich nach einem anderen Ladenlokal umsehen. Was das wieder kosten würde! Dabei konnte sich Emilia im Augenblick keine großen Sprünge erlauben.

Wunderbare Gerüche stiegen aus den Formen mit den langsam trocknenden Pralinenhüllen auf. Emilia gab etwas vom Zuckergranulat, das sie selbst erfunden hatte, in die Rohlinge. Es würde etwas dauern, bis sich die gewünschte Kruste gebildet hatte.

Sie schob eine CD in den Player, die leise im Hintergrund laufen würde. Fabrizio de Andre. Emilia liebte die italienischen Liedermacher. Und seine melancholischen Songs passten zu ihrer heutigen Stimmung.

Immer wieder wanderten ihre Gedanken zu ihrer finanziellen Situation. Beim letzten Mal, als sie ihre Kontoauszüge angeschaut hatte, war sie gerade so im Plus gewesen. Es würde auch jetzt nicht viel besser sein. Violetta konnte sie nicht fragen. Sie traute sich ja nicht einmal, ihr von der Kündigung zu erzählen.

Es war wirklich ausweglos.

Den ganzen Tag über grübelte sie über eine Lösung nach, aber ihr fiel nichts ein. Nachdenklich widmete sie sich am späten Nachmittag den inzwischen erkalteten Grappapralinen. Emilia füllte die einzelnen Stücke mit dem Alkohol. Anschließend schmolz sie die Ränder der Deckel, die sie mittig mit Traubenmarzipan bestrichen hatte, an und drückte sie auf die Unterseiten.

Perfekt!

Trotzdem hatte sie keine Freude an der neuen Kreation, ihr Kopf war einfach nicht frei.

Gerade als Emilia die Grappapralinen in die Theke

gestellt hatte und sich im Nebenzimmer die Hände wusch, klingelte die Türglocke.

Schnell wischte sich Emilia ihre Finger an der Schürze ab und lief nach vorne in den Verkaufsraum.

„Oh, hallo!“ Emilia war mehr als erstaunt. Sie hätte nicht gedacht, dass der Businesstyp von gestern noch einmal hereinschneien würde. Er stand in seinem dunkelblauen Maßanzug und der edlen Krawatte im Laden, als wäre er direkt einem Hochglanzmagazin entsprungen. Die schwarze Limousine parkte genau wie der Porsche von Mrs. Hannigan-Flynn direkt vor der Tür im Halteverbot. Anscheinend war es den reichen Leuten allesamt nicht möglich, auch nur einen Meter zu Fuß zu gehen.

„Guten Tag“, sagte der Mann. Seine Miene war undurchdringlich.

Emilia trat näher an die Theke und wollte gerade fragen, was es heute sein dürfte, da nickte er ihr kurz zu.

„Sie haben das wirklich gut gemacht“, erklärte er mit tiefer Stimme. Er strahlte eine Art natürlicher Autorität aus, die Emilia nicht einordnen konnte. Ihr Herzschlag beschleunigte sich.

„Die Praline?“ Sie war verwirrt. Sollte das ein verspätetes Lob für den Blackberry Trüffel sein? Fragend sah sie ihn an und spürte dabei wieder dieses eigenartige Prickeln im Nacken. Seine Anwesenheit löste etwas in ihr aus, was ihr gar nicht gefiel.

Ein winziges Lächeln blitzte auf seinem Gesicht auf.

„Nein. Mir zu zeigen, dass ich mich daneben benommen habe. So etwas hat bisher noch nie jemand getan – aber ich habe den Wink mit dem Zaunpfahl gestern durchaus verstanden.“

Emilia fühlte, wie ihr eine leichte Röte ins Gesicht stieg. Als Geschäftsinhaberin sollte sie sich eigentlich im Griff haben und neue Kunden nicht mit aufgedrängter Schokolade vergraulen, vor allem, wenn diese für viel Geld einkauften. Es war ihr ein wenig peinlich, wie sie sich am

Vortag verhalten hatte.

„Ich war wohl nicht besonders professionell“, sagte sie.

„Im Gegenteil. Sie haben mir auf äußerst charmante Art zu verstehen gegeben, dass ich mich völlig daneben benehme. Allerdings wurde mir das erst richtig bewusst, als ich im Wagen saß. Der Tag gestern war extrem hektisch.“

Er kam näher an den Tresen heran und beugte sich ihr ein Stück entgegen.

„Aber eine Sache muss ich unbedingt noch klarstellen.“

Emilia hielt die Luft an. Was hatte er Wichtiges zu sagen? Erneut stieg sein aparter Geruch in ihre Nase und vernebelte ihr die Sinne. Und wieder dieser Blick, dem sie sich nicht entziehen konnte.

„Was denn?“, presste sie hervor. Ihre Rückenmuskeln spannten sich an.

„Diese Blackberry-Praline war köstlich“, erwiderte er. „Dabei bin ich absolut kein Freund von Süßem. Aber Ihre Kreation hat mich sehr beeindruckt.“

Er nahm die Augen nicht von ihr, während er sprach.

Emilia musste sich räuspern. Die Nähe dieses attraktiven Fremden brachte sie durcheinander. Dabei konnte sie mit Managern, die sich selbst viel zu wichtig nahmen, wirklich nichts anfangen.

„Vielen Dank.“ Sie strich sich eine Haarsträhne aus dem Gesicht und wusste nicht, was sie nun sagen konnte.

Überrascht beobachtete sie, wie der Geschäftsmann sein Handy hervorzog und es demonstrativ auf das andere Ende des Tresens legte.

„So komme ich erst gar nicht in Versuchung“, erklärte er. Das Lächeln stand ihm gut.

Emilia war mehr als überrascht. Sollte dieser Kerl tatsächlich einen Funken Anstand besitzen? Sie musterte ihn, aber konnte ihn nicht ergründen.

„Außerdem wollte ich die Unmenge Pralinen bezahlen, die mein Assistent verkostet hat“, fuhr er fort. „Im Gegensatz zu mir liebt er Schokolade.“ Er zückte seine Geldbörse und zog eine Note heraus.

Sprachlos starrte Emilia auf den Geldschein, ohne diesen richtig wahrzunehmen. Allein diese Geste fand sie erstaunlich.

„Also, danke", stammelte sie. „Das ist wirklich nett von Ihnen."

Ihre Hände berührten einander, als sie nach dem Geld griff. Es prickelte in ihren Fingerspitzen, als hätte sie in Eiswasser gefasst. Gleichzeitig wurde ihr so heiß, dass sie sich am liebsten kühle Luft zugefächelt hätte. Sie nahm den Schein an sich und schloss ihre Faust um ihn.

„Ich bin übrigens Richard."

„Emilia."

„Freut mich, Emilia." Richard lächelte sie an. Seine außergewöhnlichen Augen blitzten und für einen kurzen Moment hatte sie das Gefühl, ihn schon ewig zu kennen. Der Knoten seiner silbernen Seidenkrawatte war ein bisschen schief gebunden. Das gefiel Emilia. Vielleicht war der Mann doch nicht der stets perfekte und knallharte Businesstyp, für den sie ihn gehalten hatte? Immerhin war er hergekommen, um sich für sein Verhalten zu entschuldigen.

Er sah sie immer noch an und sein Blick machte sie nervös. Emilia wollte etwas sagen, irgendetwas Geistreiches oder Charmantes, aber in ihrem Kopf herrschte gähnende Leere. Da ihr nichts Besseres einfiel, griff sie mit ihrer kleinen Zange zur nächstbesten Praline und hielt sie ihm unter die Nase.

„Die geht auf's Haus", sagte sie reflexartig. Wieso war sie plötzlich so angespannt?

Er zögerte. „Ich mag eigentlich nichts Sü-…"

„Das ist Grappa", unterbrach sie ihn und ärgerte sich sofort über den barschen Ton in ihrer Stimme. Was war nur los mit ihr? Sie benahm sich schon wieder so aufdringlich wie gestern!

„Dann ist es natürlich etwas anderes", lenkte Richard ein, schmunzelte und steckte sich die Praline gehorsam in den Mund.

Er kaute mit geschlossenen Augen.

„Die ist einfach wunderbar. Und darauf können Sie absolut stolz sein. Ich mag nämlich wirklich keine Schokolade. Aber die Füllung ist großartig."

Wieder ließ Richard sein jungenhaftes Lächeln sehen. Emilia musste einfach zugeben, dass dieser Kerl attraktiv war. Wäre er nur nicht so ein reicher Schnösel gewesen...

„Der Grappa kommt direkt aus Italien", erklärte sie.

„Wenn ich es richtig herausschmecke, arbeiten Sie auch noch mit Marzipan?"

Begeistert nickte Emilia. Er interessierte sich offenbar für ihre Praline. Das war ein großes Lob von einem Schokoverweigerer.

„Um genau zu sein: Es ist Traubenmarzipan. Und die Zuckerkruste mache ich auch selbst, ich gebe ein paar Tropfen Grappa mit hinein, damit es harmonisch schmeckt."

„Mein Kompliment. Sie haben ein ganz besonderes Händchen für Pralinen. Und für Kunden offenbar auch, schließlich haben Sie mir schon wieder eine Süßigkeit untergejubelt. Auch das hat noch niemand fertiggebracht."

Richard lachte. Es war ein sehr melodisches Lachen, das Emilia an italienische Feste erinnerte. An Rotwein und Mandolinenklänge, an reife Pfirsiche und den Duft von Jasmin, an kichernde Kinder und einen großen Tisch voller Menschen.

„Woher kommen Sie, Emilia?", fragte er, als hätte er ihre Gedanken gelesen. Er stützte seinen Anzugarm am Tresen auf, wie es sonst nur Sam tat. Heute schien Richard offenbar alle Zeit der Welt mitgebracht zu haben.

„Aus Rom." Emilia fand es überraschend angenehm, mit ihm zu plaudern. Sie hatte ganz plötzlich Lust, sich noch viel länger mit Richard zu unterhalten. „Aber ich lebe schon seit..."

In diesem Moment wurde die Tür aufgerissen und der unsympathische Rothaarige streckte den Kopf zur Tür herein.

„Chef, wir müssen. In einer halben Stunde ist die Besprechung wegen der neuen Werke in Mexiko. Und Sie wollten doch vorher noch die Controllingabteilung in die Zange nehmen." Der Assistent würdigte Emilia keines Blickes.

„Ja, ich komme schon, Leroy." Richard blickte auf seine goldene Armbanduhr. Seine Gesichtszüge wurden härter, kühl und professionell. Eilig wandte er sich ab.

„Danke, Emilia. Es war nett, Sie kennenzulernen", sagte er geschäftsmäßig und verließ im Laufschritt Emilias Laden, direkte hinter dem Rotschopf. Der Chauffeur sprang aus dem Auto und hielt den beiden Männern die Wagentür auf. Richard nickte ihm zu. Dann stiegen die beiden Geschäftsleute hinten ein, der Fahrer schloss die Tür, setzte sich hinters Steuer und brauste davon.

Richard hatte nicht zurückgeschaut.

Emilia warf einen Blick auf den Geldschein in ihrer linken Hand. Fünfzig Dollar! Ihr blieb fast die Luft weg. Dieser Kerl musste im Geld nur so schwimmen. Für diese Summe konnte Leroy, der Ekelhafte, Pralinen essen, bis sie ihm zu den Ohren rauskamen. Typisch. Diesen Reichen fehlte jede Relation zu ihrem Geld, während sie selbst um ihre Existenz kämpfen musste.

Trotzdem sah sie der Limousine hinterher, als diese sich elegant in den fließenden Verkehr einreihte.

Emilia fiel die Liste von Mrs. Hannigan-Flynn ein, für die sie noch einiges vorbereiten musste, als ein seltsames Geräusch sie erschreckte.

Was war das denn?

Seit wann krähte ein Hahn mitten in ihrem Laden?

Es dauerte einen Moment, bis Emilia verstand, woher das Geräusch kam. Auf dem Tresen lag immer noch das BlackBerry, das wütend vor sich hin vibrierte. Und das Krähen war sein Klingelton. Emilia musste zum ersten Mal an diesem Tag lachen. Sie schüttelte den Kopf. Ein Krähen!

Dieser Richard würde sicher bald noch einmal

auftauchen, um sein Telefon wiederzubekommen. Oder jemanden vorbeischicken, um es abzuholen. Sie ertappte sich bei dem Gedanken, dass es ihr lieber wäre, er käme selbst vorbei. Emilia wunderte sich über sich selbst. Aber dann musste sie erneut schmunzeln, weil das Handy krähte.

Ganz offensichtlich war Richard für so manche Überraschung gut.

## 3. Chocolate Bomboloni with orange touch

*Luftig-zarter Hefeteig mit reicher Schokoladenfüllung und einem Hauch Orangenaroma*

Emilias Nachmittag im Laden war den Vorbereitungen des Geburtstags von Mrs. Hannigan-Flynn gewidmet. Immer wieder kamen Kunden. Als es Abend wurde, trödelte sie noch eine Zeit lang im Geschäft herum, darauf wartend, dass dieser superwichtige Richard nochmal vorbeikäme, um sein ebenso wichtiges Handy abzuholen. Als er jedoch zur Feierabendzeit immer noch nicht da war, beschloss sie, sich auf den Heimweg zu machen. Wäre ja noch schöner, wenn sie wegen dieses Schnösels noch ihren Abend opfern würde! Er war bestimmt auch über das Festnetz der Firma, in der er arbeitete, zu erreichen. Oder konnte sich das Telefon dieses rothaarigen Wichtigtuers ausleihen. Morgen würde er sicher jemanden vorbeischicken, um sein BlackBerry abzuholen.

Sie schob das Handy achtlos in ihre Handtasche, schloss ab und machte sich auf den Weg nach Hause.

Dieses Mal hatte Violetta nichts in Brand gesetzt, was schon mal ein guter Beginn des Feierabends war. Da Emilia noch nicht dazugekommen war, eine neue Pfanne zu besorgen, bereitete sie kurzerhand einfach Bruschette zu. Die knusprigen Brotscheiben mit Tomaten, Parmesan und Kräutern aß auch ihre Tante gern.

„Gib noch ordentlich Knoblauch drauf“, verlangte Violetta. „Oder musst du heute noch jemanden küssen?“

Emilia lachte. „Nicht dass ich wüsste. Außer, du hast Onkel Alfredo eingeladen."

„Um Himmels Willen, nein!", rief Violetta entsetzt. Alfredo entstammte einem anderen Familienzweig, und seit irgendeiner alten Fehde um nichts konnte Violetta den Verwandten nicht leiden. Er besaß in Queens und Brooklyn zwölf Pizzerien und hatte netterweise dafür gesorgt, dass Emilia eine Green Card erhielt und arbeiten konnte. Dafür war sie Onkel Alfredo sehr dankbar.

Als Emilia voll Appetit in ihr erstes Bruschetta biss, sah Violetta sie plötzlich komisch an. Die Tante neigte den Kopf zur Seite und setzte ihr mystisches Gesicht auf, das nie etwas Gutes verhieß.

„War er heute da?", fragte sie.

Emilia hatte zwar eine Ahnung, worauf ihre Großtante hinaus wollte, spielte aber erst einmal die Ahnungslose.

„Wer denn?", fragte sie unschuldig.

„Na, dein Anzugträger."

„Tantchen, er ist nicht *mein* Anzugträger! Er ist nur irgend so ein reicher Schnösel. Und außerdem kann er nicht mal eine Krawatte richtig binden."

„Hah!" Violetta klatschte begeistert in die Hände. „Er war also da, ich wusste es! Und du hast ihn dir ganz genau angesehen, das ist ein hervorragendes Zeichen. Das hatte ich doch von Anfang an im Gefühl."

Emilia verdrehte die Augen.

„Es fiel mir einfach nur auf, sonst nichts", versuchte sie, die Begeisterungsstürme ihrer Tante abzuschwächen. Doch die ließ nicht so schnell locker.

„Natürlich, weil das ein untrügliches Zeichen ist, dass er keine Frau hat! Und du hast darauf geachtet! Brava! Es ist also doch nicht Hopfen und Malz verloren bei dir, ich bin stolz auf dich."

Violetta schob beiläufig eine Zeitung zur Seite, sodass die darunterliegenden Magazine hervor spitzten. Man sah die Beine einer Braut.

„Er war nur ein paar Sekunden im Laden, mach dir

keine Hoffnungen, Vio“, erwiderte Emilia schnell. „Und er wird sicher nicht so bald wiederkommen. Es war also eine einmalige Begegnung, rein geschäftlich, nichts weiter.“

„Soso“, murmelte die Tante vielsagend.

Emilia gab es auf. Hatte Violetta sich einmal eine Idee in den Kopf gesetzt, brachte nichts und niemand sie davon ab. Das Einzige, was jetzt half, war ein Ablenkungsmanöver. Sie brachte das Gespräch auf Violettas baldigen Besuch bei einer alten Freundin. Der war zwar erst in zwei Wochen, aber ihre Tante war schon ganz aufgeregt, weil sie New York selten verließ. Dabei wohnte Rosemary in New Jersey, was fast vor der Haustür war.

„Ich bin ewig nicht aus der Stadt rausgekommen, hoffentlich finde ich mich zurecht“, sagte Violetta.

„Das ist kein Problem, Rosemarys Schwiegersohn holt dich doch ab.“

„Ja schon. Aber ich bin eben ein Großstadtkind“, betonte die Tante und zündete sich mit einer eleganten Geste ihre Zigarette an.

Emilia musste schmunzeln. Vio war schon echt eine Marke.

Sie wusch die Teller ab, während Violetta drüben im Wohnzimmer die Wäsche zusammenlegte. Plötzlich kam die alte Frau erschrocken angelaufen.

„Im Flur ist ein Tier!“, rief sie und schloss schnell die Küchentür.

„Eine Kakerlake?“, fragte Emilia und blickte sich nach einer geeigneten Waffe um, mit der sie dem Ungeziefer den Garaus machen konnte. Diese Schaben waren eine echte Plage in New York und schafften es auf geheimnisvolle Weise immer wieder, in die Wohnbereiche vorzudringen.

„Nein, etwas Größeres. Ein Huhn!“

Emilia sah ihre Tante an, als hätte diese den Verstand verloren.

„Wir wohnen im dritten Stock“, entgegnete sie.

„Ja eben", sagte Violetta. „Das ist ja das Unheimliche."

Während sie sprachen, erklang plötzlich aus dem Flur ein lautes Krähen.

„Da!", rief Violetta entsetzt und wurde blass um die Nase. „Schon wieder!"

Endlich wurde Emilia klar, was da herumkrakeelte. Das war natürlich nur Richards Handy, das noch in ihrer Handtasche steckte. Und diese lag auf dem Schuhschränkchen im Flur. Sie hatte es beim ersten Krähen überhört, weil sie mit den Tellern herum geklappert hatte.

„Ach, das ist nur ein Klingelton", erklärte Emilia, lief in den Flur und holte das Corpus Delicti aus ihrer kleinen Tasche.

„Klingelton?", wiederholte Violetta fragend, als sie das Mobiltelefon sah. „Aber wieso hast du da einen so lauten Gockel eingestellt?"

„Das ist nicht mein Handy." Emilia legte das BlackBerry auf den Tisch und hoffte, dass ihre Tante sich mit dieser Erklärung zufrieden gab. Doch Violetta war wie ein Drogenspürhund, sie erschnupperte einen Mann zwei Meilen gegen den Wind.

„Wem gehört das Ding?", fragte sie und blickte Emilia so tief in die Augen, dass diese nicht schwindeln konnte.

„Dem Anzugträger. Er hat es liegen lassen."

„Hah!", rief Violetta schon zum zweiten Mal an diesem Abend. Es klang sehr triumphierend. „Er war also doch länger da. Von wegen: nur dienstlich. Und garantiert hat er das Handy absichtlich liegen lassen. Ja, das ist völlig klar. Er ist Single-Mann, das hast du selbst schon festgestellt, sonst würde ihm seine Ehefrau die Krawatte anständig binden. Einen Ring trägt er auch nicht, hast du gesagt. Und er kam extra nochmal bei dir vorbei, um sein Handy liegen zu lassen. Weil er sich nämlich auf den ersten Blick in dich verliebt hat."

Entsetzt blickte Emilia ihre Tante an, die sich immer mehr in Rage redete. Violettas Wangen röteten sich und die Augen strahlten. Fast tat es Emilia leid, sie enttäuschen zu müssen.

„Ich habe nie etwas von einem Ring gesagt", stellte sie trotzdem klar. „Ich habe nicht einmal danach geschaut. Und es war echt ein Versehen mit dem Handy. Dieser Typ mag ja nicht einmal Schokolade!"

„Papperlapapp. So was lässt man doch als Geschäftsmann nicht einfach herumliegen, da kannst du mir nichts erzählen, Bella. Er ist sicher verrückt nach deinen dunklen Augen und deinen tollen Haaren! Wenn ich ein Mann wäre, oh Mama mia!"

„Aber Tante, ich …"

Der vorlaute Hahn krähte schon wieder los.

„Geh doch ran!", schlug Violetta vor. „Sicher ist er selbst dran, das hat er extra so eingefädelt. Er will dich jetzt garantiert ausführen. Ins Ritz oder ins Plaza. Hach, ich bin ganz aufgeregt!"

Sie hob das Mobiltelefon mit spitzen Fingern auf und hielt es Emilia entgegen.

„Der Bildschirm ist garantiert gesperrt, ich kann da nichts bedienen", sagte diese und starrte auf das Telefon.

Ein Name blinkte auf. „Samantha privat", stand in großen Lettern auf dem Display.

„Schau, seine Freundin ruft ihn an", erklärte Emilia.

Das unterbrach die Hochzeitspläne ihrer Tante nun doch. Zumindest kurzfristig. Sie zog die Stirn in Falten, hatte aber wie immer blitzschnell eine Erklärung parat.

„Ach was, mit so einer affektierten Samantha, die ihm ständig mit Telefonterror auf die Nerven geht, nimmst du es doch leicht auf", sprach sie nach ein paar Sekunden Bedenkzeit, machte eine wegwischende Handbewegung und setzte sich an den Küchentisch. Dort zog sie das Brautmodenmagazin, das sie irgendwo abgestaubt hatte, vollständig unter dem Zeitungsstapel hervor und vertiefte sich ohne weitere Worte aber mit bedeutungsschwangerem Blick darin.

Emilia lachte. Ihre Großtante war wirklich

unerschütterlich. Nach dem dritten Hahnenschrei stand Emilia vom Tisch auf und stopfte das vorlaute Gerät mit entschlossenem Gesicht zwischen zwei Sofakissen.

„Hier kann es krähen, bis die Sonne aufgeht", stellte Emilia fest und setzte sich dann seelenruhig wieder zurück an den Tisch.

Es war wieder Samantha gewesen, die angerufen hatte. Emilia ärgerte sich über sich selbst, weil ihr das einen kleinen Stich versetzte. Schließlich stand dieser Richard für niemanden außer Violetta tatsächlich zur Diskussion. Was sollte sie denn bitteschön mit einem großkotzigen Manager anfangen, der sich herumkutschieren ließ, von einem Meeting zum anderen hetzte und sich dabei superwichtig vorkam? Und überhaupt – ein BlackBerry! Wo doch allgemein bekannt war, dass auch Barack Obama mit so einem Modell telefonierte. Wahrscheinlich hatte es Richard nur deshalb gekauft. Um ganz besonders mächtig rüberzukommen. Solche Leute hatte sie noch nie ausstehen können.

Außerdem war sie seit der Sache mit Anthony damals sowieso an keiner Beziehung mehr interessiert. Der Schmerz saß noch immer tief, sobald sie an der Erinnerung rührte. Nie wieder würde sie sich so sehr von jemandem verletzen lassen, das stand fest. Sie hätte auch gar keine Zeit gehabt für eine Liebelei. Es gab viel wichtigere Dinge, um die sie sich kümmern musste. Ihr Geschäft zum Beispiel.

Emilia ging in ihr Zimmer, fest entschlossen, keinen Gedanken an diesen Richard zu verschwenden und sich lieber zu überlegen, wie sie der Hausverwaltung doch noch etwas über den Käufer entlocken konnte.

*

Als Emilia am nächsten Morgen ihren Laden aufsperrte, dauerte es nicht lange, bis tatsächlich die Limousine vorfuhr. Einen Moment lang dachte Emilia, nur der Fahrer würde aussteigen, aber es war dann doch die hintere Tür, die sich öffnete.

Sie hatte das Handy bereits zurecht gelegt, aber so, dass Richard es nicht gleich sehen konnte.

„Guten Morgen, Emilia“, begrüßte er sie freundlich, nachdem er eingetreten war. „Kann es sein, dass ich gestern etwas vergessen habe?“

Sie grinste. „Meinen Sie vielleicht etwas, dass so ähnlich klingt wie eine Pralinensorte von mir?“, fragte sie.

Er nickte. Heute trug er Armani, ganz klar am Schnitt zu erkennen. Emilia war keine Modeexpertin, aber dass sein Anzug die Handschrift eines italienischen Designers trug, konnte sogar sie sehen. Nur die fliederfarbene Krawatte saß wieder ein klein wenig schief. Nicht so deutlich wie gestern, aber Emilia bemerkte es und es entlockte ihr ein zartes Lächeln.

Sie holte das Handy aus ihrer Tasche, die sie neben sich stehen hatte, und gab es ihm.

„Vielen Dank.“ Er steckte es ein, ohne es genau anzuschauen. „Wirklich nett, dass Sie es aufbewahrt haben.“

Emilia überlegte einen Augenblick, ob sie auf die zahlreichen Anrufe dieser Samantha hinweisen sollte, aber sie ließ es bleiben. Er würde das sicher in den Anruflisten nachlesen können.

„Hoffentlich ist Ihnen kein wichtiger Deal durch die Lappen gegangen deswegen“, sagte sie.

„Sicher nicht. Auch ich habe irgendwann einmal Feierabend.“

„Dann fährt Ihr Chauffeur Sie abends also nicht mehr in der Gegend herum? Ich dachte, ein Mann von Ihrem Kaliber ist immer im Einsatz.“ Das hatte viel spitzer geklungen als beabsichtigt und sie sah Richard an, dass auch ihm dieser Tonfall aufgefallen war. Wieso brachte dieser Mann sie so durcheinander?

„Ich bin gar nicht so wichtig, wie es aussieht“, antwortete er, als hätte er ihre Gedanken gelesen.

„Wirklich?“ Sie blickte ihn interessiert an.

Richard fuhr sich mit der Hand durch sein welliges Haar. Er bemerkte gar nicht, dass er die Frisur durcheinanderbrachte und nun aussah wie ein Kerl, der mit verwuschelten Haaren vom Sporttraining zurückkommt. Emilia fand ihn gerade sehr jungenhaft und das gefiel ihr besser, als ihr lieb war.

„Der Wagen gehört der Company. Ich betreibe das Marketing. Da bin ich viel unterwegs, das ist nun mal praktischer, als immer ein Taxi zu rufen oder mit der Subway zu fahren. Aber mir wird gerade klar, wie überheblich das rüberkommt.“

„Ein bisschen schon“, gab Emilia zu und konnte nicht verhindern, dass sie ihn anlächelte.

„Naja… und mein Kollege“, fuhr er fort, „der koordiniert das eben mit den Terminen. Wir tun doch alle nur unseren Job. Der eine als Paketausfahrer, der andere als Geschäftsmann. Und wieder andere verkaufen die tollsten Pralinen, die ich je gegessen habe.“

Er machte eine angedeutete Verbeugung in ihre Richtung und grinste dabei.

Es gefiel ihr, dass Richard sich nicht als der größte Manager aller Zeiten darstellte. Vielleicht hatte er recht und sie waren wirklich alle nur Angestellte in unterschiedlichen Berufszweigen?

Und vielleicht war er nur deshalb so gut gekleidet, weil er in der Textilindustrie beschäftigt war?

„Was genau macht denn die Firma, für die Sie arbeiten, Richard?“, fragte sie ihn.

Gerade als er antworten wollte, wurde die Tür aufgerissen.

„Ich habe China in der Leitung“, rief der rothaarige Pralinenvernichter und sprach nebenbei in sein Handy, um anzukündigen, dass er gleich weitergeben würde, bevor er im Vorbeigehen auch noch ein Stück Vanillekrokant aus dem Probierteller klaubte und es hastig in seinen Mund stopfte.

„Sorry, Emilia! Ich werde mich noch separat für das Handysitting bedanken.", sagte Richard, nahm das Smartphone dieses Leroys in Empfang und spurtete los. Ohne aufzublicken verließ er den Laden und stieg draußen in die wartende Limousine.

Emilia seufzte.

Sie wusste absolut nicht, was sie von diesem Kerl halten sollte.

Als der Wagen davonfuhr, wurde die Tür erneut aufgedrückt und ein kleines Mädchen stürmte herein, ihre Mutter hinter sich herziehend. Sie hatten schon einmal hier eingekauft. Emilia erinnerte sich an die Kleine, weil sie so niedliche Zöpfchen gehabt hatte – und riesige Augen, die begeistert auf die Flut von Süßigkeiten und Gebäckstücke geschaut hatten.

„Könnten Sie mir ein paar von den Grissini einpacken?", fragte die Dame.

„Ja, gern."

„Du, ich bekomme jetzt Taschengeld", redete die Kleine in eifrigem Ton dazwischen.

„Echt? Dann bist du sicher sehr reich." Emilia liebte Kinder. Und dieses Mädchen war besonders niedlich.

Das kleine Mädchen nickte eifrig und zeigte Emilia eine quietschrosa Geldbörse, die sie eifrig schüttelte, so dass man das Klimpern der Münzen hören konnte.

„Kann ich einen Lolly bei dir kaufen?", fragte das Kind. „Für einen Quarter krieg ich doch einen, oder?"

„Lolly habe ich leider keinen, aber magst du einen Bombolone? Die sind mit Schokolade." Sie zeigte dem Kind einen der gefüllten Krapfen. Man sah an der Mimik des Kindes deutlich, wie es überlegte, ob es sich auf das Wagnis Schokobombolone einlassen sollte.

„Na gut", sagte das Mädchen und kramte nach dem Quarter.

Dann griff die Kleine nach dem Gebäckstück und biss sofort ganz wagemutig hinein. „Der ist gar nicht schlecht", rief sie erleichtert und zeigte ein strahlendes

Schokogrinsen.

Emilia und die Mutter grinsten ebenfalls. Anschließend packte Emilia die Grissini ein und Mama und Tochter verließen als zufriedene Kunden den Laden.

Emilia dachte an den Gesichtsausdruck des kleinen Mädchens, als es festgestellt hatte, wie lecker der Bombolone war. Manches Mal musste man eben ein bisschen flexibel sein...

Sie hielt inne. Der Lappen, mit dem sie eben noch die Theke hatte polieren wollen, verharrte in der Luft.

Flexibel sein. Und ein bisschen tricksen. Das waren sehr gute Stichworte. Insbesondere, wenn man es mit sturen und regeltreuen Mitarbeitern einer Hausverwaltung zu tun hatte.

Emilia pfefferte den Lappen auf die Ablagefläche und eilte zum Telefon. Sie hatte eine geniale Idee, wie sie doch noch an die gewünschten Daten kam.

Als sich ein Mitarbeiter der Hausverwaltung meldete – dieses Mal ein sehr junger Mann – stellte sie sich erst einmal vor:

„Guten Tag, ich bin Jessy Smith von den Gaswerken. Es geht um das Objekt in der 16. Straße. Mir ist da leider ein Fehler unterlaufen in der Akte, eine ganz dumme Sache. Irgendwas habe ich da falsch einsortiert. Ich habe als neuen Besitzer die Wilson Company hier stehen, aber das stimmt nicht. Können Sie mir auf die Sprünge helfen, damit ich das Objekt richtig ablegen kann? Es muss ja bei Besitzübergang die Gasuhr abgelesen werden. Wenn mein Boss das mitbekommt… Oh je."

Mit wild hämmerndem Herzen lauschte sie in den Hörer. Würde man ihr diese Lüge abkaufen?

„Ach, das kenn ich", antwortete der Angestellte. „Ich lege ständig was falsch ab und kassiere anschließend einen Anschiss vom Chef. Warten Sie, ich schaue mal nach."

Es knackte, als der Hörer zur Seite gelegt wurde.

Atemlos wartete Emilia ab. Das Blut rauschte in ihren Ohren. Endlich meldete sich der junge Mann zurück.

„So, hier haben wir es schon. Käufer ist nicht die Wilson Company, da haben Sie recht. Es ist die Global Invest."

„Richtig", flötete Emilia. „Jetzt wo Sie es sagen, fällt es mir auch wieder ein. Vielen Dank für Ihre Hilfe!"

„Gar kein Problem", kam zurück. Es tutete in der Leitung. Der Angestellte der Hausverwaltung hatte aufgelegt.

„Ich bin gut!", rief Emilia und strahlte.

Sie hatte zwar keine Ahnung, wer und was Global Invest war, aber zumindest gab es jetzt einen Anhaltspunkt. Sicher konnte man die Firma ausfindig machen und den Boss fragen, was er mit dem Haus vorhatte. Bestimmt gab es einen Weg, sich zu einigen. Ein wenig mehr Miete konnte sie bestimmt aufbringen, zur Not würde sie Tag und Nacht fettfreie Süßigkeiten für Mrs. Hannigan-Flynn kreieren. Oder den Laden auch am Sonntag öffnen.

Mit neuem Mut machte sie sich daran, endlich die längst überfälligen Apfelcupcakes zu backen. Sie hatte wieder Hoffnung und das war ein tolles Gefühl.

# 4. Coconut Pecan Crunchies

*Eine knackig-knusprige Kreation aus edlen Nüssen mit dem besonderen Flair der Karibik und einem Schuss Rum*

Nachmittags gaben sich die Kunden die Klinke in die Hand, was Emilia absolut fantastisch fand. Sie kam zwar nicht dazu, etwas zu backen, aber in der Theke waren noch genug süße Köstlichkeiten vorhanden. Außerdem schadete es nicht, wenn Geld in die Kasse kam.

Sie bediente gerade eine elegante Mitvierzigerin, die sich nicht zwischen Marzipan und Nougat entscheiden konnte, da tauchte Sam in der Ladentür auf, einen riesigen Blumenstrauß im Arm. Er wartete geduldig, bis die Kundin endlich die lila Box von „Pastry Passion" entgegennahm, sich verabschiedete und den Laden verließ.

„Hast du eine Lieferung und brauchst noch etwas Süßes dazu?", fragte Emilia. Sam lieferte nämlich seine Sträuße auch aus und als besonderen Service bot er den Kunden sogar an, Pralinen von „Pastry Passion" als Geschenk hinzuzufügen. Im Gegenzug durfte sich Emilia manchmal seinen Lieferwagen ausleihen, sie hatte kein eigenes Auto. In New York war das auch gar nicht nötig.

Doch heute schüttelte der bärtige Mann den Kopf und grinste breit.

„Ich habe die kürzeste Lieferstrecke aller Zeiten, die Blumen sind nämlich für dich!" Er drückte ihr den duftenden Strauß aus blauen Lilien, zarten Rosen und eleganten weißen Freesien in die Hand.

Emilia sah ihn verblüfft an.

„Für mich?"

„Ja, ein telefonischer Auftrag. Eine Karte hängt auch noch dran.“ Er deutete auf ein kleines Kuvert, das an der Schleife baumelte. „Ich muss wieder rüber. Wir sehen uns!“

Weg war er.

Völlig verdutzt stand Emilia da und wusste im ersten Moment nicht, wohin mit dem gigantischen Strauß. Sie fand im Nebenraum einen hohen Messbecher, den sie kurzerhand als Vase missbrauchte. Auf so ein riesiges Ding war sie hier nicht eingerichtet, sie stellte höchstens mal einzelne Nelken zur Dekoration auf ihre Theke.

Kaum waren die Blumen verstaut, riss sie den Umschlag auf.

„Liebe Emilia“, las sie. „Würden Sie mir erlauben, Sie als kleines Dankeschön für das Handysitting am kommenden Sonntag zu einem Picknick in den Central Park einzuladen? Ganz gemütlich und selbstverständlich ohne Chauffeur. Ich verspreche sogar, dass das BlackBerry ausbleibt! Rufen Sie mich bitte an, ich würde mich freuen, wenn Sie Zeit hätten. Richard“

Darunter stand seine Handynummer. Emilia fand den Gedanken wie das Handy krähen würde, wenn sie anrief, sehr amüsant. Aber würde sie das überhaupt tun?

Nachdenklich drehte sie die Karte in ihrer Hand. Machte es Sinn, sich mit diesem Richard näher anzufreunden? Was wollte der eigentlich von ihr? Sie passte ganz sicher nicht in sein Leben. Andererseits ging es ja nur um ein harmloses Picknick.

Bevor sie eingehender grübeln konnte, kam schon der nächste Kunde in den Laden. So ging es weiter bis zum Abend. Emilia kam nicht dazu, sich ausführlich mit der Picknick-Frage zu beschäftigen, von einer Recherche in Sachen Global Invest ganz zu schweigen.

Nach Ladenschluss musste sie sich beeilen. Sie hatte heute eine Verabredung mit ihrer Freundin Sandy, wollte aber vorher noch eine Pfanne kaufen. Den Strauß würde sie hier im Laden lassen und nicht mit nach Hause nehmen, denn sonst rannte Violetta sofort los und bestellte das Aufgebot. Deshalb steckte sie nur die Karte von Richard in ihre Handtasche und machte sich auf den Weg.

Als sie eine Stunde später mit einer neuen Pfanne heimkam, rauschte ihre Großtante sofort an.

„Und?“, fragte sie und baute sich mit erwartungsvoller Miene vor Emilia auf.

„Alles okay“, erwiderte diese. „Die Pfanne war im Sonderangebot, hat nur zwanzig Dollar gekostet.“

„Du weißt genau, was ich meine! Was hat dein Krawattenmann gesagt? Trefft ihr euch bald? Du solltest mal zum Friseur gehen. Und neue Klamotten brauchst du auch, ich komme gerne mit und berate dich beim Einkaufen. Oder zahlt er das?“

Emilia schüttelte den Kopf, dass ihre dunklen Locken nur so flogen.

„Du glaubst doch wohl nicht ernsthaft, ich lasse mir eine goldene Kreditkarte in die Hand drücken und gehe in Nobelschuppen zum Einkaufen wie Julia Roberts in ‚Pretty Woman‘?“

Auf Violettas Gesicht entstand ein schwärmerischer Ausdruck.

„Ein toller Film!“, seufzte sie. „Und diese Vivian hatte fast die gleichen Haare wie du, nur eben in rot. Und schau, bei den beiden ging es ja auch gut aus, obwohl er viel reicher war.“

Emilia gestikulierte mit den Händen. „Tantchen, das ist ein Film! Ein Märchen! Das hat doch nichts mit dem realen Leben zu tun.“

„Du bist immer so nüchtern. Betrachtest alles mit dem Kopf statt mit dem Bauch. Ich muss dir noch beibringen, das Leben von der richtigen Seite zu betrachten, nicht wie ein Buchhalter.“

„Buchhalter?“ Emilia riss die Augen auf. „Also wirklich. Nur weil ich vernünftig bin. Eine hier im Haus muss das ja sein.“ Sie deutete auf die Zigarette, die auf dem

Wohnzimmertisch bedrohlich nah am Zeitungsstapel vor sich hin glimmte. Ein Windstoß würde genügen, um die Glut einen Zimmerbrand auslösen zu lassen.

Emilia packte einen Truthahn-Wrap aus, den sie unterwegs eingekauft hatte. Zum Kochen blieb heute keine Zeit.

„Ich muss gleich weiter, bin mit Sandy verabredet“, erklärte sie. „Hier, ich hab dir auch einen Wrap mitgebracht.“

Tante Vio war begeistert. Junkfood. Ihre Leidenschaft!

Emilia biss in den Turkey-Wrap. Für sie würde dieses abgepackte Zeug immer Essen zweiter Klasse bleiben.

Als sie fertig gegessen hatte, warf sie sich in andere Klamotten und machte sich auf den Weg nach Brooklyn, wo sie sich mit ihrer Freundin im „Tipsy Donkey“ traf. Diese flippige Kneipe war schon lange ihr Lieblingstreffpunkt.

Sandy war bereits da. Sie hatte Position an der Bar bezogen und winkte Emilia fröhlich zu, als diese das gut besuchte Lokal betrat. Die Freundin sprang von ihrem Barhocker auf und umarmte Emilia stürmisch.

„Emilia, Darling, du siehst ja fürchterlich aus. Welche Laus ist dir denn über die Leber gelaufen?“

Sandy war wie immer offen und direkt. Eigenschaften, die Emilia wahnsinnig an ihrer Freundin schätzte. Das und ihre Herzlichkeit.

„Ach weißt du, diese Woche war nicht unbedingt meine beste.“ Emilia quetschte sich auf einen Barhocker, bestellte einen Cocktail und kam sofort zur Sache. Sie erzählte Sandy vom Verkauf des Hauses an Global Invest, ihrer Kündigung und dem damit verbundenen Ende von „Pastry Passion“.

Es in dieser geballten Sachlichkeit auszusprechen, führte ihr wieder einmal vor Augen, wie ernst ihre Situation war. Sie strich sich eine Strähne hinters Ohr und blickte Sandy traurig an.

„Alles, wofür ich gekämpft habe, steht auf dem Spiel!

Und nicht nur meine Existenz, auch die von Violetta hängt daran. Ich habe es ihr noch gar nicht erzählt."

Emilias Stimme klang belegt, sie musste schlucken. Viel fehlte nicht und ihr würden die Tränen kommen.

Die warme Hand von Sandy legte sich mitfühlend auf Emilias Unterarm. Es tat gut, mit jemandem zu reden, der so aufmerksam zuhörte.

„Hast du schon mit den Leuten von dieser Global Invest gesprochen?", wollte Sandy wissen.

Emilia schüttelte den Kopf. „Ich habe heute erst herausgefunden, dass die der Käufer des Hauses sind. Allerdings habe ich keine Ahnung, welche Art Firma das ist. Ich muss mal sehen, was ich über dieses Unternehmen herausfinden kann."

„Da brauchst du nicht bis morgen zu warten!"

Sandy zückte sofort ihr teures Smartphone. Sie liebte Technik – ganz im Gegensatz zu Emilia, die sich hartnäckig gegen Handys und den ganzen Schnickschnack wehrte. Sie vertrat die Auffassung, dass sie nicht immer erreichbar sein musste, geschweige denn wollte.

„Lass uns zumindest mal checken, wo die Firma ihren Sitz hat, ja?", schlug Sandy vor und Emilia nickte. Sie nippte an dem Manhattan, den der Barkeeper gerade vor ihr abgestellt hatte. Der Mann hinter der Theke zwinkerte ihr freundlich zu.

Emilia nahm noch einen großen Schluck von ihrem Drink und beobachtete Sandy, deren Finger blitzschnell über den Bildschirm strichen.

„Also: hier habe ich was. Das ist so eine dubiose Firma, die sich nicht in die Karten schauen lässt… Da steht gar nichts von wegen Immobilien. Nur von Investitionen aller Art. Und namentlich erwähnt ist auch keiner. Nur eine Adresse und eine Telefonnummer…" Sandy war wie immer hoch engagiert bei der Sache. Sie war ein Mensch, der einfach anpackte.

„Am besten, du gehst da gleich mal persönlich vorbei, dann kann man dich nicht so leicht abwimmeln. Wenn du magst, begleite ich dich." Die Freundin war gar nicht mehr zu bremsen.

Emilia dachte kurz über Sandys Idee nach. Ja, schnelles Handeln war vermutlich genau richtig. Einfach in diese Firma zu gehen, mit dem Chef zu sprechen und alles ins Reine zu bringen. Wenn der erst sah, dass sie eine erfolgreiche und willensstarke Geschäftsfrau war – vielleicht konnte das diesen Typen beeindrucken. Sie hatte Richard schließlich auch dazu gebracht, die von ihm so verhasste Schokolade zu probieren, und das nur mit einer Praline und etwas Nachdruck. Also würde sie eines dieser Businesskostüme anziehen und den Boss der Firma einfach umhauen.

„Ich schaffe das schon allein, aber danke für dein Angebot, Sandy." Emilia richtete sich auf. Sie war voller Hoffnung.

Emilia winkte dem Kellner und ließ sich einen Zettel bringen. Sie notierte sich die Daten, die Sandy zu Global Invest New York gefunden hatte.

Sandy fing zwischenzeitlich an, von ihrer neuen Liebschaft zu erzählen. Bei Sandy passierten immer kuriose Dinge mit irgendwelchen Typen. Gerade hatte sie George kennengelernt. George war ein sehr maskuliner Typ, der allerdings leidenschaftlich Puppen sammelte.

„Und jetzt stelle ich mir die Frage, ob ich das nicht irgendwie gruselig finde. In seiner Wohnung schauen einen überall diese Augen an." Sandy war voll in ihrem Element, während sie Emilia anstarrte, als sei sie eine Barbiepuppe auf Speed.

Unweigerlich musste Emilia lachen.

„Das ist noch gar nichts. Du solltest mal Leroy, den Pralinenfresser, treffen. Ehrlich, das war der gruseligste Mann, der je meinen Laden betreten hat."

„Leroy, hm?" Sandy schaute Emilia fragend an.

„Dieser Typ hat einfach seinen Unterkiefer ausgeklappt und meinen Probierteller in seinen Mund geleert. Jedenfalls beinah. Er hat so viel gefuttert, dass sein Chef anschließend für die Verkostung seines Mitarbeiters bezahlt hat."

„Aber das ist doch hochanständig, oder?"

„Allerdings. Ich kann ja gerade jeden Cent brauchen. Und stell dir vor, der Typ hat mir fünfzig Dollar in die Hand gedrückt. Einfach so."

Emilia sah Richard unweigerlich vor sich. Sein jungenhaftes Lachen, das Blau seiner Augen, diesen schief sitzenden Krawattenknoten, den sie so sympathisch gefunden hatte...

„Oh, Emi, diesen Blick hab ich zuletzt gesehen, als du frisch in New York warst und..." Sandy sprach ihren Satz nicht zu Ende.

Energisch schüttelte Emilia den Kopf.

„Nein, nein, nein! Mit Anthony ist dieser Richard nicht zu vergleichen. Anthony war ein Hochstapler. Dieser Richard ist so ein Businessfuzzi mit Chauffeur und Angeberhandy. Und dann hat er noch Leroy Wichtigtuer. Das ist eine ganz andere Welt. Außerdem habe ich mir seit Anthony geschworen, niemals mehr einem Mann auf den Leim zu gehen."

Sie war achtzehn gewesen, als Anthony mitten in Rom, besser gesagt auf der Piazza della Rotonda, in ihr Leben getreten war. Emilia war nicht nur jung gewesen, sondern auch unschuldig, wie es sich für eine junge italienische Frau aus biederem Elternhaus nun mal gehörte. In dem Café, in dem sie bediente, wurde sie öfters von Touristen angesprochen, aber dieser Anthony hatte irgendetwas Besonderes gehabt. Und ihr vorgeschwärmt von seinem Reichtum und der großen Liebe. Tja, sie war dumm genug gewesen, ihm zu glauben. Und ihm nachgekommen in sein wunderbares Amerika, dem Land der unbegrenzten Möglichkeiten. Unbegrenzt war dann eher ihre Enttäuschung ausgefallen, nachdem sie die Wahrheit herausgefunden hatte. Aber zurück nach Rom konnte sie auch nicht, also war sie hiergeblieben, im Big Apple. Das Leben in Amerika gefiel Emilia, doch sie hatte sich eine

Sache geschworen: Nie wieder würde sie sich von schönen Augen und geflüsterten Liebesschwüren einlullen lassen!

„Das ist ewig her“, sprach Sandy in ihre Erinnerungen hinein. „Sieben Jahre, wenn ich richtig gezählt habe.“

„Na und? Es hat sich nichts geändert. Männer säuseln Frauen etwas vor, damit sie sie ins Bett bekommen. Punkt. Mehr ist nicht dahinter. Und auf so etwas habe ich keine Lust, ich bin gerne mein eigener Herr.“

Sandy schüttelte lachend den Kopf.

„Ach komm schon, Em! Die Kerle sind nicht alle verlogen. Außerdem macht Sex doch auch Spaß. Und man bekommt schließlich noch andere schöne Dinge von ihnen.“

Emilia verschränkte entschlossen die Arme.

„Pah!“, machte sie. „Unnütze Dinge wie Blumen, Karten oder ekelhaft süßes Parfüm. Darauf kann ich verzichten. Und ein Picknick im Central Park kann ich auch alleine veranstalten.“

Sandys Kopf fuhr von ihrem Cocktailglas hoch. Bei solchen Themen hatte sie leider Ohren wie ein Luchs.

„Er hat dich zum Picknick eingeladen? Das ist doch toll. Er ist ein Romantiker! Und offenbar gar kein Großkotz, denn das ist ein echt bodenständiger Vorschlag. Das musst sogar du zugeben.“ Der Blick der Freundin wurde ähnlich glasig wie der von Violetta.

„Also ich weiß nicht recht. So ganz kann ich mir das nicht vorstellen. Der wichtige Richard samt Anzug und Handy mit einem Picknickkorb in der Hand?“

Sie musste schmunzeln bei dieser Vorstellung. Ein wenig neugierig war sie ja schon, ob er das wirklich durchziehen würde.

„Erzähl, wie ist es dazu gekommen!“, forderte Sandy sie auf und rutschte mit ihrem Stuhl näher heran, damit ihr auf keinen Fall etwas entging.

„Ganz einfach“, begann Emilia. „Richard hat mir Blumen schicken lassen, nachdem er die Pralinenvernichtung seines Assistenten bezahlt hat. Und eine Karte anhängen lassen, dass er mich zu einem Sonntagspicknick einlädt. Eigentlich ist das schon eine ganz süße Idee… Aber ehrlich, wohin sollte das führen? Er lebt in einer ganz anderen Welt als ich."

Emilia griff nach ihrem Cocktailglas und nahm einen großen Schluck. So sehr ihr Verstand auch sagte, dass dieses Treffen im Park keine gute Idee war: In ihrem Bauch begann ein leichtes Kribbeln, wann immer sie daran dachte. Da würde ihr Kopf noch ein hartes Stück Überzeugungsarbeit leisten müssen.

„Warum versuchst du es nicht? Ich meine, du hast jetzt lange genug getrauert. Du kannst dich doch ganz platonisch mit ihm treffen und dich amüsieren."

Sandy legte kurz ihre Hand auf die von Emilia. Sie hatte damals das ganze Drama um Anthony mitbekommen und stets ein offenes Ohr für Emilia gehabt. Als Hairstylistin von Violetta, die sich sehr regelmäßig ihre Haare kreativ färben ließ, war sie immer auf dem neuesten Stand hinsichtlich Emilias Leben.

Eines Tages hatte Violetta Emilia zu ihr geschleppt, um, wie sie sagte, mit einer neuen Frisur einen neuen Lebensabschnitt für ihre Großnichte einzuleiten. So hatten sich die beiden kennengelernt und waren schnell Freundinnen geworden.

Allerdings hatte Emilia seit dieser Sache mit Anthony all ihre Energie auf die Arbeit konzentriert und keinem Mann mehr eine Chance gegeben. Ihr Privatleben war quasi nicht existent, was sie jedoch nicht störte. Bis jetzt zumindest.

„Ich trauere nicht mehr. Schon lange nicht. Ich habe nur keine Zeit für Männer, und das ist etwas ganz anderes", sagte Emilia jetzt im Brustton der Überzeugung und deutete dem Barkeeper an, dass sie einen weiteren Cocktail bestellen wollte.

Sandy widersprach. „Von wegen! Du weißt doch gar nicht mehr, wie man sich während eines Dates benimmt."

„Blödsinn. Ich will nur… ich meine…"

Emilia kam ins Stottern. Was, wenn Sandy wirklich recht hatte? Vielleicht wäre es ja ganz nett mit Richard im Park? Sie dachte an sein jungenhaftes Lächeln und ihr Herz – dieses verräterische Ding – machte einen wilden Hüpfer.

„Vielleicht hast du recht. Möglicherweise sollte ich Richard zusagen. Nur, um mal wieder rauszukommen natürlich. Es ist ja nur ein Nachmittagspicknick."

Sandy grinste ihr zu. „Das ist die richtige Einstellung, Em. Darauf trinken wir."

Die beiden Frauen prosteten einander zu.

„Aber denke bitte daran: Der Mann darf sich deiner nie zu sicher sein", schärfte die Freundin ihr ein. „Du darfst nicht sofort heute noch zusagen, du musst ihn unbedingt erst mal im Ungewissen lassen."

Sandy erklärte Emilia ihre Theorie vom Zappelnlassen nach genau festgelegten Zeiträumen. „Der Mann will seine Beute schließlich erobern", schloss sie ihre Erläuterungen ab.

Emilia kicherte. Langsam spürte sie den Alkohol. Sandy und ihre Ansichten über die Männerwelt waren immer amüsant zu hören. Sie ließ ihre Freundin von den unterschiedlichen Eroberungsfeldzügen erzählen, die diverse Männertypen schon bei ihr probiert hatten, und lauschte ihren Theorien, während sie ihren Cocktail genoss. Wer mit Sandy befreundet war, konnte sich jeden Kinofilm sparen.

„Du kommst vorher zu mir", beschloss Sandy. „Ich habe im Salon eine unglaublich tolle Haarkur, Olivenöl-Litschi, damit wirst du deinen Richard umhauen."

„Ich weiß gar nicht, ob ich das überhaupt will. Also ihn umhauen. Die Haarkur natürlich schon." Emilia grinste Sandy an. Litschi im Haar! Die Vorstellung fand sie ziemlich lustig.

Als Sandy zu den Waschräumen verschwand, um sich frisch zu machen, blätterte Emilia in einer New Yorker Monatszeitschrift, die auf dem Tresen herumlag. Bei den

Veranstaltungshinweisen sprang ihr sofort ein Name ins Gesicht.

„Matt the Electrician kommt zu einem Konzert in die Stadt“, rief sie Sandy gleich zu, als diese zurückkam.

„Wie bitte? Ich brauche doch gar keinen Elektriker, dafür ist die Hausverwaltung zuständig“, erwiderte Sandy und sah sie an, als überlege sie, wie viele Cocktails Emilia denn schon intus hatte.

Die drehte die Zeitungsseite herum und deutete auf den entsprechenden Absatz.

„Ich rede von dem Songwriter, du Quatschkopf! Von dem habe ich dir doch schon erzählt, der kommt aus Austin, Texas, und ist ein echter Geheimtipp.“

Emilia seufzte hingerissen. Sie liebte seine gefühlvolle Stimme und die eingängigen Songs. Er erinnerte sie ein bisschen an Francesco de Gregori, obwohl dieser italienische Liedermacher eine ganz andere Generation war als der junge Texaner. Aber Emilia hörte gerne die alten Sachen, insbesondere die „Cantautori“, wie man die Songwriter aus Italien nannte. Diese Musik berührte sie einfach und brachte ihr ein Fleckchen Heimat zurück. Auch wenn Matt ein waschechter Amerikaner war, hatte er dieses Stück Sehnsucht in der Stimme, das bei Emilia für Gänsehaut sorgte. Und deshalb wollte sie den Sänger unbedingt live erleben.

Gehorsam beugte sich Sandy über die Zeitung.

„Er spielt drüben im Sub-Club, gleich an der Bahnstation“, las sie. „Also ich hätte Zeit nächsten Dienstag und würde diesen Matt total gerne mal sehen. Ist sowieso ein Wunder, wenn du mal von einem Kerl schwärmst. Da kann ich doch gar nicht anders, als gleich morgen früh die Karten zu besorgen!“

Emilia musste lachen. „Optisch ist der nicht mein Fall mit seinem langen Bart. Der sieht eher nach einem Kellner in der Shisha-Bar aus als nach einem Musiker. Aber ich freu mich wahnsinnig, wenn wir beide dort hingehen! Du bist ein Schatz.“

Sie beugte sich spontan zu Sandy und drückte ihr einen satten Schmatz auf die Wange. So eine Freundin war einfach unersetzlich. Dann lehnte sich Emilia wieder auf ihrem Stuhl zurück und schlürfte den letzten Rest aus ihrem Glas. Das Leben war gar nicht so schlecht. Sie hatte eine herrlich skurrile Mitbewohnerin und eine Freundin, auf die man sich in allen Lebenslagen verlassen konnte. Wer bitteschön brauchte da noch einen Mann?

*

Am nächsten Morgen stand Emilia zeitig auf, duschte ausgiebig, trank ihren Espresso Doppio und machte sich auf den Weg zur Arbeit. Violetta schlief noch tief und fest, als Emilia ging. Eigentlich war sie darüber gar nicht undankbar. Ihre Tante hätte nur wieder nach Richard und dem Voranschreiten ihrer nicht vorhandenen Liebesbeziehung gefragt. Oder Emilia gezwungen, das unsägliche Heiratsmagazin mit den Sahnebaiser-Kleidern zu studieren. Eine schreckliche Vorstellung!

So war das Picknick am Wochenende ihr kleines Geheimnis. Sie musste zugeben, dass sie beim Gedanken daran schon ein paar Schmetterlinge in ihrem Bauch spürte.

Als sie den Laden aufsperrte, zog ihr der Duft von Richards Blumenstrauß in die Nase. Mit einem Lächeln auf den Lippen ging sie zu der bunten Pracht auf dem Tresen und roch an einer der Rosen. Herrlich! Der ganze Verkaufsraum duftete nach Blumen und Schokolade. Emilia musste ganz automatisch an eine neue Kreation denken. Rosenschokolade. Vielleicht mit Krokant und einem Hauch Vanille. Man müsste die Blütenblätter vorher gut trocknen, dann würde sich das Aroma wunderbar entfalten, da war sie ganz sicher.

Sie musste das unbedingt probieren. Träumerisch fuhr sie mit den Fingerspitzen über die Blütenblätter einer Lilie. Das Picknick würde sicher schön werden. Vielleicht konnte sie dafür noch ein Ciabatta backen, das kam bei den Kunden immer super an. Je länger sie über die Idee eines Dates mit Richard nachdachte, desto mehr freute sie sich auf den Ausflug.

Emilia ging in die kleine Küche. Sie machte heute kleine Marzipankugeln mit Limettenzesten und bereitete einen Teig für ihre einzigartigen Zitronen-Himbeer-Tartlettes vor. Emilia mochte diese ruhige Zeit am Morgen, wenn noch nicht so viel im Laden los war und sie den Tag vorbereiten konnte.

Da klingelte die Ladentür und Sam rauschte herein. Er kam ohne Umschweife in die Küche.

„Emilia, du bist ja genial! Ich wusste gar nicht, dass du so gute Beziehungen hast! Super Schachzug, das muss ich schon sagen."

Emilia hatte ein Fragezeichen im Gesicht.

„Du willst mir doch nicht sagen, dass du das nicht eingefädelt hast?", fragte er. „Medienwirksamer geht es ja wohl nicht mehr! Ich wusste gar nicht, dass Richard Stone ein Freund von dir ist. Ich dachte, der ist zufällig hier hereingeschneit."

Sam hielt Emilia eine Klatschzeitung hin. Es war eines dieser Schmierblätter, denen Emilia normalerweise keinen Blick schenkte und die Sam neben seinen Blumen in rauen Mengen auf Vorrat hatte. Offenbar liefen die Dinger super.

Jetzt starrte Emilia auf ein Bild von Richard, der neben einer unfassbar schönen Frau stand und in die Kamera grinste wie ein Honigkuchenpferd. In seiner Hand hielt er die schöne lila „Pastry Passion" – Pralinenschachtel von Emilias Konditorei.

„Richard Stone – versucht der begehrte Junggeselle mit konzernfremden Süßigkeiten bei Lexi Hannigan zu punkten?", lautete die Bildunterschrift.

Emilia konnte nicht anders. Sie starrte auf das Foto und besonders auf die attraktive Dame in seiner Begleitung. So rank und schlank würde Emilia in ihrem

Leben nicht sein, dafür liebte sie ihre eigenen Produkte viel zu sehr. Irgendwie versetzte ihr das Bild einen Stich.

In dem Artikel stand, dass Richard an einer Charity-Gala teilgenommen und eine riesige Summe für krebskranke Kinder gestiftet hatte. Er war dort mit einem „einzigartig schönen“ Blumenstrauß, wie die Zeitung schrieb, und Pralinen einer „unbekannten Firma“ aufgetaucht. Jetzt fragte sich das Schmierblatt, ob Stone Fremdprodukte bevorzugte.

Emilia war verwirrt.

„Wer ist denn dieser Stone? Und wieso schreiben die ständig was von Fremdprodukten?“, fragte sie Sam.

„Das weißt du nicht? Schätzchen, du hast ja überhaupt keine Ahnung von der New Yorker High Society, hm? Vielleicht solltest du öfter mal eines meiner Klatschblätter lesen.“

Sam lachte. Dann erklärte er ihr, dass Richard niemand anders war als der Inhaber von „Sweet Temptation“.

Emilia blieb fast die Spucke weg. „Sweet Temptation“ war nicht irgendein x-beliebiger, sondern *der* Süßwarenhersteller in New York. Sie stellten alles her, was auch nur entfernt mit Süßigkeiten zu tun hatte. Marshmallows, Schokoladenriegel, Candies, Puddings, abgepackte Kuchen, alles. Neuerdings versuchten sie sogar, hochwertigere Produkte auf den Markt zu werfen. „Sweet Temptation“ war ein Imperium, wenn es um Massenware rund ums Süße ging.

Und dieser Stone war also nicht nur hoher Mitarbeiter irgendeiner Produktionsfirma, sondern der Chef dieses Großkonzerns. Er hatte ihr also glatt ins Gesicht gelogen, ohne mit der Wimper zu zucken.

So ein Mistkerl!

Heiße Wut kochte in Emilia hoch. Er hielt sie wohl für ein naives Dummchen, dem er irgendeinen Blödsinn erzählen konnte und die dann sofort auf ihn hereinfiel.

Waren die Männer denn alle gleich? Automatisch dachte Emilia an Anthony und die bitteren

Enttäuschungen, die er ihr beschert hatte. Nein, so weit würde Emilia es nie wieder kommen lassen. Dieser Richard konnte ihr gestohlen bleiben. Sollte er doch mit dieser Lexi anbandeln.

Ganz eindeutig war ihr erster Eindruck der richtige gewesen und mit so einem aufgeblasenen Geschäftsmann wollte sie nichts zu tun haben, Werbeträger hin oder her. Sie hatte ohnehin wichtigere Dinge zu tun. Zornig schnappte Emilia sich den Teller mit den übrigen Probierpralinen vom Vortag und biss in einen der Pecan Crunchies.

Das mit der Rosenschokolade würde sie sich auch schenken. Kein Mensch brauchte sowas, wenn er Pecan Crunchies hatte. Ihre Zähne mahlten wütend.

„Kann ich auch so ein Ding haben?" Sam stand immer noch neben Emilia wie bestellt und nicht abgeholt.

„Oh, klar." Emilia reichte ihm den Teller. „Darf ich die Zeitung behalten?"

Sam nickte und grinste Emilia an.

„Wirst du ihn noch öfters treffen, diesen Stone? Der hat sicher Millionen auf dem Konto, dem gehört ein riesiger Konzern. Wenn du dir den angelst, brauchst du dir um nichts mehr Sorgen zu machen."

„Sehe ich aus wie eine dieser Frauen, die nur zur Dekoration da sind?", fauchte sie ihn an.

„Schon gut." Sam hob abwehrend die Hände. „Ich bin ja schon ruhig. Muss eh wieder rüber, da ist Mr. Jones, der will seine Tageszeitung."

Sam winkte Emilia zu und machte sich kauend auf den Weg zurück zu seinem Kiosk, während Emilia ohne Nachzudenken nach einer weiteren Praline griff und sie in ihren Mund schob.

Richard war also ein Lügner. Einer, der Menschen manipulierte. Er hatte garantiert bemerkt, dass sie skeptisch war wegen seines Reichtums und sofort beschlossen, seine Wichtigkeit herunterzuspielen. Nur, um sie für sich einzunehmen. Dabei konnte er sich als superreicher Geschäftsmann die Frauen doch sicher aussuchen. Warum also tat er das?

Emilia zerbiss einen weiteren Crunchy und wusste schließlich die Antwort. Es war einfach seine Masche. Er war garantiert einer dieser Typen, die gewohnheitsgemäß Menschen manipulierten. Das machte er mit seinen Geschäftspartnern, mit Angestellten oder mit Leuten wie der High Society Lady, die er mit seinem Lächeln und den Pralinen um den Finger gewickelt hatte. Er hatte sich solche Dinge ganz einfach antrainiert und sonnte sich anschließend in seinen Erfolgen, was den Umgang mit seinen Mitmenschen anging.

Aber nicht mit ihr.

An ihr würde er sich die Zähne ausbeißen, sie ließ sich nämlich nicht belügen. Energisch schob Emilia den Teller mit den Probierpralinen zur Seite. Sie beschloss, dass es dringend an der Zeit für einen Cappuccino war, bevor sie sich wieder an die Tartelettes machen würde. Und an diesen verlogenen Pinocchio aus dem Stone Imperium würde sie keinen einzigen Gedanken mehr verschwenden, das stand unumstößlich fest.

*

„Also, auch wenn ich gesagt habe, du sollst nicht mehr kochen: Dein Vitello Tonnato ist ungeschlagen das beste der Welt!“ Emilia lehnte sich zurück und war so zufrieden, wie man das nach so einem Tag eben sein konnte. Immer wieder blitzte ein Gedanke auf an Richard und den Blumenstrauß, an das Foto in dem Klatschheft. Aber sie schob ihn stets schnell zur Seite. Trotzdem musste sie sich leider eingestehen, dass ihre Enttäuschung größer ausfiel, als ihr lieb war.

Als das Telefon klingelte, zuckte sie zusammen. Sie stand eilig auf und hob den Hörer ab. Es war Sandy, die irgendwie bedrückt klang.

„Em, ich hab schlechte Nachrichten“, begann sie.

„Gab es keine Tickets mehr?“

Emilia war überrascht. Der Club war zwar nicht groß, aber dass das Konzert von Matt so schnell ausverkauft wäre, hätte sie nie gedacht.

„Nein, mit den Karten ist alles klar, ich hab sie hier liegen. Aber ich komme gerade vom Arzt.“

„Oh Gott, Sandy, was ist denn passiert?“

Die Freundin seufzte tief. „Ich bin im Salon auf einem Klecks Haarkur ausgerutscht. Die mit den Litschis und dem Olivenöl. Jetzt habe ich einen Bänderriss. So ein Scheiß.“

„Das ist ja schrecklich! Musst du operiert werden?“

Emilia presste das Telefon ganz fest ans Ohr. Die arme Sandy!

„Zum Glück nicht. Aber ich hab einen Gips und kann nicht mit zum Konzert. Ich schick dir die Tickets mit der Post, du findest sicher eine andere Begleitung. Tut mir so leid, Em.“

„Mach dir doch darüber keinen Kopf. Werde lieber schnell gesund.“

Sie redeten noch ein paar Minuten, dann legte Emilia auf und ging zurück zu ihrer Großtante. Schade um das Konzert. Alleine würde sie bestimmt nicht hingehen und Violetta passte – abgesehen vom anderen Musikgeschmack – so gar nicht in diesen legeren Club. Die Tante trug heute ein sehr extravagantes lila Kleid mit Pailletten. Unglaublich, dass sie in dem Ding sogar gekocht hatte. Ihre Haare waren toupiert und in einem passenden Lilaton gefärbt. Das war neu. Emilia musste wohl mal ein Wörtchen mit Sandy reden. Es gab schließlich in Vios Alter gewisse Grenzen.

„Wie war denn dein Tag, Emi?“ Violetta brach sich noch ein Stückchen Ciabatta ab, das Emilia von der Arbeit mitgebracht hatte.

„Ach, wie immer.“

„War dein reicher Gentleman wieder da?“ Violetta zwinkerte Emilia zu.

„Also erstens ist er nicht mein Irgendwas, zweitens ist er alles, aber kein Gentleman. Und nein, er war heute nicht da. Zum Glück."

„Bella, was ist denn mit dir los? Was hat er denn getan, um dich so zu verärgern?"

Violetta schien ehrlich betroffen.

„Er hat mich belogen. Er meinte, er sei in einer Firma tätig, die irgendwelche Sachen produziert und gar nicht so wichtig, Dabei ist er der Inhaber von ‚Sweet Temptation', das muss man sich mal vorstellen!" Emilia wurde richtig laut.

Ihre Tante neigte den Kopf nachdenklich zur Seite.

„Na, nüchtern betrachtet hat er nicht gelogen", meinte sie. „Er hat vielleicht nicht ganz die Wahrheit gesagt, aber…"

„Tantchen, gib es auf. Ich weiß einfach, dass der Kerl nichts für mich ist", sagte Emilia im Brustton der Überzeugung. Für sie war das Thema erledigt.

„Wie, du weißt das? Was sagt denn dein Bauch?"

„Der Bauch ist nur bei Vitello Tonnato ein guter Ratgeber. Oder bei weißen Schokochip-Cookies. Ansonsten verlasse ich mich lieber auf meinen Kopf." Emilia trank einen riesigen Schluck des Pinot Grigios, den Tante Violetta ihr gerade nachgeschenkt hatte.

„Ach, Cara, du machst es dir so schwer. Glaub mir, dein Bauch weiß mehr, als du denkst."

Violettas Gesicht war ernst und sie sah Emilia tief in die Augen. „Du solltest wirklich lernen, deinen Gefühlen zu vertrauen. Und mal wieder einen Mann an dich heranlassen."

„Von wegen! Dieser Richard Stone wollte mich nur unter Vorspiegelung falscher Tatsachen rumkriegen. Da muss man schließlich nur eins und eins zusammenzählen. Aber da hat er sich geschnitten."

Emilia zog die kleine Karte aus ihrer Handtasche und holte das Telefon aus dem Gang.

„Und genau dies werde ich ihm nun mitteilen",

kündigte sie an. Dann wählte sie die Nummer, die auf der Karte stand.

Violetta sah ihr mit entsetzt aufgerissenen Augen zu. „Überlege dir gut, was du tust, Cara“, rief sie, doch der Anschluss hatte sich schon aufgebaut.

Emilia hörte die bekannte Stimme, die leicht metallisch klang:

„Hallo, dies ist die Mailbox von Richard. Bitte hinterlassen Sie eine Nachricht nach dem Ton.“

Dieser Kerl wollte sogar bei seiner Mailbox vertuschen, wer er wirklich war. Das war fast schon unverschämt. Aber seine Stimme…

Emilia versuchte, den Gedanken zu verdrängen. Er hatte einen so warmen Bariton. Sanft wie heller Nougat und doch männlich tief. Genau wie Anthony. Unglaublich, dass verlogene Betrüger immer mit so herausragenden Eigenschaften glänzen konnten.

Emilia zog die Schultern gerade. Sie würde jetzt einfach eine Nachricht aufsprechen und das Kapitel Richard im Speziellen und Männer im Allgemeinen hinter sich lassen. Sie geriet ohnehin immer an die falschen Kerle.

„Ja, hallo, hier Emilia von ‚Pastry Passion‘, ich wollte unser Treffen absagen. Trotzdem danke. Aber bitte machen Sie sich keine Mühe, einen anderen Tag anzubieten. Wiedersehen.“

Ihr Herz klopfte wild, als sie auflegte. Emilia hoffte, so formell geklungen zu haben, wie sie es sich wünschte. Und sie konnte spüren, wie ihre Wangen rot anliefen.

Klar, dass das auch Violetta nicht verborgen blieb. Es war ohnehin schwierig, etwas vor ihrer Tante zu verstecken.

„Was hast du denn jetzt abgesagt?“, fragte diese sofort. „Wollte dich dieser Richard etwa wiedersehen?“

Violetta hatte diesen Blick, den sie immer bekam, wenn sie ein Geheimnis witterte. Da Emilia keine Lust hatte, sich nun tagtäglich einer spanischen Inquisition zu unterziehen, beschloss sie, ihrer Tante die Wahrheit zu sagen.

„Er hat mir Blumen geschickt, wenn du es genau wissen willst, und er wollte mit mir picknicken. Aber ganz ehrlich, ich lasse mich nicht mehr auf solche Typen wie ihn ein. Deshalb habe ich mir erlaubt, die ganze Sache abzublasen. So, und jetzt gehe ich duschen. Der Tag war lang."

Emilia hoffte, ihrer Tante damit den Wind aus den Segeln genommen zu haben.

„Wie du meinst, Bella."

Violetta griff nach ihrer Zigarettenspitze und ging aus dem Raum, um am Wohnzimmerfenster zu rauchen. Offenbar sah sie dieses Mal ein, dass sie verloren hatte. Emilia war sehr froh, dass ihre Tante sich den Tatsachen fügte und sich nicht weiter einmischen würde. Manchmal konnte sogar Vio vernünftig sein. Sie stellte die Teller in die Spüle und verschwand anschließend im Bad.

Sie war heute unglaublich müde. Die Sechs-Tage-Woche war anstrengend. Emilia managte ihre Konditorei ganz allein und am Samstag war selbstredend auch geöffnet. Dazu kam, dass Emilia und Sandy am Vorabend noch viel zu lange in der Bar geblieben waren und sich verquatscht hatten. Alles, was Emilia brauchte, war ein ruhiger Sonntag ohne irgendwelche Aufregungen. Gut, dass sie Richard abgesagt hatte. Sonst wäre morgen auch schon wieder so ein stressiger Tag gewesen.

Emilia ließ sich das heiße Wasser über den Kopf laufen und genoss das Gefühl der Wärme, das sich in ihr ausbreitete. Es war nur gut, dass sie rechtzeitig die Reißleine gezogen hatte. Eine Beziehung mit Richard hätte nichts als Kummer und Sorgen bedeutet. So konnte sie wenigstens ihre Energien bündeln und sich auf die Rettung von „Pastry Passion" konzentrieren.

Als Emilia aus der Dusche kam, hörte sie, dass Violetta es sich vor dem Fernseher gemütlich gemacht hatte. Sie lachte gerade laut auf und schien den Schauspielern irgendwelche Kommandos zuzurufen. Das war typisch für Violetta: immer mit vollem Einsatz dabei!

Emilia liebte es, mit ihrer exzentrischen Tante zusammenzuleben. Sicher würde die sich jetzt auf dem Sofa ausgebreitet haben, ein Glas Wein in der Hand, und aussehen wie ein Filmstar in ihrem Paillettenkleid. Emilia grinste und dachte an die neugefärbte Haarpracht von Vio. Vielleicht sollte sie ihre Tante einfach machen lassen. Schließlich war sie ganz offensichtlich glücklich und zufrieden mit sich selbst – was mehr war, als die meisten Leute von sich behaupten konnten.

In ihrem Zimmer schlüpfte Emilia in den unglaublich bequemen und mindestens ebenso hässlichen Flanellschlafanzug, den ihre Mutter ihr aus Italien geschickt hatte. Mama dachte immer noch, dass es außerhalb von Rom und insbesondere in New York stets klirrend kalt war. Das erklärte allerdings noch lange nicht die grässlichen Karos in Grau und Grün, die den zartrosa Hintergrund des Stoffes fast überlagerten. Aber egal. Kein Mensch würde sie sehen in diesem Ungetüm, und der Pyjama war herrlich weich.

Sie kroch mit einem wohligen Seufzer unter ihre Bettdecke und griff zu dem Krimi, der auf dem Nachtkästchen wartete. Der Fall war so spannend, dass sie bis weit nach Mitternacht darin las. Da morgen Sonntag war, konnte sie sich das erlauben. Erst als ihr die Augen fast zufielen, legte sie das Buch weg, drehte sich zur Seite und schlief beinahe schlagartig ein.

# 5. Hot Dog

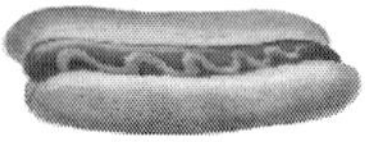

*Weiches Brötchen, mit knackigem Würstchen, Gürkchen, Zwiebeln und Senf gefüllt. Ein echtes Original für Liebhaber des herzhaften Genusses*

Emilia wachte auf, weil es Sturm an der Wohnungstür klingelte. Sie fluchte. Da konnte sie ein einziges Mal ausschlafen und dann das. Warum machte Violetta nicht auf? Emilia schaute auf den Wecker auf ihrem Nachttisch und rieb sich die Augen. Es war elf Uhr vormittags. Oh Mann, sie hatte richtig lange geschlafen. Sie überlegte einen Moment, ob sie das penetrante Klingeln einfach ignorieren sollte. Aber dann stand sie doch auf. Vielleicht hatte Violetta sich bei irgendeinem Delivery-Service etwas bestellt. Wenn sie die Lust auf Burger oder Pizza packte, war Tante Vio von so etwas Banalem wie der Uhrzeit nicht von ihrem Vorhaben abzubringen. Und bevor der arme Lieferbote die Tür eintrat, um sein Fastfood loszuwerden…

„Violetta! Wo steckst du nur?“, rief Emilia, während sie gähnend zur Wohnungstür schlurfte.

Keine Antwort.

Stirnrunzelnd fischte Emilia im Flur den Geldbeutel aus ihrer Handtasche, denn sie würde den Pizzajungen schließlich bezahlen müssen. Dann lugte sie durch den Türspion und fiel fast in Ohnmacht.

Draußen stand Richard.

Sie schnappte nach Luft. Wie war der denn hierher gekommen? Das durfte nicht wahr sein! Sie hatte doch ganz klar abgesagt. Und überhaupt – woher hatte er ihre private Adresse?

„Möchtest du nicht aufmachen?“ Violetta stand plötzlich grinsend hinter Emilia, noch dazu in einem tief ausgeschnittenen Oberteil und dazu passenden pinkfarbenen Leggings.

„Tante, das ist dieser Richard“, flüsterte sie. „Der Krawattenmann!“

„Das weiß ich doch, Bella“, flötete Violetta. Sie drängelte sich zur Tür und öffnete, ohne dass Emilia die geringste Gelegenheit hatte zu protestieren.

„Sie müssen Richard sein. Ich hab schon so viel von Ihnen gehört, kommen Sie doch erst einmal rein.“ Violetta hielt Richard ihre schmale Hand hin.

Er sah umwerfend aus. Sein legeres Hemd und seine Jeans, die Sneakers – alles an ihm war lässig. Wären die Sachen nicht so eindeutig von hervorragender Qualität gewesen, er wäre als sportlicher Typ von nebenan durchgegangen. Sein Sakko war eine eindeutige Maßarbeit. So etwas gab es einfach nicht von der Stange. Es passte natürlich farblich perfekt zum Hemd und seinen Augen, was Emilia zu ihrem eigenen Bedauern sofort auffiel.

Richard wirkte ein wenig irritiert vom Anblick der Tante im Nanny-Fine-Outfit. Sein Blick wanderte weiter zu Emilia, während er zögernd die Wohnung betrat.

„Wieso haben Sie abgesagt?“, bohrt sich seine dunkle Stimme in ihr schlechtes Gewissen. Die Frage schwebte wie eine unheilvolle Wolke durch den Flur und verharrte genau über ihrem Kopf. Was sollte sie nur antworten?

„Ich…nun…“, stammelte Emilia. Ihr fiel beim besten Willen nichts ein.

„Es klang, als wollten Sie mich nie mehr wiedersehen“, insistierte er. „Ist das denn so?“

Seine Augen waren nur auf sie gerichtet. Emilias versuchte, den Knoten in ihrer Zunge zu lösen.

„Nein“, presste sie schließlich hervor. „Ich dachte nur… Weil wir beide in so unterschiedlichen Welten leben. Ich wollte nicht, dass Sie sich zu irgendetwas verpflichtet fühlen.“ Langsam fing sie sich wieder. „Wissen Sie,

Richard, auch ich habe meine Zeit nicht gestohlen. Ich wollte es uns beiden ersparen, nur wegen einer Lappalie wie diesem Handysitting Stunden zu vergeuden, die wir vielleicht eher zum Arbeiten benötigen."

Das war gut! Emilia sah ihm herausfordernd in die Augen. Sie hatte ihm bewiesen, dass sie erstens Geschäftsfrau war und zweitens nicht im Geringsten an ihm interessiert war, so wie all diese Society Ladies. Richard hielt ihrem Blick stand und nickte.

„Ich verstehe. Allerdings habe ich mir ganz bewusst für heute frei genommen. Sie hingegen stecken anscheinend sehr in der Arbeit?"

Er schien Emilia prüfend zu mustern. Da erst wurde sich Emilia ihrer Aufmachung bewusst. Ihre Locken standen wie jeden Morgen ungebändigt vom Kopf ab und sie hatte sich noch nicht einmal die Zähne geputzt. Zu allem Überfluss trug sie noch den wild karierten Flanellpyjama, der total ausgewaschen war und an einem Knie ein Loch hatte, weil sie einmal die ganze Wohnung in dem Ding geputzt hatte an einem dieser Sonntage, wo man ohnehin nicht aus dem Haus ging. Vom Styling her würde sie gut zu diesen Typen passen, die an der Central Station herumhingen, nur die Schnapsflasche in der brauen Tüte fehlte noch. Unvorteilhafter ging es wirklich nicht.

„Oh, also, ich hab gar nicht mit Ihnen gerechnet. Ich muss eben… ich meine…" Verdammt!

Emilia fühlte sich fürchterlich. Das hier war die peinlichste Begegnung, die sie jemals in ihrem Leben durchgemacht hatte. Richard stand hier, natürlich wie aus dem Ei gepellt, während sie noch nicht einmal gekämmt war. Von diesem Pyjama im Grunge-Look ganz zu schweigen.

Sie bemerkte, wie er beiläufig die Wohnung musterte, und ihr Schamgefühl schlug allmählich in Wut um. Sie hatte dem Mann abgesagt für heute! Wie konnte er einfach hier auftauchen und woher zum Teufel hatte er die Adresse? Das war ihr immer noch nicht klar.

In diesem Moment wurde sie des triumphierenden Lächelns ihrer Tante gewahr. Die sah ganz und gar entzückt aus. Daher wehte also der Wind. Violetta hatte ihre Finger im Spiel! Das sah ihr ähnlich.

„Entschuldigen Sie, Richard. Emilia hat ein wenig verschlafen. Sie wollte sich gerade fertigmachen und ist bestimmt gleich so weit“, mischte sich Violetta jetzt auch ein, bevor Emilia noch etwas sagen konnte. „Und selbstverständlich geht sie mit Ihnen zum Picknick, sie freut sich schon darauf.“ Ihre Tante zwinkerte Emilia zu und ignorierte den wütenden Blick, den die Nichte ihr zuwarf, einfach völlig.

Violetta hakte sich bei dem noch immer leicht verwirrten Richard unter und zog ihn in Richtung Küche.

„Kommen Sie, kommen Sie nur. Wir haben eine fabelhafte Espressomaschine. Wir trinken einfach ein Tässchen Cappuccino, während meine Nichte sich fertigmacht, ja? Es findet sich bestimmt auch noch etwas Süßes dazu…“

„Den Kaffee nehme ich gerne, aber Süßes ist nicht so mein Ding“, hörte Emilia ihn sagen. „Mit Ausnahme der Blackberry Pralinen von ‚Pastry Passion‘. Oder die mit Grappa, aber die fallen wohl eher unter Alkohol als unter Süßes.“

Wutschnaubend verzog sich Emilia ins Bad, wo sie sich erst einmal so zurecht machte, dass sie unter Menschen gehen konnte. Was sollte sie nun tun? Sie musste Richard irgendwie loswerden, fragte sich nur, wie.

Es war an der Zeit, ein ernstes Wörtchen mit ihrer Tante zu reden. Sollte die doch sehen, wie sie Richard wieder losbekam. Sie hatte ihn schließlich herbestellt. Emilia öffnete die Badezimmertür einen Spalt breit.

„Vio!“, rief sie streng. „Komm her, ich muss mit dir reden!“

Ihre Tante lachte gerade hell auf – offenbar war Richard unglaublich witzig. Dann hörte Emilia, wie Violetta sich entschuldigte. Breit grinsend kam sie den Flur entlang auf Emi zu, drehte sich aber noch kurz zur Küche um.

„Ich bin gleich wieder bei Ihnen, Richard. Emi braucht eine kleine Beratung in Modedingen, Sie wissen ja, wir Frauen suchen immer nach dem perfekten Outfit“, flötete sie ihm zu.

Emilia zog die Tante am Ärmel ins Zimmer und knallte die Tür hinter ihr zu.

„Was soll das?“, zischte sie. „Wie kommt der hierher?“

Violettas Miene blieb völlig ungerührt. „Du hattest doch selbst etwas ausgemacht mit ihm“, erklärte sie. „Ich habe nur ein wenig nachgeholfen.“

Emilia verstand immer noch nicht.

„Wie?“ fragte sie.

Violetta betrachtete in aller Ruhe ihre sorgsam lackierten Fingernägel. „Na mit der Wahlwiederholung, das war ganz leicht. Wir hatten ein nettes kleines Gespräch, als du unter der Dusche warst.“

Das waren also die Stimmen gewesen, nicht der Fernseher! Nun fiel es Emilia wie Schuppen von den Augen. Das war das gleiche Lachen gewesen. Wenn Violetta in Richards Alter gewesen wäre – vermutlich hätte sie gleich selbst ihr Glück bei ihm versucht. Sie konnte ihn gerne haben, wenn es nach Emilia ging!

„Ich geh nicht mit“, stellte sie klar.

„Natürlich tust du das. Er liebt deine Pralinen. Das muss ein Zeichen sein! Sag, seit wann hast du denn welche mit Grappa? Das hast du noch gar nicht erzählt. Bringst du mir morgen welche davon mit, Cara? Immerhin stammt die Idee dafür eigentlich von mir.“

„Lenk nicht ab, Tante.“ Emilias Kopf war schon ganz vernebelt von all den Überraschungen am frühen Morgen.

Violettas Gesicht kam nah an ihres heran. „Tu deiner alten Tante den Gefallen, Bella“, flüsterte sie. „Bitte geh mit ihm zum Picknick. Mir zuliebe. Das wünsche ich mir so sehr! Es würde dir so guttun. Du musst einfach mal wieder jemandem eine Chance geben.“

Sie legte ihre Hand auf ihre Brust und seufzte inbrünstig. Es war fast schon bewundernswert, wie Violetta es schaffte, auf Kommando alt auszusehen.

Emilia wusste, dass Vio gerade alle Register zog, aber sie schaffte es nicht, ihrer Großtante den Wunsch auszuschlagen. Außerdem würde Violetta vor Richard wirklich dumm dastehen, wenn sie ihn ganz umsonst hierher eingeladen hatte.

„Also gut“, lenkte Emilia schließlich ein. „Ich tue es. Aber nur dieses eine Mal, damit das klar ist.“

Violetta strahlte übers ganze Gesicht.

„Du machst eine alte Frau sehr glücklich“, sagte sie, öffnete die Zimmertür und tänzelte leichtfüßig wie eine Primaballerina durch den Flur.

Emilia schüttelte lachend den Kopf. Sie war Violetta einiges schuldig, gerade jetzt, wo es so schlecht um „Pastry Passion“ stand, kam auch noch ein gehöriges schlechtes Gewissen dazu. Ihr diesen Gefallen zu tun, auch wenn sie dafür in den sauren Apfel beißen musste, schien ihr beinahe eine Verpflichtung zu sein.

Sie würde Richard einfach auf Abstand halten, das sollte kein großes Problem sein.

Als sie im Bad fertig war, ging sie in ihr Zimmer hinüber. Emilia riss den Kleiderschrank auf und entschied sich spontan für einen weitschwingenden knallroten Rock mit weißen Punkten und ein passendes weißes Top. Diese Klamotten im Rockabillystil hatte Emilia in einem Secondhand-Shop gefunden und für ein paar Dollar erworben. Sogar flache Schnürschuhe mit Punkten hatte sie aufgetrieben und schlüpfte jetzt hinein. Ihre Locken bändigte sie mit einem breiten Haarband in Rot. Sie schminkte sich nur ganz dezent und trug ein wenig Lipgloss auf. Schon war sie fertig.

Noch einmal tief durchatmen, dann riss sie ihre Zimmertür auf, stolzierte nach draußen und rief: „Also meinetwegen können wir sofort zum Park.“

Als Violetta erschien, sah Emilia an deren Miene, dass

sie mit der Wahl ihres Outfits nicht unbedingt zufrieden war. Sie hätte ihre Nichte sicher lieber in einem aufreizendem Minikleid oder etwas sehr tief Dekolletiertem gesehen, aber Emilia fühlte sich wohl in diesen leicht exzentrischen Klamotten.

Von Richards Gesicht konnte sie keine Reaktion ablesen. Das war im Grunde ja auch egal. Falls sie in dieser Kleidung nicht seinem Niveau entsprechen sollte, war das umso besser. Er schenkte ihr immerhin ein freundliches Lächeln.

„Dann nichts wie los", schlug er vor und verabschiedete sich von Violetta, die ihm elegant ihren Arm entgegenhielt, mit einem gekonnten Handkuss. Vios Wangen glühten vor Freude. Dass sie genau dies erwartet hatte, war leicht zu erkennen. Emilia verdrehte die Augen. Typisch Vio.

Und Richard versuchte wohl, Eindruck zu schinden. Jetzt manipulierte er auch noch ihre Großtante! Der Mann schreckte wirklich vor nichts zurück.

Im Hinuntergehen drehte er sich zu ihr um. „Es freut mich sehr, dass Sie doch noch eine Stunde für mich erübrigen konnten an einem so arbeitsreichen Sonntag." Er grinste schelmisch.

„Bilden Sie sich nur nichts darauf ein", erwiderte Emilia. „Nur weil sie ältere Damen um den Finger wickeln können, heißt das noch lange nicht, dass das auch mit mir funktioniert."

„Das ist mir vollkommen klar, Emilia."

Wieder sah sie ihn lächeln und war sehr unschlüssig, ob sie ihm böse sein sollte oder seine Ironie gut fand.

„Wartet der Chauffeur unten?", fragte sie, als sie den untersten Treppenabsatz erreicht hatten, doch er schüttelte nur den Kopf.

Erstaunt sah sich Emilia um, nachdem sie auf den Gehweg getreten war. Keine Limousine weit und breit, auch kein Taxi. Nur ein Kleinwagen, irgendein japanisches Modell, war vor dem Hauseingang abgestellt worden.

Genau auf diesen steuerte Richard nun zu.

„Sie sind mit dem Auto hier?“, fragte sie. Und noch dazu mit so einem winzigen! Emilia wusste nicht recht, was sie davon halten sollte. „Also mit *diesem* Auto?“

Er nickte. „Ich weiß doch, dass Sie nicht viel von Angeberlimousinen halten“, schmunzelte er. „Also wollte ich mal mit etwas ganz Normalem vorfahren.“

Richard ließ es sich natürlich nicht nehmen, ihr die Tür aufzuhalten. Als Emilia nach hinten auf die Rückbank blickte, sah sie einen großen Picknickkorb. Er meinte es ernst damit, sie in den Central Park auszuführen.

Na, das konnte ja was werden. Ein Luxustyp wie er, mit diesem Sakko auf der Wiese. Das alles hier war doch nur Berechnung. Sie traute ihm nicht über den Weg. Er wollte sie mit Sicherheit nur beeindrucken. Wahrscheinlich hatte sie irgendeinen testosterongesteuerten Jagdinstinkt bei ihm geweckt, weil sie nicht sofort von seinem Reichtum und seiner weltmännischen Aura hingerissen gewesen war. Und nun musste er sich selbst beweisen, dass ein Richard Stone jede Frau östlich des Hudson Rivers rumkriegte.

Bei ihr hatte er sich allerdings getäuscht!

Emilia lehnte sich entspannt im Sitz zurück. Sie war neugierig, was er noch alles auffahren würde, um sie von seiner Unwiderstehlichkeit zu überzeugen. Wenn er dieses Spiel spielen wollte – bitte sehr. Es war sicher keine schlechte Lektion für ihn, auch mal auf Granit zu beißen. In seinem sonst so sorgenfreien Luxusleben war das bestimmt etwas Neues. Sie würde sich natürlich nicht anmerken lassen, dass sie sein Manöver durchschaut hatte. Sollte er sich ruhig als der große Verführer fühlen, irgendwann würde sie ihn dann auflaufen lassen. Darauf freute sie sich jetzt schon diebisch.

Richard nahm auf dem Fahrersitz Platz, ließ das Auto an und ruckelte ungeschickt am Schaltknüppel herum. Emilia beschlich das Gefühl, er hatte nicht viel Erfahrung, was Autos mit Gangschaltung anbelangte.

„Fahren Sie sonst Automatik?“, fragte sie ihn.

„Nein. Ich fahre sonst eher gar nicht“, sagte er mit einem entschuldigenden Lächeln, das irgendwie unsicher wirkte, drehte das Lenkrad und blickte dann mit höchster Konzentration auf die Straße.

Der Wagen machte einen Satz nach links und wurde von Richard gekonnt abgewürgt, da er den dritten Gang eingelegt hatte. Hinter ihnen begann ein Hupkonzert und Richards Gesicht bekam einen zarten Rosaton, was Emilia sehr amüsierte.

„Verflixt“, schimpfte er und ließ den Motor erneut an.

Emilia versuchte, ihr Grinsen zu verbergen. Das war aber gar nicht notwendig, da Richard seine volle Aufmerksamkeit für das Fahren benötigte.

Als er die Madison Avenue im zweiten Gang und mit aufjaulendem Motor entlangkroch, kam sie zu der Erkenntnis, dass er generell mit Autos nicht viel Erfahrung hatte, egal welche Schaltung sie besaßen.

Sie fand es herrlich, ihn schwitzen zu sehen, als er abbiegen musste und ein Lieferwagen ihn hupend überholte, wobei ihm der Fahrer den Vogel zeigte.

„Normalerweise sitze ich hinten“, erklärte er kleinlaut, als der Central Park endlich in Sichtweite kam.

Nun galt es, einen Parkplatz zu finden. Natürlich war an so einem schönen Sonntag alles rund um die Grünfläche vollgeparkt. Richard musste zwei Mal auf und ab fahren, bis er schließlich aufgab und einfach ein Stück Straße ansteuerte, über dem groß und breit ein „no parking“-Schild prangte.

„Das könnte teuer werden“, sagte Emilia aus einem Reflex heraus. Sofort fiel ihr aber ein, dass dies wohl kein Problem für Richard darstellen würde. Dafür hatte er umso mehr Schwierigkeiten, den Rückwärtsgang einzulegen und das Auto in die Lücke zu lenken. Als er etwas energischer aufs Gas stieg, hüpfte der Kleinwagen auf den Bordstein und prallte mit dem Kotflügel gegen die Stange des Parkverbot-Schildes. Entsetzt sah Richard auf das nun schief hängende Verkehrsschild.

Emilia konnte nicht mehr anders, sie musste lauthals lachen.

„Sorry, Richard“, prustete sie. „Es tut mir echt leid, dass ich lache. Aber Sie sind kein besonders geübter Autofahrer, stimmt's?“

Er seufzte tief und begann ebenfalls zu lachen.

„Da haben Sie natürlich recht“, erwiderte er. „Ich habe in der Schule den Führerschein gemacht - wie alle. Aber unsere Familie hatte immer einen Chauffeur. Und dann diese Gangschaltung ... Dabei habe ich mir für heute extra einen Kleinwagen ausgeliehen, damit ich wenigstens das Einparken ordentlich hinbekomme... Was nicht wirklich klappt, wie Sie sehen.“

Emilia kicherte immer noch, als Richard das Auto erneut rangierte.

Er schaffte es irgendwie, den Wagen mehr schlecht als recht in die Lücke zu bugsieren. Dann stieg er aus, nahm den Picknickkorb von der Rückbank und ging neben Emilia durch das nahe liegende Tor in den Central Park hinein. Unwillkürlich holte Emilia Luft.

Es war, als beträte man eine andere Welt.

Schon bei ihrer Ankunft in New York, vor nunmehr fast sieben Jahren, war sie von der „grünen Lunge“ der Stadt begeistert gewesen. Mitten in all der Hektik von Manhattan lag dieses herrliche Paradies für Sportler, Kinder, Spaziergänger und Künstler. Von irgendwoher klang immer Musik. Mal spielte ein klassisches Orchester im Halbrund der Naumburg Bandshell, dann wieder stand eine kleine Jazzcombo vor dem John Lennon Memorial in den Strawberry Fields. Und natürlich gab es jede Menge Straßenmusiker, die den speziellen Sound des Central Parks prägten.

Man hörte den hellen Schlag, wenn ein Baseballschläger den ledernen Ball traf, und weiter oben, nördlich des Reservoirs, das elegante Ploppen von Tennisbällen. Dazwischen Kinderlachen und Hufgeklapper, das Bellen von Hunden und aufgeregtes Gezwitscher, wenn eine ältere Lady ihre mitgebrachten Brösel unter die Vögel warf.

„Schauen Sie doch!“ Richard deutete auf eine junge, asiatische Musikerin in zerfetzten Jeans, die eine virtuose Geigensonate spielte und dabei im Takt einen Hula-Hoop-Reifen um ihre schmalen Hüften kreisen ließ.

Er schüttelte lachend den Kopf und marschierte schließlich weiter, am See entlang.

„Kommen Sie oft hierher?“, fragte Emilia.

Sie war ein wenig durcheinander. Ihre Theorie, dass Richard sie mit ausgefeilten Tricks nur aus Jagdgründen beeindrucken wollte, bröckelte gehörig seit der peinlichen Autofahrt. Würde jemand, der gern Menschen manipulierte, um besser dazustehen, sich wirklich so zum Affen machen? Es fiel ihr zunehmend schwer zu glauben, dass all dies hier Berechnung war und sein Lächeln gar nicht echt sein sollte.

Was, wenn er wirklich nur bescheiden hatte sein wollen?

„Wenn ich ehrlich sein soll“, antwortete er, „Ich war seit fünf Jahren nicht mehr hier. Irgendwie war nie Zeit dafür. Wissen Sie, die Firma nimmt mich sehr in Anspruch, ich bin dort zuständig für...“

„Ich weiß Bescheid über Sie, Richard Stone“, unterbrach ihn Emilia. „Sie müssen mir nicht mehr vorgaukeln, ein Angestellter zu sein. Sie sind Inhaber des Stone-Konzerns, Ihnen gehört ‚Sweet Temptation‘ und Sie werden als begehrtester Junggeselle der ganzen Stadt gehandelt.“

So, nun wusste er, dass er ihr nichts mehr vorzumachen brauchte. Kämpferisch blickte sie zu ihm auf.

Seine Augen umwölkten sich, ein harter Zug bildete sich um seinen Mund und er blieb unvermittelt stehen.

„Ist das der Grund, wieso Sie auf meine Mailbox gesprochen und abgesagt haben?“, fragte er und sah sie direkt an.

„Ganz genau. Ich kann es nicht ausstehen, wenn mir jemand etwas vorspielt."

„Okay, Emilia. Ich muss mich entschuldigen. Ich wollte nur… Ach, egal." Richard wandte sich ihr direkt zu und sah ihr so tief in die Augen, dass ihr Puls sich unwillkürlich beschleunigte. „Machen wir einen Deal. Sie wissen, als erfolgreicher Geschäftsmann kenne ich mich mit solchen Dingen aus. Ab sofort gilt nur noch die Wahrheit zwischen uns. Einverstanden?"

Er streckte seine rechte Hand aus.

„Keine Lügen und Spielchen mehr?", fragte sie mit leiser Stimme.

„Ich verspreche es."

Seine Worte klangen so ehrlich und ernst, dass sie ihren Arm ausstreckte, um den Deal per Handschlag zu besiegeln. Richards Finger waren warm und weich, der Händedruck zugleich fest und stark. Seine Hand schien Emilias gar nicht loslassen zu wollen. Sein Blick hielt den ihren gefangen, was Emilias Knie ein klein wenig beben ließ. Zwei Schwalben segelten lautlos über die nahen Baumwipfel und im Hintergrund stimmte ein Straßenmusiker eine Don McLean-Nummer an.

Die Welt blieb für den Bruchteil einer Sekunde stehen, fand aber schnell wieder in ihren Rhythmus zurück, als Richards Finger die ihren losließen. Emilias Atem jedoch war immer noch beschleunigt und ihr war warm geworden.

„Hunger?", fragte er in das entstandene Schweigen und deutete auf eine Bank. Er stellte den Korb darauf ab, wischte mit einem Tuch das Holz sauber und deutete Emilia, dass sie Platz nehmen könne.

Da sie nicht genau wusste, ob das flaue Gefühl im Magen vom fehlenden Frühstück oder von Richards Anwesenheit herrührte, wollte sie es mit Essen versuchen.

„Mit gutem Essen kann man eine Italienerin immer ködern", erwiderte sie.

„Das hatte ich gehofft", sagte er und begann auszupacken.

Emilia lief das Wasser im Mund zusammen, als sie sah, was er mitgebracht hatte. Teuren Prosecco, Cocktailtomaten, echten Parmigiano und Asiago-Käse, dazu Wildschweinsalami aus Volterra.

„Da sind ja lauter italienische Spezialitäten", rief sie überrascht, und brach sich ein Stück vom Ciabatta ab. Das war nicht ganz so gut wie ihr eigenes, aber auch nicht schlecht. „Wo haben Sie denn die Salami her? Die gibt es eigentlich nur in der Toskana."

Er zuckte verlegen mit den Schultern. Wurde er tatsächlich ein bisschen rot?

„Ich muss gestehen, eine meiner Sekretärinnen hat den Korb für mich zusammengestellt. Sie hatte selbstverständlich genaue Instruktionen erhalten."

„Ach so." Emilias Freude ließ ein wenig nach.

„Wie viele Leute arbeiten denn für Sie?", wollte sie wissen.

„In der Hauptverwaltung hier in Manhattan sind es rund 650 Beschäftigte. Aber insgesamt natürlich deutlich mehr."

„Das heißt?", sie sah ihn an.

Er schlug einen geschäftsmäßigen Ton an.

„Wenn man Produktion, Vertrieb und die Außenstellen mitzählt, sind es an die fünftausend Angestellte. Natürlich gibt es noch eine nicht unerhebliche Zahl an stundenweise bezahlten Arbeitern. Und wir reden jetzt nur von New York."

Emilia musste tief durchatmen. Das war wirklich Big Business.

„Wo sind Sie denn sonst noch im Einsatz mit ‚Sweet Temptation'?"

„Der Konzern hat weltweite Filialen, sowohl im Vertrieb als auch in der Produktion. Dabei firmieren wir meist unter einem anderen Produktnamen, je nach Land und Sprache. Das Marketingkonzept dahinter ist sehr ausgeklügelt. Ich habe vor, weiter zu expandieren. Es gibt noch eine ganze Reihe Länder mit einem großen

Entwicklungspotential. Außerdem soll unser Marktsegment stetig vergrößert werden."

Mit einem Mal fühlte Emilia sich unwohl. Er sprach, als hielte er gerade eine Pressekonferenz und präsentierte seine äußerst erfolgreichen Quartalszahlen. Sie sah ihn förmlich vorne am Rednerpult stehen, im Designeranzug und mit Seidenkrawatte, wo er mit befehlsgewohnter Stimme die hoch gesteckten Ziele seines Konzerns ankündigte und jeder Zuhörer spürte, dass dieser Mann immer erreichen würde, was er sich in den Kopf gesetzt hatte.

Auch wenn er hier mit ihr auf einer Parkbank saß – im Grunde war er ein tougher Manager, der mit Großinvestoren verhandelte und den Banken die Daumenschrauben ansetzte. Sie sah in seinen Augen, dass er es gewohnt war, sich durchzusetzen. Was logisch war. Andernfalls wäre er gar nicht in der Lage gewesen, so ein Megaunternehmen zu führen.

Emilia kam sich plötzlich sehr klein und deplatziert vor neben diesem weltweit agierenden Geschäftsmann. Ihr Mund war mit einem Mal völlig ausgetrocknet. Da half auch der hervorragende Prosecco nicht, den er mitgebracht hatte. Selbst wenn sie zugeben musste, dass ein Teil von ihr Richard durchaus anziehend fand, passte er einfach nicht in ihre Welt und sie nicht in seine. Sie, die Frau mit dem winzigen Laden – was musste er sie belächeln! Solche Beziehungen waren einfach dem Untergang geweiht.

Ein helles Fiepen riss sie aus ihren Überlegungen. Überrascht blickte sie auf den Boden, um nach einem Vogel Ausschau zu halten, aber da war keiner. Dann erregte eine Bewegung in ihrem Augenwinkel ihre Aufmerksamkeit.

„Ein Eichhörnchen", flüsterte sie und fasste Richard am Ärmel. „Da hinten!"

Am Ende der Bank turnte das niedliche Tier mit den großen Augen gerade herum, wackelte munter mit seinem

Büschelschwanz und starrte gierig auf den Picknickkorb.

Der ernsthafte Ausdruck auf Richards Gesicht war wie weggewischt. Seine Züge wurden weich und er lächelte sanft.

„Hallo kleiner Freund", sagte er leise mit seiner tiefen, warmen Stimme und griff mit einer ganz langsamen Bewegung in die Innentasche seines Sakkos. Von dort holte er irgendetwas hervor und hielt es dem Eichhörnchen vorsichtig entgegen.

Emilia konnte es kaum glauben. Eine Erdnuss!

Richard hatte in seinem teuren Designersakko Nüsse versteckt, um sie vorbeiflitzenden Nagetieren anzubieten! Dass er daran gedacht hatte!

Verblüfft starrte sie auf seine Hand. Zentimeter für Zentimeter schob er diese näher an das Eichhörnchen heran, das wie in Trance darauf starrte. Als das Tier nahe genug dran war, schnappte es sich die Nuss, turnte von der Parkbank hinunter und setzte sich ins Gras, wo es blitzschnell die Schale aufbiss und dann die beiden Nüsse verdrückte.

Einen Moment später kletterte es schon wieder auf die Bank, dieses Mal auf die Armlehne neben Richard, und fiepte ihn fordernd an.

„Natürlich bekommst du noch eine", sagte er mit einer Stimme, die so sanft und dunkel wie geschmolzene Halbbitterschokolade war. In Emilias Brust wurde es mit einem Mal ganz warm.

„Sie lieben offenbar Tiere", flüsterte sie.

Er nickte vorsichtig, um das Eichhörnchen nicht zu verjagen.

„Mögen Sie ihm auch eine Nuss geben?", fragte er und drückte ihr eine Erdnuss in die Hand.

Emilia nahm sie und schon flitzte das Eichhörnchen auf ihre Seite der Bank, schnappte sich die Leckerei und verdrückte sie umgehend.

„Die sind einfach putzig, ich mag die kleinen Kerle", stellte er fest und seine Augen strahlten. Anschließend griff er erneut in sein Sakko, um die nächste Nuss hervorzuzaubern.

Urplötzlich hatte Emilia keine Lust mehr, an manipulative Spielchen und Jagdtriebe zu glauben. Richard war real. Das fühlte sie. Dieser Mann, der hier im eleganten Zwirn neben ihr saß, hatte sich zu Hause Erdnüsse eingesteckt. So etwas tat niemand, dem es nur um Macht und Erfolg ging.

Sie hatte mit einem Mal das Verlangen, den Menschen hinter dem Geschäftsmann kennenzulernen – auch wenn sie in unterschiedlichen Welten lebten.

„Hatten Sie denn irgendwelche Haustiere?“, fragte sie.

Er schüttelte den Kopf und wirkte ein wenig traurig.

„So etwas hätte meine Mutter nie zugelassen. Nicht nur wegen ihrer Allergie gegen Tierhaare, auf die sie es schob. Wahrscheinlich war die sowieso nur erfunden. Es passte einfach nicht in die Park Avenue, dass sich da ein Hamster herumtrieb oder ein Hund den Straßendreck hereintrug.“

„Klingt nach ziemlich verkrampfter Kindheit“, stellte Emilia fest.

Ihre eigene war da sicher unbeschwerter gewesen. Sie war in dem Viertel von Rom, in dem ihre Familie gewohnt hatte, völlig frei herumgelaufen, hatte mal eine verlauste Katze angeschleppt oder einem Straßenköter vorübergehend eine neue Heimat angeboten. Im Kreise ihrer vielen Cousinen und Cousins hatte sie so manches wilde Abenteuer erlebt.

Richard sah dem Eichhörnchen nach, das offenbar genug gefressen hatte und nun in Richtung einer Birke flitzte.

„Nun ja, ich wurde früh daran gewöhnt, Verantwortung zu tragen. Mein Vater hatte den Betrieb sehr jung von meinem Grandpa übernommen und zu einem riesigen Konzern ausgebaut. Natürlich war klar, dass ich in seine Fußstapfen treten würde. Dementsprechend lief meine Ausbildung von klein an darauf hinaus. Ich hatte eine strenge Nanny, lernte Sprachen, Klavierspielen, Golf.

Alles, was man eben als angehender Manager so braucht. Mein Leben war von klein auf vorgegeben."

Er legte das Stück Asiago, das er sich abgeschnitten hatte, zur Seite, ohne den Käse probiert zu haben.

Emilia sah ihn nachdenklich an.

„Zum Gassigehen ist da natürlich keine Zeit", sagte sie leise.

„Exakt."

„Durften Sie denn niemals hinaus in die echte Welt?", fragte sie.

Er schnippte einen Brösel von seiner Hose.

„Ich war auf einer Privatschule, da gab es manchmal Geburtstagseinladungen. Meist sehr aufwändige Partys mit engagierten Clowns oder Artisten. Wir Kinder waren alle sehr verwöhnt. Aber so richtig wohl habe ich mich da nie gefühlt. Ich hatte nicht viele Freunde. Das waren mehr die Kinder der Geschäftspartner meiner Eltern, wenn Sie verstehen."

Unwillkürlich musste Emilia an die anstehende Feier von Mrs. Hannigan-Flynn denken. Das war sicher eine ähnlich steife Angelegenheit. Kein Vergleich mit den ausschweifenden Familienfeiern in der römischen Via Berlanda, wo es immer laut zuging, Mama alle mit Pasta überhäufte und die Großmutter nach einigen Cantucci samt Vino Santo neapolitanische Volkslieder anstimmte. Es wurde immer viel gegessen und viel gelacht bei diesen Feierlichkeiten. Wenn ein Kind Geburtstag hatte, gab es Torte und kleine Geschenke für alle, während Richards Erzählungen eher steif klangen.

Ein paar Kinder rannten über die Wiese, kleine Jungs, die einem knallroten Ball hinterherjagten.

„So etwas gab es sicher auch nicht, oder?", wollte Emilia wissen.

Er lächelte, sah aber nicht glücklich dabei aus.

„Einem Ball durfte ich schon nachlaufen, aber nur beim Tennis natürlich. Das war standesgemäß. Soccer oder gar Football war eher was für Leute unter unserem Niveau, jedenfalls sah das meine Mutter so."

„Aber man kann beim Tennis nie ordentlich in den Dreck fallen", meinte Emilia, weil gerade einer der Buben eine Bauchlandung in einem Blumenbeet hingelegt hatte. Das gelbe T-Shirt des jungen Fußballspielers war jetzt ganz verschmiert von der Erde, aber er lachte übers ganze Gesicht, als er sich aufrappelte und sofort weiterlief.

Das gefiel Emilia. Für sie gehörte es zur Kindheit dazu, auch mal wild zu sein. Falls sie jemals eigene Kinder haben sollte, dürften die sich den ganzen Tag draußen herumtreiben und dreckig machen. Sie würde die Meute dann einfach abends unter die Dusche stellen, ihnen anschließend eine heiße Schokolade mit kleinen Marshmallowstückchen machen und ihnen eine Einschlafgeschichte vorlesen. Auch wenn sie seit Anthony keinerlei Interesse an einer Beziehung hatte – der Gedanke an eigene Kinder erfüllte sie mit einer gewissen Sehnsucht. Ein kleines Mädchen, dem man Zöpfe flechten konnte. Oder einen Racker wie diesen Ballkünstler dort auf der Wiese. Emilia schaute dem Jungen lächelnd hinterher.

Als sie ihre Augen von dem Knaben nahm, bemerkte sie, dass Richards Blick auf ihr ruhte.

Sein Gesicht war plötzlich wieder wie zugesperrt. Sie fragte sich, was sie Falsches gesagt haben konnte. War er der Meinung, Kinder sollten sauber bleiben?

Sie fühlte sich komisch, ganz befangen von der plötzlich so kühlen Atmosphäre zwischen Richard und ihr. Also tat sie das, was man in Italien in solchen Situationen immer machte: Sie redete über das Essen.

„Wollen Sie die Salami gar nicht probieren?", fragte sie ihn und hielt ihm eine Scheibe hin. Außerdem lobte sie auch noch den Prosecco, der wirklich hervorragend war. „Tante Violetta hätte ihre helle Freude an dem Tröpfchen."

Richard lehnte beides ab.

„Wollen wir ein Stück weitergehen?", schlug er vor.

Als sie beide aufstanden und losmarschierten, wurden

sie aus dem Weg geklingelt. Ein Hot Dog-Verkäufer trat eifrig in die Pedale, um sich mit seinem umgebauten Fahrrad eine Spur durch die Spaziergänger zu bahnen.

„Was ist das denn?“ Richard sah dem Mann hinterher.

Emilia musste lachen. „Das ist jetzt nicht Ihr Ernst! Haben Sie noch nie Junk Food gegessen? Einen Burger oder Burrito?“

Sie musste nur in Richards Gesicht sehen und kannte die Antwort. Das Lachen blieb ihr im Hals stecken.

„Wollen Sie einen probieren?“, fragte sie.

„Ich weiß nicht recht…“

Ohne weiter mit Richard zu diskutieren, rief Emilia dem Verkäufer hinterher, er solle stehenbleiben. Dann eilte sie zu seinem Wurstmobil, drückte ihm zwei Dollarnoten in die Hand und kehrte kurz darauf mit einem länglichen Brötchen samt Wurst, Zwiebeln, Gurken und Senf zu Richard zurück.

„Bitteschön, Signore. Der erste Hot Dog Ihres Lebens.“

Er nahm ihn dankend entgegen, biss hinein und schloss die Augen.

„Fantastisch!“, murmelte er mit vollem Mund. „Besser als alles, was ‚Sweet Temptation‘ produziert!“ Richard grinste.

Mit einem Lächeln schaute Emilia ihm zu, wie er erneut in sein Brötchen biss und dabei immens zufrieden wirkte.

„Ich sollte Sie mit meiner Tante verkuppeln, die liebt das Zeug auch. Und als Nachspeise könnt Ihr beide Euch über meine Grappa-Pralinen hermachen und zu Paolo Conte durchs Wohnzimmer tanzen.“

Er lachte, wobei er sich fast am Hot Dog verschluckte. Emilia klopfte ihm auf den Rücken, sogar ein wenig zu fest, denn wer diesen wunderbaren italienischen Spezialitäten aus dem Picknickkorb einen schnöden Hot Dog vorzog, gehörte eigentlich richtig bestraft. Aber Richard sah so glücklich aus, dass sie ihm das nicht übel nehmen konnte.

Seine Stimmung war zum Glück wieder besser. Was war nur vorhin mit ihm los gewesen? Aber Emilia wollte nicht grübeln. Das Wetter war schön, das Picknick lecker und Richard eine insgesamt charmante Begleitung. Sie wollte ihren einzigen freien Tag in der Woche genießen, so gut es eben ging.

Emilia und Richard gingen weiter am See entlang. Als der Weg näher am Ufer vorbeiführte, hörte man Enten quaken. Richard konnte es nicht lassen. Er wühlte im Picknickkorb und warf den Wasservögeln eine Handvoll Ciabattabrösel zu.

„Sie sollten wirklich einmal Urlaub auf einem Bauernhof machen", sagte Emilia.

Er nickte. „Kaum zu glauben, aber ich war als Kind tatsächlich mal auf einer Farm. Nur übers Wochenende, bei Verwandten drüben in Connecticut."

„Wie alt waren Sie da?"

Einen Moment musste er überlegen. „Neun oder zehn", sagte er schließlich. „Es war himmlisch! Ich durfte im Heu herumspringen, Kälbchen streicheln, sogar eine Kuh habe ich gemolken. Ein echter Traum für mich. Und stellen sie sich vor – jeden Morgen wurde ich von einem Hahn geweckt! Nicht von einem vollprogrammierten Wecker mit schrillem Signal, sondern von einem lebendigen, leibhaftigen Gockel! Das fand ich super damals. Ich war sogar dreckig. Und eine solch fantastische Gelegenheit zum Ungehorsam meiner Mutter gegenüber gab es nun wirklich selten."

In seinen Augen tanzten helle Lichter.

„Deshalb also der seltsame Klingelton bei Ihrem BlackBerry!" Emilia prustete los. „Weil Sie als Kind auf einer Farm waren. Das ist ja witzig."

„Es ist für mich einfach eine tolle Erinnerung. Immer wenn das Ding klingelt, ist es wenigstens mit etwas Positivem verknüpft."

Richard schaute in die Ferne. Dann fasste er sie plötzlich am Ellbogen an.

„Emilia, mir ist gerade etwas eingefallen. Es gibt eine Sache, die ich schon ewig mal ausprobieren wollte."

„Was denn?" Sie sah ihn gespannt an und hoffte dabei, dass er seine Hand an ihrem Arm lassen würde. Es fühlte sich nämlich außerordentlich gut an, von ihm berührt zu werden.

„Kommen Sie mit", sagte er, bot ihr seinen Arm zum Einhaken an und beschleunigte seine Schritte.

Wo wollte er nur hin?

An seinem Arm zu gehen gab Emilia das Gefühl, zu ihm zu gehören. Das fühlte sich gut und beängstigend zugleich an. Sie wusste nicht, ob sie so für Richard empfinden wollte. Die Angst vor einer Enttäuschung saß bei ihr viel zu tief.

Emilia fragte sich, was Richard wohl eingefallen war. Aber sie folgte ihm sehr gerne. Er war für mehr Überraschungen gut, als sie ihm zugetraut hatte.

Sie eilten die Bethesda Terrace entlang, direkt auf den Springbrunnen zu. In dieser Region des Central Parks waren deutlich mehr Menschen unterwegs, denn der „Lake" war ein beliebtes Ausflugsziel.

„Richard, wo schleppen Sie mich denn hin?", fragte sie, weil er immer noch zielstrebig weiterlief.

Er blieb stehen und sah sie strahlend an, die Wangen leicht gerötet vor Vorfreude.

„Ich habe in Harvard studiert, etwas anderes als Ivy-League kam natürlich nicht infrage. Aber für ein Semester schickte man mich nach Europa."

Abwartend sah er sie an. Offenbar war er der Meinung, dass diese Erklärung bereits reichte. Doch Emilia verstand nicht, worauf er hinauswollte.

„Soll ich nun raten, an welcher Uni Sie waren?", fragte sie. „Da kommen einige infrage. Die Sorbonne in Paris, Oxford oder Cambridge in England, auch in der Schweiz gibt es…"

Als sie die britischen Elite-Unis aufzählte, nickte er eifrig.

Endlich verstand Emilia. Sie schnappte nach Luft.

„Sie meinen, wir gehen jetzt zum Loeb Boathouse?“, fragte sie.

„Gut kombiniert. Es gibt nämlich tatsächlich eine Fortbewegungsart, die ich besser beherrsche als Autofahren. Ich war im Ruderteam von Cambridge!“

Eine Viertelstunde später saß Emilia im Heck eines der vielen hölzernen Ruderboote, die fast lautlos über den See glitten. So ungeschickt Richard sich beim Lenken des Kleinwagens angestellt hatte, so elegant manövrierte er jetzt das Boot aus der Anlegestelle hinaus und auf die freie Wasserfläche.

Es war einfach fantastisch.

Emilia liebte das Wasser. Die sanften Wellen, auf denen das kleine Boot schaukelte, das leise Plätschern, wenn die Ruder eintauchten, den Geruch nach Abenteuer.

Sie betrachtete Richard. Er hatte sein Sakko ausgezogen und fein säuberlich zusammengelegt, danach seine Ärmel hochgekrempelt. Mit gleichmäßigen Bewegungen zog er die Ruder kraftvoll an sich heran, hob sie aus dem Wasser und tauchte sie kurz darauf ein Stück weiter vorne wieder ein. Sie sah das Spiel seiner Muskeln, die sich unter dem taillierten Hemd abzeichneten. Obwohl er sicher die meiste Zeit im Büro verbrachte, wirkte sein Körper gut trainiert. Die kräftige Armmuskulatur tanzte förmlich bei jedem neuen Ruderschlag.

Wie es sich wohl anfühlen würde, ihm den Stoff von den Schultern zu streifen und seine nackte Haut zu berühren, seine Wärme zu spüren? Wie lange war es her, dass Emilia in den Armen eines Mannes glücklich gewesen war? Sie konnte spüren, wie ihr leicht flau im Magen wurde beim Gedanken daran, Richard nah zu sein. Nein, es war nicht Hunger gewesen, der dieses Gefühl verursacht hatte. Es war etwas anderes, Tiefes…

Emilias Augen wanderten zu Richards dunklen Haaren, die durch die Frühlingssonne verlockend schimmerten. Sicher waren sie seidenweich und rochen gut. Zu gerne hätte Emilia ihre Hand ausgestreckt und ihre Finger durch seine leichten Locken gleiten lassen. Ein Kribbeln ergriff ihren ganzen Körper, wenn sie sich das nur vorstellte.

Das Boot näherte sich einer Engstelle. Sie mussten unter einer der vielen romantischen Steinbrücken hindurch, die das Bild des Central Parks prägten. Gekonnt ruderte Richard in die Mitte des Wasserlaufs und ließ das Boot mit ein paar gut gesetzten Zügen durch den Bogen hindurchgleiten.

Fast lautlos bewegte sich das Boot auf dem Wasser. Auf der anderen Seite lag eine glänzende Oberfläche vor ihnen. Hellgrüne Weiden streckten am Ufer ihre Zweige ins Wasser, am Rand des Parks ragten die markanten Spitzen der großen Hotels und Geschäftshäuser in den Himmel und ein Schwan zog majestätisch seine Runden über den See.

Richard vermittelte in dem Boot eine Sicherheit und Ruhe, die Emilia unglaublich genoss. Sie, die sich immer nur auf sich selbst verließ, hatte sich lange nicht mehr so wohl gefühlt. Es war fast wie im Märchen. Ein attraktiver Prinz ruderte sie über einen verzauberten See, die Sonne kitzelte auf ihrer Nase und auf den sanften Wellen tanzten liebliche Lichtreflexionen.

Für ein paar Minuten legte sie den Kopf in den Nacken, schloss die Augen und sog die Magie dieses Augenblicks in sich auf. Das Leben konnte wirklich herrlich sein!

„La vita è bella“, hörte sie sich selbst sagen und öffnete überrascht die Augen. Hatte sie ihre Gedanken tatsächlich laut ausgesprochen?

„*Du* bist schön, Emilia“, erwiderte Richard.

Seine meerblauen Augen ruhten auf ihr.

„Unsinn.“ Sie spürte, wie ihr die Röte ins Gesicht stieg. Das flaue Gefühl in ihrem Magen verstärkte sich noch mehr.

Er hatte aufgehört zu rudern, sodass das leise Plätschern der Wellen, die den Rumpf des Bootes streichelten, das einzige Geräusch war. Nur vom Ufer schwebten einzelne Töne über den See, jemand sang mit viel Gefühl „Feelin‘ groovy“.

„Simon and Garfunkel mag ich gern“, sagte Emilia, um das Schweigen zu überbrücken. Sie war nervös. Ihre Hände waren feucht und ihre Zunge klebte am Gaumen. Richard hielt sie wirklich für attraktiv? Er, der doch jede Frau der New Yorker High Society haben konnte? Ihr Herz schlug schnell.

„Das muss damals ein tolles Konzert gewesen sein, hier im Central Park“, erwiderte er und wischte seine Hände an der Jeans ab.

Er hatte außergewöhnlich schöne Hände. Schmale Finger und zarte Haut. Sie wirkten wie Hände, deren Berührungen eine Frau zum Wahnsinn bringen konnten.

„Mein Lieblingssong ist ‚The Boxer‘, den habe ich auf CD“, sagte Emilia, obwohl das gar nicht stimmte. Sie mochte ‚Mrs. Robinson‘ viel mehr, hatte aber Angst, dass Richard das als irgendeine Anspielung verstehen konnte, deshalb hatte sie sich für einen harmlosen Song entschieden. In Sachen Flirten war sie total aus der Übung.

Sie bekam seine Hände nicht mehr aus dem Kopf, so sehr sie sich auch bemühte, woanders hinzusehen. Auch das Bild von ihm, wie er gerudert war, das Spiel seiner Muskeln, schlich sich immer wieder vor ihr inneres Auge.

„Meiner ist ‚Sound of Silence‘“, erwiderte er. Sofort überlegte Emilia, ob er ihr damit etwas sagen wollte. Redete sie vielleicht zu viel?

Ihre Gedanken überschlugen sich. Die ganze Situation hier auf dem See war völlig unwirklich. Dazu dieser Blick von Richard, seine sanfte Stimme, die schönen Augen. Ihr Herz hämmerte wie verrückt. Er mochte also Musik! Nicht nur Klassik, sondern auch Interpreten, für die sie selbst sich begeisterte. Emilia kam eine Idee. Sollte sie es wirklich wagen?

Sie hatte sich doch geschworen, keinen Mann mehr an sich heranzulassen und lieber ihr eigenes Ding zu machen.

Fest entschlossen war sie gewesen! Aber dieser Richard... Der hatte irgendetwas an sich, das sie in seinen Bann zog. Eine gewisse Melancholie, die sie manchmal ganz stark spürte, eine Mischung zwischen Härte und innerer Wärme, die jedoch auch sofort wieder abkühlen konnte. All das gab ihm etwas Geheimnisvolles, das sie verunsicherte. Sie wusste noch immer nicht, was sie wirklich von ihm halten sollte und zugleich fühlte sie sich geradezu magisch angezogen.

„Das ist sicher ein blöder Vorschlag“, begann sie.

„Was denn?“ Er sah sie schon wieder so intensiv an, dass ihr fast die Luft wegblieb.

„Naja, ich habe Konzertkarten für übermorgen. Für einen tollen Songwriter, Matt the Electrician, der klingt ein bisschen wie Simon and Garfunkel. Eigentlich wollte ich mit meiner Freundin Sandy hingehen, aber die hat ein Gipsbein. Und ich dachte mir, vielleicht hättest du Lust, mit mir ...“

Sie konnte nicht fertigsprechen, weil ein Hahn krähte.

Im ersten Moment drehte sie sich nach dem Schwan um, der eben lautlos am Boot vorbeigeglitten war, aber dann fiel ihr ein, wo das Geräusch in Wirklichkeit herkam. Das BlackBerry.

Richard zog ärgerlich die Augenbrauen zusammen.

„Ich hatte eine Rufunterdrückung eingegeben“, erklärte er und zog das Handy aus der Hosentasche. „Es gibt nur wenige Ausnahmen, die durchkommen.“

Er drückte eine Taste.

Emilia hörte eine melodische Frauenstimme. Sie verstand zwar nicht, was gesprochen wurde, aber dass dies nicht seine Mutter war, stand fest.

„Samantha, ich rufe dich später zurück“, sagte er. „Ich kann im Moment nicht reden. Wir sehen uns doch sowieso nachher.“

Emilia schluckte hart.

Schon wieder diese lästige Samantha!

Dann fiel ihr ein, was Richard gerade eben erklärt hatte.

Nur die wichtigsten Nummern erreichten ihn heute. Und Samantha gehörte dazu.

Sie fröstelte plötzlich, dabei schien die Sonne immer noch vom wolkenlosen Himmel.

„Entschuldige bitte." Er lächelte freundlich und steckte das Handy weg. „Wo waren wir gerade?"

„Beim Konzert am Dienstag", presste Emilia hervor und kam sich mit einem Mal furchtbar dumm vor mit ihrem Vorschlag. Richard war sicher viel zu beschäftigt.

„Da bin ich leider in China", erwiderte er auch glatt. „Ich fliege morgen schon los. Dort wartet ein riesiger neuer Markt auf die Sweet Temptation-Produktpalette."

„Ist schon okay. Ich frage jemand anderen", sagte Emilia und verschränkte die Arme. „Wir sollten vielleicht langsam zurückfahren."

Richard begann, die Ruder wieder durchs Wasser zu ziehen.

„Nein, es ist nicht okay", sagte er. „Du bist jetzt enttäuscht. Aber ich bin ja nicht ewig weg. Am Freitag komme ich schon wieder zurück."

Richard lächelte Emilia an. Der Blick aus seinen blauen Augen schien bis in ihr Herz vorzudringen.

Hatte er also doch Interesse an ihr?

„Dann könnten wir uns doch am Samstag sehen?", rutschte es ihr heraus.

Er zog die Stirn in Falten.

„Da bin ich leider mit Geschäftspartnern in der Met. Puccini. Aber irgendwann bekommen wir es sicher hin."

„Ganz bestimmt." Emilia schluckte. Sie war wirklich eine dumme Kuh. Kam ihm mit einem Konzert in irgendeinem verlotterten Club, von einem total unbekannten Liedermacher, während er sich in der Oper herumtrieb, wahrscheinlich in der besten Loge, die es dort gab. Mit wichtigen Businesspartnern statt mit einer dahergelaufenen Pralinenverkäuferin ohne Geld und Stammbaum. Und dann: irgendwann. Wenn jemand etwas von „irgendwann" sagte, bedeutete das doch genauso viel wie „niemals“ oder „mal sehen, ob mir mal langweilig genug ist“.

Als sie das zweite Mal unter der Brücke hindurch fuhren, dieses Mal in der anderen Richtung, fand Emilia diese gar nicht mehr so spektakulär.

Sie war eindeutig zu alt für Märchen und Träumereien. Und das war auch gut so. Man sollte sich nicht zu solchen Luftschlössern hinreißen und flaue Gefühle im Magen gar nicht erst aufkommen lassen. Am Ende stand ja doch nur eine Enttäuschung.

Als das Boot kurze Zeit später am Steg anlegte, hatte es Emilia eilig, an Land zu kommen.

„Ist alles in Ordnung?“, fragte Richard sie, als er sie eingeholt hatte.

Bevor sie sich eine Antwort überlegen konnte, stolzierte ein elegant gekleidetes Luxusweibchen auf sie zu. Die hochgewachsene Dame war um die fünfzig und in Begleitung eines Anzugträgers. Sie hatte ein Kleid an, wie es in den Schaufenstern der Fifth Avenue hing, Schmuck, der nach Tiffany aussah, und Schuhe mit Zehn-Zentimeter-Stilettos. Ihr übertrieben geschminktes Gesicht näherte sich Richard und drückte diesem ein Küsschen auf jede Wange.

„Richard!“, flötete die affektierte Modepuppe. „Das ist aber eine Überraschung! Und auch noch in so reizender Begleitung.“

Sie taxierte Emilia mit hochgezogener Augenbraue, als würde sie ein Stück Steak begutachten. Und dann doch lieber den Truthahn kaufen. Emilia kam sich in ihrem Second Hand-Outfit und den flachen Schuhen mit einem Mal plump und hässlich vor. Sie passte schlichtweg nicht zu den drei perfekt gestylten Oberschichtlern, die gerade um sie herumstanden und sich mit Smalltalk vergnügten.

Nein, das war eindeutig nicht ihre Welt. Bevor Richard etwas sagen konnte, reagierte Emilia auch schon.

„Tut mir leid, ich muss los“, sagte sie schnell und nickte dem eleganten Paar zum Abschied zu, bevor sie der

Parfumwolke entfloh, die die High-Society-Frau vor sich her schob.

„Aber Emilia, ich fahre dich doch heim." Richard kam ihr nach.

Doch sie lehnte ab.

„Wer weiß, ob das Auto nicht schon längst abgeschleppt wurde."

„Dann lass mich wenigstens ein Taxi rufen."

„Geh zu deinen Freunden, Richard. Ich nehme die Subway. Das ist völlig okay so. Ehrlich gesagt kann ich mir ein Taxi gar nicht leisten."

Emilia lächelte ihn kurz an. Sollte er sich ruhig bewusst machen, wer sie war. Schließlich lebte er in einer Seifenblase. Anschließend wandte sie sich ab, um sich auf den Weg zur U-Bahn-Station zu machen. Emilia ging, ohne sich umzusehen.

Als sie kurz danach im Wagon saß, gegenüber von einem Alkoholiker und neben einer sechsköpfigen Familie, die Burger in sich hineinschob, entspannte sie sich.

Hier war ihr Platz. Unter ganz normalen Leuten, mitten in der Gesellschaft.

Alles andere wäre pure Illusion.

## 6. Chocolate Cappuccino with liquid center

*Eine traumhafte, warme Gebäckkomposition, serviert in einer Tasse, mit flüssigem Kern aus Vollmilchschokolade und leichter Haselnussnote im Abgang*

Emilia war dankbar, als sie am Montag endlich wieder ihrer Arbeit nachgehen konnte. Die Nacht hatte eine gefühlte Ewigkeit gedauert und Emilia hatte kein Auge zugetan. Ihre Gedanken waren einfach nicht zur Ruhe gekommen.

Immer wieder waren sie zu Richard gewandert, seinen Widersprüchen und seinen Händen. Dieser Mann ließ sie einfach nicht los. Und es ärgerte Emilia, dass sie keinen Schalter im Gehirn hatte, mit dem sie ihn einfach abstellen konnte. Er war ganz offensichtlich kein Mann für sie. Genauso wenig wie Anthony gut für sie gewesen war.

Natürlich hatte sie auch – wie immer, wenn jemand ihr nahe kam – sofort an ihn denken müssen. Anthony war die Enttäuschung ihres Lebens gewesen. Emilia hatte sich noch in Rom in ihn verliebt, als sie in dem kleinen Café an der Piazza della Rotonda gearbeitet hatte. Er war drei Tage in Folge gekommen und den Nachmittag über geblieben. Anders als die italienischen Männer, die mit blumigen Komplimenten nur so um sich warfen und jedem Rock hinterher sahen, hatte Anthony nur Augen für sie gehabt. Mit seinen ungeschickten Versuchen, ein paar Brocken Italienisch zu lernen, und seiner lockeren Art hatte er schnell ihr Herz gewonnen. Er war ihr so viel männlicher vorgekommen mit seinem einfachen T-Shirt und den Jeans als die jungen Römer, die sich am liebsten wie Pfauen herausputzen, von den mit einer Tube Gel gestylten Frisuren ganz zu schweigen. Anthonys Haar war blond gewesen, ausgebleicht von der amerikanischen Sonne und herrlich rau, wenn sie mit ihren Fingern durchfuhr. Emilia zeigte ihm ihre Stadt, die Brunnen, Plätze, romantischen Brücken. Er zeigte ihr, wie man auf der anderen Seite des Atlantiks küsste. Als Anthony ihr schließlich im Giardino degli Aranci gestand, dass er wieder zurück in die USA musste, konnte sie das Weinen nicht unterdrücken.

„Komm doch einfach nach, Darling“, sagte er zu ihr, als er ihre Tränen wegküsste. „Ich organisiere dir dann alles.“

Auch er wirkte betroffen, wenn auch gefasst, über seine Abreise. Emilia war achtzehn. Sie wusste wenig über diesen Mann – außer, dass er sie völlig verzaubert hatte und sie nie zuvor in ihrem Leben so verliebt gewesen war.

Eine Woche nach der Abreise ihres vermeintlichen Traummanns saß Emilia selbst im Flugzeug und reiste nach New York, um ihr Glück zu finden. Natürlich entgegen der ausdrücklichen Ratschläge ihrer Eltern und Freunde, die sie alle für völlig verrückt erklärten. Ihr Vater hatte getobt! Aber Emilia war noch nie von etwas abzubringen gewesen, wenn sie es sich einmal in den Kopf gesetzt hatte.

Sie wollte Anthony überraschen. Alles an Emilia war Vorfreude auf den Moment, wo sie ihn wiedersehen würde.

Als sie schließlich vor seiner Haustür stand, aufgeregt, erschöpft vom Flug und voll Sehnsucht nach seinen Küssen, war es aber nicht Anthony, der ihr öffnete. Vor ihr stand eine Frau, die ein kleines Kind auf dem Arm hatte und sie verständnislos ansah.

„Ist Anthony da?“ fragte Emilia, der immer noch nicht klar war, was vor sich ging.

Erst als Anthony dann in der Tür stand, sein Entsetzen über ihr Auftauchen ins Gesicht geschrieben, verstand sie, dass der kleine Junge sein Sohn sein musste und die Frau seine Ehefrau war.

Emilia hatte das Gefühl, die Welt ginge unter. Sie stand ohne einen Cent Geld und ohne Unterschlupf in New York auf der Straße. Und wenn ihr Vater das erführe, hätte er wohl wenig mehr für Emilia übrig als spöttische Kommentare.

Sie war also mutterseelenallein, zutiefst enttäuscht und so verzweifelt, dass sie am liebsten tot umgefallen wäre. Für die erste Nacht suchte sie sich eine mehr als fragwürdige, dafür aber billige Pension und weinte sich die Augen aus. Am nächsten Morgen, als sie sich frische Kleidung aus ihrem Koffer angelte, fiel ein Brief zwischen den Jeans hervor. Ihre Mutter hatte ihn geschrieben. Neben guten Wünschen war in dem Umschlag eine kleine Summe Bargeld und eine Adresse – die von Violetta.

Und jetzt fühlte sich Emilia wieder so ähnlich wie ganz an Anfang in New York. Unsicher, verletzlich und, es war wirklich an der Zeit, sich das einzugestehen, fasziniert von einem falschen Mann. Einen Mann, mit dem sie niemals mithalten konnte und der von allen möglichen Frauen Angebote bekam. Emilia dachte an das Foto von ihm in dem Klatschheft, auch an die telefonsüchtige Samantha und fragte sich, welche holden weiblichen Wesen noch so durch sein Leben streiften. Es war zum Verzweifeln. Emilia hasste es, wenn sie Situationen nicht rational bewältigen konnte.

Als sie an diesem Morgen in die Küche kam und Violetta schon ganz erwartungsvoll dasaß, winkte Emilia nur ab.

Am Vorabend war Vio bei ihrer wöchentlichen Karaokeveranstaltung gewesen, sodass ihr wenigstens da die Begegnung mit der Neugier ihrer Tante erspart geblieben war.

„Frag bitte nicht. Lass es einfach gut sein. Der Kerl ist nichts für mich und vor mir liegt ein stressiger Arbeitstag. Heute feiert Mrs. Hannigan-Flynn ihren Geburtstag."

„*Die* Hannigan-Flynn?" Violetta machte große Augen. Sie liebte die High Society. Für sie gab es nichts Schöneres als die Gesellschaftsspalten der Zeitungen.

„Ich vermute es." Emilia war nicht gesprächig und nippte an ihrem Latte Macchiato.

„Ach, Cara, das ist vielleicht aufregend!"

Violetta bekam rote Bäckchen, was ein deutliches Alarmsignal darstellte. Für Emilia war es höchste Zeit, in die Arbeit zu verschwinden, bevor noch Fragen zu den auf der Feierlichkeit anwesenden Männern kämen.

Schnell nahm sie noch einen Schluck Kaffee, dann verabschiedete sie sich von Vio und machte sich auf den Weg.

*

Emilia war froh, sich in die Arbeit stürzen zu können. Gerade waren die Grissini fertig, die Dips angerührt und der Kandis wurde fest. Die Bestandteile des veganen Geburtstagsbuffets sahen wunderschön aus. Besonders mochte Emilia das kräftige Rot der Erdbeeren mit dem dunklen Balsamico und dem leuchtenden Grün des süßen Basilikum-Pestos. Sie war sehr zufrieden mit ihrem Werk. Es sah toll aus und der Vormittag war ohne große Gedanken an Richard vergangen. Zeit für eine verdiente Pause.

Gerade, als Emilia für sich und Sam einen Espresso aufbrühte, klingelte das Telefon.

„‚Pastry Passion', Sie sprechen mit Emilia. Wie kann ich Ihnen helfen?"

„Emilia, wie gut, dass ich Sie erwische. Hannigan-Flynn hier. Ich rufe wegen der Feier an. Kommen Sie zurecht?"

„Oh, Mrs. Hannigan-Flynn, guten Tag! Selbstverständlich ist alles schon angerichtet. Ich liefere dann am frühen Nachmittag, wie vereinbart, nicht wahr?"

„Ja, danke. Wunderbar, Emilia. Also jetzt hat sich da noch ein Bedürfnis aufgetan, sozusagen."

Mrs. Hannigan-Flynn klang kein bisschen verlegen angesichts der Tatsache, dass sie so kurzfristig Änderungen vorbrachte. Und Emilia hatte ohnehin fast schon damit gerechnet. Mrs. Hannigan hatte eigentlich immer noch etwas auszusetzen oder abzuändern. Sie war einfach gewohnt, in ihrer Position genau das zu bekommen, was sie wollte.

„Womit kann ich Ihnen denn noch einen Gefallen tun?“ Emilia sah auf die Uhr. Sie hatte nur noch drei Stunden Zeit.

„Nun, Sie wissen ja, wie Männer sind. Es wurde jetzt noch etwas Kräftiges zum Nachtisch von meinem Gatten gewünscht.“

Emilia musste innerlich lachen. Mrs. Hannigan-Flynn griff immer „heimlich“ zu den Probierpralinen, wenn sie sich unbeobachtet fühlte und Emilia hatte den leisen Verdacht, dass das Bedürfnis nach einem ordentlichen Dessert eher ihr zuzuschreiben war.

„Wie wäre es denn mit einem Schokoladenkuchen mit flüssigem Kern? Ich backe die einzeln in Tassen, das sieht dann aus wie ein Cappuccino. Wäre das was für Sie – also für die Herren?“

„Wunderbar, Emilia, ganz fantastisch! So etwas habe ich schon einmal gekauft. Da gibt es einen sehr leckeren von ‚Sweet Temptation‘. Kennen Sie den?“

Emilia verkniff sich einen Kommentar über Massenware und ihre Meinung zu ‚Sweet Temptation‘ und Richard Stone. Irgendwie schien der Mann sie zu verfolgen. Es war wie verhext.

„Ja, selbstverständlich. Wobei mein Produkt natürlich handgemacht ist und im Kern eine feine Nussnote hat. Außerdem verwende ich für Sie selbstverständlich Bioprodukte.“

Sollte Mrs. Hannigan-Flynn nur wissen, dass man „Pastry Passion“ nicht mit dahergelaufenen Convenience-Kram vergleichen konnte.

„Sehr schön, Emilia. Sehr schön. Dann liefern Sie die

Sachen gegen zwei, ja?“

„Aber gerne! Und bis dahin wünsche ich Ihnen noch einen schönen Geburtstag, Mrs. Hannigan-Flynn.“

„Ach, danke, Schätzchen. Bye bye.“ Keiner konnte so flöten wie die Hannigan.

Emilia schaute mit Bedauern auf die kaltgewordenen Espressi. Das würde wohl nichts werden heute mit ihr und Sam. Sie musste sich ranhalten, wenn das mit dem Schokocappuccino-Kuchen noch klappen sollte.

Völlig abgehetzt kam Emilia drei Stunden später bei Mrs. Hannigan-Flynn an. Sie war fix und fertig. Aber sie brauchte das Geld, gerade jetzt. Ein Glück, dass Sam ihr seinen verbeulten Kastenwagen immer so bereitwillig lieh. Sonst hätte sie solche Lieferjobs gar nicht annehmen können.

Vorsichtig hob sie jetzt die dekorierten, großen Teller aus dem Auto. Dem Fahrzeug entströmte ein wunderbarer Duft nach Schokolade und Haselnüssen. Die kandierten Früchte sahen einfach großartig aus. Der Radieschen-Dip mit Kaviar-Topping, einer der Favoriten von Mrs. Hannigan-Flynn, harmonierte farblich wunderbar mit dem Kichererbsen-Curry-Aufstrich und dem Möhren-Rote Beete-Carpaccio. Emilia war sicher, dass die Kundin zufrieden sein würde.

Wie immer hatte das Hausmädchen von Mrs. Hannigan-Flynn ihr geöffnet und sie ins Wohnzimmer, das eher einer Wohnhalle glich, begleitet. Und ebenfalls wie immer fühlte Emilia sich beklommen von den protzigen Möbeln, den großen Kronleuchtern und den sage und schreibe sieben Sofas, die herumstanden. Sie dachte an das Wohnzimmer von Vio, in dem geradeso ein kleines Ecksofa Platz fand – in dem sie sich aber mit der Blumentapete, dem abgenutzten Couchtisch und dem riesigen Bücherregal einfach nur wohl fühlte. Das hier war absolut nicht ihre Welt. Es sah aus wie in einem Museum.

Vorsichtig platzierte Emilia die Teller und Tabletts der Reihe nach auf einem extra zu diesem Zweck bereitgestellten Buffettisch. Als sie fertig war, holte sie die Rosen herein, die sie bei Sam noch schnell gekauft hatte. Selbstredend waren sie passend zu den cremefarbenen Sofas von Mrs. Hannigan-Flynn gewählt. Emilia arrangierte die Blumen in Vasen und verstreute auch noch Rosenblätter zwischen den Anrichteplatten.

Am Ende war sie sehr zufrieden mit ihrem Werk. Jetzt musste sie nur noch dem Hausmädchen genaue Anweisungen hinsichtlich der Schokonachspeise geben – am besten schmeckten die Kuchen mit flüssigem Kern einfach á la minute.

„Ach, Emilia, das sieht ja traumhaft aus!“ Mrs. Hannigan-Flynn kam im Minikleid auf hochhackigen Stilettos hereinstolziert. Für dieses Outfit war sie eigentlich zwanzig Jahre zu alt, aber das wagte sicher niemand zu sagen. Schon gar nicht die Verkäufer in den Nobelboutiquen.

„Dankeschön!“ Emilia freute sich über das Lob.

„Mmmh, Kaviar!“ Mrs. Hannigan-Flynn schnappte sich sofort eines der Grissini und knabberte daran herum.

„Ich stelle Ihnen einen Scheck aus, ja?“

Emilia nickte. Mrs. Hannigan-Flynn ging zu einem Sekretär, der in der Ecke stand.

„Mama? Wo bist du?“, hörte man eine Stimme aus dem riesigen Flur.

„Hier, Lexi! In der Lounge!“

Eine junge Frau betrat das Wohnzimmer. Sie sah aus wie ein Model – langbeinig, hohe Wangenknochen, perfekte Nase. Emilia kam sie irgendwie bekannt vor.

Dann fiel es ihr plötzlich wieder ein!

„Sie kenne ich doch!“, rutschte es Emilia heraus, bevor sie sich noch bremsen konnte.

Das war diese Lexi Hannigan, natürlich! Der Kreis schloss sich. Sie war die junge Frau, neben der Richard in dem Klatschheft abgebildet gewesen war. Ganz offensichtlich war sie eine der Anwärterinnen auf den „begehrtesten Junggesellen der Stadt“.

Die junge, stark geschminkte Frau wirkte irritiert.

„Nun, ich wüsste nicht…“

„Ich habe Sie neulich in der Zeitung gesehen, mit Richard Stone.“ Emilia fühlte sich zu einer Erklärung verpflichtet.

Mrs. Hannigan-Flynn war mit dem Scheck in der Hand zurückgekommen und mischte sich sofort in das Gespräch ein.

„Ach, natürlich! Das zauberhafte Foto von der Wohltätigkeitsgala, nicht wahr? Ach, Richy ist so ein Gentleman.“

Mrs. Hannigan-Flynns offensichtliche Begeisterung für „Richy“ war nicht zu übersehen. Scheinbar hatte er auch bei Lexi ein Eisen im Feuer. Jedenfalls war die jetzt rot angelaufen.

„Mutter! Lass doch!“, sagte Lexi noch, dann schnappte sie sich eine vegane Mandelpraline und verschwand auf dem gleichen Weg, den sie hergekommen war.

„Sie müssen meine Tochter entschuldigen, sie ist in Männerdingen ein wenig schüchtern.“

„Ja, ähm, und danke für den Scheck!“ Emilia hatte wirklich keine Lust, mehr über die Beziehung zwischen Lexi und Richard zu hören.

Für sie war es höchste Zeit, dieses Marmorparadies im Designerstil zu verlassen. Sie fühlte sich überhaupt nicht wohl zwischen all diesen Luxusmöbeln und Hochglanzmenschen.

„Sie müssen mich jetzt entschuldigen, aber ich muss noch Quarkinis backen“, sagte sie.

„Natürlich. Das Mädchen soll sie hinausgeleiten.“

Mrs. Hannigan-Flynn läutete tatsächlich ein Glöckchen, das auf einem kleinen Beistelltisch neben einem der gigantischen Sofas stand. Unfassbar für Emilia, dass in der heutigen Zeit Angestellte noch so behandelt wurden!

Nein, mit so einer Gesellschaft wollte sie auf keinen Fall etwas zu tun haben. Es reichte schon, für sie ihr Gebäck zuzubereiten.

Emilia nahm sich fest vor, Mrs. Witherleaf nachher ein paar mehr der Quarkbällchen einzupacken. Montags kam sie fast immer vorbei, um sich ein paar kleine Leckereien für die Woche zu leisten. Und Emilia wollte der alten Lady heute unbedingt etwas Gutes tun.

Als sie draußen war, hatte sie endlich das Gefühl, wieder Luft zu bekommen. Emilia hätte nicht sagen können, ob es an dem viel zu vornehmen Umfeld oder dem Auftritt von Lexi gelegen hatte – aber in jedem Fall war sie unheimlich froh, in Sams Auto steigen und davonbrausen zu können.

## 7. Macarons

*Luftiges Baisergebäck aus Mandelmehl mit einer fruchtigen Marmeladenfüllung. Ein lockerer Pâtisserie-Genuss in allen Farben des Regenbogens.*

Emilias Herz klopfte bis zum Hals. Sie fühlte sich fürchterlich eingeschnürt in dem engen Businesskostüm, das sie extra gekauft hatte. Eigentlich liebte sie die sportlich-extravaganten Kleider von Strawberry, die oft ein wenig anders waren als die übliche Massenware.

Aber um den engen Bleistiftrock mit passendem Blazer zu kaufen, war sie bei Nordstrom am Union Square gewesen und hatte sich für das ihrer Meinung nach seriöseste Outfit entschieden: Das Kostüm war dunkelblau, ganz klassisch. Dazu hatte sie eine einfache, weiße Bluse ausgesucht.

Als sie es Violetta gezeigt hatte, war die fast vom Stuhl gefallen.

„Ist Onkel Alfredo gestorben?", fragte ihre Tante sie in gespieltem Schock.

Emilia verdrehte die Augen theatralisch. Aber immerhin vermittelte ihr das Kostüm wohl eine gewisse Ernsthaftigkeit, das war gut. Sie hatte Tante Vio einfach stehen gelassen und sich auf den Weg gemacht.

Sam würde auf ihren Laden aufpassen, da halfen sie sich gegenseitig, wenn der andere einen Notfall hatte – und das hier war eindeutig einer. Als kleine Einmannbetriebe war dieses Agreement eine enorme Erleichterung.

Jetzt stand sie vor der eher unspektakulären Eingangstür von Global Invest. Das Haus, in dem sich die Immobiliengesellschaft befand, fiel nicht weiter auf. Es war beinahe unscheinbar. Hätte Emilia nicht gewusst, dass die Firma Geld haben *musste*, wenn sie das ganze Haus, in dem sich „Pastry Passion“ befand, einfach aufkaufen konnte, sie wäre nie auf die Idee gekommen, dass sich hier eine einflussreiche Immobilienfirma befand.

Emilia fühlte sich gut vorbereitet. Sie hatte eine Schachtel mit ihren besten Pralinen dabei. Die neuen mit Grappa waren ebenso mit in der Box wie ihr Marzipantraum und die Schoko-Pistazien-Küsse mit den Fruchtstückchen. Sogar beschriftet hatte sie jede einzelne. Ein paar Macarons hatte Emilia noch separat eingepackt, weil die so unwiderstehlich auf der Zunge zerschmolzen.

Jetzt wollte Emilia den Chef von „Global Invest“ mit ihrer Arbeit beeindrucken und versuchen, das Ruder auf diese Weise herumzureißen. Vielleicht konnte sie ihn breitschlagen und er würde ihr den Laden weiterhin vermieten. Sie würde ihm im Gegenzug vorschlagen, eine etwas höhere Miete zu bezahlen. Womöglich war das eine Lösung, die beide Parteien zufriedenstellen konnte.

Als Emilia das Gebäude betrat, sah sie, dass der äußere Eindruck ganz eindeutig getrogen hatte. Im Erdgeschoss befand sich ein großer Informationstresen, dahinter fuhren zwei Aufzüge aus Glas geschäftig auf und ab. Emilia fühlte sich schlagartig von dem Pomp im Inneren des Hauses eingeschüchtert. Ob irgendjemand in diesem noblen Geschäftshaus sich überhaupt für ihre Not interessierte? Für eine einzelne, kleine Konditorei?

„Kann ich Ihnen helfen?“ Ein junger Mann stand am Info-Desk und lächelte sie an. Vielleicht war alles halb so schwer, wie es gerade wirkte. Emilia straffte ihre Schultern und ging auf den Schalter zu.

„Ja, guten Tag, ich möchte gerne mit dem Chef von ‚Global Invest‘ in einer wichtigen Immobilienangelegenheit sprechen.“

Der junge Mann warf einen kurzen Blick in seinen Computer. „Worum geht es denn bei Ihrem Anliegen? Wissen Sie, Mr. Sallenger ist ein sehr beschäftigter Mann."

Emilia nickte und rang sich ein Lächeln ab. „Das kann ich mir vorstellen. Möglicherweise kann ich mein Anliegen mit der Sekretärin des Chefs besprechen."

„Haben Sie denn einen Termin?"

„Nein." Emilias Verstand arbeitete auf Hochtouren. Sie überlegte fieberhaft. Zum Glück fielen ihr die Süßigkeiten in ihrer Tasche ein.

„Wissen Sie, ich möchte ein kleines Geschenk abgeben. Es ist etwas Persönliches. Vielleicht kann ich es wenigstens seiner Sekretärin überreichen?"

Emilia wedelte mit der Tüte von „Pastry Passion" und hielt innerlich den Atem an. Sie wollte nicht schon hier im Eingangsbereich scheitern.

Der Typ grinste sie an. „Scheint Ihnen ja wichtig zu sein, oder?"

Emilia nickte vehement. „Ja. Bitte lassen Sie mich mein Präsent überreichen."

„Na gut. Sie fahren mit dem Aufzug hoch in die dreiundzwanzigste Etage. Dann ist Mrs. Morehouse nicht zu übersehen."

Emilia bedankte sich fast schon überschwänglich und ging in Richtung Fahrstühle. Ihr Herz schlug bis zum Hals. Sie musste sich überlegen, wie sie weiter vorgehen konnte.

In dem gläsernen Fahrstuhl rauschte sie nach oben, ihre Tüte mit der Confisérie fest umklammert. Seltsamerweise musste sie an ihren Vater denken. Ob er wohl jetzt stolz auf sie wäre, wie sie da im ernsthaften Kostüm mit blank geputzten Schuhen und Seidenstrümpfen um ihre Existenz kämpfte? Er war ein Mann, der niemals aufgab. Und so schwer es gewesen war, in seinem Schatten aufzuwachsen, so sehr hatte sie von ihm auch gelernt, dass man sehr vieles schaffen konnte, wenn man sich nur nicht unterkriegen ließ.

Als sich die Fahrstuhltüren im dreiundzwanzigsten

Stock öffneten, holte Emilia tief Luft und trat in das unfassbar große Vorzimmer des Chefbüros. Ganz offenbar nahmen Vorzimmer und Büro die ganze Etage ein. Ein monumentaler Schreibtisch mit einer leuchtend blonden, leicht korpulenten Büroangestellten dahinter, die sich gerade die Lippen in einem gefährlichen Dunkelrot nachzog, dominierte den Raum. Die Kanten ihres schimmernden Bobs waren zu einer exakten Linie geschnitten und ihre Nägel bedrohlich spitz zugefeilt. Die Augenbrauen bestanden aus einer feinen schwarzen Linie.

Emilia fühlte sich wie in einem Film, denn diese Frau wirkte wie das Klischee eines Vorzimmerdrachens. Das musste Mrs. Morehouse sein. Der Mann am Empfang hatte recht gehabt: Sie war im kurzen Kleid mit roter Spitzenborte, den passenden Lackpumps sowie Fingernägeln wirklich eine unübersehbare Erscheinung. Die Sekretärin schien Emilia nicht einmal wahrzunehmen, so sehr war sie in die Gesichtsrestauration vertieft.

„Entschuldigen Sie bitte, vielleicht können Sie mir weiterhelfen."

Mit klopfendem Herzen blickte Emilia die Frau an. Sie ahnte aus deren Benehmen, dass das hier nicht leicht sein würde.

Mrs. Morehouse schminkte ihre dunkelroten Lippen in einer bewundernswerten Seelenruhe zu Ende, bevor sie den goldenen Taschenspiegel zusammenklappte und endlich aufblickte.

„Ja?"

„Ich würde gern den Chef sprechen …"

„Mr. Sallenger ist aktuell nicht hier. Er ist auf Geschäftsreise", schnitt die Sekretärin Emilia umgehend das Wort ab.

Ah, das erklärte die außerordentlich hohe Arbeitsmoral der Dame. Sallenger hieß also der Mann, der Emilia alles zu nehmen drohte, was ihr lieb und teuer war.

„Können Sie mir einen Termin geben nach seiner Rückkehr? Es ist wirklich wichtig."

Die Frau musterte Emilia von Kopf bis Fuß und zog die Mundwinkel abschätzend nach unten.

„Worum geht es denn?", schnarrte sie unwillig und griff nebenbei nach der Nagelfeile.

„Nun, das Haus in der 16. Straße, in dem meine kleine Konditorei ist, wurde von ‚Global Invest' gekauft und ich habe eine Kündigung bekommen. Ich dachte, vielleicht könnte ich mit Mr. Sallenger sprechen und sehen, ob sich da was machen lässt."

Emilia konnte selbst hören, dass sie ein wenig verzweifelt klang und hasste sich dafür.

Die Sekretärin winkte sofort ab. „Ich glaube nicht, dass Mr. Sallenger da Kompromisse macht. Er ist eher ein Macher, wissen Sie. Und wegen eines unwichtigen Bäckerladens…"

„Konditorei! Mein Geschäft heißt ‚Pastry Passion' und ist sehr beliebt, meine Kunden kommen aus ganz Manhattan."

Emilia richtete sich auf. Sie hatte zu ihrem gewohnt selbstsicheren Ton zurückgefunden.

„Ich habe einen Businessplan ausgearbeitet, den ich gerne mit ihm diskutieren würde", fügte sie schnell an. Das war zwar ziemlich übertrieben, aber es klang gut. Wenn er dann erst mit ihr sprach, würde sie improvisieren, in solchen Dingen war sie gut.

Mit einer Bewegung griff sie in ihre Tasche und holte die schöne lila Schachtel mit den Pralinen heraus. Dazu die Tüte mit den Macarons. Allein schon der Duft, der schlagartig den Raum erfüllte, ließ die Köstlichkeit der süßen Leckereien erahnen. Die Bittermandel, das Aroma feinen Zimts, das Zartherbe der Schokolade. Selbst Emilia, die tagtäglich von ihren Kreationen umgeben war, lief das Wasser im Munde zusammen. Die Augen der Sekretärin nahmen einen gierigen Ausdruck an. Sie streckte die Hände nach der Schachtel aus.

„Würden Sie die Pralinen bitte Mr. Sallenger geben? Ich habe sie einzeln beschriftet, damit er eine Vorstellung von meinen Produkten bekommt. Eine Visitenkarte liegt auch bei, damit er mich zurückrufen kann. Vielleicht könnten Sie das für mich tun, für ein paar Macarons?"

Emilia grinste die Frau an und öffnete die Tüte mit dem zarten Gebäck.

Die Sekretärin griff ohne Umschweife zu. Emilia hatte sie richtig eingeschätzt. Die knallbunten, zartschmelzenden Mandelgebäckstückchen waren ganz nach dem Geschmack der Dame.

Das Macaron verschwand sofort in ihrem Mund. Ihr Gesichtsausdruck war eine Mischung aus Überraschung und purem Genuss.

„Göttlich! Einfach wundervoll."

Wie von einem unsichtbaren Magnet angezogen, bewegte sich Mrs. Morehouses Hand erneut in die Tüte. Dieses Mal wählte sie ein Macaron in der Farbe ihrer roten Fingernägel. Es war Granatapfel mit Limettenfüllung. Auch das zweite Gebäck löste sich quasi in Luft auf. Und ebenso schnell, wie das Macaron verschwunden war, veränderten sich die Gesichtszüge der Angestellten in ein weiches Strahlen. Es war fast schon magisch.

„Mr. Sallenger wird begeistert sein!" Die Sekretärin klang geradezu verzückt.

„Sie geben also meine Süßigkeiten weiter?", fragte Emilia hoffnungsvoll. Sollte sie es tatsächlich geschafft haben, den Vorzimmerdrachen für sich zu gewinnen? Sie konnte es kaum glauben.

„Worauf Sie sich verlassen können. Der Chef wird hingerissen sein. Er liebt Süßes, meine Liebe."

Die Sekretärin schien Emilia mit einem Mal immens sympathisch zu finden. Was so ein paar Mandelplätzchen doch ausmachten. Emilia konnte sehen, dass sie mit Freude noch einmal zugegriffen hätte, jedoch einen inneren Konflikt mit ihren Hüften ausfocht.

„Nehmen Sie doch noch eins. Sie sind ganz leicht und fast fettfrei", gurrte Emilia in ihre Richtung.

Die Sekretärin strahlte sie an. „Na, wenn Sie es sagen."

Dann streckten sich ihre Finger schon wieder der Tüte entgegen.

Emilia war unglaublich erleichtert. Wenn sie schon nicht mit diesem Sallenger hatte sprechen können, so war dies doch ein Schritt in die richtige Richtung. Sie wusste einfach, dass ihre Kreationen die Menschen überzeugten. Und womöglich würde Mr. Sallengers Neigung zu Süßem ihn positiv beeinflussen. Dann könnte sie „Pastry Passion“ vielleicht doch noch retten.

„Danke. Ich danke Ihnen von Herzen. Und wie gesagt, noch finden Sie mich in der 16. Straße. Vielleicht schauen Sie ja mal rein?“

Emilia schenkte der Sekretärin nochmal ihr schönstes Lächeln und verabschiedete sich. Sie musste endlich aus diesem unbequemen Kostüm und den schrecklich harten Pumps heraus.

Emilia dachte an die strenge Sekretärin und den gierigen Blick auf die Macarons. Hoffentlich würde sie ihrem Chef etwas von den Pralinen übrig lassen! Als Emilia auf die Straße trat, war ihr leichter ums Herz. Endlich sah sie wieder einen Hoffnungsschimmer am Horizont. Dieser Sallenger würde sie bestimmt anrufen und dann könnte sie mit ihm alles in Ruhe besprechen. Wer hätte gedacht, dass ihre zarten Macarons ihr eines Tages so sehr weiterhelfen würden?

*

Violettas Wohnung war im dritten Stock. Eros Ramazzotti hörte man trotzdem, sobald man das Haus betrat. Und Emilia wusste genau, wo die Musik spielte. Sie musste grinsen. Offenbar war Tante Vio bester Laune.

Emilia sperrte die Wohnungstür auf. Drinnen war die Musik fast schon unerträglich laut. Hörte Vio neuerdings schlecht?

Als Emilia ins Wohnzimmer kam, bot sich ihr ein Bild für Götter. Tante Violetta trug ein pinkfarbenes, wallendes

Kleid. Ihre Haare hatte sie hochgesteckt. Allerdings war die Frisur inzwischen gehörig derangiert. Ganze Strähnen hatten sich gelöst und flatterten munter um ihr erhitztes Gesicht. Vio tanzte, als ob es kein Morgen gäbe. Auf dem Wohnzimmertisch stand nicht nur eine Flasche Prosecco, sondern gleich eine ganze Kiste. Violetta hielt einen Sektkelch in der einen und ihre Zigarettenspitze mit einer erloschenen Zigarette in der anderen Hand. Dazu tanzte sie mit geschlossenen Augen und führte das Glas mit dem Prickelwasser immer wieder zum Mund. Als sie Emilia bemerkte, winkte sie ihr mit der Zigarettenspitze zu und zwinkerte. Dann zeigte sie auf einen zweiten Sektkelch, der wohl dafür bestimmt war, dass Emilia aus ihm trank.

Emilia ging erst einmal zu der Kiste und sah sie sich genauer an. Offenbar kam der Prosecco direkt aus Venezien von der Proseccostraße. Das Label war ihr seltsam vertraut… Emilia stutzte. Dann schaute sie auf den Absender. Tatsächlich! Die an Violetta und Emilia adressierte Kiste war von Richard. Unweigerlich spürte sie, wie ihr Herz einen Schlag aussetzte. Ob wohl auch ein Brief in der Kiste war?

Tatsächlich, ein kleiner Notizzettel lag bei, ganz formlos.

„Liebe Emilia, liebe Violetta! Ich schicke Ihnen beiden eine Kiste Conegliano Valdobbiadene. Danke Violetta, dass Sie mir den Nachmittag mit Emilia ermöglicht haben. Und danke Emilia für den schönen, einfachen Nachmittag. Ich wünsche Ihnen beiden, dass Sie beim Genuss des Proseccos ein Schlückchen Heimat trinken. Ihr Richard Stone.“

Emilia las die Notiz zweimal, während Violetta unbeeindruckt weitertanzte.

‚Einfach‘, hatte er geschrieben. Sah er sie so? Als eine einfache Frau? Bedeutete das, er nahm sie als wenig intelligent wahr? Oder wollte er sagen, dass er das Picknick genossen hatte, sie aber nicht zu ihm passte? Das wäre schließlich keine neue Erkenntnis für Emilia.

Dass es immer so kompliziert sein musste. Konnte er sich nicht klarer ausdrücken? Auf der anderen Seite: ‚ein Schlückchen Heimat trinken'. Das konnte man kaum schöner ausdrücken.

Emilia seufzte. Wenn sie ihre wirren Gefühle für diesen Richard doch einfach hätte abstellen können! Sie goss sich einen großen Schluck Prosecco ein und prostete ihrer Tante zu. Anschließend ging sie in ihr Zimmer, um das Kostüm loszuwerden und in ihren heißgeliebten Schlafanzug zu steigen. Jetzt würde sie auch ein Tänzchen zu Eros Ramazzotti wagen. Nicht, dass sie seine Musik außerordentlich mochte, aber nun, wenn Vio glücklich damit war… warum nicht?

Als das Telefon klingelte, war die Stimmung bereits sehr ausgelassen. Emilia und Violetta waren zu Discofox übergegangen. Vio führte, aber das war ja nicht anders zu erwarten gewesen. Sie hatte schlichtweg mehr Erfahrung in Sachen Tanzen. Und vielleicht sogar, was die Lebensfreude anbelangte.

Emilia hörte das Telefon als Erste und löste sich von ihrer Tante. Ein wenig außer Puste lief sie in den Flur und hob ab. Sicher war es dieser Sallenger, der ihre Pralinen gesehen hatte und sie nun zu einer geschäftlichen Besprechung einladen wollte.

„Pronto?", fragte Emilia und lauschte gespannt in die Leitung.

„Hallo. Ich bin's."

Er brauchte nicht zu sagen, wer er war. Emilia hätte die tiefe, ruhige Stimme unter tausenden wiedererkannt.

„Hallo Richard! Bist du etwa schon wieder zurück?" Ihre Hände bebten ein klein wenig, als sie ihn hörte.

„Nein, ich rufe aus China an. Aber ich wollte mich melden und fragen, ob der Prosecco gut angekommen ist."

„Aus China? Wow."

Emilia konnte nicht anders, als sich zu freuen. Richard hatte im fernen Osten an sie gedacht. So sehr, dass er sie sogar anrief. Ihr Herz schlug augenblicklich schneller.

„Ja, also Violetta tanzt schon. Ich habe keine Ahnung, ob in der ersten Flasche noch ein letztes Schlückchen ist oder nicht.“ Emilia musste lachen. Sie war selbst schon leicht beschwipst von dem Prickelwasser.

„Na, dann wirst du ja nachher ein schönes Konzert haben, oder? Wenn Ihr Euch quasi schon eingestimmt habt.“ Richard klang so nah. Und sie hörte das Lächeln in seiner Stimme.

„Nein, leider nicht. Meine Freundin Sandy hat einen Bänderriss. Und alleine wollte ich nicht ins Konzert gehen. Ich habe die Karten verschenkt. Aber immerhin wird Sandy künftig besser auf ihre Tiegel im Salon achtgeben. Litschi war dann doch zu gefährlich.“

„Litschi?“, fragte er. Emilia konnte den verblüfften Ausdruck in seinem Gesicht förmlich vor sich sehen. Sie hätte jetzt wahnsinnig gerne in echt mit ihm gesprochen.

„Olivenöl und Litschi“, erklärte sie. „Das ist in der neuen Wunderhaarkur von Sandy. Und genau auf diesem Zeug ist sie ausgerutscht.“ Sie berichtete Richard kurz vom Unfall ihrer Freundin.

Richard lachte nun seinerseits. „Ich wusste gar nicht, dass Hairstylisten so ein hohes Berufsrisiko haben. Vielleicht sollte Sandy umsatteln auf einen weniger gefährlichen Beruf. Rennfahrerin oder Hochseilartistin wäre eine Idee.“

Emilia mochte seinen Humor. Ihr wurde ganz warm, wenn sie ihm zuhörte. Wie einfach es doch war, sich mit ihm zu unterhalten. Ganz so, als würden sie sich schon ewig kennen. Dabei hatten sie doch nur ein paar kurze Stunden im Central Park verbracht.

„Ich höre Eros bis hier“, sagte Richard mit weicher Stimme.

„Ja, ich weiß. Violetta dreht die Musik gerne laut auf.“ Emilia dachte für einen Moment an den verpassten Gig von Matt. Es war wirklich schade, dass sie ihn nicht sah. Aber alleine zum Konzert, das war irgendwie auch keine Option. Um sie herum würden lauter Pärchen stehen und sich bei den Balladen umarmen. In solchen Situationen fühlte sie sich manchmal sehr einsam. Außerdem war es blöd, wenn man so ein Erlebnis mit niemandem teilen konnte.

„Schade wegen des Konzerts“, sagte Richard, als ahnte er ihre Gedanken. „Du wärst so gerne gegangen nicht wahr? Wo du doch diesen Matt so magst! Weißt du, ich…“

An Richards Ende der Leitung wurde es im Hintergrund unruhig. Emilia glaubte, die unangenehme Stimme dieses Leroy zu hören.

„Ja, ja. Ich komme schon.“ Richard hatte offenbar seine Hand über den Lautsprecher seines Telefons gelegt. Er klang ganz gedämpft.

„Es tut mir leid, Emilia, ich muss los. Aber es war schön, deine Stimme zu hören. Versuch bitte, auch ohne Matt the Electrician das Beste aus dem heutigen Abend zu machen, ja?“

„Das werde ich tun. Dir auch einen schönen Abend, Richard und alles Gute in China!“ Emilia spürte ein viel zu starkes Bedauern, weil Richard das Telefonat beendete. „Und danke auch für den venezianischen Prosecco“, rief sie noch, doch da war die Leitung schon tot.

Bevor Emilia über den Anruf nachdenken konnte, streckte Violetta ihren Kopf in den Flur.

„Schätzchen, magst du uns eine Pizza beim Lieferservice ordern? Ich glaube, es ist Zeit für eine solide Grundlage.“ Nach einer kleinen Pirouette im Flur verschwand Tante Vio kichernd wieder im Wohnzimmer. Emilia griff erneut zum Telefon, um eine Pizza Calzone und eine Quattro Formaggi zu bestellen. Dabei hatte sie ganz plötzlich viel mehr Appetit auf Chop Suey.

*

„Guten Morgen, Sam.“

Emilia war bester Dinge, als sie drei Tage später „Pastry Passion“ aufsperrte. Violetta hatte sich am

Vorabend dazu entschlossen, wieder einmal zu malen. Das hatte sie in ihrer Jugendzeit mit viel Begeisterung und wenig Verkaufserfolg getan. Ihr liebstes Modell waren leicht bekleidete Signori gewesen, die sie ansprach, in ihr kleines Apartment lockte und dort in fantasievollen Farben auf die Leinwand bannte. Was sie sonst noch mit ihnen getrieben hatte, blieb Violettas Geheimnis. An dieser Stelle der Erzählungen grinste sie stets nur über beide Ohren und zündete sich genießerisch eine Zigarette an. Also hatte Emilia die Acrylfarben und einen Keilrahmen aus dem winzigen Kellerabteil geholt. Richards teurer Prosecco spornte die Tante offenbar gehörig an, den Pinsel zu schwingen. Als sie mit ihrem Gemälde fertig war, hatte Violetta sich als grüne Meerjungfrau mit Zigarettenspitze in der Hand auf Leinwand verewigt. Es war eine Freude gewesen, der Tante dabei zuzuschauen.

Emilia grinste. Ohne Tante Vio wäre ihr Leben viel weniger bunt und das hatte gar nichts mit den unzähligen Farbtuben und der verschmierten Palette zu tun.

Sam arrangierte seine Sträuße vor dem Blumengeschäft neu und winkte ihr freundlich zu. „Später einen Cappu?"

Emilia reckte ihren Daumen nach oben und ging in ihren Laden.

Heute wollte sie Meringue-Kirsch-Törtchen machen. Sie liebte das zartschmelzende Baiser in Kombination mit der fruchtigen Säure der Kirsche und den Kunden schmeckte dieses Gebäck sicher auch, gerade jetzt im frühen Sommer. Als sie gerade die Eiweiße aufschlug, klingelte das Telefon.

Sallenger! Das musste dieser Sallenger sein.

Emilia war innerlich ständig angespannt, das merkte sie bei jedem Klingeln ihres Telefons. Die Tage vergingen und die Wahrscheinlichkeit, dass „Global Invest" sie anrief, wurde nicht unbedingt größer. Doch Emilia versuchte sich damit zu trösten, dass der Leiter eines so großen Konzerns mit Sicherheit viel um die Ohren hatte. Sie musste sich noch ein wenig gedulden und im Zweifelsfall einfach noch einmal nachfragen. Bestimmt rutschte auch mal etwas durch in einer solchen Riesenfirma.

„Pronto! ‚Pastry Passion', Emilia, guten Tag."

„Ach wie schön, dass ich Sie höre, Kindchen." Die zittrige Stimme der alten Mrs. Witherleaf war am Apparat.

„Mrs. Witherleaf! Ich freue mich, dass Sie sich melden. Ich habe sie schon vermisst am Montag." Und das stimmte. Die alte Dame kam normalerweise so zuverlässig wie ein Uhrwerk immer montags in den Laden.

„Ja wissen Sie, ich habe einen Bandscheibenvorfall und kann nicht raus. Da ich ja alleinstehend bin… Langsam fällt mir die Decke auf den Kopf. Ich habe mich gefragt, ab welcher Menge Sie ins Haus liefern? Mir fehlt besonders Ihr Schokoladenbruch."

Der Schokoladenbruch war eine Pralinenmischung, die Emilia eigens für Mrs. Witherleaf erfunden hatte. Wenn sie keine Reste vom Dekorieren übrige hatte, packte sie ein kleines Päckchen mit den verschiedensten Pralinen und schüttelte sie einmal durch, damit sie „Bruch" wurden. Die alte Dame hätte sich sonst nie mehr als ein paar wenige Süßigkeiten leisten können.

Jetzt musste Emilia lächeln.

„Es wäre mir eine Freude, Ihnen etwas zu liefern."

Mrs. Witherleaf wohnte im gleichen Block, nur einen Steinwurf von „Pastry Passion" entfernt.

„Wirklich? Das ist ja ganz wundervoll! Ich habe Bargeld im Haus. Im Moment lebe ich ja von Tütensuppen und Take-Aways…"

„Ich komme gerne, Mrs. Witherleaf", beteuerte Emilia. Sie mochte die alte Dame einfach und würde ihr noch ein paar Meringues mitbringen.

Schnell vereinbarten die beiden Frauen eine Uhrzeit nach Dienstschluss. Da klingelte das Glöckchen über der Eingangstür.

Als Emilia ihren Kopf in Richtung Tür wandte, sah sie Leroy mit säuerlicher Miene in den Laden kommen. Was wollte der denn hier? Und warum sah er so verärgert aus?

Gerade als sie ihn ansprechen wollte, erkannte sie, dass er die Tür für Richard aufhielt, der gleich hinter ihm hereinkam.

„Aber wir müssen uns beeilen, Mr. Stone, sonst kommen wir zu spät zu dem Termin mit den Brasilianern. Die neuen Preise für den Kakao zu besprechen, ist für heute unsere oberste Priorität."

„Jaja." Richard winkte ab. Er klang ziemlich genervt und sah müde aus. Der Jetlag setzte ihm offensichtlich zu. Doch trotz seiner Augenringe war er noch immer ein äußerst attraktiver Mann, wie Emilia feststellen musste. Und er lächelte ihr so innig zu, dass ihr Herzschlag sich beschleunigte.

Leroy griff mit gierigen Fingern nach einem großen Stück kandierter Mango, das auf dem Probierteller lag. Emilia verfluchte die Tatsache, dass der Teller gerade frisch befüllt worden war. Doch dann dachte sie an die fünfzig Dollar, die Richard ihr letztens zugesteckt hatte. Sollte Leroy essen, so viel er wollte. Vielleicht konnte sie dann ein paar Minuten in Ruhe mit Richard reden.

„Hallo Richard! Was kann ich denn für dich tun? Leider sind die Blackberry-Pralinen aus", sprudelte es aus Emilia heraus.

„Oh. Na, das ist schade." Richard schaute sehr interessiert in die Auslage. Dabei mochte er doch gar nichts Süßes. Zum Glück fiel ihr ein, dass sie noch etwas anderes im Angebot hatte.

„Ich habe da hinten ein paar selbstgebackene Peccorino-Panini, also einen herzhafter Snack. Möchtest du eins probieren?"

Auf sein Nicken hin eilte in den Nebenraum und legte eines der kleinen Brötchen auf eine Serviette. Dann ging sie zurück und reichte ihm das Panini. Ihre Hände zitterten ein klein wenig, als er es ihr abnahm.

„Danke, das ist sehr freundlich." Sein Blick streifte das Brötchen nur kurz und kam dann sofort wieder zurück zu ihr. Richard biss in das knusprige Gebäck mit dem würzigen Käsekern. „Das schmeckt fantastisch. Du hast wirklich ein Talent für feine Kompositionen."

Emilias Wangen wurden heiß. „Danke", sagte sie schnell und schwieg dann. Normalerweise war sie nicht auf den Mund gefallen, aber wenn Richard vor ihr stand, noch dazu hier im Laden mit diesem schrecklichen Leroy im Schlepptau, fiel ihr nie etwas Vernünftiges ein. Auf der Bank im Central Park, beim Füttern des niedlichen Eichhörnchens, war das Reden viel einfacher gewesen.

Es kam ihr vor, als fände auch Richard nicht die richtigen Worte. Er hatte ihr immer noch nicht verraten, warum er eigentlich hier war.

Leroy musste aufstoßen. Dann griff er nach einer gebrannten Mandel mit Anis.

„Chef, die Zeit läuft."

„Wirklich, Leroy. Ich bin hier noch nicht fertig!" Der mahnende Ton Richards ließ Leroy verstummen. Beleidigt warf er die Mandel in die Luft und fing sie mit dem Mund auf.

Zum allerersten Mal war Emilia froh, dass Leroy seinen Boss zur Eile ermahnte, denn sie wollte endlich wissen, was ihn hergeführt hatte. Richard griff in die Innentasche seines Sakkos und holte zwei Beutelchen heraus, die eingewickelte Süßigkeiten enthielten.

„Ich habe dir eine Kleinigkeit aus China mitgebracht", erklärte er. „Dort sind alle verrückt nach Candys mit grünem Tee. In allen möglichen Variationen. Ich dachte, du hättest vielleicht ein wenig Spaß daran."

Er legte die Stücke auf den Tresen. Sie waren knallbunt verziert und trugen chinesische Schriftzeichen. Das war unglaublich süß von ihm! Emilia konnte kaum glauben, dass er sogar auf der Geschäftsreise an solche Kleinigkeiten für sie gedacht hatte.

Sie wurde umgehend rot.

„Wie nett von dir", stieß sie hervor. „Das freut mich total! Du musst mir bei Gelegenheit mal ausführlich von China erzählen."

Leroys Handy klingelte, er redete mit irgendjemandem, aber Richard drehte sich nicht einmal um. Er blieb einfach nah bei Emilia stehen.

„Chef, hier ist …“

„Ich rufe zurück!“, unterbrach Richard seinen Assistenten sofort und stellte damit klar, wer im Moment Vorrang hatte. Emilias Magen begann zu flattern. Der große Richard Stone bemühte sich so um sie? Lag ihm wirklich etwas an ihr? Allein die Vorstellung, dass es so sein könnte, ließ ihre Knie beben.

„Hier kann man schlecht reden“, stellte Richard fest. „Wie wäre es, wenn ich dich zum Essen einlade? Ich gehe gerne ins ‚Le Cygne Noir‘ an der Upper East Side. Es ist ein großartiges französisches Lokal. Würdest du mir den Gefallen tun?“

Er sah aus, als zweifle er daran, dass sie wirklich mitkommen würde.

Emilia freute sich mehr über die Einladung, als ihr lieb war. Erst der Prosecco, dann der Anruf aus China und jetzt ein Dinner. Sollte Richard es tatsächlich ernst mit ihr meinen? Er, der beliebteste Junggeselle in ganz New York, und sie, die etwas moppelige Konditorin? Das konnte doch kaum möglich sein.

„Es ist quasi als Entschädigung, weil ich nicht mit zu Matt the Electrician gehen konnte. Das hat mir ehrlich leid getan“, schob er noch hinterher.

Richard sah Emilia tief in die Augen.

„Ja, also, ich komme gern mit. Ich freue mich darauf“, hörte Emilia sich sagen. Sie spürte, dass sie rot anlief und schalt sich selbst dämlich, während sie den intensiven Blick Richards erwiderte. Ihr Puls raste und in ihrem Bauch tanzten ganze Schwärme von Schmetterlingen eine Tarantella.

Ein Strahlen breitete sich auf seinem Gesicht aus. War es denn wirklich etwas Besonderes für ihn, dass sie zugesagt hatte?

„Wunderbar!“, sagte er und fuhr sich mit der Hand

durch die dunklen Haare. Er war doch nicht etwa nervös? „Wie wäre es am Samstagabend?“, schlug er vor.

In diesem Moment bimmelte die Ladenglocke erneut. Es war eine Frau mit ihrem kleinen Sohn.

Richard machte ein Zeichen, dass Emilia die Dame zuerst bedienen sollte, und nahm Leroy nun doch das Telefon ab. Offenbar ging es um einen wichtigen Geschäftspartner.

„Was kann ich für Sie tun?“, fragte Emilia freundlich.

„Ich habe gehört, sie machen auch tolle Geburtstagstorten? Jason hier hat da ganz außergewöhnliche Wünsche. Vielleicht können Sie ihm sagen, dass so was nicht zu verwirklichen ist.“

Die Frau wirkte sehr genervt von ihrem Sohn. Emilia konnte das gar nicht nachvollziehen. Er war so süß mit den hellblonden Locken und dem T-Shirt mit den Minions darauf. Allerdings schien er ein wenig schüchtern zu sein.

Emilia kam hinter dem Verkaufstresen hervor und ging vor dem Kleinen in die Knie.

„Du bist also Jason. Ich heiße Emilia. Magst du mir erzählen, was für einen Kuchen du gerne hättest?“

„Ich mag Vanille und die Minions.“ Jason wurde rot.

„So. Die Minions also. Die finde ich auch total klasse. Und jetzt möchtest du eine Torte, die aussieht wie ein Minion?“

Jason nickte eifrig.

„Das könnte ich schon für dich machen, wenn deine Mama es uns erlaubt, hm?“ Emilia warf der Mutter einen Blick zu.

„Ehrlich? Geht das? Der Junge liegt mir seit Tagen damit in den Ohren.“

„Natürlich geht das. Ich hab schon die verrücktesten Kuchen gemacht, glauben Sie mir. Das schaffen wir. Oder, Jason?“ Emilia wuschelte dem Jungen kurz durchs Haar und er kicherte.

„Aber vielleicht solltest du vorher wissen, ob du überhaupt magst, was ich backe. Möchtest du etwas probieren? Eine Geburtstagstorte ist schließlich eine wichtige Sache."

Wieder nickte Jason und nahm einen ernsten, geschäftigen Gesichtsausdruck an.

„Logo", sagte er.

Emilia ging hinter ihre Ladentheke und griff nach einem bunten Rainbowcake, den sie als Muffin gebacken hatte. Den gab sie dem Jungen in die Hand.

„Hier, Jason. Probier mal, ob das was wäre für deine Spezialtorte."

Jason nahm einen riesigen Bissen. „Der schmeckt", murmelte er mit vollem Mund und strahlte Emilia glücklich an.

„Danke, Jason, das werte ich als Kompliment." Emilia musste lachen. Dann holte sie einen Zettel hervor und malte eine grobe Skizze auf.

„Hast du dir das so ungefähr vorgestellt?", fragte sie Jason.

Der kritzelte noch kurz herum und nickte dann zufrieden.

„Das wird der Hammer bei meiner Party!", rief er.

Emilia freute sich. Zufriedene Kunden und insbesondere zufriedene Kinder waren immer wieder ein Geschenk.

„Möchten Sie die Torte bestellen?", wandte sie sich an die Mutter.

„Sehr gern. Und danke für ihre Mühe, Sie machen meinem Sohn eine riesige Freude."

„Ich mache das gern. Er scheint mir ein großartiger Junge zu sein."

Die Mutter strahlte plötzlich genau so sehr wie ihr Junior. Als sie und ihr Sohn den Laden verließen, war von dem Rainbowcake-Muffin kein Krümelchen mehr übrig.

Emilia wandte sich Richard zu, der die Szene genau beobachtet hatte. Das Lächeln war aus seinem Gesicht verschwunden. Sein Gesichtsausdruck war plötzlich undurchdringlich.

„Du magst wohl Kinder?“, wandte er sich an sie. Er hatte nur ein einziges Mal von dem Peccorino-Brötchen abgebissen. Richard war sehr ernst geworden.

„Ja, sehr. Sie sind oft so klug, auf andere Art, und witzig. Und ich mag ihre Ehrlichkeit.“ Emilia schaute dem Jungen hinterher, der im Hopserlauf vor seiner Mutter her rannte.

„Verstehe“, sagte Richard nur und verstummte dann.

Völlig verwirrt starrte Emilia ihn an. Was genau verstand er? Und wieso wirkte er plötzlich so abweisend? Die Temperatur im Laden schien seit dem Gespräch mit Jason um zehn Grad gesunken zu sein, zumindest was Richards Stimmung anbelangte.

Da sie sich nicht mehr auskannte, sah Emilia zu Leroy. Der konnte nicht nur Mandeln in seinen Mund werfen. Er traf auch mit einer Kaffeepraline hervorragend sein Ziel. Aber er wirkte völlig unverändert. Das Telefonat konnte also nicht die Ursache für Richards Umschwung sein.

Leroy deutete auf eine imaginäre Uhr an seinem Handgelenk.

„Chef, wir sollten jetzt wirklich los“, mahnte er.

„Stimmt.“ Richard legte das Brötchen auf den Tresen und wandte sich seinem Assistenten zu.

Sprachlos starrte ihn Emilia an. Was sollte das? Erst machte er sie heiß wegen eines Dinners und nun wollte er davon nichts mehr wissen, oder wie? Dann sollte er ihr das wenigstens ins Gesicht sagen.

„Bleibt es bei Samstag oder hast du es dir nun doch anders überlegt?“, fragte sie, um ihn zu provozieren.

„Natürlich bleibt es dabei“, presste Richard heraus. „Ich hole dich um sieben Uhr daheim ab.“

Das klang nicht nach großer Begeisterung. Am liebsten hätte Emilia ihm zugerufen, dass er es doch bleiben lassen solle, wenn er keine Lust dazu hatte. Aus falschen Schuldgefühlen wegen eines verpassten Konzerts brauchte er zu keinem Date mit ihr gehen. Aber sie war viel zu durcheinander, um irgendwie zu reagieren. Sie blickte den zwei Männern nur stumm hinterher, als sie zu ihrer Limousine eilten.

Nachdem Leroy und Richard „Pastry Passion“ verlassen hatten, blieb nichts zurück als ein angebissenes Panini, was ihr wie eine Metapher für diese Sache mit Richard vorkam. Nichts Halbes und nichts Ganzes. Eins war jedenfalls klar: Sie würde zwar mit Richard in das Lokal gehen, sich aber emotional auf überhaupt nichts einlassen. Sollte er sie ruhig elegant zum Essen einladen, aber er würde niemals ein Stück von ihrem Herzen abbeißen können!

## 8. Crème brûlée

*Der Klassiker aus Bourbonvanille-Creme, verfeinert mit einem Hauch Orangenschale und überzogen mit einer knackigen Kruste aus karamellisiertem Zucker*

„Tantchen, ich brauche keinen glitzernden Lidschatten!"

Es war Samstagabend, kurz vor sieben Uhr. Emilia trug ein schlichtes, schwarzes Etuikleid, Seidenstrümpfe und silberne Pumps. Sie ging davon aus, dass dieses französische Lokal sehr elegant war. Trotzdem hatte ihr breites, silbernes Haarband etwas Extravagantes, das ihrem Stil entsprach. Sie wollte bei diesem Date sie selbst sein.

Ein klein wenig nervös war sie schon, aber das war kein Vergleich zum Gemütszustand ihrer Großtante. Violetta schwirrte schon den halben Nachmittag wie ein aufgescheuchtes Perlhuhn durch die Wohnung und versuchte, ihr unpassende Dinge wie eine Federboa oder eine monströse Paillettenhandtasche anzudrehen. Und nun wedelte sie auch noch mit diesem Disco-Eyeshadow vor ihrer Nase herum.

„Du kannst doch nicht nur in Schwarz gehen, wo ist da der Pep?", kritisierte Violetta und deutete ein weiteres Mal auf das schreckliche Paillettenmonstrum aus ihrem Fundus. „Nimm doch wenigstens die Tasche, Bella, du brauchst doch eine Menge Sachen."

„Was denn?" Emilia war eher der Typ, die ihren Hausschlüssel in die Hosentasche stopfte, dazu ein paar

Dollarnoten und basta! „Bezahlen brauche ich nicht, also muss ich keinen Geldbeutel einpacken. Und ein Taschentuch, falls mich die Trüffelkrümel auf den Froschschenkeln in der Nase kitzeln, kriege ich auch in mein Täschchen rein."

Sie hatte eine schmale, ebenfalls silberne Clutch herausgesucht, die sie im Lokal einfach auf den Tisch legen konnte. Das gute Stück war ein Liebhaberobjekt vom Flohmarkt.

Violetta streckte die Arme theatralisch in Richtung Zimmerdecke. Oder gen Himmel, woher sie sich wohl Beistand erflehte für den Umgang mit ihrer renitenten Nichte.

„Du musst natürlich dein Parfum mitnehmen, um dich zwischendurch frisch zu machen, bevor du mit ihm tanzt. Und Deodorant, das schadet nie. In deinem speziellen Fall wäre vielleicht auch eine Haarbürste von Vorteil." Violettas missbilligender Blick blieb an Emilias Haarband hängen.

„Vio, wir gehen essen und nicht zum Debütantenball im Waldorf-Astoria!", erwiderte Emilia.

Doch ihre Tante fuhr ungerührt fort. „Einen Taschenspiegel samt Puder und Lippenstift, damit du dein Make-up auffrischen kannst. Und natürlich Pfefferminzbonbons, man weiß ja nie, wie diese komischen Franzosen kochen. Bestimmt mit jeder Menge Zwiebeln." Violetta zog angewidert die Nase hoch.

Emilia musste lachen.

„So nahe werde ich Richard nicht kommen, dass ihn mein Mundgeruch nach der Zwiebelsuppe stört", sagte sie.

Violetta blickte sie ernst an. „Natürlich wirst du das. Er wird dich heute küssen! Es ist euer zweites Date."

„Das ist lächerlich. Niemals wird er das tun!"

„Oh doch!" Violetta setzte diesen allwissenden Blick auf, der keinen Widerspruch duldete.

„Tantchen, er wird mich nicht küssen. Wir leben in völlig verschiedenen Welten. Außerdem gibt es seine

Samantha, die ihn andauernd anruft. Er hat nur ein schlechtes Gewissen, weil er nicht mit zu Matt the Electrician konnte. Nichts weiter."

„Ich wette mit dir, er wird dich küssen." Violetta konnte unglaublich halsstarrig sein.

„Ich halte dagegen", entschied Emilia. „Falls er mich küsst und ich mich küssen lasse, bringe ich dir einen Monat lang das Frühstück ans Bett."

Emilia war sich sehr sicher. Richard hatte sie nur aus einem spontanen Impuls heraus gefragt, vielleicht war sie seine gute Tat des Tages, aber schon am Ende seiner Stippvisite im „Pastry Passion" war er mehr als kühl gewesen. Wahrscheinlich bereute er sowieso schon, sie überhaupt eingeladen zu haben und war nur zu sehr Gentleman, um ihr abzusagen.

Ohnehin war er ein seltsamer Typ. Mal schien er ihr ganz nah und plötzlich zog er sich total in sich selbst zurück, wurde reserviert und abweisend.

Es würde wahrscheinlich ein total aufgesetztes Gespräch werden, reiner Smalltalk, und gleich nach dem Dessert vorbei sein. Ein Kuss war so unwahrscheinlich wie ein Schneesturm mitten im August, also konnte sie der Tante beruhigt ein so großzügiges Angebot machen.

„Deal", sagte diese und nickte zufrieden. Plötzlich eilte sie in ihr Zimmer und kam kurz darauf mit einer kleinen Schmuckschachtel zurück. „Mir ist etwas eingefallen. Das sind meine Glücksohrringe. Die solltest du heute tragen."

Sie öffnete die Box. Darin lagen wunderschöne Rubine in Tropfenform, eingefasst in mattem Silber.

„Die sind nicht viel wert", erklärte Violetta mit leiser Stimme, „aber ich habe sie an einem ganz besonderen Tag getragen."

Ihre Züge wurden weich und ihr Blick wanderte zum Fenster, als wolle sie weit über die Dächer der Stadt schauen. Emilia spürte, dass es eine sehr berührende Erinnerung war, die ihre Tante mit den Rubinohrringen verband.

„Erzähl mir davon, Vio“, flüsterte sie und legte ihre Hand sanft auf Violettas Oberarm.

Doch genau in diesem Moment klingelte es.

„Schnell, du musst los.“

Violetta half ihr, die Ohrringe anzulegen, gab ihr einen Kuss auf die Wange und lächelte sanft, als sie Emilia in Richtung Haustür schob.

„Hab einen wunderschönen Abend, Cara“, sagte sie und scheuchte ihre Nichte zur Tür hinaus. Dabei konnte sie es nicht lassen, ihr noch ein Pfefferminzbonbon in die Hand zu drücken. „Sicher ist sicher!“

Emilia lachte kopfschüttelnd, während sie nach unten ging, und schob das Bonbon in die Clutch. Vio war wirklich unverbesserlich. Schon war sie an der Haustür angekommen. Ob Richard wieder mit seinem Kleinwagen auf sie wartete? Sie überlegte noch, da wurde die Tür von außen geöffnet.

„Guten Abend, Emilia“, sagte Richard und führte sie zu einem Taxi, das ein paar Meter weiter parkte. „Ich hoffe, du hast Hunger mitgebracht?“

„Natürlich“, antwortete Emilia, verschwieg aber, dass sie auf Anraten ihrer Tante am Nachmittag noch eine Portion Caprese mit Ciabatta verdrückt hatte, weil französische Nobellokale nicht gerade für die Größe ihrer Portionen bekannt waren. Von ein paar Schnecken und Austern wurde man schließlich nicht satt und Emilia wollte nicht, dass ihr Magen während der Nachspeise vorlaut knurrte. Schließlich war sie keine dieser mageren High-Society-Schnepfen, die von einem Salatblatt drei Tage zehren konnten.

Richard öffnete die hintere Tür des Taxis für sie und sie rutschte auf die Rückbank. Er ging zur anderen Seite und saß kurz darauf neben ihr. Als der Fahrer losfuhr, stieg ihr wieder Richards aromatischer Herrenduft in die Nase. Sie mochte seinen Geruch.

„Was für ein Aftershave trägst du da?“, fragte Sie geradeheraus. „Ich habe diese Note nach Bergamotte und

Waldluft noch nie gerochen. Dabei erinnere ich mich gut an alle möglichen Parfums. Ich habe eine sehr trainierte Nase."

„Das glaube ich gerne", erwiderte er. „Es ist ein Weihnachtsgeschenk meiner Mutter. Sie hat für meinen Vater und mich eigens Duftkreationen bei einem Parfümeur entwickeln lassen."

Emilia musste schlucken. Auf so eine Idee wäre sie nie gekommen. Was man mit Geld alles tun konnte! Sie selbst hatte sich immer über die selbstgestrickten Wintersocken ihrer Mutter sehr gefreut. Aber sie hatten eben nur in der Via Berlanda gelebt und nicht in der Park Avenue.

„Deine Mutter hat wirklich Geschmack", sagte Emilia, weil ihr nichts Besseres einfiel.

Eine Zeit lang schwiegen beide. Dann endlich kam das verschnörkelte Schild des Lokals in Sicht.

„Ich weiß nicht einmal, was ‚Le Cygne Noir' bedeutet, muss ich zugeben", sagte Richard.

Emilia hingegen konnte das ableiten. „Im Italienischen ist ‚Cigno' das Wort für Schwan. Das würde auch zu dem angedeuteten geschwungenem Hals als Logo passen." Sie deutete auf das Schild.

Er seufzte. „Du hast nicht nur eine gute Nase, sondern auch ein gutes Auge, Emilia."

Die Fenster des Restaurants waren von außen nicht durchsichtig, sodass die Gäste während des Speisens ganz ungestört sein konnten. Offenbar war dies ein Ort, an dem sich die New Yorker Celebrities die Klinke in die Hand gaben. Da wurde Wert auf Diskretion gelegt.

Das Taxi hielt, sie stiegen aus und betraten das Lokal. Es war, wie Emilia schon vermutet hatte, äußerst stilvoll und elegant eingerichtet. Funkelnde Kristallgläser auf schneeweißen Tischdecken warteten auf den Rotwein. Die indirekte Beleuchtung kam aus Designerlampen, die das Motiv des Schwanenbogens wiederholten, und im Hintergrund lief gedämpfte klassische Musik. Auf den Tischen brannten schmale Kerzen, die in zierlichen

Chromhaltern steckten. Das Lokal war größer, als sie erwartet hatte, aber nur im vorderen Teil standen Tische. Weiter hinten gab es eine kleine Bühne, vielleicht spielte hier an manchen Abenden ein Streichquartett oder ein Aznavour-Imitator, das konnte sich Emilia gut vorstellen.

Kaum hatte Richard seinen Fuß in das Lokal hineingesetzt, schwirrte ein befrackter Ober auf ihn zu.

„Bonsoir, Monsieur Stone", begrüßte er ihn und nickte auch Emilia huldvoll zu. Dann geleitete er sie zu ihrem Tisch. Mit seiner Brille, der Halbglatze und der untersetzten Figur erinnerte er Emilia ein wenig an Danny DeVito. Auch wenn dieser sicher mit mehr Humor glänzen würde. Der Ober war eher von der steifen Sorte. Er schob den Stuhl für Emilia zurecht und nahm dann, mit einer Hand am Rücken, neben dem Tisch Aufstellung, um die Getränkebestellung entgegenzunehmen.

Ohne die Weinkarte zu bemühen, orderte Richard eine Flasche Château Haut-Brion. Emilia wagte gar nicht daran zu denken, was die wohl kostete. Wahrscheinlich würde dafür der gesamte Monatsumsatz ihrer Pralinen draufgehen. Sie klappte die goldumrandete Speisekarte auf, welche ihr der Ober gereicht hatte, und musste sofort schmunzeln. Als Entrée war tatsächlich eine Pariser Zwiebelsuppe aufgeführt.

„Was amüsiert dich denn?", wollte Richard wissen.

„Ach, ich hatte mit meiner Tante neulich ein Gespräch über Zwiebeln. Die mag sie nicht besonders, dafür liebt sie Knoblauch."

„Dann würden ihr die Schnecken sicher gut schmecken", antwortete er. „Die sind mit Sicherheit sehr knoblauchlastig."

Emilia schüttelte sich innerlich. Die Muscheln bei den Spaghetti alle Vongole waren schon grenzwertig für sie, aber Schnecken zu essen konnte sie sich beim besten Willen nicht vorstellen.

Sie entschied sich für einen Salade Niçoise und war erleichtert, dass Richard statt den Escargots die

Bouillabaisse bestellte. Die Fischsuppe roch absolut fantastisch, als sie schließlich serviert wurde.

„Ach, in Europa gibt es einfach das beste Essen", schwärmte er und tauchte begeistert seinen Löffel ein.

„Du bist wohl ein großer Fan der alten Welt?"

Er nickte. „Es ist eine ganz andere Lebensweise. Die Leute haben viel mehr Kultur, nicht nur beim Essen. Wir Amerikaner sind doch totale Banausen."

„Bist du oft drüben?"

„Leider nicht. Meine Geschäfte führen mich hauptsächlich nach Asien, weil wir dort im Moment sehr stark expandieren. Aber natürlich bin ich auch viel in Südamerika, wo wir einen Großteil unserer Rohstoffe einkaufen und neuerdings auch einige Fabriken erworben haben. Aber ich will nicht übers Geschäftliche reden."

Wieder nahm Richard einen Löffel Suppe. Er schloss sogar einen kurzen Moment die Augen, während er die Aromen auf sich wirken ließ. Emilia musste schmunzeln. Sie konnte seinen Genuss förmlich sehen. Dann sprach Richard weiter.

„Ich war zu meiner Studienzeit in England und bin dabei auch ein wenig durch Europa gereist, davon träume ich noch immer."

Seine Augen glänzten, als er davon erzählte.

„Was genau fasziniert dich denn an Europa außer der Kultur?", fragte Emilia.

Er aß erst einen weiteren Löffel seiner Suppe, bevor er antwortete.

„Die Menschen sehen nicht nur schwarz und weiß. Sie sind nicht so oberflächlich", sagte er. „Und nicht so künstlich. Nehmen wir dich, Emilia. Du bist so wunderbar natürlich, einfach du selbst. Das findet man hier selten."

Er hielt sie mit seinem Blick gefangen. Der Moment schien eine Ewigkeit zu dauern – und war trotzdem viel zu kurz.

„Naja, ich bin einfach, wie ich bin", stammelte Emilia und spürte, wie ihre Wangen sich röteten.

„Ja eben. Du lässt dich nicht beeindrucken von Reichtum oder Berühmtheit. Du hättest mir bei meinem ersten Besuch bei ‚Pastry Passion' um ein Haar das Handy aus der Hand gerissen und in zerlassener Vollmilchschokolade versenkt, vor lauter Ärger über mein ignorantes Verhalten. Zu Recht übrigens!"

Emilia lachte leise. „Zartbitter hätte ich genommen. Das passt besser zu BlackBerry-Telefonen!"

„Genau das meine ich." Wieder schenkte er ihr sein Lächeln, das eine wärmende Flamme in ihrem Inneren entfachte. „Ich mag solche Dinge, diese Unverblümtheit. Ich hab es nämlich gern unkompliziert, weißt du? Im Grunde bin ich ein ganz normaler und schrecklich langweiliger Mensch. Der Zufall wollte es einfach nur, dass ich in eine Unternehmerfamilie geboren wurde."

„War immer klar für dich, dass du die Firma übernimmst? Ich meine – war es nie denkbar, dass du Tierpfleger wirst oder als Förster nach Kanada auswanderst?"

Er überlegte lange Sekunden.

„Ich habe mein Leben nie infrage gestellt, fürchte ich", sagte er und seine Stimme klang rau. „Es war immer selbstverständlich, dass ich den Konzern irgendwann weiterführen würde. Allerdings hatte ich damit gerechnet, dass das erst viel später auf mich zukäme. Ich hätte schon noch gerne etwas mehr von der Welt gesehen – jenseits von Fabrikgeländen und Kaffeeplantagen."

„Was ist denn passiert?" Sie sah ihn gespannt an und vergaß darüber völlig ihren Salat, obwohl der ganz hervorragend war.

Auch Richard legte für einen Moment den Löffel beiseite. „Es war kurz nach Vaters fünfzigsten Geburtstag. Er stritt gerade mit seinem Börsenmakler, da brach er mitten im Büro zusammen. Herzinfarkt. Außerdem wurde eine sehr labile Aorta festgestellt. Die Ärzte erklärten ihm eindringlich, dass er sich nicht mehr aufregen dürfe."

„Und er hielt sich daran?"

„Natürlich nicht." Richard lächelte schwach. „Ein Gordon Stone ließ sich doch von ein paar nichtsnutzigen Weißkitteln nicht seine Arbeit verbieten! Er machte weiter, bis ihn ein neuer Infarkt für zwei Monate auf die Intensivstation beförderte. Mein Vater hatte eine schlimme Bypassoperation mit vielen Komplikationen. Erst als der Chefarzt ihm eindeutig klarmachte, dass er einen weiteren Infarkt nicht überleben würde, kam er zur Besinnung."

„Eine harte Lektion", sagte Emilia nachdenklich. Sie konnte sich den alten Herrn irgendwie vorstellen und ahnte, dass Richard es nicht leicht gehabt hatte als sein Sohn. Gordon Stone klang wie einer dieser ehrgeizigen, unbelehrbaren Menschen, deren tragende Eigenschaft ein ungesunder Egoismus war.

„Allerdings. Mein Vater hat schwer an der Entscheidung geknabbert. Seine Firma ist sein Leben."

Richard widmete sich wieder der Suppe und auch Emilia spießte ein Stück Thunfisch auf.

„So bist du also viel eher als erwartet auf den Chefsessel gerutscht. Das war bestimmt nicht leicht. Ich bewundere dich ehrlich dafür." Emilia trank einen Schluck. „Eine Sache würde mich noch sehr interessieren."

„Frag ruhig."

Sie überlegte ein paar Sekunden, wie sie es formulieren sollte. „Hat er sich wirklich komplett zurückgezogen? So, wie du ihn beschreibst kann ich mir das gar nicht vorstellen."

Er sah sie an. Lange. Ließ seine Augen eine endlos erscheinende Zeit über ihr Gesicht wandern.

„Du bist wirklich eine sehr besondere Frau, Emilia. Manchmal denke ich, du kannst Gedanken lesen. Zumindest meine."

„Dann habe ich richtig vermutet? Er mischt im Hintergrund immer noch mit?"

Sie fand das furchtbar, immer unter der Überwachung des ach so erfolgreichen Vaters zu stehen, der die Firma groß gemacht hatte. Sie an Richards Stelle hätte permanent ein Gefühl der Beklemmung gehabt. Sicher übte der Vater einen gehörigen Druck auf Richard aus.

„Er lässt sich jeden Montag von mir die Zahlen der letzten Woche vorlegen. Leroy bereitet sie extra auf, er war schon der Assistent meines Vaters. Und frag nicht, wie sehr ich mich immer auf das Gespräch freue. Ungefähr so wie auf eine Wurzelbehandlung beim Zahnarzt. Vaters erklärter Lieblingssatz ist: ‚Ich habe hart gearbeitet, um den Konzern aufzubauen. Richte du ihn nicht zugrunde!‘ Das bekomme ich fast wöchentlich zu hören. Mein Vater ist tough, manchmal wirkt er auf mich sogar verbittert - und ich bin sein Opfer. Aber ich kann es meiner Familie auch nicht antun, aus dem Unternehmen auszusteigen. Jemand muss schließlich zusammenhalten, was Papa aufgebaut hat. Und meine Mutter fände es schrecklich, die Verantwortung jemandem Fremden zu überlassen. Du siehst: es ist ein Dilemma.“

Richard atmete tief ein und wirkte sehr unglücklich.

Seine linke Hand lag neben dem Unterteller, gar nicht weit entfernt von Emilias Fingern. Ohne nachzudenken, griff sie ein Stück nach vorne und legte ihre Hand auf die seine.

„Der ganze Druck, der da auf dir lastet! Das klingt für mich wirklich höllisch anstrengend. Tut mir leid, dass du es so schwer hast“, sagte sie mit weicher Stimme.

Überrascht sah Richard von der Suppe, die fast leer war, auf. Erst auf ihre Hand, dann in ihr Gesicht. Sein Daumen strich dabei ganz leicht über ihren, was Emilia einen wohligen Schauer über den Rücken laufen ließ.

„Wie machst du das nur?“, fragte er. „Ich erzähle dir Dinge, über die ich sonst niemals spreche. Normalerweise bin ich immer der sachliche Geschäftsmann, so wie ich es gelernt habe. Aber bei dir…“ Er machte eine kleine Pause. „…da ist es so leicht, über diese Themen zu reden.“

Emilias Bauch kribbelte, als sie das hörte. Ihr ging es genauso. Wenn sie bei Richard war, vergaß sie all die unglücklichen Umstände und war einfach nur glücklich.

„Das liegt einfach daran, dass du mich als Mensch interessierst." Emilia zuckte mit den Schultern.

Er schwieg lange. So lange, dass der Ober inzwischen die Teller abräumte und den Wein nachgoss.

Dann erst begann er wieder zu reden. „Vielleicht bin ich aber als Geschäftsmann viel besser, als ich es als Mensch bin? Ich glaube, du hast mir da viele Dinge voraus, Emilia. Du kannst mit Menschen umgehen und bist ehrlich. Du bist immer du selbst. Außerdem hast du Freunde, Hobbys, eine herrlich verrückte Tante und kannst tun und lassen, was du willst. Um solche Dinge beneide ich dich. Ich dagegen kümmere mich in erster Linie um Zahlen und Gewinnspannen."

„Ganz so einfach ist es nicht", begann Emilia. „Ich muss mit meinem Laden ganz schön kämpfen. Das Geld ist immer knapp und gerade jetzt mache ich mir gewaltige Sorgen."

Bevor sie weiterreden konnte, kam der Hauptgang. Richards Ente a l`Orange sah so knusprig aus, dass Emilia das Wasser im Mund zusammenlief. Aber auch ihre Pâté en Croûte, eine Pastete im Teigmantel, die kunstvoll verziert war, war ein echter Hingucker und roch phänomenal. Diese wundervoll zusammengestellten Gerichte lenkten sie so ab, dass sie glatt vergaß, was sie Richard hatte erzählen wollen.

„Sieh nur", rief sie begeistert und zeigte auf den Teigmantel. „Der Koch hat eine Szene auf einem See dargestellt. Mit Rosmarin als Schilf und Thymian als Bäumchen. Sogar einen winzigen Schwan hat er eingebaut."

Ganz vorsichtig schnitt sie die Pastete an und war auch dann noch völlig verzückt. Nicht nur, dass die Fleischfüllung einfach köstlich roch, im Spalt zwischen Füllung und Teig befand sich dunkelrote Soße. Emilia probierte und schloss die Augen.

„Himmlisch", schwärmte sie. „Preiselbeere und Portwein. Allein diese Idee! Man muss die Soße ja irgendwie von außen eingefüllt haben in die Pastete, mit einer Spritze oder so. Das möchte ich bei einem gedeckten Apfelkuchen auch mal ausprobieren. Mit Vanillesauce vielleicht."

In Gedanken ging sie verschiedene Variationen durch, wie sie Gebäckstücke auf diese Art mit einer zweiten Füllung versehen konnte.

Richard deutete mit seiner Gabel auf ein kleines Loch im Teig. „Da ist eine Art Schornstein", sagte er. „Ich könnte mir vorstellen, dass der Koch die Soße durch diese Öffnung hineingibt. Soll ich ihn kommen lassen, damit wir ihn fragen können?"

Sie schüttelte den Kopf. „Nein nein, das soll sein Geheimnis bleiben. Ich mag meine Tricks schließlich auch nicht jedem verraten. Wie ist deine Ente?"

Er strahlte übers ganze Gesicht, sicher nicht nur wegen des Essens, sondern weil er sich über ihre Begeisterung so freute.

„Einfach köstlich. Probier doch mal!"

Er legte ihr ein Stück des zarten Fleisches auf den Teller, was den herumschwirrenden Ober zusammenzucken ließ. So etwas war hier nicht üblich, aber Richard kümmerte sich ganz offensichtlich nicht um geltende Konventionen. Das gefiel Emilia ausnehmend gut. Fast bereute sie es, dass sie seine Hand nicht mehr unter der ihren spürte, weil sie beide nach dem Besteck gegriffen hatten. Es war ein äußerst wohliges Gefühl gewesen, seine Finger zu berühren. Eigentlich sogar noch wohliger als der Verzehr des exquisiten Essens.

„Erzähl mir etwas von dir, Emilia", bat er, als der Hauptgang beendet war und der Danny DeVito-Doppelgänger gekonnt die Teller abgeräumt hatte.

Emilia spielte an ihrem Ohrring herum. Der Edelstein lag kühl zwischen ihren Fingerspitzen. Was sollte sie Richard sagen? Sicher nicht die Sache mit dem Hausverkauf. Das klang so armselig und mitleiderregend. Davon brauchte er nichts zu wissen. Sie würde es aus eigener Kraft schaffen, ihr Leben und den Laden wieder in den Griff zu bekommen.

„Ich komme ursprünglich aus Rom“, begann sie schließlich, „und bin vor sieben Jahren mehr zufällig hier gelandet. Dass ich bei meiner Großtante wohne, weißt du ja schon. Und die Konditorei kennst du auch. Spektakuläre Dinge habe ich leider nicht zu berichten. Das Aufregendste an mir scheinen die Leute um mich herum zu sein. Wenn ich da an Sandy denke…“

Sein Blick, der auf ihr ruhte, brachten sie durcheinander. Er schaute sie an, als ob sie gerade über etwas wahnsinnig Interessantes sprach. Dabei erzählte sie nur von ihrer Konditorei und sich selbst. Richard hörte einfach nicht auf, sie anzusehen.

Wie konnte ein Mann, dessen Haare und Brauen so dunkel waren, nur so strahlend blaue Augen haben? Immer, wenn sie in diese blickte, wurde ihr ein wenig schwindlig. Und das lag sicher nicht am Wein, der war zwar vorzüglich, aber sie hatte nicht viel getrunken. Emilia musste dringend versuchen, einen halbwegs klaren Kopf zu behalten, denn dieser Richard Stone verwirrte sie mehr und mehr.

Im Hintergrund stimmte irgendwer eine Gitarre, aber Emilia war viel zu gefangen im warmen Blau von Richards Augen, als dass sie Lust gehabt hätte aufzusehen. Es war ihr völlig egal, welcher französische Chansonnier gleich auftreten würde, sie hatte nur Ohren für Richards dunkle Stimme.

„Wer kauft denn hauptsächlich bei dir ein? Kommt viel Laufkundschaft oder sind es mehr Stammkunden?“, wollte er wissen.

„Mein Kundenstamm ist eigentlich bunt gemischt. Ich habe erst neulich ein exklusives Buffet in die Park Avenue geliefert, aber es kommt auch die alte Mrs. Witherleaf zu mir, die kaum Rente hat. Das ist ein totales Kontrastprogramm, aber genau das gefällt mir an meinen Kunden.“

„Kann sich diese alte Frau denn deine Pralinen leisten?“

Emilia strich sich eine Strähne hinters Ohr. „Eigentlich nicht. Aber ich hebe ihr immer extra welche auf, tituliere sie als Ausschuss und gebe sie ihr billiger. Sie liebt meine Schokoladen einfach. Und viele Freuden hat sie nicht mehr im Leben, sie ist verwitwet.“

Richard schüttelte lächelnd den Kopf. „Auf diese Weise wirst du nicht reich!“, sagte er.

„Aber glücklich.“

Er nickte ganz langsam. „Da hast du sicher recht. Wenn alle Menschen so denken würden wie du, wäre die Welt ein großes Stück freundlicher.“

„Ach, Unsinn. Ich bin nichts Besonderes. Ehrlich gesagt finde ich, es sollte normal sein, dass die Menschen mehr aufeinander achten. Es tut mir ja nicht weh, Mrs. Witherleaf ein wenig zu unterstützen.“

Emilia blickte ihn an, konnte seine Miene aber nicht lesen. Hatte sie einen wunden Punkt getroffen? War in seiner strengen Kostenkalkulation kein Platz für ein wenig Großzügigkeit? Oder hielt er ihr Verhalten schlichtweg für naiv und unprofessionell? Eigentlich konnte Emilia sich das nicht vorstellen. Immerhin war er zu ihr gekommen, um die Pralinen zu bezahlen, die sein Assistent vertilgt hatte. So etwas tat doch niemand, der stets nur kühl kalkulierte.

Der Ober kam mit dem Dessert, einer perfekten Crème brûlée. Hingerissen stieß Emilia ihren Löffel durch die knackige Karamellkruste und probierte. Ein Gedicht! Mandelmilch, einen Hauch von Orangenschale und eine Prise Ingwer schmeckte sie auch noch heraus. Diese Vanillecreme war wirklich einzigartig. Da konnte Richards Käseplatte mit Roquefort und Brie mit Sicherheit nicht mithalten.

„Aber irgendwie musst du ja auch Gewinn machen, sonst wird es schwierig, die Konditorei am Laufen zu halten.“ Er griff nach einem Stück Käse. „Hast du schon einmal überlegt, die New Yorker Nobelhotels mit deinen Pralinen zu beliefern? Die legen sicher gern eine leckere Kleinigkeit aufs Kopfkissen", schlug Richard vor.

„Nein, auf die Idee bin ich noch nicht gekommen. Das wäre eine Überlegung wert. Bestimmt würden sich die Leute über eine kleine Überraschung freuen."

„Es ist ehrlich verblüffend. Bei mir geht es immer nur um Zahlen. Bei dir dagegen scheint es meistens um Freude und Glück zu gehen."

Wieder dieses Lächeln. Richard war viel besonderer, als er es selbst für möglich hielt, da war sich Emilia plötzlich sicher.

Das Mikrofon knarzte im Hintergrund und eine männliche Stimme kündigte in akzentfreiem Englisch an, dass er nun ein paar Songs spielen würde. Emilia war überrascht. Sie wunderte sich sehr, dass man keinen französischen Künstler engagiert hatte, so viel Authentizität hätte sie in einem so noblen Lokal eigentlich erwartet. Aber sie war viel zu gefangen von Richards Blicken, um sich zum Musiker umzudrehen. Dann begann das erste Lied. Emilia erkannte es schon nach der ersten Textzeile und sog die Luft ein.

„Das ist ‚Osaka in the rain'!", stellte sie fest und beugte sich zur Seite, um besser zur kleinen Bühne sehen zu können. Ein zierlicher Mann mit dunklem Bart, schwarzem Hut und Gitarre saß auf einem Hocker und sang ins Mikrofon.

Sie fuhr herum und starrte Richard fassungslos an.

„Du hast Matt the Electrician engagiert? Oder ist das Zufall, dass der hier einen Gig spielt? War er denn noch in der Gegend?", sprudelte sie hervor.

Richard lehnte sich im Stuhl zurück und lachte angesichts Emilias Begeisterung. „Ich bin froh, dass du ihn auf diese Weise endlich hören kannst. Mir gefällt seine Musik übrigens auch, denke ich."

Sie gestikulierte aufgeregt mit den Händen.

„Das ist keine Antwort! Muss ich erst zu ihm hingehen

und ihn fragen, ob dieser Auftritt auf seiner Tour geplant war?“

Richard lachte noch immer. „Das traue ich dir tatsächlich zu. Also gut, ich gestehe: Ich habe ihn aus Austin einfliegen lassen.“

Nun war Emilia sprachlos.

„Für mich?“, fragte sie, als sie sich ein wenig gefangen hatte. Das konnte doch nicht wahr sein! Richard hatte ihre Enttäuschung wegen des ausgefallenen Konzerts bemerkt und kurzerhand beschlossen, einen Privatauftritt des Texaners zu buchen. Das war völlig verrückt.

„Ich dachte mir, seine Musik passt bestimmt zur Crème brûlée.“

Das jungenhafte Grinsen stand Richard ausgesprochen gut. Er goss ihr Wein nach und hob sein Glas.

„Lass uns anstoßen auf einen nachgeholten Abend. Du hattest mich gefragt, ob ich mit dir ins Konzert von Matt gehe. Et voilà, hier sind wir!“

„Richard, du bist durch und durch wahnsinnig.“ Emilia strahlte Richard an, fassungslos vor Freude.

„Das nehme ich als Kompliment.“

Ganz fein klirrten die Gläser aneinander. So fein, dass sie einen hohen Ton mit langem Nachhall erzeugten, der perfekt mit dem ruhigen Gitarrenspiel von Matt harmonierte. Das Kerzenlicht spiegelte sich in Richards schönen Augen und ließ weiche Schatten über seine markanten Gesichtszüge gleiten.

„Wollen wir tanzen?“, fragte Richard, als wäre das das Normalste der Welt.

„Hier?“ Emilia war völlig von der Rolle.

„Nun ja, auf der Tischplatte ist es vielleicht ein wenig eng. Aber wie wäre es vor der Bühne? Die Fläche ist dafür vorgesehen, vermute ich.“ Richard grinste sie an.

Da sie nicht antwortete, stand er auf und streckte ihr seine Hand hin. Willenlos ließ sie sich hochziehen.

Einen Moment später hatte Richard sie auf die Tanzfläche geführt, seinen Arm auf Emilias Rücken gelegt und begann wiegende Schritte. Es war eine Ballade, wie die meisten Songs von Matt, und Emilia war völlig benebelt. Offensichtlich war Richard ein hervorragender Tänzer, der genau wusste, wie man führte. Er hielt sie kräftig und zugleich zart. Emilias linke Hand lag ganz ruhig auf seiner Schulter. Sie konnte durch das Hemd seine muskulösen Arme spüren. Richards Duft, seine Nähe, seine Hand an ihrer Taille, dazu noch diese wunderbare Musik – das alles erschien ihr vollkommen unwirklich. Sie hatte Angst, im nächsten Moment aus diesem herrlichen Traum aufzuwachen und wagte kaum zu atmen. Doch es war so leicht, Richards Tanzschritten zu folgen und sich von ihm führen zu lassen.

Als Matt „I will do the breathing" spielte, ihr absolutes Lieblingslied, zog Richard sie instinktiv noch näher heran.

Emilia konnte nicht anderes, sie schloss die Augen und schmiegte sich an seinen Körper. Alles war vergessen, alle Zweifel und vernünftigen Gedanken hatten sich in Luft aufgelöst. Es zählte nur noch das Fühlen. Sie spürte jede kleine Bewegung seines Körpers, roch ihn, seinen Duft, der nicht nur seinem Parfum zuzuschreiben war. Als er ihr mit tiefer Stimme etwas zuraunte, schmolz sie fast dahin. „Es ist ein perfekter Abend, Emilia. Einfach, weil du hier bei mir bist. Ich danke dir."

Sie konnte nichts antworten, sondern ließ ihre linke Hand, die auf seiner Schulter lag, weiter nach oben wandern. Ihre Finger tasteten sich zu seinem Nacken vor und versenkten sich in seinen Haaren. Wie weich die waren! Seidig und dicht.

Sie hörte, wie Richard laut ausatmete, als sie ihn berührte, und er drückte sie ganz vorsichtig an sich heran. Emilias Gesicht lag an seinem Hals und sie wollte nirgendwo anders sein. Richard hatte fast aufgehört zu tanzen, sie verlagerten beide nur noch ihr Gewicht vom einen auf das andere Bein und wiegten sich, ganz eng aneinandergeschmiegt und völlig im Gleichklang, zu der wunderbaren Musik.

Emilia verlor jeden Zeitbegriff.

Die Lieder flossen ineinander, Matts raue Stimme kroch direkt in ihren Bauch. Erst als Richard irgendwann stehen blieb und leise ihren Namen sagte, fiel ihr auf, dass die Musik aufgehört hatte. Nur ganz langsam drang die Außenwelt wieder zu ihr durch. Sie hörte Menschen applaudieren, sah, dass Matt sich verbeugte, nahm den Ober wahr, der sie und Richard musterte. Das lag vielleicht daran, dass sie das einzige Paar auf der Tanzfläche waren.

„Macht er Pause?“, fragte Emilia. Ihre Stimme klang ganz kratzig. Sie musste sich räuspern, um ihre Sprache wiederzufinden. Emilia hatte sich Hals über Kopf in eine andere Welt fallen lassen, wo nur der Augenblick zählte und nichts sonst. Jetzt aber holte die Realität sie wieder ein.

„Nein, er ist fertig“, erklärte Richard und seine tiefe Stimme jagte ihr erneut einen wohligen Schauer über den Rücken.

Die Blicke der anderen Gäste wanderten zu ihr, als Richard sie an der Hand zum Tisch zurückführte. Nervös strich sich Emilia eine Locke aus der Stirn. Wie hatte sie sich nur so gehenlassen können? Sie war schier mit dem Moment verschmolzen gewesen und jetzt fiel es ihr schwer, in die Realität zurückzufinden. Es war ihr ein wenig peinlich.

Unsicher blickte sie Richard an. Er musste sie für völlig durchgeknallt halten, so wie sie sich gerade verhalten hatte. Doch sein Lächeln sagte etwas anderes.

„Ich habe ewig nicht getanzt“, erklärte er. „Das war wunderschön, danke.“

Emilia nickte nur. Ihr Mund war ausgetrocknet und sie wusste nicht, was sie antworten sollte. Himmel nochmal, er war der Inhaber des Stone-Konzerns und sie nur eine dahergelaufene Konditorin ohne Ausbildung, Studium und Wertpapierdepot.

Ihre Hand bebte, als sie zum Weinglas griff und einen Schluck nahm.

Wohin sollte das alles führen? Was hielt Richard jetzt von ihr, nach ihrem peinlichen Auftritt?

„Du denkst zu viel nach", sprach Richard in ihre Überlegungen hinein. In seinen Augen tanzte das Kerzenlicht. „In manchen Momenten muss man einfach nur genießen. Hör auf dein Herz."

Emilia musste lachen. Ihre Gedanken wanderten kurz zu Tante Violetta. Der letzte Satz hätte auch von ihr sein können. Und allein dafür, dass er sie immer wieder zum Schmunzeln brachte, mochte sie ihn sehr.

„Ich halte nicht viel von Bauchgefühlen, ich bin eher ein Kopfmensch", sagte sie.

Richard trank jetzt einen Schluck Wein

„Der Bauch ist manches Mal wirklich ein besserer Ratgeber", antwortete er.

„Das sagt Tante Violetta auch immer. Ich glaube fast, ihr beide habt euch heimlich abgesprochen!"

„Natürlich!" Er grinste. „Was glaubst du, wofür ich den Prosecco geschickt habe?"

Emilia fühlte sich wohl. Mehr als wohl, sie fühlte sich leicht und schön und unbeschwert und glücklich. Das machte ihr normalerweise Angst, aber heute Abend gönnte sie sich eine Auszeit von allen Zweifeln und vom Realismus. Dafür war auch morgen noch Zeit.

Richard deutete auf den Ober, der schon wieder um ihren Tisch geschlichen war.

„Wir sind die letzten Gäste", stellte er fest. „Vielleicht sollten wir uns langsam auf den Heimweg machen."

Emilia blickte auf die kleine Uhr an ihrem Handgelenk und erschrak.

„Halb zwölf!", rief sie. „Ich hätte nie gedacht, dass es schon so spät ist."

Der Abend war wie im Flug vergangen. Sie wagte kaum nachzurechnen, wie lange sie mit Richard auf der Tanzfläche gewesen war.

Er zahlte, verabschiedete sich vom Ober, der angesichts des Trinkgelds doch noch ein Lächeln hervorbrachte, und ging neben Emilia zur Tür. Auf der Straße winkte er ein Taxi heran und gab dem Fahrer Emilias Adresse. Sie stiegen beide ein.

„Ich kann immer noch nicht glauben, dass du Matt extra hergeholt hast“, sagte sie.

Er zuckte mit den Schultern.

„Das ist nichts anderes, als wenn du Mrs. Witherleaf zu ein paar Extrapralinen verhilfst.“

Er hatte sich sogar den Namen gemerkt! Womöglich hatte er recht. Auf jeden Fall war es sehr aufmerksam gewesen von ihm, das Aufmerksamste, was je ein Mann für sie getan hatte. Richard war ein so warmer Mensch. Das hätte Emilia gar nicht für möglich gehalten.

Das Taxi bremste, sie waren vor dem Gebäude angekommen, in dem Emilia wohnte.

„Ich bringe dich noch zur Haustür“, kündigte Richard an, gab dem Fahrer ein Zeichen zu warten, und stieg aus. Ganz Gentleman öffnete er die Autotür für Emilia und ging mit ihr zusammen die paar Schritte bis zu den drei Stufen, die ins Haus führten.

Es war eine milde Nacht. Ein leiser Wind strich über Emilias erhitzte Wangen, irgendwo gurrte eine Taube im Halbschlaf und die schmale Sichel des Mondes tauchte die Umrisse des Union Squares in silbernes Licht. Neben den Eingangsstufen standen zwei bauchige Terracottatöpfe mit Oleander, der zarten Duft verströmte.

Emilia blieb stehen und öffnete ihre Tasche, um den Schlüssel zu suchen.

„Hat es dir gefallen?“ Selbst durch die nächtliche Dunkelheit sah sie Richards Augen noch leuchten.

„Oh ja“, erwiderte sie schnell. „Es war ein ganz wunderbarer Abend. Und übrigens…“

Sie zögerte einen Moment. Ihr Herz schlug schnell. Sollte sie aussprechen, was sie dachte?

„Ja?“, fragte er und kam näher. Sein maskuliner Geruch übertönte den Oleander und das Strahlen seiner Augen die Mondsichel.

Emilia musste schlucken. „Ich bin mir sicher, du bist nicht nur als Geschäftsmann etwas Besonderes, Richard. Sondern auch als Mensch. Für mich zumindest."

Er sagte nichts, aber sein Blick versank in dem ihren. Es war eine völlig natürliche Sache, dass nun sein Gesicht näher kam. Und ohne, dass sie etwas dagegen unternehmen konnte, öffneten sich Emilias Lippen ganz leicht, gerade rechtzeitig, dass Richard seine darauflegen konnte.

Sie schloss die Augen. Eine warme Welle überflutete sie und wenn Richard nicht seine Arme um sie gelegt hätte, wären ihre Knie viel zu weich zum Stehen geworden. Seine Lippen schmeckten himmlisch, nach Rotwein und Vanille, sie waren weich und zart, wie feinster Nougat, der dahinschmolz. Sein Kuss war ein ganz vorsichtiger, voll Zärtlichkeit und Unsicherheit, aber auch Verheißung. Emilia wollte, dass dieser unglaublich gefühlvolle Kuss nie wieder aufhörte.

Irgendwann wich Richard ein Stück zurück.

Emilia öffnete die Augen und sah ihn glücklich lächeln.

„Du bist also nicht nur im Business ein Draufgänger", flüsterte sie.

„Wie soll ich einer Frau wie dir widerstehen", erwiderte er und streichelte mit seinen Fingern zart über Emilias Wange. „Das gelingt mir ja schon kaum bei deinen Pralinen und das will was heißen!" Sie lächelten einander an.

Gerade näherte sich Richards Gesicht ein weiteres Mal dem ihren, da fielen ein paar Staubkörnchen von oben auf seine Schulter. Das verwirrte Emilia einen Augenblick lang. Wieso kamen genau hier graue Flocken angesegelt? Sie wollte den Staub von seinem Sakko wischen, da wurde es ihr schlagartig klar. Das war Asche! Und zwar von einer ganz speziellen langstieligen Zigarette.

„Ich glaub es nicht", stieß Emilia hervor, trat zwei Schritte zurück und legte den Kopf in den Nacken, um nach oben zu schauen. Tante Vio fiel fast aus dem Fenster, so weit hatte sie sich aus dem Wohnzimmer hinausgelehnt. Es sah akrobatisch aus, aber dafür hatte Emilia gerade keinen Blick.

„Sag mal, schämst du dich nicht, Tante Vio?“, rief sie aufgebracht hinauf. „So was tut man nicht!“

„Was denn?“, ertönte Violettas hohe Stimme von oben. Sie versuchte ganz eindeutig, unschuldig zu klingen, was ihr angesichts ihres aufgeregten Tonfalls, nur schwerlich gelang. „Du bist doch diejenige, die mich zum Rauchen ans Fenster verbannt hat. Also beschwer dich nicht.“

Richard konnte nicht an sich halten und brach in Gelächter aus.

„Deine Tante ist einfach großartig“, sagte er glucksend. „Ich wollte, irgendjemand in meiner Familie hätte so viel Charakter.“

Emilia war nicht ganz so begeistert. „Vor allem ist sie neugierig“, erwiderte sie gerade so laut, dass Violetta sie auch mit Sicherheit hörte.

Von oben erklang ein abschätziges Schnauben. Das Fenster wurde mit einem Knall geschlossen.

„Du solltest reingehen, es wird kalt.“ Richard strich ihr zärtlich mit dem Finger über die Wange. „Schlaf gut, Emilia.“

Emilia nickte. „Buonanotte, Richard“, flüsterte sie.

Dann ging sie schnell zur Haustür. Ihr war schwer und leicht zugleich, sie spürte Sehnsucht und überströmendes Glück, ihre Gedanken waren ein einziger Strudel. Als die schwere Tür hinter ihr ins Schloss fiel, musste sie sich erst einmal an der rauen Wand des Treppenhauses anlehnen und tief durchatmen. Noch immer konnte sie seine Lippen schmecken.

Was machte dieser Mann nur mit ihr?

Sie hörte eine Wagentür zuschlagen und das Taxi wegfahren. Er war fort. Allein das zu wissen, versetzte ihr einen Stich in die Brust.

Emilia schüttelte den Kopf und fuhr sich anschließend mit den Händen übers Gesicht. Sie musste sich wieder in den Griff bekommen.

Mit festen Schritten ging sie die drei Etagen nach oben. Die Wohnungstür stand einen Spalt offen. Schnell trat sie ein. Als Allererstes würde sie Violetta ordentlich die Meinung sagen!

Im Flur schlüpfte Emilia aus ihren Schuhen und legte die Clutch ab. Dabei fiel ihr ein, dass sie das Pfefferminzbonbon gar nicht gelutscht hatte. Sie lachte in sich hinein.

Als sie ins Wohnzimmer kam, thronte Violetta im seidenen Morgenmantel auf einem Sessel wie Cleopatra persönlich, rauchte mitten im Zimmer ihre Zigarette und hatte ein triumphierendes Grinsen im Gesicht.

„Das trifft sich gut, dass ich dich noch sehe“, sagte sie. „Ich würde gleich noch meine Bestellung bezüglich unserer Wette aufgeben. Morgen früh möchte ich Pancakes mit Ahornsirup, dazu kross gebratenen Speck, Baked Beans und zwei Eier.“

Emilia seufzte tief. Das konnte ja heiter werden. Alles, was sie entgegnete war ein schicksalsergebenes: „Rührei oder Sunny Side Up?“

## 9. Donut with Vanillacream and Strawberry-Icing

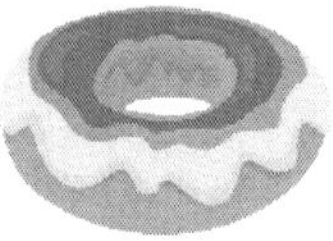

*Schmalzgebäck mit Vanillefüllung, dekoriert mit Erdbeer- und Schokoglasur als Eyecatcher*

Der Speck brutzelte neben dem Spiegelei in der Pfanne, während Emilia gähnend die restlichen Frühstückszutaten auf einem Tablett arrangierte. Die Pancakes waren schon fertig und warteten darauf, serviert zu werden. Emilia packte noch die Bohnen dazu, dann trug sie alles zusammen in das Schlafzimmer ihrer Tante. Die war eigentlich überhaupt keine Frühstückerin. Als Italienerin aß sie normalerweise nur ein kleines Cornetto. Emilia brachte die leckeren Vanillehörnchen immer aus der Konditorei mit. Aber jetzt, wo sie von ihrer Nichte bedient wurde, war natürlich alles ganz anders.

Violetta saß erwartungsfroh im Bett, huldvoll an einen Kissenberg gelehnt, und freute sich diebisch. Sie sah aus wie eine Königin.

„Ach Bella, das ist eine tolle Sache mit dem Frühstück! Da hat sich der Kuss deines Krawattenmannes ja doppelt gelohnt – für dich und für mich."

Emilia sagte nichts dazu, sondern legte das Tablett auf der Bettdecke ab. Sie stellte eine dampfende Tasse Cappuccino darauf und reichte der Tante eine Serviette.

„Nun sag schon", bettelte Violetta. „Kann er gut küssen?"

Emilia lächelte selig. Sie hatte kaum geschlafen, so präsent war alles noch gewesen. Immer wieder blitzten einzelne Szenen des Dinners vor ihrem inneren Auge auf und sie meinte, Richards Stimme zu hören, als säße er ihr gerade gegenüber.

„Er ist toll, ich gebe es ja zu“, kapitulierte sie schließlich. Tante Vio würde sowieso keine Ruhe geben, bis sie die Wahrheit ans Licht gebracht hatte. Emilia konnte nicht verhindern, dass ein Strahlen von ihrem Gesicht Besitz ergriff.

„Das habe ich dir doch gleich gesagt“, erinnerte Violetta sie und stopfte sich selbstzufrieden ein Stück Pancake in den Mund. „Ich hatte es von Anfang an im Gefühl, dass das was wird mit euch beiden. Für solche Dinge habe ich einen sechsten Sinn.“ Sie tupfte sich Ahornsirup aus dem Mundwinkel.

„Naja, Zukunft hat das sicher nicht. Aber im Moment ist mir das völlig egal. Ich genieße es einfach.“

Emilia trank einen Schluck Espresso. Hunger hatte sie überhaupt keinen, ihr Magen flatterte und sie würde keinen Bissen runterbringen.

„Das freut mich ungemein, Cara. Genau die richtige Einstellung. Habt ihr ein weiteres Treffen vereinbart?“

Emilia schüttelte den Kopf.

„Nein. Das wäre aber sicher passiert, wenn uns nicht jemand gestern bei der Verabschiedung gestört hätte.“

Sie versuchte einen vorwurfsvollen Blick, kam damit aber bei ihrer Tante nicht durch. Die lachte nur.

„Er wird sich bestimmt bald melden. Deine Nummer hat er ja. Oder er kommt vorbei und holt dich wieder für ein Picknick ab, es soll schön werden heute.“ Violetta deutete auf das Fenster, durch das die Strahlen der Morgensonne hereinfielen.

Emilia stand auf. „Dann sollte ich mich vielleicht duschen und umziehen. Nicht dass er mich schon wieder in meinem alten Pyjama sieht.“

„Gute Idee. Ich frühstücke inzwischen in Ruhe weiter. Morgen ist ja dann wieder Montag – da reicht es mir, wenn du mir bei Dunkin‘ Donuts ein paar dieser leckeren Dinger holst. Ich liebe den mit Erdbeerguss und Vanillekern. Mmmh!“ Tante Vio grinste.

Emilia warf ihr den vorwurfsvollsten Blick zu, den sie im Repertoire hatte. Dass ihre Tante sie als Konditorin zu einer Kette schickte, um rosafarbene Schmalzkringel zu kaufen, war ein starkes Stück. Aber Wette war nun mal Wette. Außerdem wusste Emilia natürlich, dass Violetta alles Amerikanische liebte, Donuts sogar ganz besonders.

Als sie in ihr Zimmer kam, lagen dort noch die Rubinohrringe auf dem Nachtkästchen. Die sollte sie Violetta dringend zurückgeben. Emilia sprang schnell unter die Dusche, zog sich ein blaues Kleid mit knallroten Mohnblumen darauf an und lief wieder zu Violetta hinüber. Kaum trat sie ins Zimmer, schob diese ungeschickt und entsprechend auffällig eine Illustrierte unter die Bettdecke.

„Du siehst aber heute hübsch aus, Cara mia!“

Eins musste man ihrer Tante lassen: Auf den Kopf gefallen war sie nicht. Dabei wusste Emilia, dass Violetta eben dieses Kleid am liebsten im Müllcontainer gesehen hätte. Vio hatte es bei anderer Gelegenheit oft genug betont. Es war ihr zu wenig modern und zu blumig, wie sie sagte. Kein Pepp.

„Aha. Na dann. Offenbar können sich die Geschmäcker ändern.“ Emilia machte eine Pirouette und zeigte ihr Kleid von allen Seiten.

Violetta wurde dunkelrot im Gesicht. Sie nahm ein Stück Bacon mit spitzen Fingern und steckte es sich in den Mund, während sie nickte. Was für eine miese Lügnerin ihre Tante doch war!

„Aber sag mal, was versteckst du denn vor mir?“, fragte Emilia grinsend. „Eine Zeitschrift mit nackten Männern?“

Sie tippte allerdings eher auf eines der zahlreichen Brautmodenmagazine, die Vio an allen möglichen und unmöglichen Orten hortete.

„Genau!“ Violetta hatte noch immer rote Bäckchen. Emilia lag also richtig: Vio beschäftigte sich wieder einmal mit dem Thema Hochzeit. Ihre Großtante konnte eben auch nicht aus ihrer Haut.

„Ist ja nicht so wichtig", sagte Emilia und ließ Vio damit vom Haken. „Ich wollte dir sowieso nur deine Ohrringe zurückbringen. Sie sind wirklich wunderschön."

Emilia reichte ihrer Tante die Rubine. Violetta ließ die Schmuckstücke in ihrer Handfläche liegen. Sie funkelten im Morgenlicht und ihre Reflexionen tanzten an den Wänden des Schlafzimmers.

„Das sind sie wirklich. Einfach wunderschön", wiederholte Violetta langsam und schien tief in Erinnerungen zu versinken.

Emilia zog einen Stuhl ans Bett ihrer Tante. Ihre Neugier war geweckt.

„Wann hast du sie getragen?", fragte sie leise, denn sie dachte an die Worte von gestern, dass dies ein besonderer Tag gewesen sei.

Violetta drehte die Schmuckstücke ein paar Mal und betrachtete konzentriert die Lichtspiegelungen in den Rubinen, bevor sie antwortete. Sie sah Emilia nicht an, während sie sprach, sondern blickte weiterhin auf die Ohrringe.

„Zum letzten Mal trug ich sie am 11. Juli 1965. Ich werde den Abend nie vergessen. Dave hatte mir die Ohrringe einige Wochen vorher geschenkt. Sein Sold war nicht hoch, deshalb freute es mich umso mehr, dass er sie mir gekauft hatte."

Aha, also ein gewisser Dave. Den Namen kannte Emilia noch nicht.

„Er war Soldat?"

„Ja, bei der Army. Er hatte die wundervollsten Schultern, die du dir nur vorstellen kannst. Ein echtes Kraftpaket. Und doch konnte er ungemein zärtlich sein."

Emilia hatte nie zuvor von diesem Dave gehört. Dabei sprach Violetta sonst sehr offen über ihre früheren Eroberungen. Aber Dave besaß ganz offensichtlich eine Sonderstellung. Gespannt blickte sie die Tante an.

„Wo habt ihr euch kennengelernt?", wollte sie wissen.

„Er hat in einer Freizeitmannschaft Baseball gespielt und als ich ihn sah, habe ich mich sofort in seine Unterarme verliebt."

Emilia zog die Augenbrauen zusammen. „Seine Unterarme?"

„Ja." Violetta seufzte träumerisch. „Die Trikots gingen nur bis zum Ellbogen, deshalb sah ich seine Arme ganz genau. Sie waren perfekt, sehnig, aber nicht zu muskulös, mit erotischen dunklen Härchen und breiten Handgelenken. Ich mag Männer, die zupacken können."

Violetta schob das Tablett zur Seite und zündete sich eine Zigarette an. Normalerweise rauchte sie nicht im Schlafzimmer, aber heute machte sie eine Ausnahme.

„Dann hast du ihn und seine Unterarme angesprochen?"

„Wo denkst du hin? Natürlich habe ich mich einfach nur in Positur gestellt und gewartet, bis er mich anspricht. Ich habe schließlich Stil." Sie blies einen Rauchkringel in die Luft.

Diese Szene konnte sich Emilia sehr gut vorstellen. Ihre Tante hatte schon immer gewusst, wie man Männer um den Finger wickelte. Selbst heute noch pfiff ihr der Gemüsehändler nach, wenn sie vorbeistolzierte, und auch ein paar Bauarbeiter älteren Semesters hatten ihr neulich hinterhergejohlt. Bei dem gekonnten Hüftschwung, den sie an den Tag legte, war das kein Wunder. Emilia kam sich neben ihrer Großtante manchmal vor wie eine graue Maus, obwohl sie selbst eigentlich ihre Jugendlichkeit als Pluspunkt ausspielen konnte. Aber gegen Vio kam man so leicht nicht an.

„Dann habt ihr euch verabredet?"

„Ich habe ihn selbstverständlich erst einmal zappeln lassen, wie es sich gehört."

Nun musste Emilia grinsen, weil sie an Sandys Taktik dachte. Kein Wunder, dass ihre Freundin sich so gut mit Tante Vio verstand.

„Und danach?“

„Danach hat er mich auf ein Icecream Soda eingeladen. Es ist einfach so geschmolzen, während wir einander angesehen haben.“ Violetta kicherte bei der Erinnerung an Dave wie ein junges Mädchen.

„Es ging alles ziemlich schnell mit uns beiden. Schneller als das damals üblich war. Aber was soll ich sagen? Diese Unterarme!“

Violettas Blick hatte sich verklärt. Sie war in einer anderen Welt, einer Welt, in der sie ganz offensichtlich glücklich gewesen war. Erst nach einer halben Minute erzählte sie weiter.

„Er schenkte mir die Ohrringe, da kannten wir uns gerade mal ein paar Wochen. Von da an trug ich sie immer, wenn wir uns getroffen haben. Ohne Ausnahme.“

„Du hast es ernst mit ihm gemeint, nicht wahr?“, fragte Emilia sanft und legte ihre Hand auf den Arm ihrer Tante.

„Oh ja, das habe ich. Dave und ich verbrachten jede freie Minute miteinander. Er war sogar schon mit mir in Kentucky gewesen und hatte mich seinen Eltern vorgestellt. Alles war so perfekt mit ihm, aber dann…“

Violetta führte ihren Satz nicht zu Ende. Ein Schatten lag plötzlich auf ihren sonst so heiteren Zügen. Ihr Ausdruck war ein einziger Schmerz.

Emilia verstand nicht. Schweigend und auch ein wenig betroffen wartete sie darauf, dass ihre Tante fortfahren würde. Doch diese blieb weiterhin stumm. Eine einzelne Träne lief über ihre Wange und verfing sich in einer tiefen Falte an ihrem Nasenflügel. Plötzlich sah sie nicht mehr vital aus, sondern wahnsinnig zerbrechlich. Schnell wischte Violetta mit ihrem Ärmel die verräterische Träne weg, aber Emilia hatte sie trotzdem genau gesehen.

„Ach, Violetta, was ist denn nur passiert? Waren seine Eltern gegen dich?“ Emilia hielt es jetzt doch nicht mehr aus.

„Aber nein.“ Emilias Großtante lächelte traurig. „Sie mochten mich, obwohl damit nun wirklich nicht zu rechnen gewesen war. Seine Mutter gab mir sogar ihr geheimes Familienrezept für Lemonade, so mache ich sie jetzt noch jeden Sommer. Du magst sie doch auch so gerne.“

Nachdenklich nickte Emilia. Sie hatte einen dicken Kloß im Hals, denn sie spürte, dass Dave eine tiefe Narbe in Violettas Seele hinterlassen hatte. Eine, die auch jetzt, nach all diesen Jahren, noch wehtat.

„Wo warst du an diesem elften Juli?“, fragte sie leise.

Violetta strich zärtlich über die Rubinohrringe. „Wir hatten uns zum Essen verabredet. Ausnahmsweise nicht in einem unserer üblichen billigen Lokale. Diese Mal holte Dave mich ab und wir fuhren rüber zu ‚Eddie’s Diner‘, was für uns ein piekfeiner Laden war. Ich weiß noch genau, wie Dave aussah. Er trug ein Hemd, das einen Tacken zu eng für sein breites Kreuz war, trotzdem war er der attraktivste Kerl im ganzen Lokal. Außerdem war er ein wenig aufgeregt, was ich unglaublich süß fand. Ständig zupfte er an seinem Ohrläppchen herum.“

„Ich denke, ich hätte ihn gemocht“, warf Emilia ein.

Ihre Großtante sah auf. „Oh ja, auf jeden Fall. Seinem Humor wärst auch du erlegen. Dave war ein ganz besonderer Mensch.“

„Wie ging es weiter in diesem Lokal?“

„Wir aßen ganz wunderbar“, erinnerte sich Violetta. „Und nach dem Dessert nutzte er die Zeit, als ich mich frisch machen ging. Ich kam zurück und auf meinem Platz lag ein kleines Kästchen. Und dann, stell dir vor…“

Ihre Augen leuchteten wie die eines jungen, unschuldigen Mädchens, dem noch die ganze Welt offenstand. Es gab Emilia einen Stich in die Brust zu wissen, dass sich ihre Träume nicht erfüllt hatten.

„Was hat er getan?“, fragte sie gehorsam, obwohl sie es schon ahnte.

„Dave fiel auf die Knie. Mitten im Lokal! Und er machte mir einen Heiratsantrag. Die Worte hat er gestammelt und er brauchte mehrere Anläufe, aber für mich war es der schönste Satz, den ich jemals im Leben gehört hatte."

Nun bekam auch Emilia feuchte Augen. Sie sah die junge Vio vor sich, strahlend schön und bis über beide Ohren verliebt. Und dann wollte ihr Liebster auch noch sein Leben mit ihr verbringen! Das musste ein wunderbares Gefühl gewesen sein. Und doch – Emilias Hals war eng. Sie wusste, dass Tante Violetta niemals verheiratet gewesen war. Hatte dieser Dave sich am Ende für eine andere entschieden und der armen Violetta das Herz gebrochen?

„Du hast ‚ja' gesagt, oder?", fragte Emilia vorsichtig.

„Er war mein absoluter Traummann", erklärte Vio. „Ich wäre mit ihm bis ans Ende der Welt gegangen. Nichts war herrlicher als die Vorstellung, seine Frau zu werden. Ich habe ihn geküsst, bis er keine Luft mehr bekam, dann warf man uns aus dem Lokal. Wegen ungebührlichen Verhaltens."

Violetta kicherte. Das konnte aber nicht darüber hinwegtäuschen, dass diese Szene ein sehr schmerzhaftes Ende genommen hatte. Geduldig wartete Emilia ab. Sie wusste, dass ihre Tante die Geschichte fertig erzählen würde.

„Ich war völlig aus dem Häuschen", fuhr Violetta fort. „Wir hatten schon einen Termin festgelegt, Ende September wollten wir uns das Ja-Wort geben. Eine teure Hochzeit konnten wir uns nicht leisten, aber wenn alle Verwandten uns unterstützten, würde es eine schöne Feier werden. So dachte ich zumindest. Ich erzählte meinen Freundinnen davon, sie waren begeistert. Wir überlegten uns Frisuren für mich und machten die Brautmodenläden unsicher, damit ich Kleider anprobieren konnte. Rosemary schleppte von irgendwoher zwei Zeitschriften an für die moderne Braut, so hieß das damals. Gott, was war ich glücklich in diesen Tagen!"

Die Wangen ihrer Tante glühten, gerade so, als wäre sie noch jetzt die aufgeregte Braut, die alles perfekt haben wollte für die bevorstehende Hochzeit.

Emilia schluckte hart.

„Er führte dich aber nie zum Traualtar, oder?“, flüsterte sie.

Violetta schüttelte langsam den Kopf.

„Nein, das tat er nicht.“ Ihre Stimme war tonlos und klang müde. „Zwei Wochen später schickte man ihn weg.“

Emilia war so in die Vorstellung von Tante Vio als eifrig vorbereitende Braut vertieft, dass ihr Gehirn nicht richtig arbeitete. Sie verstand nicht, was Violetta meinte.

„Wo musste er denn hin?“, wollte sie wissen. Sie konnte sich beim besten Willen nicht vorstellen, was irgendeinen Mann auf dieser Welt davon abhalten sollte, die wunderbare Violetta zu heiraten.

„Nach Saigon“, sagte Vio leise. „Er wurde in den Vietnamkrieg geschickt. Ich sah ihn niemals wieder. Und ich habe auch die Rubine nie mehr getragen.“

Ihre Mundwinkel zitterten. Sie konnte nicht mehr weitersprechen.

Emilia verstand auch so. Sie zog ihre Tante Vio vorsichtig an sich. In ihren Armen fühlte sie sich an wie ein zerbrechliches Vögelchen. Einen Moment lang spürte Emilia, wie ihre Tante sich in die Umarmung fallen ließ. Emilia konnte sich kaum vorstellen, wie schrecklich das damals gewesen sein musste. Der Mann, den sie mehr als alles andere geliebt hatte, war ihr von einem brutalen Krieg weggenommen worden. Dieser Schmerz hielt bis heute an. Kein Wunder, dass die Tante nie von dieser Verlobung erzählt hatte. Umso dankbarer war Emilia, dass sie ihr nun dieses Stück ihrer Vergangenheit anvertraut hatte.

„Tut mir so leid für dich, Vio“, hauchte Emilia in das Haar ihrer Tante.

Diese straffte plötzlich ihren Rücken und befreite sich aus den Armen ihrer Großnichte.

„Das Leben geht weiter, Cara“, sagte sie mit einem winzigen Lächeln. Ihre brüchige Stimme verriet allerdings, wie sehr diese Erinnerung ihr zugesetzt hatte. Vio nahm

Emilias Hand und legte die Ohrringe hinein.

„Du solltest die Rubine tragen, mein Kind. Sie werden dir mit Sicherheit Glück bringen. Und du solltest die Liebe festhalten, wenn du sie findest.“

Erneut schenkte Violetta Emilia dieses ganz besondere, schwermütige Lächeln.

„Danke, ich weiß das zu schätzen.“ Emilia erwiderte den Blick ihrer Tante.

Sie schloss die Finger fest um das kostbare Geschenk. Violetta tätschelte ihr die Hand. Sie hatte sich sehr schnell wieder gefasst. Was für eine starke Frau ihre Tante doch war!

Dann stand Violetta mit einer energischen Bewegung auf und ging zu ihrem Kleiderschrank.

„Ich will nachher noch ein wenig zum Shopping. In meinen alten Lumpen kann ich schließlich nicht nach New Jersey zu Rosemary. Soll ich den gelben Hut nehmen oder den roten? Ich muss meine zarte Haut vor der Sonne schützen, sonst werde ich am Ende noch ganz faltig.“

Violetta zeigte auf zwei Ungetüme von Hüten, die enorm viel Platz in ihrem riesigen Kleiderschrank einnahmen.

Emilia war noch ganz gefangen von der bewegenden Geschichte ihrer Tante. Sie verstand nun endlich, warum diese so gerne in Brautmodenkatalogen herumblätterte. Vios eigene Hochzeit war ein Traum geblieben, aber offenbar liebte es die Tante, sich diesen zumindest für ihre Nichte auszumalen. Das konnte sie ihr wirklich nicht übelnehmen. Emilia musste sich zusammenreißen, um wieder ins Hier und Jetzt zurückzufinden. Sie atmete tief durch, blickte zu Violettas Schrank auf und musste lachen.

„Du bist doch nur nächstes Wochenende weg! Und soweit ich weiß, findet das Pferderennen von Ascot nicht neuerdings in New Jersey statt.“

Wobei sie sich ihre Tante sehr gut bei diesem britischen Nobelevent vorstellen konnte. Verrückte Hutkreationen hätte Violetta auf jeden Fall schon vorzuweisen.

„Na und? Rosy ist immer so gut gekleidet, dass ich mich neben ihr fühle wie eine Obdachlose.“

Das war natürlich maßlos übertrieben. Aber wenn sich Violetta etwas in den Kopf setzte, war sie nicht mehr davon abzubringen.

„Also, welchen soll ich nehmen?“, fragte sie.

Emilia deutete auf die riesige rote Kopfbedeckung. Doch Tante Violetta griff zielsicher nach dem gelben Hut, setzte ihn sich auf den Kopf und rückte ihn zurecht. Sie sah jetzt sehr zufrieden aus.

„Warum genau hast du mich nach meiner Meinung gefragt?“, wollte Emilia wissen, verdrehte die Augen und ging in ihr Zimmer. Das weitere Packen überließ sie der Tante lieber alleine, sonst würde sie sich nur aufregen. Außerdem wollte sie die Wohnung noch ein wenig auf Vordermann bringen. Als sie gerade den Flur saugte, stolzierte Violetta ins Bad, ihr gelbgemustertes Kleid und den riesigen Hut im Arm. Emilia entschied sich, ihrer Tante einen Gefallen zu tun und das Frühstücksgeschirr noch abzuräumen.

Fast alles war aufgegessen. Erstaunlich, was für einen gesunden Appetit die schlanke alte Dame besaß. Emilia freute sich, dass die Pancakes Tante Vio so gut schmeckten. Vielleicht waren es das Mandelmehl und die Kokosmilch, die ihnen ein spezielles Aroma verliehen. Womöglich könnte man daraus auch ein Rezept für Törtchen machen. In Gedanken entwarf Emilia eine neue Kuchenkreation. Als sie das Tablett zur Seite gestellt hatte, griff sie nach dem Deckbett, um es aufzuschütteln. Da rutschte die Zeitschrift unter der Decke hervor. Überrascht las Emilia die Überschriften. Das war ja gar kein Heiratsmagazin! Sie bückte sich und hob es auf. Oh je, schon wieder eines der Boulevardblättchen, die Vio so gerne las. Sie wollte die Zeitschrift auf den Nachttisch legen, da sah sie es: Vom Titel blickte ihr Richard mit seinem schönen Lächeln entgegen. Emilia setzte sich auf den Bettrand und studierte das Heft.

„Richard Stone – Endlich frei!“ lautete der Titel.

Emilia schlug das Magazin auf. Im Inneren war eine lange Bilderstrecke. Gezeigt wurde Richard mit Lexi im Arm, Richard mit irgendeinem Unterwäschemodel im Arm, Richard mit einer Jungschauspielerin namens Kim Courtney, von der Emilia noch nie etwas gehört hatte, die aber ganz zauberhaft aussah. Zum Abschluss wurde noch ein unscharfes Bild eines sehr unglücklich dreinschauenden Richard gezeigt, der mit einer stark geschminkten Frau seines Alters abgebildet war.

„Aus und vorbei: Richard und Catharina-Zoelle Stone trennen sich“, stand darunter.

Emilia sah sich die Frau ganz genau an: ein moderner Kurzhaarschnitt, der silberblond schimmerte, dazu ein eleganter Hosenanzug. Die Augen strahlten in einem hellen Grün und waren dunkel geschminkt, sodass sie ihr den Blick eines aufregenden Raubtiers verliehen. Kein Wunder, dass Richard diese Frau attraktiv fand, sie war wirklich eine Augenweide. Kein blondes Dummchen, sondern eine gebildete Schönheit mit Stil, vielleicht mit etwas zu viel Farbe im Gesicht, für Emilias Geschmack. Dennoch, um so eine Frau wurde man sicher in der gesamten High Society beneidet.

Emilia kannte ihn noch nicht sehr gut, aber sein gequälter Gesichtsausdruck sprach Bände. Sie hätte gerne gewusst, ob diese Trennung sehr schmerzhaft für ihn gewesen war. Aber fragen konnte man so etwas natürlich nicht.

Aus dem Artikel ging hervor, dass Richard für kurze Zeit verheiratet gewesen war, eben mit dieser Catharina-Zoelle. Die Scheidung war laut dem Boulevardmagazin eine sehr schmutzige Angelegenheit gewesen. Die Exfrau hatte eine immens hohe Abfindung kassiert, man vermutete mehrere Millionen. Die Zeitschrift rechnete das sehr sensationsgierig auf die Ehezeit um, sodass ein Monatseinkommen von über einer Million auf die kurze Dauer der Ehe angerechnet werden konnte, wenn die

Spekulationen von sechs Millionen wahr waren. Offenbar waren Richard und diese Catharina-Zoelle also ein halbes Jahr verheiratet gewesen.

Im weiteren Verlauf des Artikels wurde spekuliert, welche der drei Damen, mit denen Richard abgebildet war, wohl seine neue Flamme werden würde. „Für wen wohl sein Feuer brennt?", schrieb das Heft unglaublich geistreich. Emilia suchte auf der Titelseite nach dem Datum. Das Magazin war vom letzten Jahr, dementsprechend lag die Trennung schon eine Zeit zurück. Es dauerte schließlich einige Monate, bis so eine teure Scheidung durch war. Vielleicht wollte er all das hinter sich lassen, was nur verständlich wäre. Sie beschloss, ihn auf keinen Fall auf dieses Thema anzusprechen. Schließlich gab es für sie beide auch so genügend Gesprächsstoff.

Trotzdem versetzte es ihr einen Stich ins Herz, Richard mit all diesen attraktiven und erfolgreichen Frauen zu sehen. Sie vertraute ihm voll und ganz, aber manchmal fragte sie sich, ob sie nicht eine Nummer zu klein für ihn war.

„Er hat sich nicht umsonst für dich entschieden", hörte sie plötzlich Violettas ernste Stimme.

Emilias Kopf fuhr hoch. Ihre Tante stand im Türrahmen und lächelte ihr aufmunternd zu. „Richard hat garantiert genug von diesen oberflächlichen Jetset-Ladys. Du hast absolut keinen Grund, an ihm zu zweifeln. Und an dir schon gar nicht."

„Wo hast du eigentlich deine Glaskugel versteckt?", fragte Emilia. „In einem dieser monströsen Hüte? Ich glaube manchmal wirklich, du liest meine Gedanken."

„Was ich lesen kann, sind deine Stirnfalten", erklärte Violetta. „Das ist nicht schwer. Und ich sage dir noch einmal: Vertraue auf deinen Bauch! Er ist der wertvollste Ratgeber, den du hast. Nicht nur bei deinen Pralinen. Glaub das einer alten Frau."

„Du hast recht."

Emilia warf das Heft kurzerhand auf das Nachtkästchen.

„Na also", sagte Vio. Daraufhin nickte sie zufrieden, schnappte sich eine Bürste und verließ das Zimmer wieder in Richtung Bad.

Emilia blieb noch einen Moment auf dem Bett ihrer Tante sitzen. An einem Morgen wie heute konnten ihr solche Klatschhefte und deren Spekulationen nichts anhaben. So ein Kuss, wie sie ihn am Vorabend mit Richard erlebt hatte, bedeutete etwas. Solche Emotionen konnte kein Mann spielen, da war sie sicher. Außerdem hatte auch sie selbst kein Wort über Anthony verloren, warum sollte sie also Richard nicht das gleiche Recht zugestehen.

Er lächelte ihr noch immer von der Titelseite entgegen. Allein beim Blick auf ihn wurde ihr schon wieder warm ums Herz. Sie strich mit ihren Fingerspitzen zart über sein Gesicht und verweilte einige Sekunden auf seinen Lippen. Nein, er log sie nicht an. Seine Gefühle für sie waren echt, das war gar keine Frage. Und Violetta sah das genau richtig, man musste seinem Bauch auch mal vertrauen. Zumindest wenn sich etwas so perfekt anfühlte wie das Zusammensein mit Richard.

Lächelnd stand Emilia auf, legte das Heft ordentlich auf den Nachttisch, nahm das Tablett mit dem Frühstücksgeschirr und verließ den Raum.

Aus dem Bad hörte sie Violetta „Senza una donna" von Zucchero trällern. Sie war eine begnadete Badezimmersängerin und sollte schon längst auf irgendeiner Bühne stehen. In Outfit-Fragen könnte sicher sogar Lady Gaga noch etwas von Tante Vio lernen.

Es ging schon auf Mittag zu und Emilia wollte noch in den Central Park, einen Spaziergang zu einer ganz bestimmten Parkbank machen. Vielleicht erinnerte sich das Eichhörnchen an sie.

## 10. Almond Crunch Caramel Cheesecake

*Sahnequark, Mürbeteig, Karamellsoße, krosse Schokoladenstückchen und Mandelsplitter vereinen sich zu einer unwiderstehlichen Kuchenkreation*

Emilia hatte sich lange überlegt, wie sie der armen Mrs. Witherleaf eine Freude machen konnte. Letztlich war ihr die Idee mit dem Almond Crunch Caramel Cheesecake gekommen. Der wurde gerne gekauft, auch Mrs. Witherleaf hatte oft zugeschlagen und sich ein Stückchen davon gegönnt, wenn er vorrätig gewesen war. Der Kuchen war einer der absoluten Verkaufsschlager im Winter. Heute probierte Emilia etwas Neues aus. Sie verlieh ihm mit einem Hauch Ingwer und Zitronenschale ein bisschen frühlingshafte Frische. Vielleicht sollte sie noch kandierte Veilchen darauf verteilen? Emilia kam kaum zum Nachdenken, da sich den ganzen Vormittag hindurch die Kunden die Klinke in die Hand gaben. Es war ein Wunder, dass sie es überhaupt geschafft hatte, die Quarkfüllung anzurühren.

Und dann kam auch noch ein völlig fremder Blumenbote zu ihr ins Geschäft. Emilia war zunächst sehr irritiert, als sie einen Mann mit einem in zartlila Papier gewickelten Strauß vor sich stehen sah, der nicht Sam war. Der Strauß musste gigantische Ausmaße haben, denn der Bote verschwand fast dahinter.

„Sind Sie die Chefin von ‚Pastry Passion'?“, fragte der junge Mann.

Emilia nickte.

„Der ist für Sie.“ Er deutete auf die lila Pracht, die er zwischenzeitlich auf dem Boden abgestellt hatte. Als

Emilia unter das Papier spähte, stellte sie fest, dass es gar kein Strauß war, sondern eine große Topfpflanze. Sobald der Bote aus der Tür war, las sie die Karte, die an dem Papier befestigt war.

„Für dich. Danke für ein wunderschönes Dinner. Dafür, dass du mir einen Abend lang gezeigt hast, was im Leben wirklich zählt. Mille grazie! Von Herzen, Richard"

Emilia spürte sofort ein Strahlen, das sich in ihrem Inneren ausbreitete. Richard hatte genau die richtigen Worte gefunden, um sie zu berühren.

Vorsichtig entfernte sie das lila Papier. Sie lächelte, als sie sah, was Richard ihr geschickt hatte. Es war ein roter Oleander. Die Blume, deren Duft sie für immer an den ersten Kuss mit Richard erinnern würde.

Wie aufmerksam von ihm!

Dieser Strauch, der auch noch in einem italienisch anmutenden Terracotta-Topf steckte, würde einen Ehrenplatz direkt am Eingang von "Pastry Passion" bekommen.

Emilia wusste gar nicht, was sie mehr freute: der Blumenstock oder die liebevollen Worte. Die Sehnsucht nach Richard war beinahe überwältigend. Sie würde ihn nachher anrufen und ihm für die Blumen danken. Vielleicht hätte er ja irgendwann die nächsten Tage sogar Zeit, sie wiederzusehen.

Emilia ging vor ihren Laden und stellte den Oleander neben die Tür. Es sah wunderschön aus. Die Pflanze war genau das Detail, welches die ganze Zeit noch gefehlt hatte. Sie verlieh dem Äußeren des Geschäfts ein mediterranes Flair.

Sie summte beschwingt vor sich hin und kehrte in den Laden zurück. Im Nebenraum sah sie nach dem Kuchen. Er war fertig gebacken und wartete auf den letzten Schliff. Emilia konnte das Sahnekaramell kochen und über den Cheesecake gießen. Die glänzende, goldbraune Karamellschicht sah wahnsinnig lecker aus. Jetzt fehlten nur die gerösteten Mandelsplitter und die Schoko-Chunks.

Dann wäre ihr Werk perfekt.

Emilia trug den Kuchen in den riesigen Kühlschrank, wo er noch ein paar Stunden ruhen musste, bevor er servierfertig war.

Kaum stand sie wieder hinter dem Tresen, schneite Sandy mitsamt ihrem Gipsbein zur Tür herein. Sie hinkte ordentlich, hatte sich aber eine unnachahmliche Grazie dabei angewöhnt. Wie immer war ihre Frisur eine Augenweide. Sie trug ihr Haar heute auf kunstvolle Weise geflochten und ihr Pony war pink gefärbt.

„Hallo, Em, mein Schatz", rief sie und schloss die Freundin in die Arme. „Vio war vorhin bei mir und hat mir erzählt, dass sie erstens eine schönere Frisur haben möchte als eine gewisse Rosemary – wer auch immer das ist – und zweitens du deinen reichen Macker wiedergetroffen hast."

Typisch Vio. Sie konnte einfach nicht die Klappe halten.

„Jetzt dachte ich mir, ich nutze meine Mittagspause, genieße einen Cappu aus deiner Zaubermaschine und du erzählst mir alles, ja?"

Emilia musste grinsen. Zum wiederholten Mal dachte sie, dass Sandy wie eine jüngere Ausgabe von Violetta war.

Emilia ging zu ihrem italienischen Kaffeevollautomaten und schaltete ihn an. Das laute Brummen weckte auch in ihr die Lust auf ein koffeinhaltiges Heißgetränk.

„Möchtest du einen Fruchtspieß mit Schokolade und Pistazien dazu oder lieber etwas anderes?", fragte sie die Freundin, die den Blick nicht von der Auslage abwenden konnte.

„Einer davon wäre schön." Sandy zeigte auf einen Amaretto-Cupcake mit einer einzelnen Kirsche in weißer Schokolade als Topping.

Emilia ging hinter die Theke, legte eine hübsche passende Serviette, auf der Kirschen abgebildet waren, und das Gebäck auf einen Teller. Dann stellte sie den Cupcake vor Sandy ab.

„Lass es dir schmecken“, sagte sie noch, aber ihre Freundin hatte ohnehin schon zugegriffen. Sie steckte sich die Kirsche im Schokomantel in den Mund und verdrehte vor lauter Genuss die Augen.

„Ach, Em, es wäre ein Jammer, wenn du zusperren müsstest.“

Emilias Stimmung verschlechterte sich schlagartig. Dieser Mr. Sallenger hatte noch immer nicht angerufen. Seit Tagen ließ jedes Klingeln des Telefons sie zusammenzucken und immer hoffte sie vergebens. Langsam, aber sicher lief ihr die Zeit davon. Dieses Abwartenmüssen war für sie beinahe unerträglich.

Sandy nahm ihr Küchlein einfach in die Hand und biss hinein. Jetzt sah sie mit ihrem verschmierten Mund aus wie ein kleines Mädchen, das Schokoladeneis gegessen hatte.

„Magst du mir jetzt von deinem Milliardär erzählen oder muss ich Violetta fragen?“

Sandy tupfte sich die Mundwinkel sauber und schaute sie erwartungsvoll an.

Da brach es fast aus Emilia heraus. Sie schilderte ihr alles, vom Picknick im Park, ihren widersprüchlichen Gefühlen am Anfang bis zu dem unglaublichen Kuss vor der Haustür, bei dem sie nur ein einziges Fühlen gewesen war.

„Kannst du dir vorstellen, dass er Matt the Electrician engagiert hat, nur für mich? Richard hat ihn extra aus Texas einfliegen lassen.“ Emilia strahlte. Dann nippte sie an ihrem Cappuccino, den sie zwischenzeitlich für sich und Sandy aufgebrüht hatte. Emilia dachte an den Tanz im Lokal. Es war so schön gewesen, Richards Körper nah zu spüren! Sie konnte immer noch seinen Duft riechen. Die Erinnerung an diesen Abend würde sie hüten wie einen kostbaren Schatz.

Sandy grinste. „Du bist also verliebt.“ Das war keine Frage, sondern eine Feststellung.

Emilia nickte widerstrebend. Es fiel ihr nicht leicht, zu ihren Gefühlen zu stehen. Aber es gab kein passenderes

Wort für das, was sie für Richard empfand. Verliebt. Ein wenig mulmig war ihr schon dabei, das auszusprechen, denn sie hatte sich schließlich geschworen, davon Abstand zu halten. Aber gegen Gefühle war man eben machtlos.

„Ja, ich glaube, ich bin wirklich verliebt in ihn. Richard ist ein wunderbarer, natürlicher Mann. Er hat das Herz am richtigen Fleck."

„Das heißt, ihr seht einander bald wieder?"

Emilia nickte. „Ich denke schon!"

„Wunderbar, Em. Das ist doch einmal ein Schritt in die richtige Richtung. Ich gratuliere dir zu deiner Selbstüberwindung!" Sandy kicherte. Dann schaute sie auf die Uhr.

„Oh, Schätzchen, ich muss. Ich hab heute Nachmittag eine Haarverlängerung und eine Dauerwelle." Sandy stand auf und humpelte mühsam in Richtung Tür, wo sie sich nochmals umdrehte. „Wir sollten uns mal wieder bei mir treffen, damit wir in Ruhe quatschen können", schlug die Freundin vor.

„Ja, unbedingt!"

„Ruf einfach vorher an und komm vorbei. Falls du nicht gerade Verpflichtungen mit der High Society hast." Sandy grinste von einem Ohr zum anderen. „Ich weiß schließlich nicht, wie lange du dich noch mit einfachem Volk wie mir abgibst."

„Noch einmal so eine Bemerkung und ich mische dir beim nächsten Mal Rizinus-Öl in deinen Cupcake", drohte Emilia.

„Also zu Haschkeksen würde ich nicht nein sagen, aber die hast du ja nicht im Angebot, oder?", witzelte Sandy.

„Das wäre eine Idee! Die backe ich, juble sie diesem Phantom Sallenger unter und lass mir dann von ihm, wenn er high ist, das gesamte Haus überschreiben. Klingt nach einem guten Plan."

„Logisch, der ist ja auch von mir. Ich habe immer gute Ideen. Aber jetzt muss ich los. Ich freu mich auf unser Date, Em!"

„Warte kurz." Emilia griff nach einem der Schokoladen-Frucht-Spieße und hielt ihn ihrer Freundin hin. „Wegzehrung. Leider drogenfrei."

Sandy warf Emilia zum Dank eine Kusshand zu und humpelte, so grazil es ihr möglich war, zur Tür hinaus.

Nachdenklich blieb Emilia an der Kühltheke stehen. Auch wenn sie keine Cannabis-Leckereien verfügbar hatte, war es an der Zeit, sich bei diesem verflixten Sallenger zu melden. Denn wenn sie noch weiter hier Daumendrehen musste, würde sie verrückt. Sie wollte es erst einmal telefonisch versuchen. Da im Augenblick kein Kunde im Laden war, erschien ihr die Gelegenheit günstig. Sie kramte die Nummer von Mrs. Morehouse heraus und wählte. Es dauerte einen Moment, dann meldete sich die Sekretärin und leierte ihren üblichen Spruch herunter.

„Global Invest, Sie sprechen mit Mrs. Morehouse, Vorzimmer von Mr. Sallenger", ratterte sie los.

„Hallo, hier ist Emilia von ‚Pastry Passion'. Die Frau mit den Macarons, vielleicht erinnern Sie sich ja an mich? Ich wollte fragen, ob ich heute Glück habe und Ihren Chef sprechen kann." Emilia konnte ihre eigene Anspannung hören.

„Ach, meine Liebe, guten Tag! Natürlich weiß ich, wer Sie sind. Ihr Gebäck war göttlich", flötete Mrs. Morehouse. „Es tut mir leid, aber der Chef ist im Moment ständig unterwegs."

„Hatten Sie denn die Gelegenheit, ihm mein Präsent zu geben?"

„Selbstredend." Mrs. Morehouse lachte. „Er war begeistert, geradezu entzückt. Er wird sich bestimmt noch bei Ihnen melden. Im Augenblick ist leider extrem viel los hier. Ich sage es Ihnen, ich bin fix und fertig."

Mrs. Morehouse klang unglaublich theatralisch.

„Oh, das tut mir leid, Mrs. Morehouse. Dann müssen Sie sicher auch sehr lange arbeiten. Ist ja ein echter Knochenjob." Wichtig war jetzt erst einmal, Sympathiepunkte bei der Sekretärin zu sammeln.

„Wem sagen Sie das!“, kam zurück. „Ganz arg ist es am Monatsende, wenn der Abschluss ansteht. Da gehe ich manchmal nach sieben Uhr abends heim. Ein Leben ist das wirklich nicht.“

Grinsend fragte sich Emilia, wie viele Stunden dabei wohl fürs Nägelfeilen und Schminken draufgingen, aber sie spielte natürlich die Verständnisvolle.

„Puh, das ist echt schlimm!“, erwiderte sie. „Da sollte ich Ihnen vielleicht einen kleinen Nachschub an Macarons vorbeibringen. Als Nervennahrung sozusagen. Ich wollte sowieso nochmal vorbeikommen und meinen Businessplan abgeben. Würden Sie den Ihrem Chef noch auf den Schreibtisch legen?“

„Aber selbstverständlich“, beeilte sich Mrs. Morehouse zu sagen. Ihre Gier auf Süßes sprang förmlich durch die Leitung. „Ganz obenauf!“

„Perfekt“, freute sich Emilia. „Ich komme demnächst vorbei. Und lassen Sie sich nicht allzu sehr stressen, Sie Arme.“

„Sicher nicht. Bis bald, ich freue mich auf Ihren Besuch.“

Das glaubte ihr Emilia aufs Wort. Sie würde also der hungrigen Vorzimmerdame in Kürze ein paar Bestechungs-Macarons aufdrängen. Und vor allem einen Businessplan, den sie leider noch gar nicht hatte. Aber immerhin geisterte seit dem Gespräch mit Richard eine Idee in ihrem Kopf herum. Sein Vorschlag mit der Belieferung von Hotels war gar nicht so übel. Wenn es ihr gelang, nur drei oder vier Luxushotels zu gewinnen, könnte sie schönes Geld verdienen. Wie viele Gäste mochten die wohl haben? Das Waldorf-Astoria hatte über tausend Zimmer, soweit sie wusste. Wenn nun jeder neue Gast auf seinem Kopfkissen zur Begrüßung eine Praline von „Pastry Passion“ vorfand oder sogar jeden Tag eine bekam, dann wären das ja….

Emilia wurde schwindlig bei der Rechnung. Alleine die Vorstellung, jede Woche tausend Pralinen zu verkaufen, machte sie ganz hibbelig. Aber konnte sie die überhaupt herstellen? Wohl eher nicht. Es gab nur eine Lösung: Sie musste sich erst an die kleineren Nobelhotels wenden. Wenn es dort gut lief, würde sie expandieren, zusätzliche Mitarbeiter anstellen und immer mehr verdienen.

Ja, das war der perfekte Businessplan!

Nun galt es nur noch, die ersten Hotels zu finden und das Ganze aufzuschreiben, damit sie es diesem Sallenger vorlegen konnte. Er würde schnell merken, dass er es mit einer echten Geschäftsfrau zu tun hatte und er dumm wäre, ihren Laden nicht im neurenovierten Haus zu behalten.

Und ganz am Ende… da konnte sie vielleicht wirklich eine erfolgreiche Unternehmerin werden und sich sogar den Respekt von Richards Familie verdienen. Es war ihr ohnehin wichtig, Herrin über ihr eigenes Geld zu bleiben und unabhängig zu sein.

Mit einem Strahlen im Gesicht wandte sich Emilia wieder ihren Backwaren zu. Es war an der Zeit, noch einmal nach dem Cheesecake zu sehen, mit dem Emilia sich später auf den Weg zu Mrs. Witherleaf machen wollte. Das Leben war gar nicht so übel, wenn man es bei den Hörnern packte!

*

Nach Feierabend zog Emilia ihre Schürze aus und hängte sie über den Haken an der Küchentür. Sie hatte ein sehr großzügiges Stück des Almond Crunch Caramel Cheesecake in eine der lila „Pastry Passion" – Schachteln gepackt und dazu noch „Bruch"-Pralinen ausgesucht.

Sie verstaute alles in einer kleinen Tüte und verließ leichtfüßig ihren Laden, während sie „All I know" von Matt the Electrician vor sich hinsummte. Die Musik lief gerade rauf und runter bei ihr, denn jeder Song von Matt erinnerte Emilia an Richard. Besonders natürlich die ruhigen Nummern, bei denen sie sich tanzenderweise nahe gekommen waren. „All I know“ hatte Matt zwar nicht gespielt, aber es war einfach gute Laune pur für Emilia. Sie tanzte fast über den Bürgersteig.

„Hallo Frau Nachbarin. Wie läuft es?“ Sam strahlte sie an. Er band gerade ein kleines Rosensträußchen. Seine Blumen dufteten sehr intensiv. Und diese Farben!

„Sehr gut. Und selbst? Ist heute nicht ein wunderschöner Tag? Was für tolle Blumen du da hast! Das wird ja ein fantastischer Strauß.“ Emilia sprudelte geradezu über.

Sandy alles von Richard zu erzählen, hatte ihn wieder ganz in den Vordergrund ihrer Gedanken gerückt. Sie fühlte sich wie ein Teenager.

Sam sah sie einen Augenblick zu lange an. „Wie heißt er?“

„Richard.“ Emilias Blick verklärte sich.

„Der Mann, von dem ich dir die Blumen gebracht habe, oder? Der mich heute angerufen hat und einen Oleander wollte.“

„Ganz genau.“

Sam deutete auf ihre Ladentür und die leuchtende Pflanze davor.

„Leider konnte ich ihm seinen ausgefallenen Wunsch nicht erfüllen. Aber ich sehe, er ist noch fündig geworden.“

Emilia nickte und spürte, wie ihre Wangen sich röteten.

„Bekommt dir jedenfalls sehr gut. So unbeschwert hast du schon eine Weile nicht ausgesehen.“ Sam schmunzelte.

Emilia wusste, dass ihr Freund sich für sie freute. Er war seit Jahren mit seiner Frau Cora glücklich verheiratet. Insgeheim hatte sich Emilia schon oft ein so süßes Kind wie Sams Sohn Connor gewünscht – und eine so harmonische Beziehung wie Sam sie offensichtlich mit seiner Frau hatte. Aber, da war sie sich bis jetzt sicher gewesen, so eine besondere Bindung war wie ein Lottogewinn – und der würde ihr bestimmt nicht vergönnt sein. Doch heute, mit der frischen Erinnerung an das Date mit Richard, war sie sich da nicht mehr so sicher.

Emilia schlenkerte mit ihrer Tüte und winkte Sam zu. „Ich muss noch etwas ausliefern. Bis morgen, ja?"

Sie ging federnden Schrittes weiter in Richtung der Wohnung von Mrs. Witherleaf.

Das Haus sah von außen nicht sehr gepflegt aus. Der Putz bröckelte an manchen Stellen schon und die Haustür hätte auch ein wenig Farbe vertragen können. An der Seite waren acht Klingelknöpfe. Die Wohnung von Mrs. Witherleaf war wohl ganz oben. Wie beschwerlich für die arme alte Dame! Emilia hatte sich bisher nie Gedanken über die Wohnsituation der Frau gemacht. Jetzt, wo sie sah, dass sie immer bis in den dritten Stock hinauf musste, erschrak sie etwas. Mrs. Witherleaf hatte auf sie immer einen eher gebrechlichen Eindruck gemacht. Sicher kostete es sie wahnsinnig viel Kraft, die Treppen zu bewältigen.

Emilia fiel es natürlich leicht. Sie sprang leichtfüßig hinauf bis zur Wohnungstür der alten Dame und klingelte. Es dauerte eine ganze Weile, bis drinnen Geräusche zu hören waren.

„Wer ist da?", hörte sie die gedämpfte Stimme von Mrs. Witherleaf.

„Emilia von ‚Pastry Passion'", rief Emilia halblaut.

„Ach, meine Liebe!" Die Tür wurde langsam geöffnet und das freudige Gesicht von Mrs. Witherleaf tauchte im Türspalt auf.

„Kommen Sie doch bitte herein!" Emilia konnte die Hoffnung auf dem Gesicht der alten Frau sehen. Sie wollte sie nicht enttäuschen. Vermutlich bekam sie nicht so häufig Besuch.

Als Emilia die kleine Wohnung betrat, erschrak sie. Überall stand Nippes. Hier war schon eine ganze Weile nicht saubergemacht worden, offenbar, weil die alte Frau dazu nicht in der Lage war. Die gebrechliche Mrs. Witherleaf konnte aufgrund des Bandscheibenvorfalls kaum laufen. Sie ging gekrümmt und drohte ständig zu fallen. Emilia bezweifelte, dass sie wieder würde aufstehen können, wenn sie erst einmal läge. Offenbar hatte sie auch beim Gehen starke Schmerzen.

„Bitte, schauen Sie nicht so genau, ja? Ich konnte die letzten zwei Wochen kaum etwas tun und meine Augen sind auch nicht mehr die besten. Leider kann ich mir niemanden leisten, der mir hilft. Aber ich kann Ihnen ein Tässchen Tee anbieten."

Mrs. Witherleaf war ganz wackelig. Emilia dachte daran, wie Sandy geradezu graziös aus ihrem Laden hinausgehumpelt war. Bei der alten Dame sah das ganz anders aus. Für sie bedeutete dieser Bandscheibenvorfall möglicherweise das Ende ihrer Selbständigkeit.

„Ich mach uns den Tee gern, wenn Sie mir verraten, wo ich alles finde", sagte Emilia. „Außerdem habe ich Ihnen eine besondere Leckerei mitgebracht."

Emilia führte die alte Dame zu einem Stuhl. Dann ließ sie sich durch die Küche dirigieren, machte Tee, stellte Teller auf den Tisch und packte den Cheesecake aus.

Die Augen von Mrs. Witherleaf leuchteten bei diesem Anblick.

„Ach, Kindchen, wie lieb von Ihnen. Mein Geldbeutel ist im Wohnzimmer, wenn Sie sich da bitte alles rausnehmen, ja? Er liegt direkt auf dem kleinen Tisch."

„Wissen Sie was? Heute machen wir eine Ausnahme, weil Sie krank sind. Das hier ist ein Krankenbesuch und der Kuchen mein Mitbringsel."

Mrs. Witherleaf dachte kurz nach, dann nickte sie. „Na gut. Aber nur heute."

Emilia lächelte sie an. „Natürlich."

Dann tranken die beiden Frauen den Tee und Emilia hörte Mrs. Witherleaf beim Reden zu. Irgendwann stand sie auf und fing an, den Berg Geschirr, der sich im Spülbecken angesammelt hatte, zu spülen und wischte anschließend noch die Oberflächen in der Küche ab. Jetzt sah das alles schon wieder viel besser und wohnlicher aus.

Emilia war überzeugt, dass Mrs. Witherleaf kein schlampiger Mensch war. Sie war nur eine kranke alte Frau und überfordert. Allein die Tatsache, dass sie Emilias Reinigungsaktion zuließ, deutete darauf hin, wie verzweifelt sie war.

„Sagen Sie, haben Sie denn Verwandte in der Stadt? Jemanden, der vielleicht mal nach Ihnen sehen würde, solange sie den schlimmen Rücken haben?“, fragte Emilia nach, als sie gerade den Kühlschrank auf abgelaufene Lebensmittel kontrollierte.

„Nein, ich lebe alleine. In meinem Alter und mit der kleinen Rente ist das nicht leicht. Das sehen Sie ja.“ Mrs. Witherleaf wirkte auf einmal traurig.

„Ich bin sehr dankbar, dass Sie sich um die Küche gekümmert haben.“ Mrs. Witherleaf machte eine hilflose Geste. „Ich kann kaum gerade stehen.“

„Das ist in Ordnung.“ Es fühlte sich wirklich in Ordnung an. Für kein Geld der Welt wollte sie als alter Mensch so leben müssen wie Mrs. Witherleaf. Sie tat Emilia wahnsinnig leid.

„Nächste Woche am Montag komme ich wieder, okay? Und wenn Sie etwas brauchen, dann rufen Sie mich einfach an“, fügte sie spontan noch hinzu.

Mrs. Witherleaf sah sehr erleichtert aus, als Emilia sich von ihr verabschiedete. Im Gegensatz dazu war Emilia wirklich bedrückt. Wie viele alte Leute wohl durch das Raster der Gesellschaft fielen und am Ende ihres Lebens alleine zurechtkommen mussten?

Ihr Schritt war nicht mehr ganz so leicht wie auf dem Hinweg, als sie sich auf den Weg nach Hause machte.

*

Emilias Hand zitterte ein klein wenig, als sie Richards Handynummer wählte. Sie wollte sich für den Oleander bedanken und, um ehrlich zu sein, auch einfach seine Stimme hören. Als endlich abgehoben wurde, war nicht Richard dran.

„Ja bitte?“ Die unangenehme Stimme Leroys klang

schon aus Prinzip genervt.

„Hallo, hier spricht Emilia. Ich möchte bitte Richard sprechen." Sie mochte diesen schmierigen Typ einfach nicht.

„Er ist beschäftigt", reagierte er dann auch genauso abweisend, wie sie sich das vorgestellt hatte.

„Aber könnten Sie ihm denn nicht kurz sagen, dass ich am Apparat bin?", versuchte Emilia es noch einmal.

„Es passt gerade wirklich nicht gut!" Leroy klang richtig unwirsch.

„Wer ist dran, Leroy?", hörte Emilia im Hintergrund Richard fragen.

„Eine Emilia, Sir."

„Geben Sie her!" Das Handy wechselte zum Glück seinen Besitzer.

„Entschuldige Emilia, ich hatte gerade unsere Kakaoplantage in Brasilien dran und… aber egal. Wie schön, dass du anrufst!"

Es war so wunderbar, seine tiefe, angenehme Stimme zu hören. Es reichte wirklich völlig aus, mit Richard zu telefonieren, schon hatte Emilia das Gefühl, am richtigen Platz zu sein. Sie fühlte sich einfach wohl in seiner Nähe, selbst wenn es nur über eine Telefonverbindung war.

„Hallo Richard!"

„Wie geht es dir? Ich hätte dich am liebsten gestern schon angerufen, aber ich wollte dich nicht zu sehr bedrängen." Richard klang ganz sanft. „Und was treibt deine Tante? Hat sie sich von dem Schock erholt?"

„Schock? Von wegen! Ich hatte mit ihr gewettet, dass wir uns nicht küssen… Und ich habe verloren. Also muss ich ihr jetzt einen Monat lang das Frühstück ans Bett bringen. Sie ist ganz oben auf, seit sie unseren Kuss beobachtet hat."

Obwohl Emilia Richard nicht sah, wurde sie rot. Sie hatte schneller gesprochen als überlegt. Was Richard jetzt wohl dachte? War es ihm am Ende vielleicht peinlich, dass Violetta sie überrascht hatte? Aber er lachte nur.

„Das kann ich mir gut vorstellen, so etwas passt zu deiner Tante. Sie ist ein echtes Original."

„Wohl wahr!", seufzte Emilia.

Dann wurde seine Stimme warm. Weich wie dunkler Nougat klang sie und durchfloss Emilia wie Karamellsirup.

„Es war so schön mit dir am Samstag", raunte er ins Telefon. „Vielen Dank nochmal für den wunderbaren Abend."

„Ich danke *dir*! Matt hat fantastisch gesungen, das Essen war hervorragend und überhaupt war es perfekt. Von Anfang bis zum Ende. Das Ende ganz besonders."

Schon wieder lief sie rot an. Himmel, dieser Mann brachte sie einfach durcheinander! Sie redete wirres Zeug, sprach ihn ständig wegen des Kusses an und vergaß fast noch, dass er ihr inzwischen noch etwas geschenkt hatte.

„Ach ja, und dann auch noch danke für den traumhaften Blumenstock", fügte sie schnell hinzu. „War sicher nicht leicht, einen Händler zu finden, der einen echten Oleander liefert."

Emilia dachte an die schönen roten Blüten und den intensiven Duft dort vor der Haustür. Automatisch konnte sie Richards Lippen auf den ihren spüren. Sie vermisste ihn schmerzlich.

„Darf ich mich vielleicht am Wochenende für den tollen Abend revanchieren?", sagte sie ganz spontan. „Ich kenne in Little Italy ein sehr schönes italienisches Restaurant, das wunderbares Piccata Milanese macht. Die Antipasti sind auch ein Gedicht. Ich meine, es ist ein wenig einfach, aber wirklich sehr ursprünglich. Man fühlt sich dort wie in Italien. Ich gehe sehr gerne hin."

Emilia hatte das Gefühl, sich vor Verlegenheit um Kopf und Kragen zu reden. Ein teures Restaurant konnte sie sich nicht leisten und sie fürchtete, für Richard wäre eine kleine Trattoria in der Mulberry Street vielleicht ein wenig zu einfach.

Doch Richard schien Feuer und Flamme zu sein.

„Es wäre mir ein Vergnügen, Emilia! Ich bin mir sicher,

ich finde es dort ganz wunderbar." Anscheinend hatte er ihre Ängste gespürt. „Außerdem glaube ich, du kannst mir noch viel von New York zeigen, das ich nicht kenne. Wenn ich da an den Hot Dog im Park denke…"

Richard lachte und Emilia stimmte mit ein.

„Ja, die einfachen Dinge, nicht wahr?" Sie dachte an die Karte, die an den Blumen gehangen hatte.

„Ganz genau." Richard klang fröhlich. Allem Anschein nach hatte er es nicht eilig, das Gespräch zu beenden.

„Chef, ich hab nochmal die Kakaoplantage dran", hörte sie Leroy da sagen.

„Einen Moment, ja?", erwiderte Richard in seine Richtung.

„Wann hast du Zeit?", fragte Emilia schnell, bevor er weg musste, um zu arbeiten.

„Ist dir das kommende Wochenende recht? Wieder am Samstag? Ich muss zwar am Sonntag nach Brasilien fliegen, aber erst am Abend. Was meinst du?"

„Wunderbar! Holst du mich ab? Gegen sieben Uhr?"

Emilias Herz hüpfte vor Freude.

„Es wird mir ein Vergnügen sein. Ciao, Bella", flüsterte Richard. Dann hörte Emilia ein leises Klicken in der Leitung und er war weg.

## 11. Tiramisu

*Zarte Mascarponecreme vereint sich mit Löffelbiskuits, Espresso und Amaretto zu einem unvergleichlichen italienischen Desserttraum, der mit Kakaopulver bestreut seinesgleichen sucht*

Die Woche war zäh wie Kaugummi gewesen. Emilia hatte nichts von „Global Invest" gehört und machte sich langsam echte Sorgen, dass dieser Sallenger erst gar nicht mit ihr ins Gespräch kommen wollte.

Während der letzten Abende war sie damit beschäftigt gewesen, einen Angebotsbrief aufzusetzen. Den wollte sie in den nächsten Tagen zusammen mit einer exquisiten Auswahl an Pralinen an kleinere Hotels verteilen. Sie hatte lange über den Yellow Pages gesessen und sich Adressen in ihrer Nähe herausgeschrieben. Dort würde sie dann Klinkenputzen gehen. Das war zwar nichts, was sie sehr gerne tat, aber falls sie einige Hotels akquirieren konnte, machte sich das gut in ihrem Businessplan. Der würde dann mit Hilfe von Mrs. Morehouse und der Macaronbestechung sicher auf Sallengers Schreibtisch landen.

Emilia hatte leider von kaufmännischen Dingen nur wenig Ahnung. Ihre Stärke war immer schon die Kreativität gewesen, nicht die Umsatzzahlen. Aber sie würde sich durchbeißen und eine Lösung finden für „Pastry Passion", das stand völlig außer Frage.

Natürlich hoffte sie weiterhin, dass das alles nicht nötig wäre und Sallenger sich von ganz allein bei ihr melden würde. Immer wenn das Telefon klingelte, stürzte sich Emilia geradezu darauf.

„Denkst du, das ist dein Richard?“ Violetta beobachtete das plötzliche Engagement hinsichtlich des Telefons überaus amüsiert und erfreut. Sicher hörte Vio schon wieder die Hochzeitsglocken läuten.

Und Emilia, die ihrer Tante nach wie vor nichts von dem drohenden Aus ihrer Konditorei erzählt hatte, bekam einen hochroten Kopf. Sie hasste es, zu lügen. Und in gewisser Weise war schon dieses Verschweigen sehr nah an der Unwahrheit.

Als Violetta deshalb am Freitag zu Rosemary fuhr – in einem neuen Kleid, mit perfekter Frisur und einem Koffer, der für einen mehrwöchigen Aufenthalt gereicht hätte – war sie fast erleichtert, dass ihre Tante über das ganze Wochenende nicht zu Hause sein würde.

Die Nacht auf Samstag schlief Emilia kaum, in Erwartung ihres Dates mit Richard. Sie dachte darüber nach, was sie anziehen könnte und wie es dem vornehmen Richard wohl gefallen würde bei „Da Luigi“, dem kleinen italienischen Ristorante, in dem ihre Tante und sie Stammgäste waren. Hoffentlich würde er sich wohl fühlen, hoffentlich würden sie sich miteinander wohlfühlen, hoffentlich würde Richard das Essen schmecken… Emilia wälzte sich von einer Seite ihres Bettes auf die andere. Als endlich die Sonne aufging, war sie erleichtert, dass sie aufstehen und in die Konditorei gehen konnte.

Glücklicherweise war viel Betrieb an diesem Tag. Außerdem musste Emilia auch noch den Rainbow-Cake in Minionform für den Kindergeburtstag des kleinen Jason machen. Sie liebte solche ausgefallenen Aufträge. Und der kleine Minion-Fan war so ein süßes Kind. Er sollte die perfekte Geburtstagstorte bekommen. Emilia gab sich besonders viel Mühe. Die einzelnen bunten Schichten trennte sie mit einer Schoko-Ganache. Die Fondantmasse hatte sie schon am Vortag aus Marshmallows hergestellt. Jetzt besaß sie genau die richtige Konsistenz. Ein Teil war leuchtend blau, ein Teil gelb. Die kleineren Mengen in den anderen Farben waren bei Emilia ohnehin vorrätig. Sie modellierte und bastelte, was das Zeug hielt. Am Ende war der Minion perfekt – und leuchtende Kinderaugen garantiert. Da war es ihr egal, dass die aufgewendete Arbeitszeit nicht unbedingt mit dem Preis in Einklang zu bringen war.

Als Emilia am späten Nachmittag nach Hause kam, war sie ziemlich müde, aber glücklich. Sie liebte ihren Beruf. „Pastry Passion" war ein so großer Teil ihres Lebens. Sie grübelte, was sie beruflich tun sollte, wenn es zum Schlimmsten käme. Emilia schüttelte den Kopf, wie um den bedrückenden Gedanken loszuwerden. Es durfte einfach nicht sein!

Sie warf den Hausschlüssel in die kleine Schale auf der Kommode im Flur.

Schnurstraks lief sie durch die leere Wohnung bis in die Küche, um sich einen schnellen Espresso zu machen, bevor sie sich für den Abend umziehen wollte.

*

Als ein Auto vor der Haustür hupte, war der Espresso längst getrunken und Emilia hatte sich in eines ihrer Lieblingskleider geworfen. Es war ein sommerliches Kleid in hellen Brauntönen, die die Farbe ihrer Augen widerspiegelten. Der weite Rock fiel ihr locker bis zu den Knöcheln und kaschierte Emilias kleine Problemzone um die Hüften. Sie fand sich schön in dem Kleid. Ihre Lippen und Augen waren dezent geschminkt. Die Haare trug sie zu einem einfachen Pferdeschwanz gebunden und sie hatte natürlich Violettas Rubinohrringe angelegt. Emilia hatte erst überlegte, ob Richard angesichts ihres legeren Aufzugs enttäuscht sein würde, sich aber dann trotzig dafür entschieden, dass er sie gefälligst so mögen sollte, wie sie war. Als sie jetzt mit roten Wangen die Wohnungstür aufriss, wäre sie fast in Richard hineingelaufen.

„Huch“, entfuhr es ihr.

„Ich dachte, ich komme dir entgegen. Ich konnte es kaum erwarten, dich endlich wiederzusehen.“ War Richard tatsächlich für einen Augenblick rot geworden?

Sie standen einander gegenüber und waren beide ein wenig verlegen.

„Ich freue mich auch“, antwortete Emilia schließlich. Richard beugte sich vor und küsste sie auf die Wange. Emilia schloss die Augen. Jede Berührung Richards war ein Feuerwerk.

„Vielleicht sage ich deiner Tante noch schnell Guten Tag.“

„Oh, die ist übers Wochenende zu ihrer Freundin Rosemary gefahren.“

Richard sah fast enttäuscht aus. Anscheinend hatte er wirklich einen Narren an ihrer Tante gefressen. Ein Glück, denn bei Violetta schieden sich so manches Mal die Geister. Man liebte sie – oder eben nicht.

„Wollen wir dann?“, fragte Richard. Erst jetzt kam Emilia dazu, ihn genauer zu mustern. Er sah sehr gut aus, locker und entspannt. Heute trug er keine Krawatte, hatte die Hemdsärmel ein wenig hochgekrempelt und auf das Jackett verzichtet. Dadurch wirkte er sehr natürlich und auch maskulin. Emilia musste an den Ausspruch Violettas denken, die sich in die Unterarme von Dave verliebt hatte. Beim Anblick von Richard verstand sie das plötzlich und musste schmunzeln. Zwar war Richard nicht so trainiert wie der Baseballspieler Dave, aber trotzdem gefiel ihr ausgesprochen gut, was sie da sah. Seine schönen Hände und seine kräftigen Arme, die verhießen, dass auch der Rest seines Oberkörpers nicht zu verachten war.

Emilia hakte sich bei Richard ein und gemeinsam liefen sie die Treppe hinunter.

Draußen stand die Limousine mit Chauffeur.

„Heute kein Taxi?“, fragte Emilia. Luigi würde sich

bestimmt wundern, wenn dieses Luxusfahrzeug vor seinem Ristorante parkte.

„Ich war spät dran." Richard sah aus, als ob es ihm leid täte. „Wenn du magst, rufe ich uns ein Taxi und schicke den Fahrer nach Hause. Ich wollte nur pünktlich sein."

Das fand Emilia schon wieder so liebenswürdig, dass sie den Kopf schüttelte. „Nein, komm, wir nehmen die Limo. Ich bin sowieso noch nie mit so einer Karosse gefahren. Und solange du diesen Leroy nicht dabei hast…"

Richard hielt Emilia die Tür auf. „Ach, eigentlich ist er kein übler Kerl. Es ist sein Job, mich zu organisieren. Und er hat ein irrsinnig gutes Gedächtnis für Zahlen, das ist nicht meine Stärke."

„Ich habe immer das Gefühl, er hält dich von den Menschen in deiner Umgebung fern." Sie dachte daran, wie er stets im Hintergrund dazwischenredete, wenn sie mit Richard sprach. Irgendwie erinnerte er sie an eine strenge Gouvernante, nur dass die sich normalerweise keine Schokomandeln in den Mund warf.

„Nein, weißt du, er hat alle Termine im Überblick. Er regelt das, hat er schon immer getan. Schon für meinen Vater. Man braucht solche Menschen wie ihn, wenn man viel um die Ohren hat. Leider. Ich beneide dich manchmal, weil du von niemandem abhängig bist."

Richard hatte sich neben Emilia auf den Rücksitz gesetzt. Vor ihnen war ein kleiner Kühlschrank angebracht. Als Richard ihn öffnete, sah sie darin eine Flasche Champagner und zwei gekühlte Gläser.

„Ich dachte, wenn wir schon mit diesem Auto fahren." Richard deutete mit fragendem Blick auf die Flasche und Emilia nickte. Es stimmte ja. Wenn sie schon in so einem Luxusauto logierte, konnte sie es genauso gut auskosten.

Richard ließ den Korken ploppen und goss den teuren Champagner in die Gläser. Sie stießen an und Emilia trank einen großen Schluck. Schmeckte wirklich nicht schlecht. Richard erzählte ihr von der firmeneigenen Kakaofarm in Brasilien. Er würde dort morgen hinfliegen müssen, um nach dem Rechten zu sehen.

„Kommendes Wochenende bin ich dann aber wieder da“, sagte er, als das Auto gerade bremste. Es klang wie ein Versprechen, doch Emilia wagte nicht nachzufragen.

Als das Auto vor „Da Luigi“ hielt, war die Stimmung angenehm und gelöst.

*

Vor der Tür war ein Schild aufgestellt, geschrieben in der Handschrift Luigis, das auf das heute frisch zubereitete Tiramisu hinwies. Emilia lief schon beim Gedanken an die Süßspeise das Wasser im Munde zusammen. Sie liebte Tiramisu. Und Luigis Tiramisu war einzigartig, ein Stück Italien auf einem Teller.

„Oh Richard, das musst du probieren. Hast du schon einmal Tiramisu gegessen?“

Er schüttelte den Kopf. „Meistens verzichte ich auf ein süßes Dessert und entscheide mich für Käse, wie du weißt.“

„Tiramisu ist unverzichtbar! Selbst als Süßspeisenverächter musst du das heute probieren. Luigi ist ein Dolce-Gott.“

Richard lächelte zustimmend, als er ihr die Tür aufhielt. Sie betraten das gemütliche Lokal. Die rotkarierten Tischdecken, die kleinen Lichter, die rustikalen Stühle, an der Wand die Tafel mit den Tagesgerichten. Es roch nach Knoblauch und den Kräutern, die in kleinen Töpfchen auf den Fensterbrettern standen und ihr Aroma verteilten. Die Atmosphäre in dem halbdunklen Gastraum war großartig. Menschen redeten auf Italienisch und es wurde gelacht. Viele Tische waren schon besetzt und Emilia war froh, dass sie reserviert hatte.

„Emilia! Ciao!“ Luigi winkte aus der offenen Küche heraus, als er sie und ihre Begleitung erblickte. Und Emilia erwiderte, ebenfalls winkend, den Gruß.

„Du hast euren Stammplatz“, rief er noch, bevor er

sich einer gusseisernen Pfanne zuwandte, mit Schwung eine Portion Spaghetti in die Luft warf und elegant wieder auffing. Dann griff er zu einer Flasche Rotwein und ein großzügiger Schuss davon ergoss sich in die Pfanne. Es zischte und dampfte.

„Mit wem kommst du denn sonst hierher?“, fragte Richard.

Täuschte sich Emilia oder hörte sie da tatsächlich ein wenig Eifersucht heraus?

Emilia beugte sich ganz nah an Richards Ohr und hauchte: „Violetta.“ Dann musste sie lachen und zog Richard hinter sich her.

„Komm, ich habe einen Bärenhunger.“ Sie führte Richard zu einem schönen Tisch am Fenster. Eine Kerze, bereits halb abgebrannt, verbreitete gemütliches Licht. An diesem Tisch herrschte ein wunderbares Rosmarinaroma gemischt mit einer feinen Thymiannote.

Emilias Magen knurrte.

„Die machen hier das beste Ciabatta der Stadt. Ich versuche seit Jahren, es genauso zu backen wie Luigis Frau Melissa, und scheitere in regelmäßigen Abständen. Es ist zum Verzweifeln.“ Emilia nahm ein kleines Stück Brot aus dem Körbchen, das schon auf dem Tisch bereitstand, und biss hinein. „Göttlich!“

Richard griff ebenfalls in den Korb. Er roch an dem Brot. „Stimmt, es duftet fantastisch.“

Gerade als er noch mehr sagen wollte, kam eine rundliche italienische Mamma aus der Küche. Sie wischte sich die Hände an ihrer Schürze ab und stürzte auf Emilia zu.

„Emilia! Buonasera, Carissima, come stai?“, schrie sie durch das ganze Lokal und breitete die Arme aus. Melissa strahlte über das ganze Gesicht. Emilia musste lachen. Alle Gäste drehten ihre Köpfe nach ihnen um.

Melissa schloss Emilia in die Arme wie eine lange verloren geglaubte Tochter und küsste sie auf beide Wangen.

„Ciao Melissa!"

„Und wen hast du da mitgebracht, hm? Eine Mann, äh?" Melissa stupste Emilia an, als ob Richard gar nicht da wäre und zwinkerte ihr verschwörerisch zu. „Ist schöne Mann, äh?" Sie kicherte wie ein Schulmädchen.

„Melissa, das ist Richard." Richard war aufgestanden und hatte Melissa die Hand hingestreckt.

„Ricardo! Bene!" Melissa nahm Richards dargebotene Hand und zog den verdutzten Mann an ihren riesigen Busen. „Molto bene", rief sie dazu und lachte ihr kehliges, tiefes Lachen. Als Richard sich vorsichtig aus der Umarmung löste, klopfte Melissa ihm wie wild auf die Schulter. Er, der eloquente Geschäftsmann, hatte ganz offensichtlich keine Ahnung, wie er mit der italienischen Herzlichkeit umgehen sollte.

Emilia musste ihn einfach erlösen.

„Melissa, würdest du uns retten? Wir verdursten gleich. Einmal den Vino di Casa und einen Liter Acqua Minerale, ja?"

„Si, natürlich. Ich schicke euch Paolo." Paolo war der Sohn und zukünftige Chef von Luigis Lokal, dazu der Herr über den Gastraum, jedenfalls dann, wenn seine Eltern in der Küche weilten.

Als Melissa weg war, entspannte sich Richard ein wenig.

„Das Essen hier ist großartig", sagte Emilia. „Man wählt einfach von den Tafeln."

Sie nahmen die Antipasti und zwei kleine Portionen Tagliatelle alla Norma. Die Entscheidung für die Pasta mit Auberginen war Emilia leicht gefallen, denn das delikate Zitrusaroma in der Tomatensoße gab es nur hier. Bei der Hauptspeise war die Wahl nicht so leicht. Doch als Melissa ihren Kopf aus der Küche streckte und darauf verwies, dass der Fisch quasi am Morgen noch geschwommen war, entschieden sie sich für die Orata alla Griglia.

Schon die Vorspeise war ein Gedicht. Das eingelegte Gemüse, der Knoblauch, das unglaubliche toskanische

Olivenöl, das Luigi eigens importierte. Dazu das Brot, das Emilia zu ihrem Ärger nicht nachzubacken vermochte. Die knusprige Kruste, das weiche Innere, exakt die richtige Menge Meersalz. Es war eigentlich ein so einfaches Gebäck, aber gerade einfachen Rezepturen etwas ganz Besonderes zu verleihen, war eine Kunst.

„Das sind die besten Antipasti meines Lebens." Richard kaute mit geschlossenen Augen. Emilia freute sich sehr über seinen sichtlichen Genuss.

„Kein Wunder, dass du gerne hier isst. Das ist auf einem Niveau mit deiner Konditorei. Du schaffst es auch, perfekte Kompositionen anzubieten. Glaube mir, irgendwann gelingt dir der große Durchbruch und du wirst eine New Yorker In-Adresse mit ‚Pastry Passion'!"

Richards Worte trafen Emilia genau in der Magengegend. Sie legte Messer und Gabel beiseite und nahm einen großen Schluck Wein.

„Habe ich etwas Falsches gesagt?" Richard sah ihr forschend ins Gesicht.

Sie schüttelte den Kopf.

„Nein, es ist nur… Ach, ich habe aktuell ein paar Probleme mit dem Geschäft, das ist alles." Emilia griff wieder nach ihrer Gabel und spießte einen kleinen Champignon auf, der in Balsamicosoße eingelegt war.

„Möchtest du mit mir darüber sprechen? Ich glaube, Geschäftliches ist meine Stärke." Richard hatte nun seinerseits sein Besteck bei seite gelegt und wirkte sofort konzentriert und professionell.

Emilia dachte einen kurzen Augenblick nach. Ja, sie wollte Richard von ihren Sorgen erzählen. Vielleicht fiel ihm etwas ein. Schließlich war er wirklich ein erfolgreicher Businessman.

„Das Haus, in dem meine Konditorei ist, wurde verkauft. Und jetzt steht der Laden vor dem Aus. Ich war schon in der Firma, die das Gebäude aufgekauft hat, aber der Chef war nicht da. Immerhin habe ich Pralinen abgegeben. Aber bisher kam keine Reaktion." Emilia umriss in groben Zügen, was in den letzten Tagen passiert war. Als sie zum Schluss kam, tippte er seinen Finger gegen das Kinn und blickte sehr nachdenklich aus dem Fenster.

„Ich finde die Idee mit den Kostproben sehr gut", sagte er schließlich. „Hast du denn bereits telefonisch nachgefragt?"

Emilia nickte eifrig. „Ja, aber der Chef war wohl sehr beschäftigt. Ich habe kürzlich nochmal mit seiner Sekretärin gesprochen. Sie hat die Süßigkeiten auch weitergegeben, aber angerufen hat der Chef mich trotzdem noch nicht."

Emilia klang so enttäuscht, wie sie sich fühlte.

„Hm. Vielleicht tut er das noch? Weißt du, wenn dieser Firmenboss auch nur halb so viel Arbeit hat wie ich, kann das schon mal etwas dauern. Aber dranbleiben musst du auf jeden Fall. Soll ich ihm mal auf die Füße treten? Wie heißt denn diese Immobilienfirma?"

„Das ist wirklich nett, Richard, aber ich bekomme das sicher selbst hin. Du hast mir sowieso schon geholfen mit deiner Idee, meine Pralinen den noblen Hotels anzubieten. Daran arbeite ich gerade. Und an einem Businessplan."

Er nickte zustimmend. „Sehr gut! Ich kann dir auch gerne einen meiner Anwälte leihen, falls du Unterstützung brauchst. Wir haben da eine neue aufstrebende Kollegin, die wirklich hervorragende Arbeit leistet. Und dir ist sicher auch klar, dass ich dich sofort einstellen würde. Bei deinem Händchen für Süßigkeiten… Jemanden wie dich kann ‚Sweet Temptation' immer brauchen."

Emilia schüttelte den Kopf. „Ganz ehrlich: Ich halte Berufliches und Privates lieber auseinander. Ich bin es außerdem gewohnt, unabhängig zu sein und möchte mir das sehr gerne bewahren."

„Das habe ich mir schon gedacht. Du bist nicht der Typ Frau, der sich auf einen Mann verlässt. Das ist eines der Dinge, die ich so wahnsinnig an dir mag. Ich habe das leider auch schon anders erlebt."

Ein Schatten legte sich auf Richards Gesicht. Emilia musste an den Zeitungsartikel mit der Exfrau denken. Vielleicht war manchmal mehr Wahres in der Klatschpresse, als man glaubte.

Emilia verdrängte ihren eigenen Kummer. Sie wollte im Hier und Jetzt sein und den Abend mit Richard genießen. Deshalb war sie froh, als Melissa direkt aus der Küche kam und zwei Teller mit dampfender Pasta vor sie hinstellte. Die kleinen Portionen, die sie bestellt hatten, waren ein wenig aus dem Ruder gelaufen und zwei riesige Nudelberge geworden.

„Melissa! Wie sollen wir den Fisch noch essen nach dieser Pasta?“ Emilia zeigte sich gespielt entrüstet.

Melissa ignorierte Emilia und kniff stattdessen Richard in die Wange. „Ricardo sieht so dünn aus, findest du nicht? Er muss mal was essen. Gute Pasta, äh?“

Luigi, selbst sein bester Kunde, war natürlich ein ganz anderes Kaliber als der athletisch gebaute Richard, von Melissa ganz zu schweigen.

Emilia gab es auf. „Richard und ich werden unser Bestes geben.“

„Va bene!“ Melissa pflückte ungefragt einen Stuhl von einem anderen Tisch und setzte sich zu ihnen. „Erzähl, Emi, wie geht es Violetta?“

Emilia berichtete von Vios Besuch bei Rosemary und dem neusten Kleinkrieg mit Onkel Alfredo, was Melissa köstlich amüsierte. Alfredo hatte ihr und Luigi damals geholfen, das Lokal für das Ristorante zu finden. Die Familien kannten sich schon lange und Emilia war nach ihrer Ankunft in New York einfach mit in das Gefüge hineingewachsen. Jetzt plapperten Melissa und Emilia wild durcheinander.

Richard beobachtete die Szene und aß brav seine Nudeln. Melissa beeindruckte ihn offenbar.

Die Pasta war unverschämt köstlich, wie Emilia gleich beim ersten Bissen feststellte. Eine Geschmacksexplosion sondergleichen.

„Und Ricardo, was machen Sie so?“, wandte sich Melissa ganz plötzlich an Richard, der gerade beide Backen voll Tagliatelle Norma hatte.

„Woher kennen Sie unsere cara Emilia?“

„Nun, ich bin Kunde bei ihr in der Konditorei und da…“

„Ist sie nicht wundervoll? Haben Sie ihre Profiteroles schon probiert? Fantastico!“ Melissa küsste sich die Fingerspitzen, um ihre Aussage noch zu unterstreichen.

„Ich mag eigentlich nichts Süßes“, sagte Richard.

„Ach, Papperlapapp! Jeder mag Dolce.“ Melissa sagte das im Brustton der Überzeugung, der keine Widerrede duldete. Für sie war klar, dass alles andere schlicht nicht der Wahrheit entsprechen konnte. Melissa schien ganz vergessen zu haben, dass sie eigentlich mehr über Richard hatte wissen wollen angesichts seiner völlig abwegigen Aussage über Süßes.

„Ich muss in die Küche. Luigi ist allein mit der Orata. Am Ende geht das nicht gut.“ Die italienische Mamma stand mit Schwung auf und schnappte sich gleich noch Richards leeren Teller. Er hatte alles ratzeputz aufgegessen, während Emilia und Melissa ihr Schwätzchen gehalten hatten.

„Bene“, lobte sie Richard und klopfte ihm auf die Wange. Dann machte Melissa sich wieder auf den Weg zurück in die Küche.

Richard sah ihr nach und schmunzelte. „Das ist schon ein wirklich besonderes Flair hier“, sagte er. „Mal etwas ganz anderes.“

„Naja, der Ober aus dem ‚Cigne Noir‘ ist etwas diskreter. Dafür ist Melissa ein Schatz“, erwiderte Emilia. Ihr war es ein wenig peinlich, dass Richard gleich so angefasst wurde. Aber in Italien war das nun mal üblich und Melissa war einfach ein sehr herzlicher Typ.

„Es stört mich nicht im Geringsten“, sagte er und wandte sich ihr zu.

Draußen war es inzwischen dunkel geworden und die

Kerze warf ihr weiches Licht auf sein Gesicht. Emilia und Richard sahen einander tief in die Augen. Es war ein magischer Moment.

Noch immer erschien es Emilia wie ein Wunder, dass sie mit Richard hier saß und er ihren Blick schon wieder so festhielt.

Sie konnte ihr Glück gar nicht fassen und zweifelte fast daran, dass Richard echt sein konnte. Alles an ihm erschien ihr so perfekt. Seine weichen Lippen und die seidigen Haare, die breiten Schultern und die feingliedrigen Hände. Seine blauen Augen, in die sie eintauchte wie in das Meer vor Ostia. Die einfühlsame Art, in der er mit ihr sprach, seine tiefe, erotische Stimme.

Wenn er sie ansah, so wie jetzt, versank das ganze Lokal mit all seinen lauten Menschen vollkommen in der Belanglosigkeit. Es zählte nur noch seine Nähe.

Das Kribbeln in Emilias Bauch wurde stärker und ihr war von innen heraus so warm, als säße sie mitten im Juli auf der Piazza Navona.

„Es ist schön, dass du heute Zeit hattest", sagte sie leise.

Richard nickte. „Ich genieße jeden Moment mit dir, Emilia. Du bist so anders als jede Frau, die ich bisher getroffen habe. Mit dir lerne ich völlig neue Dinge kennen, echte Dinge, nicht nur den leeren Schein. Und alles ist plötzlich ganz leicht."

Er streckte seine Hand aus. Ohne zu überlegen, kam ihm Emilia mit der ihren entgegen. Seine Finger legten sich sanft auf ihre. Seine Berührung elektrisierte sie. Emilia fühlte sich Richard ganz nah, obwohl sie durch die Tischplatte getrennt waren. Ihr Herz schlug schnell und sie konnte ihren Blick nicht von seinem lösen. Am liebsten hätte sie auf das Hauptgericht verzichtet, ihn nach draußen gezogen und an sich gedrückt. Das Verlangen, ihn noch viel näher zu spüren, seinen Duft zu atmen, seinen Körper zu fühlen, war beinahe übermächtig.

Ob es ihm wohl genauso ging?

Seine Finger, die zärtlich ihre Hand liebkosten, deuteten es an.

„Ich bin so gerne mit dir zusammen", sagte sie. „Es ist oft wie ein Traum. Völlig irreal."

Wie gut sich das anfühlte! Emilia schloss für einen kurzen Moment die Augen, weil dieses Glücksgefühl sie schlichtweg überwältigte.

„Permesso!", bahnte sich Melissa einen Weg durch gerade aufstehende Gäste. „Ich muss hier schnell durch." Dann war sie auch schon am Tisch angekommen und stellte die gegrillten Doraden vor Richard und Emilia ab. Sie sahen herrlich aus. Knusprige Haut, duftende Kräuter, dazu Gemüse, das auch auf dem Grill gelegen hatte.

„Großartig", freute sich Richard und strahlte Melissa an. Er griff sofort zum Besteck.

Auch Emilia widmete sich dem Fisch, der genauso fantastisch schmeckte, wie er aussah.

Sie waren gerade bei den letzten Bissen angelangt, da kam Luigi aus der Küche, gefolgt von seiner Frau. Die meisten Gäste hatten inzwischen fertig gegessen oder waren zumindest beim Dessert angekommen, also hatte der Koch Zeit.

„Hat es euch geschmeckt?", fragte er und zog einen weiteren Stuhl heran. Auch Melissa ließ sich am Tisch nieder.

„Fantastico", rief Richard und machte eine begeisterte Geste. Emilia musste lachen. Er lernte wirklich schnell, das musste man ihm lassen.

Melissa zeigte sofort ein zufriedenes Gesicht. „Hat guten Geschmack, dein Ricardo", sagte sie zu Emilia.

„Klar, sonst würde er doch nicht mit mir seine Abende verbringen", konterte sie.

Luigi klatschte in die Hände, um seinen Sohn heranzurufen. „Paolo, bring uns eine Flasche vom guten Chianti. Wir haben was zu feiern. Emilias neuen Freund! Und räume hier das Geschirr ab."

Der Junior, ein schwarzhaariger junger Mann, der seine

Eltern um mindestens einen Kopf überragte, kam heran. Er trug gehorsam die Teller weg und brachte dann den Rotwein aus der Küche. So lang und dünn wie er war, schien er kaum in die Familie zu passen. Nur sein Lachen verriet, dass er zu diesem Clan gehörte.

„Pass nur auf, dass Papa nicht zu viel trinkt", riet er Emilia. „Sonst fängt er wieder an, stundenlang Italienerwitze zu reißen."

Paolo wurde zu einem anderen Tisch gerufen, aber sein Vater hatte offenbar nur auf das Stichwort gewartet.

„Wisst ihr eigentlich, warum italienische Männer so klein sind?", fragte er in die Runde und machte eine theatralische Pause.

„Weil ihre Mamma gesagt hat: Wenn du groß bist, musst du arbeiten!", gab er gleich darauf die Antwort und lachte lauthals.

Melissa verdrehte die Augen, grinste aber dabei. „Da könnte etwas dran sein, du sitzt hier faul rum, aber dein großer Sohn schuftet." Sie öffnete geschickt den Wein und füllte die vier Gläser, die auf dem Tisch standen.

„Salud!", rief sie und hob ihres.

Alle stießen miteinander an.

„Ich weiß noch einen", kündigte Luigi nach einem großen Schluck an.

„Oh bitte!", ging Melissa dazwischen. „Kein Mensch hier will deine Witze hören."

„Doch doch", sagte Richard schnell, der sich sichtlich wohlfühlte in der gelösten Runde. „Ich schon!"

Emilia mustere ihn verstohlen. Er schien wirklich ganz wild zu sein auf die alten Sprüche des Patrone. Sie hätte nicht gedacht, dass es ihm so gut gefallen würde hier in dieser sehr vertrauten Atmosphäre. Eigentlich hatte sie sogar schon bei der stürmischen Umarmung von Melissa befürchtet, das wäre ihm alles zu derb. Aber ganz offensichtlich genoss er es sehr.

„Ein Italiener, ein Russe und ein Pole sitzen im Auto", begann Luigi. „Wer fährt?"

Gespannt sah er Richard an, der fragend die Schultern hob.

„Die Polizei!“, rief Luigi und klatschte sich vor Vergnügen auf die Schenkel.

Auch Emilia musste lachen, während Melissa ihrem Mann eine lautstarke italienische Predigt hielt, dass er nun mit dem Unsinn aufhören solle und doch gar nicht wisse, ob Ricardo vielleicht polnische Vorfahren hätte oder am Nachbartisch ein Russe sitze. Paolo kam kurzfristig dazu und redete auch noch dazwischen, sodass die Geräuschkulisse immer mehr anschwoll.

Als es wieder etwas leiser wurde, weil man erneut anstieß, meldete sich Richard zu Wort. Ein verschmitztes Lächeln umspielte seine Lippen. „Endlich verstehe ich, warum wir damals bei dem Schulausflug zu den Niagarafällen das berühmte Rauschen allesamt nicht gehört haben.“

Alle starrten ihn fragend an.

Er grinste. „Weil sich neben uns eine italienische Reisegruppe unterhielt.“

Luigi brüllte vor Lachen und klopfte Richard wie wild auf die Schulter, während Melissa die Hände begeistert in Richards Richtung streckte.

„Magnifico!“, rief auch sie. „Unser Ricardo hat den richtigen Humor. Er nimmt uns auf die Schippe, perfetto! Komm, trink noch ein Glas.“ Sofort goss sie Richard wieder vom Chianti nach.

Emilia blickte von einem zum anderen. Sie war mehr als überrascht von Richard. Dass er so schlagfertig war und so viel Humor besaß, war neu für sie. Sie hatte sich völlig zu unrecht Sorgen gemacht, er könne sich hier nicht wohlfühlen. Ganz im Gegenteil, Melissa und Luigi schienen ihn schon in ihr Herz geschlossen zu haben.

Als Luigi begann, Sprüche über Fußballer auszugraben und seinen neuen Freund Ricardo nach dessen italienischen Lieblingsclub fragte, zerrte die resolute Melissa ihren Mann vom Tisch weg.

„Madonna, der arme Ricardo will sich doch mit seiner Emilia unterhalten, siehst du das nicht? Die haben andere Dinge zu reden als über Juventus und Lazio."

Nachdem sie den störrischen Luigi in die Küche geschoben hatte, rief sie von dort aus noch herüber.

„Wollte ihr zweimal Tiramisu oder lieber Panna Cotta?", wollte sie wissen.

„Ich kann beim besten Willen nicht mehr", sagte Richard zu Emilia und machte ein leicht verzweifeltes Gesicht.

Emilia lachte. „Wir teilen uns ein Tiramisu", rief sie der Wirtin zu. „Aber wirklich nur eine kleine Portion."

Dann kehrte wieder ein wenig Ruhe am Tisch ein, was Emilia sehr recht war. So gern sie die Familie von Luigi auch hatte – eine Unterhaltung mit Richard mochte sie noch lieber.

Paolo kam herangeschlichen und stellte einen Dessertteller in die Mitte des Tisches. In der normal großen Portion Tiramisu steckten zwei Löffel. Er zwinkerte ihnen verschwörerisch zu.

„Ich habe Mamma abgelenkt", flüsterte er. „Und euch das Dolce schnell selbst gebracht, denn sonst häuft sie euch die halbe Reine auf den Teller und ist dann böse, wenn ihr nicht alles schafft."

Eilig lief er wieder zurück in die Küche, wo man Melissa schon zetern hörte.

„Er ist ein schlauer Junge", stellte Richard fest, machte aber keine Anstalten, den Löffel zu ergreifen.

„Ja, er kann gut umgehen mit seinen Eltern. Sie sind eine tolle Familie."

Richard nickte langsam und wirkte plötzlich abwesend. Er strich mit dem Finger eine Falte in der Tischdecke glatt.

„Einen Penny für deine Gedanken", sagte Emilia leise. Sie vermutete, dass er an seine eigene Kindheit zurückdachte, wo es sicher nicht so herzlich zugegangen war. Es war bestimmt schmerzhaft zu sehen, wie locker andere Eltern mit ihren Kindern umsprangen, während bei ihm zu Hause immer nur Leistung und Geld im Vordergrund gestanden hatten.

Er blickte auf und schenkte ihr ein kurzes Lächeln. „Lieber nicht. Wir haben es gerade so schön hier."

Emilia tauchte den Löffel in die Mascarponecreme und hielt ihn Richard entgegen. „Probier wenigstens mal, das macht sofort glücklich. Versprochen."

Er nahm ihr den Löffel nicht ab, sondern legte seine Finger auf die ihren und führte den Tiramisulöffel auf diese Weise zu seinem Mund. Umgehend schloss er die Augen.

„Du hast recht. Das macht jedem negativen Gedanken den Garaus. Göttlich!"

Er hielt ihre Hand immer noch fest, was Emilia einen wohligen Schauer bescherte. Als er sie losließ, sehnte sie sich sofort wieder nach Berührungen von ihm.

Stattdessen musste sie mit dem Dolce vorlieb nehmen, was zwar nicht das Gleiche war, aber auch keine ganz schreckliche Alternative.

„Luigi hat den Biskuit mit Kaffeelikör getränkt", erklärte Emilia konzentriert. „Und für die Creme Eischnee aufgeschlagen, das macht sie so locker. Das schmeckt wirklich unanständig gut."

Sie lächelte Richard an. Der Abend mit ihm war wieder ein einziger Genuss, nicht nur wegen des fantastischen Essens. Emilia fühlte sich im Augenblick so wohl, dass es ihr schon fast unheimlich war.

Nachdenklich aß sie einen weiteren Löffel von dem Dessert. Manchmal beschlich sie in solchen Momenten die Angst, dass all dies seinen Preis hatte. Kurz tauchte Anthony vor ihrem inneren Auge auf und sie schob das Bild ganz schnell so weit weg, wie es nur ging. Emilia nahm sich vor, heute im Jetzt zu bleiben.

Dennoch: Nicht allen Menschen war so viel Glück vergönnt. Sie musste plötzlich an Mrs. Witherleaf denken, die nicht einmal genug Rente hatte, um sich eine Hilfe im Haushalt leisten zu können. Und das, obwohl es der alten

Frau gesundheitlich so schlecht ging. Emilia sah das marode Haus vor sich, die Schimmelflecken in den Ecken der alten Wohnung, die abgenutzten Küchengeräte.

„Worüber machst du dir Sorgen?", fragte Richard in ihre Gedanken hinein.

Sie atmete tief durch. Eigentlich wollte sie die schöne Atmosphäre nicht zerstören, aber sie wusste, dass sie mit Richard über alles sprechen konnte. Auch wenn er zu armen Rentnerinnen sicher wenig Bezug hatte.

„Ich habe dir doch mal von meiner Kundin erzählt, der alten Mrs. Witherleaf", begann sie.

„Der du deine Pralinen billiger gibst?"

„Ganz genau." Emilia freute sich sehr, dass er sich an diese Kleinigkeiten erinnerte. „Ich war neulich bei ihr", fuhr sie fort. „Es ist wirklich schrecklich, wie sie wohnt. Sie hat niemanden, der sich um sie kümmert, und viel zu wenig Geld. Weißt du, wir sitzen hier und lassen es uns gut gehen, aber es gibt jede Menge Leute da draußen, die sich nicht mal ganz normale Dinge leisten können. Man muss echt schätzen, was man hat und…" Emilia sprach den Satz nicht zu Ende. Sie blickte Richard an, der schwieg jedoch. Seine Miene war undurchschaubar, was Emilia verunsicherte. Fasste er es am Ende als Vorwurf an ihn auf, dass sie so ein Thema ansprach?

Er kratzte ein wenig Kakaopulver vom Tiramisu und leckte es vom Löffel. Dabei ließ er Emilia nicht aus den Augen. Sie rutschte unruhig auf dem Stuhl herum. Warum antwortete er nicht?

Endlich legte er das Besteck weg und wiegte langsam den Kopf hin und her.

„Du bist wirklich erstaunlich", sagte er.

Emilia sah ihn mit hochgezogenen Augenbrauen an. „Was meinst du?"

„So jemanden wie dich habe ich noch nie getroffen." Seine Miene wurde ganz weich. „Es ist ja kein Geheimnis, dass ich viele Frauenbekanntschaften hatte. Das hat sogar Violetta sicher schon in den Magazinen, die in eurem

Wohnzimmer herumliegen, gelesen. Und natürlich war ich mit einigen der Damen auch beim Essen. Aber die Gespräche liefen immer völlig anders ab als mit dir."

„Wie denn?"

Er schmunzelte. „Meistens hat die Frau versucht, mich zu beeindrucken. Mit ihrem Studium, ihrem Wissen über meine Firma oder mit einem tiefen Ausschnitt. Und beim Rückweg kamen wir nicht selten zufällig an einem Juweliergeschäft vorbei, wo sie mir ganz nebenbei zeigte, welcher Brillant doch wirklich zauberhaft wäre."

Emilia blieb fast der Mund offen stehen vor Überraschung. „Im Ernst?"

„Natürlich. Mal sehr offensichtlich, mal ganz dezent. Während du dir darüber Sorgen machst, wie deine arme Nachbarin wohl über die Runden kommt."

Für Emilia war es etwas ganz Natürliches, am Schicksal ihrer Mitmenschen Anteil zu nehmen. Sie hätte das niemals als etwas Besonderes angesehen. Aber sie konnte sich gut ausmalen, dass er es bei den High Society Ladys anders erlebt hatte. Mrs. Hannigan-Flynn würde sicher nicht bei einer fremden alten Frau die Küchenspüle putzen. Oder sich überhaupt um deren Leben kümmern.

Sie zuckte mit den Schultern. „Nun ja. Jeder wird doch irgendwann alt. Ich finde es wichtig, dass man sich um andere kümmert."

„Ich weiß." Richards Stimme war weich wie Samt und ein liebevolles Lächeln umspielte seine vollen Lippen. Emilia hätte ihn jetzt am liebsten geküsst. Hier auf der Stelle.

Richard winkte Paolo zu sich und ließ sich einen Stift und Papier bringen.

„Ich schreibe dir die Telefonnummer von Liz Barton auf. Sie leitet die Stone-Stiftung und kann dir sicher weiterhelfen."

„Die Stone-Stiftung?" Emilia hatte nie von so etwas gehört.

„Ja, sie unterstützt hilfsbedürftige New Yorker. Wir

haben das bewusst so allgemein gehalten, um niemanden auszuschließen. Viel Geld fließt in die Unterstützung Obdachloser, aber wir kümmern uns auch um anderweitig Benachteiligte. Ruf Liz an, sie wird deiner alten Dame sicher weiterhelfen können."

Dass Richard als Geschäftsmann auch noch einen Blick fürs Soziale hatte, machte ihn in Emilias Augen endgültig perfekt. Er hatte nicht die Bodenhaftung verloren, sondern einen Blick für Menschen bewahrt, denen es im Leben weniger gut als ihm selbst ging.

Dass Mrs. Witherleaf über die Stone-Stiftung Hilfe bekommen konnte, war einfach wunderbar. Emilia strahlte Richard an. Alles in ihr bebte vor Glück. Sie wollte ihn endlich für sich alleine haben, draußen, irgendwo, wo niemand zusah und sie nur zu zweit waren.

„Sollen wir langsam aufbrechen?", schlug sie vor und streichelte seinen Handrücken, der so verlockend nah auf dem Tisch lag.

Richard rief Paolo herbei und bat um die Rechnung.

„Das geht auf mich", stellte Emilia sofort klar.

Richard lachte. „Wieder etwas ganz Neues. Aber gut, bevor ich mit dir streiten muss und die italienische Großfamilie mich den Küchenboden schrubben lässt, bitte sehr." Er steckte seinen Geldbeutel ein.

Zusammen mit Paolo kam auch Luigi heran, natürlich gefolgt von Melissa.

„Ihr müsst zum Abschied noch unseren Vin Santo versuchen", sagte sie und goss den Dessertwein in kleine Gläser. „Man kann Cantucci darin eintunken oder ihn so trinken. Salud!"

Sie schob Richard ein Glas und ein paar der Mandelkekse hin.

„Gut, dass ich nicht mehr fahren muss", erklärte er lachend. „So viel Wein habe ich lange nicht getrunken."

Auch Emilia spürte den Alkohol ein wenig. Aber vielleicht war es auch Richards Nähe, die ihr dieses leichte und schwebende Gefühl verlieh.

Nachdem sie gezahlt hatten und sich anschickten zu gehen, gab es noch eine ausführliche Verabschiedungszeremonie. Nicht nur Emilia, sondern auch Richard wurde von der gesamten Familie abgeküsst, auch von den Männern.

„Komm bald wieder, Ricardo. Alla prossima!", rief ihnen Melissa hinterher.

Draußen hakte sich Emilia bei Richard unter. Es war ganz selbstverständlich, ihn zu berühren, und doch schlug ihr Herz schneller, als sie seinen Körper so nah an ihrem spürte.

Der Nachtwind wirbelte in Emilias Pferdeschwanz herum und blies vereinzelte Blätter über die Straße. Sie presste sich näher an Richard, denn sie trug nur einen dünnen Mantel. Er hob den Arm, um ein Taxi zu rufen, das gerade vorbeifuhr. Kaum saßen sie auf der Rückbank, gab er dem Fahrer Emilias Adresse. Als der Wagen losfuhr, wandte er sich ihr zu.

„Es war einfach herrlich dort."

„Trotz der vielen Küsse auf die Wange? Du bist das sicher gar nicht gewohnt. Ich hatte schon Angst, unsere italienische Art ist nichts für dich."

Er schüttelte den Kopf. „Ich kenne das nicht, das stimmt. Aber es gefällt mir. Ihr geht alle sehr herzlich miteinander um. Ganz anders, als es bei uns zu Hause war. Bei uns ging es eher förmlich zu."

Emilia nahm seine Hand und drückte sie leicht.

„Hat deine Mutter dich denn nie geküsst? Nicht mal beim Ins-Bett-Bringen?"

„Das übernahm die Nanny. Also das Ins-Bett-Bringen, nicht das Küssen. Das gab es gar nicht. Meine Mutter war sehr mit repräsentativen Aufgaben beschäftigt." Er versuchte ein Lächeln, aber Emilia sah den Schmerz, der darin lag.

„Das ist wirklich traurig. Und dein Vater? Hat der nie mal mit dir gerangelt oder sich Zeit für dich genommen?"

Sie bemerkte, dass Richard einen verstohlenen Blick

auf den Taxifahrer warf. Der hatte schon mehrmals neugierig in den Rückspiegel gesehen. Schlagartig wurde ihr klar, dass Richard in gewisser Weise berühmt war. Sicher würde es einige Klatschreporter geben, die Geld bezahlten für eine Story über sein tragisches Familienleben. Nicht auszudenken was passieren könnte, wenn Richards strenger Vater solche Details in der Zeitung lesen müsste.

„Tut mir leid", flüsterte sie Richard zu. „Ich sollte solche Dinge nicht fragen. Zumindest nicht hier." Sie deutete mit einer kleinen Kopfbewegung auf den Taxifahrer.

Dann sah sie Richard in die Augen. Sie würden gleich am Ziel ihrer Fahrt ankommen, aber Emilia wollte sich nicht schon von ihm trennen. Es blieben nur noch wenige Minuten, bis das Auto hielt. Also musste sie ihn fragen. Jetzt oder nie.

„Kommst du noch mit rauf?" Sie klang ein wenig belegt. „Auf einen Espresso zur Verdauung, meine ich natürlich", fügte sie schnell hinzu.

Er blickte sie lange an.

„Sehr gerne." Sein dunkler Tonfall drang bis in ihr Innerstes. Seine Stimme klang rau und maskulin. Plötzlich war ihr überhaupt nicht mehr kalt.

Das Taxi hielt, Richard bezahlte und stieg mit ihr zusammen aus. Kurze Zeit später schloss Emilia die Wohnungstür auf. Sie ließ Richard eintreten, dann fiel die Tür hinter den beiden ins Schloss.

Sie waren allein in der Wohnung, nur Richard und sie.

Emilias Puls beschleunigte sich, als sie sich dessen bewusst wurde. Den ganzen Abend lang hatte sie das Verlangen verspürt, mit ihm alleine zu sein. Nun war es so weit und das sorgte dafür, dass sich ihre Nackenhärchen aufstellten.

Sie führte Richard ins Wohnzimmer.

„Kein Eros Ramazotti heute?", fragte Richard schmunzelnd.

„Wir lassen uns einfach überraschen, was Violetta als Letztes gehört hat“, schlug sie vor und drückte einen Knopf der alten Stereoanlage. Richard folgte ihr und sie lauschten beide gespannt. Ein Jazzpiano schlug erste zarte Töne an, dann schwebte die zeitlose Stimme von Ella Fitzgerald mit „Summertime“ durch den Raum.

„Das passt zu Tante Vio“, sagte Emilia. „So leicht und verträumt.“ Sie summte die melancholische Melodie leise mit.

„Deine Tante ist eine wunderbare Frau. Und offenbar vererbt sich das in eurer Familie.“ Richard kam näher. Der Espresso war völlig vergessen und auch das Gespräch über seine Kindheit. Alles war plötzlich nebensächlich. Seine Hand schmiegte sich sanft an ihre Wange, ganz weich. In der Berührung lag immense Zärtlichkeit.

„Du machst mich glücklich“, flüsterte Richard und strich langsam mit seinen Fingerspitzen Emilias Hals hinunter bis zu ihrem Schlüsselbein. Ein Schauer lief über ihren Rücken, machte sie atemlos und verwirrte sie. Richard verwirrte sie. Mit seinem unwiderstehlichem Duft, dieser tiefen Stimme, seinem männlichen Körper. Mit seiner Hand, die nun in ihren Nacken wanderte und ihren Kopf ganz vorsichtig in die richtige Position dirigierte. Ganz nah kam Richard an sie heran, so nah, dass sie sehen konnte, wie schnell sich sein Brustkorb hob und senkte. Sie legte ihre Hand auf sein Herz und meinte, es unter ihren Fingern schlagen zu spüren.

„Und du mich“, hauchte sie. Er beugte sich zu ihr und verschloss ihren Mund mit einem Kuss. Einem Kuss, der sie alles vergessen ließ. Der sie heiß durchströmte, sie in ihrem Innersten berührte, sie dahinschmelzen ließ wie einen Klecks Nougat auf erhitzter Haut.

Ihre Hand erfühlte die Wölbung seiner Brust, spürte seinen Atem, der sich ebenfalls beschleunigt hatte. Seine Lippen vereinigten sich mit den ihren, sie wusste nicht mehr, wo ihre aufhörten und seine begannen. Alles floss ineinander, verband sich, wurde eins.

Als Richards Mund sich von ihrem trennte, war Emilia wie weg von der Welt. Es dauerte einen langen Moment, bis sie halbwegs zu sich kam. Seine Augen, ganz dicht vor ihrem Gesicht, schimmerten verführerisch. Wie Mondsteine sahen sie aus, glänzend und mit einem innewohnenden Zauber.

Emilias Beine drohten nachzugeben.

„Komm“, flüsterte sie und schob Richard zur Couch, auf der sie sich eng nebeneinander niederließen. Im Hintergrund begann ein Saxophon sein gehauchtes Solo, es beschrieb weiche Bögen in der Melodie, während Emilia ihre Finger durch Richards seidiges Haar gleiten ließ.

Er küsste sie noch einmal, genauso langsam und sanft, sodass Emilias gesamter Körper prickelte. Sie wollte Richard fühlen, ganz und gar, ihm das Hemd von den Schultern streifen, seine Brust küssen, seinen Atem auf ihrer heißen Haut spüren. Das Verlangen nach ihm wurde mit jeder Sekunde größer.

Emilia wich ein Stück von ihm zurück. Sie musste sich zusammenreißen! Wenn sie so weitermachte mit ihren Berührungen, hielt er sie am Ende noch für ein Flittchen. Er war so elegant und beherrscht, so vorsichtig in allem, was er tat. Wenn sie ihrem Begehren freien Lauf ließ, würde sie ihn vielleicht verschrecken. Außerdem war es doch wohl üblich, dass der Mann den ersten Schritt machte. Nicht nur in Italien.

Mühsam setzte sie sich zurück und strich sich eine Strähne aus der Stirn. Sie lächelte ihn unsicher an. Ihre Hände zitterten.

„Ich hole uns ein Glas Wasser“, erklärte sie, stand mit wackligen Knien auf und flüchtete in die Küche. Dort schenkte sie zwei Gläser voll und trank eines davon zur Hälfte aus. Die kalte Flüssigkeit brachte sie wieder ein wenig auf den Boden. Emilia atmete noch ein paar Mal tief durch, dann ging sie wieder zurück ins Wohnzimmer, wo sie sich neben Richard setzte.

Er hatte sich nach vorne gebeugt und schaute ein

Fotoalbum an, das aufgeschlagen auf dem Couchtisch lag. Offenbar hatte Violetta darin geblättert und es liegen gelassen. Für Emilia stellte das eine willkommene Ablenkung dar. Sie würde sicherlich einen klareren Kopf bekommen, wenn sie Richard die Familie zeigte.

„Dieser kleine Wicht ist Giancarlo, mein Patenkind." Sie deutete auf einen schwarzhaarigen Jungen auf einem Dreirad. „Er ist unglaublich süß. Ein furchtbar neugieriger Bursche, dem man nie böse sein kann. So ein richtiger Rabauke. Genau so ein Kind wünsche ich mir später mal!"

Voll Elan blätterte sie weiter, zeigte ihm bärtige Onkeln, coole Cousins mit Gelfrisuren, eine Schwester von Violetta mit kunstvollem grauen Dutt.

„Und hier, schau nur. Das kleine Mädchen mit den Zöpfen ist Luisa, meine jüngste Kusine. Sie ist so unfassbar niedlich! Tante Vio sagt, sie sieht mir ähnlich, fast so, als wäre sie meine Tochter. Findest du nicht auch?"

Sie wandte den Kopf und blickte Richard an, der während der ganzen Zeit geschwiegen hatte. Das fiel ihr jetzt erst auf. Seine Miene war versteinert.

„Ich muss wirklich gehen, morgen ist ein harter Tag", sagte er, statt auf ihre Frage zu antworten.

Er stand auf, ohne sie noch ein einziges Mal anzusehen.

„Richard, was ist los?" Emilia war völlig entgeistert. Wieso wollte er weg? Offenbar hatte sie irgendetwas falsch gemacht. War es zu viel der Familienbande gewesen an diesem Abend? Er war vorhin so glücklich gewesen. Sollte sie sich getäuscht haben?

Noch immer war sein Blick fern von ihr, es gelang ihr nicht, ihn zu fassen, so sehr sie sich auch bemühte.

Richard ging in Richtung Flur. Ein, zwei, drei Schritte machte er, bis er an der Wohnzimmertür stand, wo er sich umdrehte. Bleich wirkte er, kühl und konzentriert. Das Schimmern seiner Augen war verschwunden, die Mondsteine verblasst.

„Ich bin nicht der Richtige für dich." Seine Stimme war

so entschlossen und zugleich so tieftraurig, dass sich ihr Hals zuschnürte. „Du solltest dir einen anderen suchen. Jemanden, der zu dir passt. Ich kann dich nicht glücklich machen, Emilia. Wir sind zu verschieden, du und ich. Es geht nicht."

Er sprach sie nicht einmal direkt an, schaute zu Boden. Nur für einen winzigen Moment hatten seine Augen die ihren getroffen, ganz kurz nur, um dann sofort wieder zu fliehen.

Alles in Emilia verkrampfte sich. Sie wollte nicht, dass er ging. Und dass er solche Dinge sagte. Aber noch viel weniger wollte sie diesen Schmerz sehen, den sie in seinem Blick erkannt hatte. Nie zuvor waren seine Augen so dunkel gewesen. Wo diese innere Qual herrührte, wusste Emilia nicht, aber sie konnte Richard nicht damit zur Tür hinauslassen, ihn nicht alleine lassen in seinem Leid. Alles drehte sich in ihrem Kopf, seine Worte wirbelten durcheinander. Sie wusste nicht, was Richard so sehr bewegte, aber sie wollte für ihn da sein. Er war schon im Flur, als sie aufsprang. Ihm hinterherrannte. Ihn am Ärmel packte und zu sich umdrehte.

„Geh nicht", bat sie. „Egal, was die Zukunft bringen soll – es zählt doch nur der Moment. Und gerade eben haben wir noch sehr gut zusammengepasst."

Sie sah die steile Falte auf seiner Stirn, fasste ganz instinktiv dorthin, als wolle sie sie glattstreichen. Ihr Atem kam schnell, abgehackt, sie fasste Richard an der Schulter an, damit er sich nicht mehr abwenden konnte, und hielt ihn fest.

Ihre Hand wanderte in sein Haar, fuhr erneut über die Sorgenfalte, endete an seinem Nacken. Eine Welle der Zärtlichkeit für diesen Mann überrollte Emilia. Am liebsten wollte sie jeden Schmerz wegküssen, jede Verletzung fortstreicheln, jeden Zweifel davonpusten.

„Emilia." Er stöhnte ihren Namen. Presste ihn hervor. Hin- und hergerissen.

Doch sie hatte nicht vor, seinen Schmerz gewinnen zu

lassen. Es war ihr egal, ob sie zusammenpassten oder ob er der Richtige war. Er war hier, bei ihr, und sie konnte es nicht ertragen, dass er so litt. Es war Emilia jetzt auch egal, was er von ihr dachte. Sie wollte um jeden Preis, dass er jetzt bei ihr blieb.

„Im Moment sind wir überhaupt nicht verschieden", flüsterte sie. Emilia zog ihn an sich, eng und fest, presste sich an seinen Körper. „Wir wollen genau das Gleiche."

Und mit einem Mal reagierte Richard. Sie spürte seinen heißen Atem, dann küsste er sie. Aber nicht sanft wie vorher, sondern hungrig und voll Leidenschaft.

Emilia nahm seine Hand in die ihre und dirigierte ihn in ihr Schlafzimmer.

Nebenbei knipste sie die indirekte Beleuchtung an, die das Zimmer in warmes Licht tauchte. Sie wollte Richard unbedingt sehen.

Sie blickten einander tief in die Augen. Noch immer spürte sie, dass er versuchte, sich gegen seine Gefühle für sie zu wehren. Aber sie würde nicht zulassen, dass er ihr entglitt.

Mit ihrem Blick hielt sie ihn fest. Es gab nur noch sie und ihn und keine Welt. Das Zimmer war eine Insel. Ihre Insel. Der beste Ort der Welt. Ohne dass ihre Augen ihn losließen, strich sie ihm über die Unterarme. Warme, weiche Haut. Sie tastete sich weiter über seine Schultern, den kühlen Stoff seines Hemds, hinauf. Emilia war ein einziges Fühlen. Sie wollte ihn spüren. Das Hemd war mehr als hinderlich. Vorsichtig knöpfte sie die ersten Knöpfe auf. Richard atmete schwer, aber er war nicht überrascht. Auch er schien gebannt zu sein von der Situation, von Emilia so gefangen wie sie von ihm. Sie fühlten beide, dass dieser Moment anders war als alles, was sie bis dahin erlebt hatten.

Emilia spürte, wie Richards Hände sich auf ihre Taille legten und langsam nach oben strichen, bis sie ihr Kinn vorsichtig umfassten. Dann zog er sie an sich zu einem atemberaubenden Kuss. Emilia spürte nicht nur seine

Zärtlichkeit und seine Leidenschaft, sondern auch seine Liebe zu ihr. Ihr Herz begann, wild zu klopfen, sie wollte in diesem Kuss versinken, mit Richard. Richard. Es gab nur noch ihn. Endlich hatte sie sein Hemd ganz geöffnet und wischte es ihm mit einer einzigen Bewegung von den Schultern. Er stöhnte leise, als Emilia begann, mit den Händen seinen Oberkörper zu erforschen. Sie streichelte über seinen Rücken und spürte, wie kräftig Richard war. Als sie ihm über die Brust strich, zog Richard ihr mit einer einzigen, abrupten Bewegung das Kleid von den Schultern. Einen kurzen Augenblick löste Richard sich von Emilia und sah sie an. Emilia kannte in diesem Moment keine Scham. Sie nutzte den Moment, um Richard im indirekten Licht des Schlafzimmers zu betrachten. Seine schmale Taille, die breiten Schultern, das Muttermal unter seinem Schlüsselbein, die dunklen Haare auf seiner Brust. Er war unglaublich attraktiv. Emilia wollte das Bild von ihm in ihrem Schlafzimmer für immer festhalten.

Mit einer langsamen Bewegung griff er in ihre Haare und löste vorsichtig das Band, das ihren Pferdeschwanz zusammengehalten hatte. Emilias Locken fielen auf ihre Schultern.

„Wie schön du bist“, flüsterte Richard leise. Seine Augen schienen im Halbdunkel zu leuchten. „Meine Bella.“

Dann zog Richard Emilia wieder an sich, liebkoste ihren Hals, streichelte ihren Rücken und küsste sie schließlich mit einer Leidenschaft, die ihr fast den Verstand raubte. Emilia spürte, dass sie sich verlor. Sie gab sich ihm hin. Voll und ganz.

Als Richard erst seinen Gürtel und dann ihren BH öffnete, konnte sie es kaum noch erwarten, Haut an Haut mit ihm zu sein, näher, immer näher. Endlich lagen sie auf dem Bett, kühles Laken unter erhitzter Haut.

Emilia zog seinen Kopf zu einem weiteren langen Kuss zu sich herunter. Sie konnte spüren, dass er genauso erregt war wie sie selbst. Emilias Atem ging stoßweise. Als sie

Richard seiner Shorts entledigte, schmerzte ihr Körper fast vor Sehnsucht nach ihm. Sie wollte jeden Zentimeter Richard kennenlernen, sich jedes Detail merken, jede kleine Narbe, jedes Muttermal.

Seine Hände streichelten, liebkosten, erkundeten ihren Körper. Bald schon taten seine Lippen es den Händen nach. Richard war überall und Emilia genoss seine Zärtlichkeit. Instinktiv wusste er, was ihr gefiel. In diesem Augenblick fühlte sie sich wunderschön, wie er es gesagt hatte, so schön wie nie zuvor. Als Richard ihre Brüste zärtlich umfasste und küsste, war es endgültig um sie geschehen. Sie wollte ihn endlich so nah spüren wie möglich. Emilia zeigte ihm, was sie sich wünschte. Richard stöhnte laut auf, als er in sie eindrang. Dann sah er ihr wieder in die Augen, tief und lange, als sei sie das einzige auf der Welt, was für ihn zählte.

Emilia hatte das Gefühl, nicht nur ihre Körper sondern auch ihre Seelen verschränkten sich in diesem Moment ineinander, für immer.

Als sie gemeinsam dem Gipfel ihrer Lust entgegeneilten, geschah das mit einem Gefühl von Liebe und Nähe, das Emilia nie zuvor in ihrem Leben empfunden hatte. Der Höhepunkt überrollte sie mit einer Welle aus Leidenschaft und mit dem Wissen, dass dies die wahrhaftige Vereinigung zweier Menschen war.

Erschöpft schmiegten sie sich anschließend aneinander, holten Atem, noch immer ganz nah. Emilia konnte seinen Herzschlag spüren und liebte es, seinen Körper berühren zu können, jeden einzelnen Zentimeter.

Richard strich ihr mit seinem Daumen zärtlich über die Wange. Emilias Gesicht lag an seine Schulterbeuge gekuschelt. Alles fühlte sich vollkommen richtig an.

Sie sprachen nicht miteinander, sie hielten sich fest. Richards Arm hielt Emilia eng umschlungen, sie ihrerseits hatte ihr Bein über die seinen und einen Arm auf seinen Bauch gelegt. Sie liebte seinen Nabel. Sie liebte seinen Geruch nach Erde und ihm selbst und dem Parfum, das nur er besaß. Sie liebte - alles. Emilia hatte das Gefühl, fast zu zerbersten vor lauter Emotionen für diesen Mann.

„Du bist wunderbar, Emilia“, flüsterte Richard noch leise. Aber Emilia war, getragen von all der Liebe, die sie soeben erlebt hatte und die sie ganz ausfüllte, am geborgensten Ort der Welt eingeschlafen.

*

Emilia streckte sich. Schon während des Aufwachens tauchten die Bilder des vergangenen Abends wieder auf und sie lächelte. Ihre Hände tasteten neben sich, doch der Platz war leer. Sie schlug entsetzt die Augen auf und fuhr hoch. Richard stand neben dem Bett und lächelte sie zärtlich an. Er war bereits vollständig angezogen.

Sie bemerkte jetzt erst, dass sie zugedeckt war. Richard musste das gemacht haben, damit sie nicht fror. Sie richtete sich im Bett weiter auf, als er sich auf die Bettkante setzte. Sanft fuhr er durch ihr Haar.

„Es tut mir so leid, dass es gestern so schnell gegangen ist. Ich bin eigentlich gar nicht der Typ, der so vorprescht. Ich weiß gar nicht, was in mich gefahren ist.“ Richard streichelte Emilias Wange. Er wollte fortfahren zu sprechen, aber Emilia schüttelte den Kopf energisch und legte ihren Finger auf seine Lippen.

„Nein, wir haben es beide gewollt. Bitte entschuldige dich nicht für etwas, das so wunderschön war.“

„Diese Nacht mit dir werde ich nie vergessen. Es war … fantastisch, wie im Traum. Einzigartig schön.“ Richard beugte sich zu Emilia vor und küsste sie. Als er Anstalten machte aufzustehen, zog Emilia ihn noch enger zu sich heran.

„Bitte, komm zurück ins Bett“, bat sie ihn, zog sein Hemd aus der Hose und ließ ihre Hände darunter gleiten, um seine Haut zu spüren. Richard lachte leise. Er nahm Emilias Hände fest in die seinen und hinderte sie daran, ihn weiter zu streicheln.

„Ich muss heute nach Brasilien, erinnerst du dich?"

Emilia verdrehte die Augen. „Stimmungskiller!"

„Es tut mir wirklich leid. Aber in zehn Tagen, wenn ich wiederkomme…" Richard legte so viel Leidenschaft in den auf seine Worte folgenden Kuss, dass es Emilia noch schwerer fiel, ihn gehenzulassen.

In diesem Moment hörte Emilia ein Brummen aus der Küche.

„Ich habe dir den Kaffeeautomat angeworfen." Er grinste. „Du magst jetzt sicher gleich einen Espresso."

Richard stand auf und schob sein Hemd in die Hose zurück.

„Trinkst du wenigstens noch einen Cappuccino mit?", fragte Emilia flehentlich.

„Nein, leider geht das nicht. Ich habe noch nicht einmal gepackt." Richard schaute auf seine Uhr und einen kurzen Moment sah Emilia Richard, den Geschäftsmann, in seinem Gesicht aufblitzen. „Ich bin sowieso schon spät dran. Leroy wird mal wieder nicht begeistert sein."

Richard beugte sich noch einmal zu Emilia hinunter, strich ihr über die Wange und küsste sie auf die Stirn.

„Bis ganz bald, ja?" Er winkte ihr zu und dann war er aus der Tür.

Emilia ließ sich zurück auf ihr Kissen fallen und streckte sich. Richards Geruch hing in den Laken. Sie atmete ihn tief ein, noch immer erfüllt von der vergangenen Nacht. Dann stand sie auf. An Schlaf war nicht zu denken. Emilia würde sich einen riesigen Latte Macchiato machen und gemütlich in Erinnerungen schwelgen.

Sie schlüpfte in das Oberteil ihres ausgeleierten Schlafanzugs und ging hinüber in die Küche. Der Kaffee duftete köstlich. Emilia setzte sich an den Tisch. Sie wollte heute ausnahmsweise eines der Brautmodenmagazine von Violetta lesen. Nur mal so, redete sie sich ein. Sicher lag eins auf dem Stapel Hefte, die Vio immer in der Küche hortete. Als Emilia ihre Tasse abstellte und nach einem der

Magazine griff, stutzte sie. Ein kleines Säckchen aus lila Samt lag auf dem Tisch. Darunter war ein Zettel.

„Für dich. Weil du einzigartig bist. Ich hoffe sehr, der Anhänger gefällt dir. In Liebe, dein Richard“

Er hatte „In Liebe“ geschrieben! Emilias Herz schlug einen Purzelbaum. Diese Worte allein wären ihr schon Geschenk genug gewesen. Sie strahlte. So also fühlte es sich an, glücklich zu sein bis in die Haarspitzen.

Trotzdem war sie natürlich neugierig. Was wohl in dem Säckchen war? Mit zittrigen Fingern griff sie hinein und fühlte kühles Metall. Ein Schmuckstück! Emilia holte es heraus und hielt vor Überraschung den Atem an. Eine schlichte Silberkette mit einem ebenfalls schlicht eingefassten Rubin, genau passend zu ihren Ohrringen. Richard waren offenbar ihre Rubinhänger aufgefallen. Wie aufmerksam von ihm! Emilia hatte sie die ganze Nacht getragen, fiel ihr da ein. Es war keine Zeit gewesen, sie abzunehmen. Schnell legte sie die Kette an und ging zum Spiegel im Bad. Die Schmuckstücke sahen tatsächlich aus, als würden sie zusammengehören. Wie wunderschön. Dezent, nicht protzig, wie für sie gemacht. Richard hatte genau das Schmuckstück für Emilia gewählt, das auch sie selbst für sich ausgesucht hätte.

Violetta würde das mit Sicherheit für ein Zeichen halten, fiel Emilia ein und sie lächelte. Heute, an diesem wunderbaren, einzigartigen Tag, war sie sich nicht einmal so sicher, dass ihre Tante unrecht damit hätte.

## 12. Himbeer-Nougat-Trüffel mit weißer Schokoladenblume

*Zartschmelzende Nougatpraline mit Himbeerkern und einer weißen Schokoladenblume als Krönung*

Eine Stunde später ging Emilia mit beschwingten Schritten in ihren Laden. Sie hatte den Eindruck, in ihren Venen fließe prickelnder Champagner statt Blut, und war versucht, sich tanzender weise in die 16. Straße zu bewegen. Passanten lächelten sie an, vielleicht hielten sie sie für ein bisschen verrückt, aber das war egal. Alles war heute leicht und wunderschön.

Richard war sicher gerade beim Packen. Würde er das blaue Hemd in den Koffer legen, das die Farbe seiner Augen betonte? Ihre Gedanken waren bei ihm, schon den ganzen Vormittag, aber auch, als sie die Tür von „Pastry Passion" aufsperrte. Sie verbrachte häufiger leere Sonntagnachmittage mit der Kreation neuer Süßigkeiten. Und gerade jetzt, wo der Laden bedroht war, wollte sie ihren freien Tag nutzen. Außerdem war Richard auf magische Weise bei ihr, denn hier hatten sie sich zum allerersten Mal gesehen. Das würde Emilia heute feiern, indem sie eine besonders romantische Praline entwarf.

Emilia stand in ihrer kleinen Küche und konzentrierte sich auf die Neukreation eines süßen Wunderwerks. Sie wollte etwas Fruchtiges erschaffen, eine Praline, die nicht nur lecker war, sondern auch ein Augenschmaus. Sie musste für alle Altersklassen geeignet sein und einen hohen Wiedererkennungswert haben. Emilia dachte nach.

Sie suchte einen geschwungenen Pralinenhohlkörper in mittlerer Größe aus einer Schublade heraus. Richard würde diese Form ganz sicher mögen. Dann griff sie nach einer blumenförmigen Gießform für Schokolade. Da gab es kleine, fast filigran wirkende Blütenblätter. Emilia stellte sie sich auf der Schokolade vor. Ja, das würde toll aussehen. Vielleicht mit kandierten Äpfeln als Kern? Nein, das harmonierte nicht so gut mit dem Nougat, den sie als Basis verwenden wollte. Sie überlegte. Es ergab Sinn, eine säuerliche Note hinzuzufügen. Kombiniert mit der nussigen Komponente würde das wunderbar schmecken. Himbeeren wären sicher geeignet. Sie hatte noch einen Vorrat an getrockneten Beeren, die sie gleich hervorholte. In Gedankenverloren gab Emilia Haselnüsse in ihr Backrohr, um sie zu rösten. Nebenbei summte sie ein Liebeslied von Angelo Branduardi vor sich hin. Immer wieder wanderten ihre Gedanken zur letzten Nacht und ein Lächeln breitete sich in ihrem Gesicht aus. Wie schön es gewesen war, Richard zu fühlen!

Die Arbeit ging nur langsam voran, denn Emilia spürte seinen Atem auf ihrer Haut, hörte seine Stimme, sah seine Augen in ihren Gedanken. Immer wieder musste sie innehalten und ließ die Gefühle der vergangenen Nacht wieder aufleben. Es kostete sie viel Mühe, sich wieder auf die Himbeer-Nougat-Trüffel zu konzentrieren.

Ob sie ihm gefallen würden? Ganz sicher mochte er die weiße Schokoladenblüte, jedenfalls optisch. Er war ja kein Süßer.

Emilia musste lachen. Wirklich witzig, dass ausgerechnet der Boss von „Sweet Temptation" eine Abneigung gegen Süßigkeiten hatte. Ihr fiel sein verzückter Ausdruck ein, als er im Central Park den Hot Dog gegessen hatte. Richard war einfach herrlich. Sie strich zärtlich über den Rubinanhänger an ihrem Hals und strahlte schon wieder. Dieser Mann machte sie glücklich.

Allein der Gedanke, ihn jetzt über eine Woche nicht sehen zu können, schmerzte. Obwohl das eigentlich lächerlich war, denn sie kannten sich noch nicht mal richtig. Aber seine Gegenwart hatte sie süchtig gemacht, anders konnte sie es nicht erklären. Sie sang „Se tu sei cielo“ vor sich hin, denn Richard war in der Tat der Himmel für sie und in Italienisch ließen sich ihre Gefühle für ihn am allerbesten beschreiben.

Als das Telefon klingelte, waren zwei Stunden vergangen, ohne dass Emilia es bemerkt hatte. Sie erschrak. Wer rief denn am Sonntag im Laden an?

„Emilia, ‚Pastry Passion‘, guten Tag.“

„Em, dachte ich mir doch, dass du in deinem Laden steckst“, ertönte die Stimme von Sandy. „Arbeitest du etwa schon wieder? Was hältst du davon, wenn wir eine Kleinigkeit essen gehen, ganz spontan?“

„Das ist ja lieb, dass du anrufst.“

Sandys Angebot klang sehr verlockend. Nicht nur, weil die Freundin immer Skurriles zu berichten hatte, sondern auch, weil Emilia darauf brannte, ihr von der märchenhaften Nacht mit Richard zu erzählen. Aber sie brachte einen Lunch zeitlich nicht unter.

„Ich würde echt gern mitgehen, aber ich schaffe es heute nicht. Ich mache gerade neue Pralinen und da werde ich noch eine Weile brauchen.“ Emilia schaute sich um.

Auf dem Herd schmolz gerade die weiße Schokolade in einem Topf, die Nougatmasse war fast fertig und die Formen für die Trüffel bereit. Die Küche sah aus wie ein Schlachtfeld.

„Später vielleicht?“, versuchte Sandy es erneut. „Ich muss dir unbedingt was erzählen.“

Emilia dachte an die vergangene Nacht. Sie hatte auch einiges, das sich zu berichten lohnte. Ihre Hand wanderte zu dem Anhänger um ihren Hals und sie lächelte.

„Nein, tut mir leid. Es geht wirklich nicht. Weißt du, ich habe eine neue Geschäftsidee. Ich stelle ein kleines Pralinensortiment zusammen, das ich einigen Hotels als Welcome-Gift für ihre Gäste anbieten will. Keine Ahnung, wie lange ich da noch brauche. Und Violetta kommt heute

Abend von Rosemary zurück, da möchte ich zu Hause sein. Vielleicht geht es ja während der Woche mal bei dir?"

„Leider nicht, ich habe jeden Abend Schulung. Das wird dann wohl übernächste Woche, bis es klappt."

Sandy klang enttäuscht. Sie machte gerade eine Zusatzausbildung für Makeup und Nageldesign und hatte ständig Kurse, die bis in den Abend andauerten.

„Dann lass uns gleich etwas ausmachen, ja? Wie wäre Mittwoch?", schlug Emilia vor. „Ich muss dir nämlich auch etwas erzählen."

„Geht es um deinen Richard?"

„Ja, meinen Richard." Emilia spürte, dass sie rot wurde. Ihr Richard. Wie das klang. So vertraut und doch fremd.

„Oh, da bin ich aber sehr gespannt. Hat er dir schon die Welt zu Füßen gelegt? Das wäre endlich mal ein Mann, der die finanziellen Möglichkeiten dazu hätte."

Emilia verdrehte innerlich die Augen. Typisch Sandy! Immer auf das Materielle bedacht. Gerade wollte Emilia anfangen, ihr von Richards inneren Werten zu erzählen, als ihr Blick wieder auf den Herd fiel.

„Du, ich muss aufhören. Die Schokolade schmilzt schon. Und heute kann ich mir keine Pannen erlauben. Aber wenn wir uns treffen, erzähle ich dir alles, versprochen!"

„Solange es nur die Schokolade ist." Sandy kicherte. „Dann sehen wir uns am kommenden Mittwoch, gleich nach deinem Ladenschluss, okay? Bei mir? Ich freue mich."

„Ich mich auch! Bis dann."

Emilia warf den Hörer auf die Gabel und rannte zum Herd, um den Topf bei Seite zu stellen. Hoffentlich hatte die Schokolade nicht ihren Glanz verloren!

*

Als Emilia mit ihren Pralinen fertig war, gefiel ihr das Ergebnis sehr. Sie würde ein paar der Süßigkeiten gleich mit nach Hause nehmen. Violetta freute sich bestimmt über eine neue Schokoladenkomposition. Emilia faltete eine der lila Geschenkverpackungen auseinander und arrangierte die Pralinen vorsichtig in der Schachtel. Sie würde auch für Sam eine kleine Kostprobe herrichten und sie ihm morgen bringen. Es blieben sogar ein paar Trüffel für die Auslage übrig.

Dann fiel Emilia noch etwas ein. Sie nahm ein Glas Wasser und ging vor die Ladentür. Vorsichtig goss sie ihren Oleander und roch an einer der Blüten. Sofort fühlte sie sich Richard ganz nah. Seine Küsse, sein Geruch, sein Lachen. Emilia konnte noch immer kaum glauben, dass er ausgerechnet mit ihr zusammen sein wollte. Ein ganzer Schwarm Schmetterlinge flatterte in ihrem Bauch herum.

Sie sah auf die Uhr. Es war Zeit, die Küche aufzuräumen. Emilia machte sich zügig daran, die Formen zu spülen.

Gegen sechs Uhr war sie endlich mit allem fertig. Sicher war Vio jetzt schon daheim. Emilia schloss ab und ging nach Hause. Ihr Magen meldete sich deutlich zu Wort. Sie hatte den ganzen Tag noch nichts gegessen, wie ihr jetzt bewusst wurde, und in der Nacht sicher ein paar Kalorien verbrannt. Emilia schmunzelte. Wenn es nach ihr ginge, könnten noch viele solche Abende mit Richard folgen. Sie legte den Kopf in den Nacken, weil ein Flugzeug über den Himmel zog. Vielleicht war das seine Maschine. Ob er an sie dachte? Obwohl sie wusste, dass Richard aller Wahrscheinlichkeit nach nicht darinsaß, blickte sie dem Airbus so lange hinterher, bis die Kondensstreifen sich langsam im Himmelsblau auflösten. Sie wäre jetzt gerne bei ihm gewesen.

Als Emilia nach Hause kam, stolperte sie fast über Violettas Koffer. Vio hatte das Gepäck im Flur abgestellt und war offenbar schnurstracks in die Küche marschiert. Die Töpfe klapperten.

„Hallo Violetta! Ich bin daheim", rief Emilia in Richtung ihrer Tante, streifte schnell ihre Schuhe ab und ging gleich in die Küche.

„Bella, wie schön!" Tante Vio winkte mit einem Kochlöffel. Wie immer, wenn sie am Herd stand, wirkte sie ziemlich fehl am Platz. Eine Diva in der Küche. Sie trug heute ein Kleid in Türkis, das ein wenig kurz war für ihr Alter. Nicht, dass sie es nicht tragen konnte. Dazu hatte sie einen passenden Schal um ihre Schultern geworfen, der türkis-schwarz gemustert war.

„Ich mache uns Pasta all'Aglio e Olio, ja?", fragte Vio.

Emilia nickte. Das war ihr genauso recht. Einfach, aber hervorragend, wenn es gut zubereitet war. Violetta hatte bereits angefangen, den Knoblauch zu schälen. Das Olivenöl stand auch schon auf der Anrichte bereit und im Topf brodelte das Nudelwasser. Wieder knurrte Emilias Magen vernehmlich. Die Nachbarn würden bald denken, hier wäre ein Hund in der Wohnung, und sich beim Vermieter beschweren. Sie machte sich daran, den Tisch zu decken und öffnete eine Flasche Soave.

„Wie war es bei Rosemary?", fragte sie ihre Tante.

„Ach, Cara, es war großartig. Sie hat mindestens fünf Kilo zugenommen, seit wir uns das letzte Mal gesehen haben. Und auch sonst haben wir uns sehr gut verstanden." Violetta grinste zu Emilia herüber und zwinkerte ihr verschwörerisch zu. Emilia musste lachen und ihre Tante stimmte mit ein. Doch plötzlich wurde sie ernst. Mit einem Schritt war sie bei Emilia und musterte sie genau.

„Was ist das?"

Die Großtante griff nach dem Rubinanhänger, der um den Hals ihrer Nichte baumelte, und hielt ihn ins Licht. Der Stein schien zu glühen.

„Ein Anhänger, Tante", sagte Emilia, aber sie konnte sich ein Grinsen nicht verkneifen.

„Na, das sehe ich!" Violetta tat empört.

„Von Richard", fügte Emilia leise hinzu. Allein seinen Namen auszusprechen, ließ ihr Herz hüpfen.

Tante Violetta strahlte. „Habe ich dir nicht gesagt, dass

die Ohrringe dir Glück bringen würden, Emi?“ Vio begutachtete noch immer den Anhänger. „Er passt perfekt. Als ob er für die Ohrringe gemacht wäre. Und für dich.“ Ein leicht melancholischer Ausdruck huschte über Vios Gesicht.

Emilia nickte. „Der Anhänger ist wunderschön, nicht wahr?“

Violetta ließ das Schmuckstück los. Mit einem warmen Lächeln strich sie Emilia über die Wange. „Ja, Cara.“

Violettas Augen wanderte weiter hoch in Emilias Gesicht. „Fast so schön wie du. Ich weiß nicht, was dieser Richard mit dir gemacht hat, aber ich wollte, du würdest immer so glücklich aussehen wie heute.“

Emilia erwiderte den liebevollen Blick ihrer Tante für einen kurzen Augenblick, bis Vio sich abwandte und die Spaghetti ins sprudelnde Wasser warf.

„Wohin hat Richard dich ausgeführt?“, fragte Violetta, als die beiden Frauen sich schließlich gegenübersaßen und warteten, bis die Nudeln al dente waren.

Emilia wusste, dass Tante Vio sowieso nicht aufhören würde mit ihren Fragen, also erzählte sie ihr zumindest den Teil des Abends, den sie mit Richard bei Luigi verbracht hatte, in allen Einzelheiten.

„Melissa lässt dich grüßen. Du sollst mal wieder vorbeischauen. Ach, ich sage es dir: Gestern hatte Luigi wieder dieses wunderbare Tiramisu. Es war ein Gedicht! Vielleicht gehen wir ja wirklich mal hin nächste Woche, hm?“

Emilia trank einen Schluck von dem Soave. Violetta stellte die mittlerweile fertigen Nudeln in Tellern auf den Tisch. Es waren zwei gewaltige Portionen.

„Und wann hat Richard dir den Anhänger geschenkt?“ Klar, dass Violetta so leicht nicht abzulenken war.

„Hier. Also… Hier in der Küche.“ Emilia wurde rot. Sie liebte Violetta, aber es gab Details ihres Lebens, die sie nicht mit ihrer Tante teilen wollte.

Violetta sah ihr wieder lang und forschend in die

Augen. „Das freut mich, Emilia. Ich freue mich von Herzen."

Sie hob ihr Glas. „Auf dich und Richard. Ich glaube, du hast da einen wunderbaren Mann kennengelernt."

Emilia war überrascht, dass Vio nicht weitere Einzelheiten wissen wollte. Aber anscheinend war sie sensibel genug zu erkennen, dass diese spezielle Nacht nur ihrer Nichte allein gehörte.

In einvernehmlichem Schweigen aßen die beiden Frauen ihre Spaghetti.

„Ich habe dir noch etwas mitgebracht", sagte Emilia nach dem Essen und stellte die kleine Pralinenschachtel auf den Tisch. „Meine neuste Kreation."

„Ist Grappa drin?"

Emilia schüttelte den Kopf. „Nein, es sind Nougattrüffel. Probier mal."

Violetta hob anerkennend eine Augenbraue, als Emilia den Deckel der Schachtel aufklappte.

„Oh Cara, die sehen ja toll aus!" Vorsichtig griff die Tante nach einer der Schokoladen und steckte sie mit einer eleganten Geste in ihren Mund. Vor Genuss schloss sie die Augen. „Ein Traum. Kein Wunder, dass ‚Pastry Passion' ein voller Erfolg ist. Darf ich noch eine Praline nehmen?"

Emilia nickte. Zum wiederholten Mal fühlte sie die Last des schlechten Gewissens auf ihren Schultern. Sie blickte zu ihrer Tante, die vorsichtig die Schokoladenblüte von ihrer zweiten Nougatpraline abknabberte, völlig ahnungslos, wie es um Emilias Laden stand.

Und mehr denn je war ihr klar, dass sie um ihr Geschäft kämpfen würde bis zum letzten Augenblick.

*

Am nächsten Morgen holte Emilia ein ganzes Pfund frische Himbeeren vom Union Square Greenmarket. Das war zwar ein kleiner Umweg, aber Emilia kannte einen der Farmer dort. Die Qualität seiner Früchte war außerordentlich. Und da sie ohnehin noch Äpfel und Aprikosen brauchte, bummelte sie ein wenig über den Markt. Emilia wollte die Beeren in ihrem Dörrautomat trocknen und dann die Pralinen für die Hotels herstellen. Sie plante, noch diese Woche die Kostproben auszuliefern.

Als sie die Konditorei betrat, ging sie sofort in die Küche, um mit dem Trocknen zu beginnen. Das würde ohnehin wieder ein paar Stunden in Anspruch nehmen.

Sie packte das Obst aus. Der Duft der Äpfel war unglaublich. Da merkte man sofort, dass sie ungespritzt und mit Liebe geerntet waren. Sie roch mit geschlossenen Augen an der Schale und biss dann einfach hinein. Köstlich!

Die Türglocke läutete, als Emilia die Beeren in den Dörrautomat legte. Schnell schloss sie das Gerät und ging nach nebenan. Mrs. Hannigan-Flynn steckte sich gerade eine Blackberry-Praline vom Probierteller in den Mund und kaute hastig, als wolle sie nicht bei dem Genuss der verbotenen Süßigkeit ertappt werden. Selbstverständlich tat Emilia so, als ob sie nichts bemerkt hätte.

„Guten Tag, Mrs. Hannigan-Flynn. Schön, dass Sie wieder mal reinschauen."

„Hallo Emilia-Schätzchen, ich wollte mich nochmals bedanken für die Lieferung an meinem Geburtstag. Das hat ja fantastisch geklappt. Meine Gäste waren begeistert. Besonders von dem Schokokuchen mit flüssigem Kern. Das Buffet war absolut perfekt!"

„Das freut mich sehr." Emilia lächelte höflich und bedankte sich.

„Ja, wirklich, meine Freunde haben alles aufgegessen. Als ob sie keine Figurprobleme hätten. Sie müssen sich mal vorstellen, sogar die Damen haben zu den Pralinen gegriffen! Meine Freundinnen Elly und Jordan haben ja eine gewisse Neigung zur Zügellosigkeit, wenn Sie verstehen, was ich meine. Unsereins ist da viel disziplinierter, wenn es um das eigene Äußere geht."

Mrs. Hannigan-Flynn kaute dezent und schluckte so

unauffällig wie möglich. Emilia grinste in sich hinein.

„Natürlich, Mrs. Hannigan-Flynn. Haben Sie schon meine neuen Müsliriegel gesehen? Sie enthalten nur einen Hauch Schokolade, dafür aber viel Trockenobst wie Gojibeeren und Ananas, und dazu habe ich sie orientalisch gewürzt. Das unterstützt die Fettverbrennung. Es ist eine ganz tolle Komposition für Kunden, die sich sehr bewusst ernähren. Ich habe sofort an Sie gedacht…"

„Ach, wie zauberhaft von Ihnen, da nehme ich gleich fünf mit. Für meine Tochter und mich, nicht dass Sie denken, ich esse die alle alleine." Mrs. Hannigan-Flynn lachte ein wenig zu schrill.

„Wunderbar. Ich packe noch ein paar Walnussküsschen für Ihren Gatten gratis mit dazu. Die mag er doch so gerne." Emilia hegte den Verdacht, dass ihre Kundin selbst die Nusspralinen vertilgte, aber so etwas zu äußern wäre natürlich völlig tabu gewesen. Mrs. Hannigan-Flynn strahlte Emilia an.

„Kann ich sonst noch etwas für Sie tun?", fragte Emilia, nachdem sie die Riegel und ein paar Küsschen hübsch verpackt hatte.

„Ja, also warum ich eigentlich gekommen bin, ist die Hochzeit meiner Freundin Elly, genauer gesagt ihr Junggesellinnenabschied. Ich wollte ihr dafür ein spezielles Geschenk machen, eins, das zu ihr passt, wissen Sie? Da sind mir gleich Sie eingefallen. Sie machen ja auch so wunderschöne Torten. Vielleicht haben Sie da etwas Fettarmes im Programm, das Sie entsprechend gestalten können?"

Emilia freute sich. Solche Aufträge waren genau das, was „Pastry Passion" dringend brauchte.

„Natürlich, das mache ich sehr gern. Was mag Ihre Freundin denn? Hat sie irgendwelche Hobbies? Oder soll die Torte eher romantisch gestaltet sein?"

„Nun… Elly interessiert sich nicht für besonders viel. Ihnen kann ich es erzählen, Sie kennen sie ja nicht. Elly ist vor allem sehr auf ihr finanzielles Wohlergehen bedacht, wenn man das so sagen darf. Sie hat eine sehr lukrative erste Ehe hinter sich und lebt seitdem von dem Ertrag, sozusagen. Natürlich ist das nicht Ellys offizielle Version. Sie behauptet, sie hat sich von dem Mann scheiden lassen, weil er unfruchtbar war. Wirklich raffiniert eingefädelt! Aber ich glaube eher, dass sie an seinen wahren Werten interessiert war, wenn Sie mich verstehen."

Mrs. Hannigan-Flynn machte eine eindeutige Geste. Geld.

Emilia zwang sich zu einem verständnisvollen Nicken. Immer diese Lästergeschichten der reichen Lady! Es war nicht das erste Mal, dass sie über jemanden von ihren vermeintlichen Freunden herzog. Aber sie war eine gute Kundin. Emilia biss die Zähne zusammen und machte ein zustimmendes Geräusch.

„Jedenfalls gehört Elly jetzt zur besseren Gesellschaft. Sie heiratet ihren eigenen Gynäkologen. Kaum vorstellbar, nicht wahr?" Sie kicherte albern. „Der Mann schwimmt in Geld, hat eine Fruchtbarkeitsklinik. Ich dachte, ich überrasche sie mit einem ganz exklusiven Geschenk. Einem Präsent, das von sich reden macht. Es darf ruhig etwas kosten."

Emilia dachte nach. „Eine goldene Torte vielleicht? In der Form eines Diamantrings? Klingt, als könnte das ihrer Freundin gefallen. Ich würde essbares Blattgold als Verzierung verwenden und Fruchtgelee als Diamanten aufsetzen. Dazu könnte man ein Muster in dunkler Schokolade anbringen, das wie eine Gravur aussieht. Ungefähr so."

Schnell holte Emilia einen Stift und ein Blatt Papier aus der Schublade unter der Theke hervor und skizzierte darauf ihre Idee für die Diamantring-Torte. Dabei dachte sie an Richard, der für sie diese perfekt passende Halskette ausgesucht hatte. Im Moment schien alles, was sie tat, in Verbindung mit ihm zu stehen. Ein Lächeln huschte über ihr Gesicht. Dann reichte sie der Society-Lady ihren Entwurf über die Theke.

„Ach traumhaft! Ja, das ist ideal. Emilia, Sie sind einfach die Beste."

„Dankeschön." Tatsächlich freute sich Emilia auf die Herausforderung, diese Torte zu gestalten. Sie würde ein Vermögen kosten – eine Chance, etwas so Einzigartiges herzustellen, gab es nicht jeden Tag.

„Und wie gesagt, der Preis spielt keine Rolle", fügte Mrs. Hannigan-Flynn noch hinzu, als hätte sie Emilias Gedanken gelesen.

„Wann brauchen Sie die Torte?"

„Erst am Zwanzigsten. Geben Sie mir mal den Stift! Dann schreibe ich Ihnen auf, wohin Sie das gute Stück liefern müssen."

Emilia reichte Mrs. Hannigan-Flynn ihren Bleistift.

„Ach, das wird das Highlight schlechthin!" Die Society-Lady beugte sich über das Papier. „Sie schicken mir eine Rechnung wegen der Torte, meine Liebe, nicht wahr? Dann können Sie diese Kleinigkeiten vielleicht auch gleich noch mit verrechnen?"

Mrs. Hannigan zeigte auf die Müsliriegel und die Walnusspralinen. Anschließend steckte sie diese in ihre riesige Vuitton-Handtasche.

„Ja, gerne."

In dem Moment, als Mrs. Hannigan-Flynn ihr das Blatt mit den Daten reichte, klingelte das Telefon. Emilia legte den Zettel schnell zu den anderen Aufträgen. Sie würde später alle Daten in ihren Kalender eintragen, nahm sie sich vor.

Mrs. Hannigan winkte ihr zu und Emilia erwiderte die Geste. Dann stöckelte die Society-Queen aus dem Geschäft, direkt auf den im Halteverbot parkenden Porsche zu. Emilia verdrehte die Augen. Warum konnten diese reichen Leute nicht einfach normal parken wie jeder andere Mensch? Das Telefon klingelte noch immer.

„Hallo, hier ‚Pastry Passion', Sie sprechen mit Emilia", nahm sie endlich den Anruf entgegen.

„Wie schön, deine Stimme zu hören!"

„Richard!“ Emilias Herz klopfte bis zum Hals.

„Ich dachte, ich rufe dich an und sage dir Bescheid, dass ich gut in Salvador gelandet bin.“

„Ja.“ Wie dämlich! Sie schalt sich selbst eine dumme Kuh, weil ihr nichts Klügeres einfiel als ein einfaches Ja. Aber Emilia war sprachlos vor Freude. Sogar in Brasilien dachte Richard noch an sie!

„Ich vermisse dich jetzt schon.“ Richards Stimme klang so nah. „Es gibt hier tausend Dinge, die ich dir gern zeigen will. Oder bei denen ich mir vorstelle, dass du sie magst. Den säuerlichen Saft der Acerola-Kirschen zum Beispiel, der wird ganz frisch ausgepresst und mit ein wenig Zucker getrunken. Oder mit Rum. Du würdest sicher gleich eine neue Praline daraus kreieren.“

Emilia lauschte hingerissen seinem leisen Lachen. Er plauderte mit ihr, als wäre sie ihm völlig vertraut.

„Oder die Stände, an denen Tapiocas verkauft werden“, fuhr er fort. „Das sind dünne Pfannkuchen aus besonderem Mehl. Ich habe sofort überlegt, welche Sorte du wohl nehmen würdest. Kokos und Banane?“

„Klingt sehr lecker.“

Emilia hätte viel darum gegeben, jetzt mit ihm durch die Straßen von Salvador schlendern zu können und sich irgendwo einen exotischen Pancake zu gönnen.

„Welche Sorte hattest du?“, fragte sie ihn.

„Käse“. Sie konnte sein Lächeln durch das Telefon hören. „Was sonst. Ich würde dir gerne einen Tapiocafladen mitbringen, aber ich schätze, diese Dinger lassen sich schlecht verpacken.“

„Ich bin sowieso schon so reich beschenkt worden von dir.“ Emilia rang noch immer mit den Worten. „Danke für die Kette. Sie ist wunderschön.“

„Gefällt sie dir? Da bin ich froh. Ich habe sie bei einem kleinen Goldschmied anfertigen lassen. Ich wollte etwas, das zu dir passt. Dabei bin ich so ein lausiger Zeichner. Der Juwelier hatte sicher ganz schön zu tun mit meiner windigen Skizze. Offenbar ist er im Nebenberuf noch

Hellseher." Richard lachte.

Emilia spürte sofort wieder das Gefühl von Zuhausesein, das sie schon in der gemeinsamen Nacht so intensiv erlebt hatte.

„Du hast die Kette selbst entworfen?"

„Naja, sie sollte mit deinen Ohrringen harmonieren. Aber wie gesagt: Wenn sie dir nicht gefällt, kannst du dir gerne ein anderes Schmuckstück aussuchen", beeilte sich Richard zu sagen.

„Nein, die Kette ist perfekt. Wirklich. Danke." Emilia konnte nicht glauben, dass jemand eigens für sie eine Kette entworfen hatte und sie speziell anfertigen ließ. Wie viele Gedanken Richard sich gemacht hatte! Sie strich mit der Hand über das geschwungene Schmuckstück. Eigentlich war die Kette zu schön, um sie tagtäglich zu tragen, aber Emilia brachte es nicht übers Herz, sie abzulegen. Sie fühlte sich Richard mit dem Schmuckstück um den Hals ganz nah.

„Wann kommst du zurück?", fragte sie. „Falls dich die brasilianischen Schönheiten überhaupt heimfliegen lassen."

„Ja, es ist echt schwierig. Ich kann mich kaum wehren. Wie du weißt, finden hübsche Frauen mit braunen Augen und tollen Haaren mich extrem interessant. Keine Ahnung, wieso."

In Emilias Brust wurde es ganz warm. Sie liebte seinen Humor. Und sie vermisste Richard in diesem Moment so sehr, dass es richtig wehtat.

„Tja, ich kann mir das auch nicht erklären. Muss wohl an deinen blauen Augen liegen. Oder an deiner außergewöhnlichen Bescheidenheit."

„Genau! Das wird es sein." Er schwieg einen Moment und wurde dann ernst.

„Weißt du, es ist wirklich wahr. Ich denke ständig an dich. Ich kann mich kaum auf meine Arbeit konzentrieren. Immer sehe ich dich vor mir, höre dich, rieche dich. Wie ein verliebter Teenager, wirklich unglaublich. Ich erkenne mich kaum wieder. Sogar meinen Aufzugscode habe ich in deine Hausnummer umgeändert.“ Richard lachte leise. „Du hast mich total verzaubert.“

Emilias Herz schlug wie verrückt.

„Geht mir ganz genauso“, flüsterte sie. „Ich weiß gar nicht, wie ich es aushalten soll, bis du wieder da bist. Du hast mir übrigens immer noch nicht verraten, wann du zurückkommst.“

„Erst in neun Tagen, leider. Morgen reisen wir weiter in den Süden, dort stehen einige Termine an, ich weiß nicht, wann ich mich melden kann. Aber sobald ich wieder zurück bin, sehen wir uns, ja? Wir könnten ins Kino und danach einen Cocktail trinken gehen. Was meinst du? Sie zeigen ‚Pane e Tulipani‘ im AMC Empire. Ist zwar schon ein älterer Film, aber immer wieder schön. Er spielt in Venedig und ist ganz wunderbar.“

„Das klingt prima!“ Emilia wünschte sich in diesem Augenblick nichts mehr, als dass die Zeit bis zu ihrem Wiedersehen mit Richard schon vorbei wäre. Alles an ihr war ein einziges Sehnen.

„Darf ich dich abholen? Ich komme am Mittwoch spät abends nach Hause. Da ist mit mir nichts mehr anzufangen. Aber wie wäre Donnerstag, gleich nach Ladenschluss von ‚Pastry Passion‘?“

Richard klang so eifrig, dass Emilia schmunzeln musste. Ganz offensichtlich konnte er es genauso wenig erwarten wie sie selbst, bis sie einander wieder in die Arme schließen konnten.

„Klingt super! Ich freu mich wahnsinnig darauf, dich wiederzusehen“, gestand Emilia.

„Ach, Emilia. Ich wollte, ich wäre schon zurück.“ Seine Stimme klang unfassbar zärtlich.

„Wenn du wieder da bist, wird es dafür umso schöner“, erwiderte Emilia.

Richard und Emilia lauschten beide in den Hörer. Es reichte völlig aus, den anderen da zu wissen. Doch schon viel zu bald unterbrach Richard das einvernehmliche Schweigen.

„Ich muss jetzt leider, Leroy hat gerade geklopft. Wir müssen noch die Bilanzen unserer Kakaoplantage hier unter die Lupe nehmen."

„Es hat mich sowieso schon gewundert, dass deine männliche Gouvernante sich noch nicht über unser Telefonat beschwert hat." Emilia lachte.

„Ciao Bella! Ich freu mich schon so auf dich." Es klickte leise in der Leitung. Richard war weg. Emilia stand noch eine halbe Ewigkeit da und genoss das Gefühl der Verliebtheit, das sie einhüllte wie ein warmer Mantel.

*

Die Pralinen waren fertig. Emilia hatte sich zehn kleinere Hotels ausgesucht, die dafür umso luxuriösere Adressen waren. Ein eher günstiges Hotel würde wohl kaum genug einnehmen, um in eine besondere Kopfkissendekoration zu investieren.

Wieder hatte Emilia das graue Kostüm angezogen, das sie schon zu ihrem Besuch bei „Global Invest" getragen hatte. Ihre Haare waren zu einem ordentlichen französischen Zopf geflochten. Emilia fühlte sich zwar verkleidet in so einer Aufmachung, aber sie wollte heute geschäftstüchtig und professionell wirken.

Ihre Trüffel waren optisch perfekt. Die Blütenblätter waren filigran, die Himbeerfüllung aromatisch süßsauer, wie es sein sollte, und die Haselnüsse im Nougat waren auch von besonders guter Qualität. Die Verpackung, die Pralinenschachteln von „Pastry Passion", wirkte immer edel und das Innere war mit fliederfarbenem, feinen Papier ausgekleidet. Die Optik war also einwandfrei, sowohl von den Pralinen als auch von Emilia selbst.

Die Sonne schien, es war ein milder Tag, der geradezu nach einem Spaziergang schrie. Emilia wollte heute ein paar der Hotels auf ihrer Liste abklappern und im Park vorbeischauen. Vielleicht einen Hotdog essen und an Richard denken. Sie vermisste ihn wahnsinnig. Tatsächlich war sie so verliebt wie noch nie. Alle möglichen Dinge erinnerten Emilia an ihn und ihre Hände wanderten immer wieder ganz automatisch zu der Halskette. Wenn sie abends im Bett lag, stiegen Bilder von Richard vor ihrem inneren Auge auf, sie dachte an sein Lächeln, an die einzigartige Nacht mit ihm, und sehnte sich nach seinen Berührungen.

Als sie jetzt in Richtung Park Avenue schlenderte, fühlte sie sich ihm ganz nah. Hatte er nicht gesagt, dass er dort irgendwo wohnte? Vielleicht wanderte er genau diesen Gehweg manchmal entlang, wenn er einen Spaziergang machte. Oder er blickte in dieses Schaufenster.

Emilias Schritte waren federleicht, denn sie spürte förmlich seine Anwesenheit. Sie stellte sich vor, dass Richard jetzt bei ihr wäre und sie eng umschlungen hier entlangliefen. Dazu dachte sie sich Unterhaltungen aus, die sie mit ihm führen würde. Der Weg verging wie im Flug. Fast tat es ihr leid, als das erste Hotel, das sie ausgesucht hatte, auftauchte. Nun musste sie die Träumerei unterbrechen und wieder zur Geschäftsfrau werden.

Emilia straffte ihren Rücken, als sie bei einem kleinen Boutiquehotel ankam. Sie trat in die schön dekorierte Empfangshalle. Hinter der Theke wartete eine junge Frau in der Hoteluniform. Ledersessel standen bereit, es gab eine kleine Bar mit angegliedertem Frühstücksraum. Alles wirkte sehr edel. Ein Hotel, das Emilia sich als Reisende niemals hätte leisten können. Sie beschloss, sich nicht einschüchtern zu lassen, und ging mit festen Schritten auf den Empfangstresen zu.

„Guten Tag, mein Name ist Emilia Zucchelli. Ich besitze eine kleine Konditorei und stelle eigene, sehr hochwertige Pralinen her. Meine Produkte wären sicher ein schönes Willkommenspräsent für Ihre Gäste. Ich wollte gerne eine Kostprobe für Ihren Chef hinterlegen." Emilia griff in ihre Tasche und holte eines der kleinen Schächtelchen heraus, an dem sie jeweils ein Kuvert befestigt hatte. „Ein Angebot meiner Firma habe ich beigelegt.“

Der Gesichtsausdruck der Frau an der Rezeption war undurchschaubar.

„Ich gebe die Pralinen an die Geschäftsführung weiter.“ Ein dünnes, höfliches Lächeln im Gesicht griff die Angestellte nach der Pralinenschachtel.

„Dankeschön. Ich weiß das sehr zu schätzen. Hier ist noch meine Karte. Die Kontaktdaten sind auch auf dem Schachtelboden abgedruckt.“ Emilia versuchte, Blickkontakt herzustellen. Aber die Frau schien mit ihren Gedanken schon wieder ganz woanders zu sein.

„Ich würde in den nächsten Tagen anrufen und nachfragen, wie mein Angebot angekommen ist. Die Pralinen wären sicher ein Eyecatcher auf den Kopfkissen Ihrer Gäste“, insistierte Emilia. So schnell gab sie nicht auf.

„Ja, danke sehr. Kann ich Ihnen sonst noch irgendwie helfen?“ Ganz offensichtlich komplimentierte die Hotelangestellte sie hinaus.

„Danke auch.“

Emilia trat den Rückzug an. Sie hatte das Gefühl, dass dieses erste Gespräch nicht gut gelaufen war. Die Hotelangestellte hatte nicht gerade engagiert gewirkt. Am Ende würden ihre Pralinen wochenlang an der Rezeption vor sich hindümpeln oder von der Angestellten selbst verköstigt werden. So kam Emilia nicht weiter. Bestimmt ergab es mehr Sinn, direkt mit den Hotelmanagern zu sprechen. Sie würde das im nächsten Hotel ganz anders anpacken, nahm sie sich vor, und sich nicht an der Rezeption abspeisen lassen. Schließlich wusste sie um die Qualität ihrer Waren. Es ging um ihre Existenz, da musste sie eben kämpfen. Alles eine Frage des Auftretens und der Durchsetzungskraft.

Beim nächsten Hotel auf ihrer Liste, dem „Petit New York“, versuchte sie eine andere Taktik. Am Empfang stand dieses Mal ein dicklicher Mittvierziger, dem Emilia ganz offensichtlich gefiel. Er musterte sie mit einem anzüglichen Grinsen von Kopf bis Fuß.

„Kann ich Ihnen irgendwie helfen?" Jetzt zwinkerte der Kerl Emilia sogar noch zu!

„Ich möchte bitte mit dem Chef in einer wichtigen Angelegenheit sprechen."

„Was denn für eine Angelegenheit?"

„Das würde ich ihm gerne selbst sagen, wenn das geht."

„Der ist heute in einer Besprechung." Der Rezeptionsangestellte, er hieß laut seines Namensschildes Gareth, beugte sich über den Tresen zu Emilia herüber.

„Wie schade!" Emilia war ehrlich enttäuscht. Sie hatte sich das alles viel einfacher vorgestellt. „Wann kommt er denn zurück?"

„In einer Stunde, würde ich meinen." Gareth fiel fast in Emilias Ausschnitt. Was für ein unangenehmer Zeitgenosse! „Sie können aber auch gerne mit mir sprechen. Der Chef und ich sind so!" Der dickliche Rezeptionist kreuzte seine Finger miteinander. Emilia kam nicht umhin zu hoffen, dass dem nicht so war. Sonst wäre der Hotelchef mit Sicherheit ein ziemlicher Unsympath.

„Sehr lieb von Ihnen, aber ich werde einfach später nochmal vorbeischauen. Ich habe sowieso noch etwas in der Gegend zu tun." Emilia verabschiedete sich mit einem Kopfnicken und verließ das Hotel.

Es war nicht so einfach, wie sie sich das vorgestellt hatte, in den Hotels etwas zu erreichen. War sie zu naiv an die Sache herangegangen? Würde es vielleicht mehr Sinn ergeben, im Vorfeld Termine zu vereinbaren oder die Pralinen mit der Post zu schicken?

Emilia seufzte. Vielleicht könnte sie mit Richard noch einmal darüber sprechen, wenn er erst aus Brasilien zurück war. Bis dahin würde sie einfach versuchen, sich nicht ins Bockshorn jagen zu lassen und weitermachen.

Als Emilia weiter die Straße entlang ging, nach dem nächsten Hotel Ausschau haltend, stach ihr ein Gebäude besonders ins Auge. Es war unfassbar protzig. Das Erdgeschoss war verglast und ein vergoldetes Vordach ragte darüber hinaus. Links und rechts davon standen zwei riesige Buchsbäume, perfekt zugeschnitten, in ebenfalls goldenen Übertöpfen postiert. Emilia schüttelte den Kopf über so viel Angeberei. Die Fenster waren selbstverständlich blitzblank geputzt. Im Erdgeschoss glänzte schwarzer Marmor.

Das Gebäude war ganz offensichtlich kein Geschäftshaus, sondern beherbergte Apartments. Sehr teure Apartments. Das Foyer war leer bis auf einen kleinen Tresen mit einem Empfangsportier in roter Uniform und einer Aufzugtür. Hinter dem Portier prangte ein riesiger Buchstabe an der Wand, ein „S“ aus Metall. Sonst gab es nichts. Keine Bilder an den Wänden, keine Pflanzen, keine Dekoration, nichts. Der Portier starrte völlig emotionslos ins Leere. Emilia war sich ganz sicher, dass dies der langweiligste Job auf der ganzen Welt war. Reiche Schnösel zum Lift dirigieren, ihnen die Tür öffnen, wenn sie das Gebäude verließen, Besucher ankündigen. Allein die Vorstellung war Emilia zuwider. Sie war wieder einmal froh über ihre berufliche Eigenständigkeit.

Aus Neugier blickte Emilia auf das fast unscheinbar wirkende Schild, das direkt auf die Glastür montiert war. Es war natürlich auch golden. Die Buchstaben darauf waren schwungvoll eingraviert. „Stone Building“, stand da in verschnörkelten Lettern. Die Erkenntnis traf Emilia wie ein Schlag. Richard lebte hier! Es konnte nicht anders sein. Stone Imperium, Stone Building. Außerdem hatte er irgendwann mal erwähnt, dass er in der Park Avenue wohnte. Ganz klar. Wie erschreckend!

Emilia brachte diesen Protzbau überhaupt nicht mit Richard in Einklang. Der war warm, hatte Humor, war attraktiv und gefühlvoll. Dieses Haus war kalt, angeberisch und kein bisschen wohnlich. Emilia schluckte schwer. Nie könnte sie in so einem Kasten leben, Gold hin oder her. Völlig in Gedanken war Emilia vor der Eingangstür stehen geblieben. Die Haltung des Empfangsmannes hatte sich automatisch gestrafft, so, als erwarte er, dass sie jeden Moment in das Gebäude käme. Emilia winkte ihm unsicher zu und lächelte. Aber der Portier zeigte keinerlei Regung. Wahrscheinlich fiel bei ihm Winken schon unter ungebührliches Verhalten. Oder man sah ihr auf den ersten Blick an, dass sie nicht hierher gehörte und niemals hierher gehören konnte.

Langsam ging Emilia weiter, ein kalter Schauer lief ihr über den Rücken. Noch immer versuchte sie, sich Richard in diesem kühlen Umfeld vorzustellen, aber es wollte ihr einfach nicht gelingen.

# 13. Peppermint Ponds

*Flache Taler aus Zartbitterschokolade, gefüllt mit erfrischender Pfefferminz-Creme*

Am Mittwochabend beeilte sich Emilia, den Laden abzuschließen. Sie packte eine Ladung der knusprigen Erdnuss-Cookies ein und machte sich auf den Weg zu ihrer Verabredung mit Sandy.

Als Emilia an der Wohnungstür klingelte, dauerte es eine Weile, bis ihr geöffnet wurde. Sandy musste schließlich erst heranhumpeln.

Die Freundin strahlte, als sie Emilia sah. „Hi, Em, wurde echt Zeit, dass wir uns mal wieder treffen."

„Allerdings. Ich habe schon fast vergessen, wie graziös du mit deinem Hinkebein aussiehst."

„Tja, du weißt, ich stand schon immer auf ein ganz besonderes Styling." Sandy ließ ihre zahlreichen Armkettchen, die sie übereinander trug, klimpern und deutete auf ein buntes, das sie um ihren Knöchel gewunden hatte. Sie machte das Beste aus jeder Situation, das musste man zugeben.

Lachend streifte Emilia die Schuhe ab und stellte die Tüte mit den Keksen auf ein Schränkchen. Dann folgte sie Sandy ins winzige Wohnzimmer, wo die beiden es sich auf dem Sofa gemütlich machten. Aus der Anlage dröhnte Hiphop, was Emilia sehr gern hörte, wenn sie mit ihrer Freundin zusammen war. Es machte einfach gute Laune.

„Wie geht es deinem Bein?", fragte sie und deutete auf den Verband, der inzwischen den Gips abgelöst hatte, und auf den Sandy ein paar Herzchen gemalt hatte.

„Ach, das wächst wieder zusammen, kein Problem. Lass uns lieber über die wichtigen Dinge im Leben reden."

Mit einem breiten Grinsen schlug Emilia vor: „Haarkur mit Olivenöl und Litschi?"

Sofort schnappte Sandy sich ein Sofakissen und schlug auf Emilia ein. Beide lachten übermütig.

„Du weißt genau, was ich meine, Sweetheart!", rief Sandy. „Ich will alles wissen, jedes kleinste Detail."

So ähnlich hatte Emilia sich das vorgestellt. Ein Kreuzverhör der spanischen Inquisition war nichts dagegen. Sie seufzte theatralisch. Doch Sandy ließ sich nicht beirren. Sie war auf ihre Art genauso impertinent wie Violetta.

„Welches Auto fährt er, was hat er dir geschenkt, kauft er dir teure Kleider und Brillanten?" Atemlos ratterte Sandy alle wichtigen Fragen herunter.

Emilia lehnte sich entspannt in das Sofa zurück und schenkte sich erst einmal aus der Karaffe, die auf dem Tisch bereitstand, ein Glas Eistee ein.

„Er hat dienstlich einen Chauffeur, fährt aber privat gern einen Kleinwagen." Dass er mit dem nicht gut zurechtkam, musste sie Sandy ja nicht gleich auf die Nase binden. „Richard hat eine Schwäche für Europa, er mag Tiere, besonders Eichhörnchen, aber auch Gockel. Und er rudert gern." Emilia dachte an den tollen Ausflug in den Central Park zurück. Richard hatte ungemein sexy ausgesehen beim Rudern.

„Gockel? Im Sinne von Hähne?" Sandys Gesicht sah aus wie ein einziges Fragezeichen.

Emilia nickte eifrig.

„Ja genau. Er riecht sehr gut, nicht nur sein Parfum, sondern irgendwie auch er selbst. Außerdem hat er eine romantische Ader. Und er schafft es immer wieder, mich zum Lachen zu bringen. Seine Augen leuchten auch in der Nacht und er hat ein süßes Muttermal auf der linken Schulter. Ungefähr hier."

Sie zeigte es an und lächelte verträumt.

„Jaja, das ist ja alles nett“, drängte Sandy und machte eine wegwischende Handbewegung. „Gockel und Muttermale, super. Aber was ist mit den wichtigen Dingen?“

Verständnislos sah Emilia ihre Freundin an.

„Das sind die wichtigen Dinge! Obwohl – du hast recht. Es fehlt noch einiges.“

„Eben.“ Sandy atmete auf und starrte Emilia gespannt an. Sie erwartete offenbar eine Auflistung von Reichtümern und Luxusgütern.

„Er hat ein gutes Herz. Er ist einer, der sich um Menschen kümmert und hat sogar eine Stiftung ins Leben gerufen, um sozial Benachteiligten zu helfen. Stell dir vor, ich habe ihm von der alten Mrs. Witherleaf und ihrer schmalen Rente erzählt, da hat er gleich…“

„Emilia“, rief Sandy streng. „Du weißt ganz genau, was ich meine. Er ist Milliardär, er muss dir doch mal irgendwas geschenkt haben.“

„Oh ja, das hat er.“ Emilia sah Sandy erleichtert aufatmen und musste schmunzeln. Sie beschloss, den Rubinanhänger erst einmal für sich zu behalten.

„Er hat mir viele Dinge geschenkt“, begann sie. „Eine Bootsfahrt auf dem Lake, einen herrlichen Abend in einem französischen Restaurant, chinesische Bonbons mit grünem Tee, sein Lächeln, wenn er in meinen Laden kommt. Soll ich weitermachen?“

Sandy verdrehte die Augen und lachte.

„Ich geb’s auf. Du bist echt ein hoffnungsloser Fall“, stellte sie fest und schenkte sich ebenfalls einen Eistee ein. „Dann ist er also ein Volltreffer?“

Emilia musste nachdenken. So hatte sie es noch nie formuliert. Ihr wäre es tausend Mal lieber gewesen, Richard wäre der Boy next Door und nicht ein Geschäftsmann, der ständig in den Klatschspalten auftauchte oder beruflich für halbe Ewigkeiten ins Ausland musste, aber all dies zählte doch im Grunde nicht.

„Keine Ahnung“, antwortete sie schließlich. „Ich weiß nur, dass mir innerlich total warm wird, wenn ich an ihn denke. Dass mein Magen sich zusammenzieht, wenn ich nur seine Stimme höre, und ich eine Gänsehaut bekomme, wenn er mich mit einem einzigen Finger berührt.“

Ein tiefer Seufzer entfuhr Sandy. „Liebe muss toll sein“, sagte sie. „Ich wünschte, ich würde auch so jemanden treffen.“

„Du hast doch immer einen Haufen Kerle an der Angel.“

Sandy nickte. „Ja schon, aber das ist alles viel oberflächlicher. Ich habe nie das Gefühl, dass es dabei um große Gefühle geht. Wir haben Spaß, wir haben Sex, viel Sex, aber wenn es mir mal schlecht geht, ist trotzdem niemand da, der mir zuhört.“

„Doch, ich.“ Emilia legte ihre Hand auf den Arm ihrer Freundin.

„Das stimmt. Auf dich kann man sich echt verlassen.“

Ein neuer Song begann und Sandy wippte mit dem gesunden Bein eifrig mit.

„Erzähl doch von dir“, sagte Emilia. „Wie läuft es mit George? Lässt er für dich seine Puppen tanzen?“

Sandy rückte näher. „Es ist wirklich gruselig bei ihm zu Hause. All diese Augen! Aber morgen Mittag holt er mich von der Arbeit ab, wir gönnen uns ein verlängertes Wochenende auf Long Island. Er hat da ein Top-Hotel gebucht, direkt am Strand. Stell dir vor, er will mit mir bis nach Montauk, zum Leuchtturm.“

„Wie romantisch! Das wird bestimmt toll.“ Emilia überlegte, wie schön es wäre, mit Richard ein langes Wochenende zu verbringen, ganz ungestört. Was für ein zauberhafter Gedanke!

„Von wegen. Ich weiß noch gar nicht, ob ich so weit latschen kann. Mir tut das Bein nach der Arbeit immer noch weh.“ Sandy seufzte.

„Kommst du im Salon gut zurecht damit? Du warst ja wirklich nur ganz kurz zu Hause nach deinem Unfall.“

„Stimmt. Aber jetzt halte dich fest: Meine Chefin war sogar da und hat mich besucht! Ich dachte, ich fall tot um, als sie vor der Tür stand. Sonst ist die doch immer so ein Drachen."

„Naja, du bist in ihrem Salon ausgerutscht", erwiderte Emilia. „Vielleicht macht sie sich Vorwürfe?"

„Ich glaube eher, sie hat Angst, ich stelle eine Schadenersatzforderung. Jedenfalls hat sie meinen Lohn während meiner Abwesenheit weitergezahlt und mir sogar was Süßes mitgebracht, echt irre." Sandy beugte sich nach vorne und kramte in einer Kiste, die unter dem Tisch stand, herum.

„Was suchst du denn?"

„Die Pralinenschachtel von ihr. Ich glaube nämlich, du freust dich darüber." Sandy grinste von einem Ohr zum anderen.

Verwirrt blickte Emilia ihre Freundin an. Okay, sie probierten sich manchmal durch das Sortiment anderer Konditoreien, aber so etwas Besonderes war das nun auch wieder nicht.

„Da, ich hab sie. Mit freundlichen Grüßen vom Haarschneidedrachen." Triumphierend hielt Sandy die Schachtel hoch. Sie war in dunkelgrünen Farben gehalten, reich verziert und trug die Aufschrift „Peppermint Ponds." Erst auf den zweiten Blick erkannte Emilia den Hersteller.

„Die sind ja von ‚Sweet Temptation'!", rief sie überrascht.

„Genau." Sandy nickte. „Und wir werden sie jetzt gemeinsam vernichten. Baby, Baby, yeah", sang sie die rhythmische Nummer mit, die gerade lief. Dazu führte sie einen Sitztanz auf, der seinesgleichen suchte.

Emilia lachte. Na gut, warum nicht. Bisher hatte sie um die Produkte von „Sweet Temptation" immer einen großen Bogen gemacht, weil sie mit Massenware nicht viel anfangen konnte, aber heute war das etwas anderes.

„Dabei habe ich dir extra Cookies mitgebracht. Mit Erdnüssen und himmlisch weichem Kern", neckte sie ihre

Freundin. „Aber offenbar ist dir Fabrikschokolade zehnmal lieber als mein Gebäck, das ich unter größter Mühe und schweißtriefend in meiner höllisch heißen Backstube nur für dich geschaffen habe!"

„Mir kommen die Tränen, Em." Sandy knuffte sie in die Seite. „Was für ein harter Job! Aber glaub bloß nicht, ich lass dich die Dinger wieder mitnehmen, ich bin schließlich todkrank. Deine Peanutbutter Cookies könnten meine allerletzte Mahlzeit sein. Gleich nach den Pfefferminzdingern natürlich." Sandy streckte theatralisch stöhnend ihr verbundenes Bein nach vorne und griff nach der Pralinenschachtel.

Das Herumalbern mit der Freundin tat Emilia richtig gut. Sie dachte keine Sekunde an die schwierige finanzielle Lage, in der sie sich befand, sondern war einfach nur fröhlich.

Sandy riss die Zellophanhülle von der Verpackung, nahm den Deckel ab und legte einen darin liegenden Werbeflyer zur Seite. Zwanzig Pfefferminztaler warteten ordentlich aufgereiht darauf, von den Freundinnen vertilgt zu werden.

„Pfefferminz hab ich nur selten im Angebot, ist nicht so mein Ding", erklärte Emilia und nahm einen der Taler, die in der Mitte eine weiße Vertiefung hatten. Auf diesen Teich aus Minze inmitten der Schokolade spielte wohl auch der Produktname an. Sie steckte sich die Süßigkeit in den Mund und konzentrierte sich auf den Geschmack.

Sandy hatte inzwischen schon zwei Stück zerbissen.

„Na, was sagt die Expertin?"

Emilia musste erst schlucken. „Viel zu süß", erklärte sie. „Außerdem ist die Schokolade von minderer Qualität. Man merkt einfach, dass das Zeug Massenware ist."

„Klar", meinte Sandy. „Dafür ist es aber auch viel billiger als deine Sachen. Und ewig haltbar. Viele Leute haben eben nicht deine Geschmacksnerven."

Das musste Emilia zugeben. Man konnte ihre Konditoreiware natürlich nicht mit einer Schachtel aus dem Supermarkt vergleichen. Die Kunden hatten völlig unterschiedliche Ansprüche. Menschen, die bei ihr einkauften, entschieden sich ganz bewusst für das Besondere, während die „Sweet Temptation“-Käufer einfach nur erschwingliche Süßigkeiten erwarteten. Und dafür war das, was sie hier gerade verdrückten, nicht einmal schlecht. Emilia hatte schon ganz andere Sachen probiert.

Sie schob sich einen zweiten Taler in den Mund. Das Minzaroma war für ihren Geschmack nicht stark genug, aber insgesamt war der Taler noch annehmbar.

„Also dafür, dass Richard das Zeug in so riesigen Mengen produziert, ist es halbwegs genießbar“, musste sie zugeben. „Aber kaufen würde ich mir so was nicht.“

Sandy grinste und stand auf.

„Auf den Schrecken hin, dass ich dir so fürchterliche Fabrikschokolade kredenzt habe, kriegst du jetzt einen Tequila Sunrise von mir. Und ich schnapp mir deine Cookies.“

Sandy humpelte in Richtung ihrer winzigen Küche.

„Kann ich dir was helfen?“, rief Emilia.

„Quatsch. Du bleibst, wo du bist, und sinnierst weiter über den Zuckeranteil in der Pfefferminzfüllung nach.“

Emilia streckte ihr die Zunge heraus, was Sandy mit einer Grimasse quittierte. Es war wirklich toll mit der Freundin. Sie war herrlich unvernünftig und immer für einen Witz zu haben, wenn man gerade einen nötig hatte. Lächelnd schob Emilia ein paar Modemagazine zur Seite, die drohten, vom kleinen Couchtisch zu rutschen. Dabei fiel ihr Blick auf den Werbebeileger, der in der Packung Peppermint Ponds gewesen war. Interessiert nahm sie ihn in die Hand. Es war eine Ankündigung für eine neue Produktreihe, die im Sommer starten würde.

„Alles klar bei dir?“, rief Sandy aus der Küche herüber, wo sie mit Flaschen herumklirrte.

„Ich lese gerade, dass ‚Sweet Temptation‘ im Juli eine neue Süßigkeitenserie herausbringt“, erwiderte Emilia.

„Wusste ich gar nicht. Haben die endlich die kalorienfreie Schokolade erfunden?“, kam zurück.

Emilia kicherte, aber das Lachen blieb ihr im Hals stecken, als sie den Prospekt aufklappte. Völlig entsetzt starrte sie in den Flyer.

„Das kann nicht sein“, keuchte sie schließlich.

Zum zweiten Mal las Emilia die Beschreibung der neuen Schokoladenlinie. Ihr Brustkorb verkrampfte sich und ihre Hände zitterten.

„Em, was ist los?“ Sandy kam angehumpelt, zwei Gläser in der Hand. „Du bist plötzlich total blass.“

Wortlos reichte Emilia ihrer Freundin den Werbeflyer. Die stellte erst einmal die Cocktails ab, setzte sich aufs Sofa und blickte dann konzentriert auf den Text.

„Wir präsentieren unsere Sommerlinie ‚Dolce Vita‘“, las sie vor. „Ab Juli überall im Handel erhältlich.“

Sandy lächelte. „Das ist ja süß“, rief sie begeistert. „Richard hat seinen neuen Produkten ein italienisches Label verpasst, nur deinetwegen. Hach, er ist echt ein Romantiker, da hast du völlig recht.“

Doch Emilia blieb ernst. „Lies weiter!“, befahl sie heiser.

Gehorsam faltete Sandy den Prospekt auseinander. Auf der Doppelseite waren diverse Pralinen, Schokoladen und Kleingebäcke abgebildet, die die neue Kollektion ausmachten. Als Sandy die Namen las, verschwand auch ihr Lächeln. Sie blickte Emilia verständnislos an.

„Grappapralinen mit Traubenmarzipan, Nougat-Amarenatrüffel und Chocolate Bomboloni im Miniformat“, las sie. „Das klingt wie eine Aufzählung der Produktpalette von ‚Pastry Passion‘!“

„Genau.“ Emilias Mund war ausgetrocknet. Sie konnte immer noch nicht glauben, was sie da entdeckt hatte. Die Erkenntnis war so schrecklich, dass ihr schwindlig wurde. Ihr Kopf fühlte sich an wie in Watte gepackt.

„Ich verstehe nicht“, sagte Sandy. „Was bedeutet das?“

Emilias Stimme war brüchig, als sie antwortete.

„Ganz einfach“, erklärte sie. „Das heißt, dass Mister Richard Stone ein eiskalter Geschäftsmann ist und nicht auf mich scharf war, sondern nur auf meine Rezepte. Das sind doch genau meine Verkaufsschlager! Ich bin auf einen Betrüger reingefallen.“

Emilia grub ihre Nägel in die Handfläche. Sie bekam kaum Luft. Ein stechender Schmerz bohrte sich in ihre Brust.

„Unsinn“, widersprach Sandy. „Das glaube ich einfach nicht. Vielleicht wollte er dich überraschen?“

„Damit, dass er meine ausgeklügelten Kreationen für einen Bruchteil meines Preises verkauft und mich dadurch endgültig ruiniert? Abgesehen davon kann man diese Pralinen gar nicht als Massenware herstellen. Sie werden am Ende schmecken wie diese komischen Pfefferminzdinger!“ Emilia wurde lauter, in ihr kochte die Wut hoch. „Wie kann er mir so was nur antun?“

„Ach komm! Bestimmt ist das nur ein Missverständnis. So wie du Richard beschreibst, hat er doch das Herz am rechten Fleck. Es muss eine andere Erklärung geben“, beharrte Sandy. „Vielleicht zahlt er dir einen Haufen Geld für die Rezepte?“

„Aber ich habe sie ihm nicht mal gegeben! Wir haben niemals über eine Zusammenarbeit gesprochen, verstehst du? Er hat mich von Anfang an hintergangen.“ Sie redete sich immer mehr in Rage, weil ihr viele Dinge mit einem Mal klar wurden. Alles ergab nach und nach einen Sinn.

„Ich habe mich anfangs immer gefragt, warum er so oft in den Laden gekommen ist. Erinnerst du dich? Sogar dir habe ich das am Telefon mal erzählt, wie komisch es ist, dass er nicht anruft, sondern immer vorbeikommt.“

Sandy zog die Stirn in Falten. „Na, weil er dich sehen wollte.“

„Quatsch. Alles, was er sehen wollte, waren meine Pralinen. Und er hat noch behauptet, dass er gar keine Schokolade mag! Offensichtlich macht es ihm Spaß, neue Kreationen irgendwo zu klauen. Vielleicht ist er nur deshalb ständig so viel unterwegs. Weil er Produkte kopiert. Das ist sicher total lukrativ und noch dazu viel einfacher, als sich selbst Gedanken zu machen."

Emilia biss sich auf die Lippe. Es tat so weh, das zu erkennen! Sie war nur ein Mittel zum Zweck gewesen, eine dumme, kleine Konditorin, die ihm stolz ihre Köstlichkeiten präsentiert hatte. Hereingefallen war sie auf ihn, sonst nichts. Ganz begeistert hatte sie ihm sogar berichtet, wie sie das mit der Zuckerkruste für die Grappapralinen hinbekam, und sich gefreut über sein Interesse an ihrer Arbeit. Dabei hatte er sie nur ausgehorcht, dieser Schuft.

Sandy packte sie an der Schulter und rüttelte sie.

„Em, du steigerst dich da in etwas rein, was blanker Unsinn ist. Warum sollte er mit dir in den Central Park gehen, wenn er nur deine Pralinen will?" Sie sah ihrer Freundin ins Gesicht.

Doch auch darauf hatte Emilia eine Antwort.

„Reine Abwechslung", sagte sie. „Die High Society hatte er schon durch, da fand er es ganz witzig, mal mit einer einfachen Frau herumzumachen. So hat er mich sogar in einer Dankeskarte bezeichnet. Vom ‚einfachen Nachmittag' hat er geschrieben. Und danach hat er sich mit Lexi Hannigan und den anderen Designerladies garantiert über mich lustig gemacht. Kontakte zu Frauen hat er ja genug. Ich bin so ein Dummkopf!"

Entsetzt sah Sandy ihre Freundin an. Langsam waren auch in deren Miene Zweifel zu erkennen. Trotzdem schüttelte sie den Kopf.

„Nein, ich kann mir das einfach nicht vorstellen. Richard würde doch nie etwas tun, um dir zu schaden."

Emilia schnaubte abwertend. „Von wegen! Überleg doch mal, Sandy. Er kam selbst in meinen Laden, weil er Pralinen als Geschenk brauchte – so etwas lässt man normalerweise die Sekretärin besorgen. Und seien wir doch mal ehrlich: Es ist absolut unwahrscheinlich, dass ein Milliardär wie er, dem alle reichen Frauen in New York zu

Füßen liegen, sich ausgerechnet in eine kleine Konditorin mit runden Hüften und Secondhand-Klamotten verliebt. Nein, es steckte von Anfang an ein Plan dahinter. Er wollte meine Rezepte. Wie dämlich von mir, auf so was reinzufallen!"

Heiße Tränen stiegen in Emilia auf und sie musste sehr kämpfen, um sie zurückzuhalten. Sandy jedoch ließ nicht locker.

„Er hat dich geküsst! Und eine Nacht mit dir verbracht. Und nun traust du ihm zu, dir so zu schaden? Das ist völlig unlogisch."

Emilia wusste nicht mehr, was sie denken oder fühlen sollte. Die Erinnerungen der gemeinsamen Nacht drängten sich ihr auf und brachten sie völlig durcheinander. Auch der Rubinanhänger fiel ihr ein. Dieses Geschenk war sehr liebevoll gewesen. Was, wenn Sandy recht hatte und sie Richard Unrecht tat? Doch gleichzeitig kam ihr noch ein anderer Gedanke. Ein äußerst schrecklicher Verdacht keimte in ihr auf, es war mehr eine Intuition. Emilia schnappte nach Luft. Wenn ihre Vermutung sich bestätigte, dann…

„Sandy, vielleicht ist er sogar noch einen Schritt weiter gegangen! Womöglich kam er dadurch überhaupt erst auf mich und hat meine Not gnadenlos ausgenutzt."

„Ich verstehe kein Wort", erwiderte Sandy. „Wovon redest du?"

„Überleg mal, er muss mich doch erst mal irgendwie gefunden haben. Also meinen Laden."

„Was meinst du?", Sandy blickte sie fragend an.

Ohne eine Erklärung abzugeben sprang Emilia auf und rannte zu Sandys Telefon. Die Nummer von Mrs. Morehouse war sehr einprägsam, deshalb konnte sie die Ziffernfolge auswendig. Emilia tippte sie mit bebenden Fingern ein und wählte. Wenn wahr war, was sie vermutete, war Richard ein charakterloses Schwein.

„Vorzimmer von Mister Sallenger", meldete sich nach einigem Tuten eine Frauenstimme.

Erleichtert atmete Emilia aus.

„Hallo, Mrs. Morehouse, hier spricht Emilia von ‚Pastry Passion'. Schön, dass ich Sie noch erwische."

„Nur wegen des Abschlusses", zischte Mrs. Morehouse. Die Sekretärin war hörbar schlecht gelaunt. „Und ich bin im Gehen. Endlich! Mister Sallenger hat sich noch nicht geäußert zu den Pralinen, ich habe Ihnen doch schon beim letzten Mal gesagt, Sie brauchen nicht mehr anzurufen. Wir hatten heute wirklich einen langen Tag." Mrs. Morehouse wollte Emilia eindeutig loswerden.

„Darum geht es gar nicht. Ich habe nur eine ganz kurze Frage. Gehört Global Invest zufällig zum Stone-Konzern?"

Alle Muskeln waren angespannt, als Emilia ins Telefon lauschte und auf die Antwort wartete.

„Selbstverständlich", erklärte Mrs. Morehouse. „Global Invest ist eine hundertprozentige Tochtergesellschaft. Wir sind stolz darauf, Teil des erfolgreichen Stone-Imperiums zu sein."

Emilias Hand zitterte so sehr, dass ihr das Telefon aus der Hand rutschte. Ihre Lider flatterten und ihr Magen zog sich zu einem Klumpen zusammen. Sie bekam kaum mit, dass Sandy das Telefon vom Boden aufhob, auflegte und sie zum Sofa zog, auf dem sie zusammensank.

„Richards Firma hat das Haus gekauft. Er ist verantwortlich für meine Kündigung. Er ist der Untergang von ‚Pastry Passion'. Richard Stone hat mir alles genommen, was mir lieb ist." Ihre Stimme war tonlos.

Von einem Moment auf den anderen stürzte ihre Welt wie ein Kartenhaus in sich zusammen. Nichts war mehr so wie zehn Minuten zuvor. Vorbei war all die Fröhlichkeit und Leichtigkeit. Das „Dolce Vita" von Sweet Temptation hatte ihr eigenes Leben mit einem Schlag zur Hölle gemacht.

„Du musst mit ihm reden", sagte Sandy leise und streichelte dabei Emilias Arm. „Vielleicht gibt es irgendeine ganz einfache Erklärung."

Emilia hörte am Tonfall, dass nicht einmal ihre Freundin noch an Richards Ehrlichkeit glaubte. Sie stieß die Luft aus.

„Du hast recht. Das lasse ich nicht so einfach auf mir sitzen. Er soll wenigstens wissen, dass ich ihn durchschaut habe. Ich werde ihn zur Rede stellen."

Sie sprang auf und strich sich mit fahrigen Händen das Haar nach hinten. Beißende Wut kochte in ihr hoch. Wie konnte er ihr das nur antun? Sie sah auf ihre Armbanduhr.

„Es ist spät genug, er ist sicher daheim, bis ich dort bin. Ansonsten warte ich einfach vor seiner Tür, bis er vom Flughafen zurückkommt. Und dann kann er sich auf etwas gefasst machen."

Sandy blickte sie fragend an. „Weißt du denn, wo er wohnt?"

„Ja, ich bin vor ein paar Tagen dort spazieren gegangen. Park Avenue natürlich. Im Stone-Building, er lebt sehr luxuriös in einem seelenlosen, goldverzierten Betonklotz. Wo auch sonst? Betrügerei zahlt sich offensichtlich aus."

Entschlossen ging sie in den Flur und ergriff ihre Tasche. Sie sah ihre Umgebung wie durch einen Tunnel. Ihr Kopf dröhnte. Richard hatte sie ausgenutzt! Das war alles, was sie sicher wusste. Es gab keinen Zweifel.

„Em, hör ihm bitte zu!", rief Sandy ihr nach, als sie die Wohnungstür öffnete. „Gib ihm wenigstens eine Chance, sich zu erklären."

Die Stimme der Freundin klang flehend, doch Emilia antwortete nicht. Sie eilte die Treppe hinunter und dann weiter in Richtung Subway. All die vielen Menschen um sie herum erkannte sie nur verschwommen. Einzig Richard sah sie klar vor sich. Seine strahlenden Augen tauchten immer wieder vor ihr auf. Und sein Lächeln. Wie er mit ihr gespielt hatte! Sie angesehen, als wäre sie tatsächlich etwas Besonderes für ihn. Ihr süße Worte ins Ohr geflüstert, als würde er ehrliche Gefühle für sie haben.

Dabei war all das nur seine Taktik gewesen. Oh ja, mit

Menschen konnte er wirklich umgehen, dieser Richard Stone. Wie er sie manipuliert hatte! Emilias Augen füllten sich mit Tränen der Wut, die sie mit einer schnellen Geste wegwischte. Richard war keines ihrer Gefühle wert.

Der Waggon ruckelte. Emilia spürte es kaum. In ihrem Kopf herrschte ein einziges Chaos. Instinktiv fasste sie an den Rubinanhänger, fühlte den kühlen Stein zwischen ihren Fingern. Warum hatte Richard ihr dieses Geschenk gemacht?

„Ja, vielleicht hat er etwas für mich empfunden“, murmelte sie und beachtete die seltsamen Blicke der anderen Fahrgäste gar nicht. „Aber das hat ihn trotzdem nicht davon abgehalten, mich eiskalt auszunutzen. Oder es war Taktik. Und der Anhänger ist nur Bezahlung.“ Emilia hasste diesen Gedanken noch mehr als den, dass Richard sie betrogen hatte.

Gesprächsfetzen tauchten in ihrem Kopf auf. Die Unterhaltung bei Luigi, als sie ihm von ihren Problemen wegen dem Hausverkauf erzählt hatte. Wie verständnisvoll er da getan hatte! Er war ein außerordentlich talentierter Schauspieler.

Oder seine begeisterte Miene, als sie ihm die Grappa-Praline aufdrängte. Da hatte er sicher schon im Geiste die neue Kollektion geplant und sich gefreut, eine Idee dafür auf dem Silbertablett präsentiert zu bekommen.

Dieser verfluchte Mistkerl! Emilia ballte die Hände zu Fäusten. Sie konnte es kaum erwarten, ihm zu sagen, was sie von ihm hielt.

Endlich war die Bahn an der richtigen Station angekommen. Ohne wie sonst den anderen U-Bahn-Reisenden den Vortritt zu überlassen, drängte sich Emilia nach draußen. Sie musste an die frische Luft. Die angestaute Wut machte es ihr schwer, richtig durchzuatmen. Sie marschierte zielstrebig die Park Avenue entlang, sah nicht nach rechts oder links, bemerkte weder die Menschen auf dem Gehsteig noch die Luxuslimousinen, die in die Einfahrten bogen. Dort vorne erkannte sie bereits das elegante „Stone-Building“, in dem Richard sein Penthouse hatte. Genau da musste sie hin.

Entschlossen drückte Emilia die Glastür auf. Im Eingangsbereich strahlte der Marmorboden mit den Designerlampen um die Wette. An einer runden Theke saß der Concierge in Uniform. Emilia hätte nicht zu sagen vermocht, ob es der Mann vom letzten Mal war. Seine Miene war die gleiche. Farblos und neutral. Hinter ihm thronte das riesige „S“ aus goldenem Metall an der Wand, das Logo des Konzerns.

Wie lächerlich!

Emilia fühlte sich angewidert von dieser Zurschaustellung des Reichtums und der Macht. Ein Pförtner, der sich um die Wünsche der hier wohnenden Luxusmenschen kümmerte. Ihnen ein Taxi rief oder die Limousinen herbestellte. Wahrscheinlich kam auch der Friseur und die Maniküre ins Haus. Was war das nur für eine Welt, die sich komplett von der Realität Normalsterblicher abschottete!

„Kann ich Ihnen helfen?“, sprach der glatzköpfige Mann in Uniform sie an. Total emotionslos, genau wie sein Gesichtsausdruck.

Emilia ging zielstrebig weiter in Richtung Aufzug.

„Nein danke“, sagte sie. „Ich werde erwartet.“

Ihr Herz hämmerte. Ob er ihr das abkaufen würde? Immerhin sah sie mit ihrer üblichen Alltagskleidung wohl nicht aus wie jemand, der normalerweise hier verkehrte. Zum Glück kam der Lift gerade an. Die Tür glitt lautlos auseinander.

„Moment, Madam!“

Sie hörte, dass der Concierge aufstand und näher kam. „Zu wem wollen Sie denn?“

Verflixt! Der Kerl würde garantiert oben bei Richard anrufen und dieser sie dann erst gar nicht zu sich hoch lassen. Blitzschnell drückte sie den obersten Knopf, neben dem „Loft“ stand, und tippte dann im Zahlenfeld ihre eigene Hausnummer ein.

Leise summend schlossen sich die Türen und Emilia war dem Pförtner entkommen.

Mit jedem Stockwerk, an dem der Lift geräuschlos vorbei glitt, stieg Emilias Aufregung. Und auch ihre Wut vermehrte sich, obwohl sie das nicht für möglich gehalten hätte.

Wieso konnte jemand wie Richard nicht mit seinem Reichtum zufrieden sein? Bekamen solche Menschen nie den Rachen voll? Er lebte doch hier sowieso im totalen Luxus, da brauchte er nicht noch ihre Firma zu ruinieren. Ganz offensichtlich hatte er Spaß daran, anderen Leuten Leid zuzufügen. Sie hasste solche Menschen.

Der Aufzug hielt an. Die Türen glitten nach rechts und links auseinander.

Emilia zuckte zusammen. Sie befand sich nicht wie erwartet auf einem Etagenabsatz, von dem die Wohnungstüren abgingen, sondern in einem geräumigen Flur mit edlem Teppich. Der Lift hatte direkt im Penthouse angehalten. Sie kannte so etwas nur aus Filmen.

Auch gut. So konnte sie ihm auf jeden Fall sagen, was sie von ihm hielt, und er hatte keine Chance, ihr den Eintritt in sein ach so wichtiges Designerreich zu verwehren.

„Richard“, rief sie laut. „Ich will mit dir reden. Komm her!“ Emilias Kopfhaut prickelte und ihre Wut erreichte einen neuen Höhepunkt.

Schritte näherten sich. Einen Moment später erschien Richard am anderen Ende des Flurs. Er trug eine Anzughose und sein Hemd stand offen. Als er sie erblickte, weiteten sich seine Augen.

„Emilia, was tust …“ Richards Gesichtsausdruck verriet pure Überraschung.

Sie konnte sich nicht mehr beherrschen. „Du hast mich bestohlen!“, fuhr sie ihn an. „Eiskalt hast du mich ausgenutzt, du verdammter Mistkerl.“

„Wovon redest du?“

„Hör auf, den Unschuldigen zu spielen!“ Es machte sie

völlig wild, dass er es nicht einmal zugab. „Für wie naiv hältst du mich eigentlich?“

Er kam einen Schritt näher.

„Emilia, was ist los mit dir?“, sagte er, ohne auf ihre Worte einzugehen. „Du redest wirres Zeug.“

Ihr Blut rauschte in den Ohren. Hörte er denn nie damit auf, sie für dumm zu verkaufen?

„Klar, die dämliche verliebte Konditorin“, fuhr sie fort und bebte vor Zorn. „Der kann man Märchen erzählen, ein wenig schöne Augen machen und schon hat man, was man will. Oder willst du etwa behaupten, Global Invest gehört dir nicht?“

Er zog die Stirn in Falten. Sie hatte ihn erwischt! Richard war in einer Sackgasse gefangen.

„Doch. Natürlich. Global Invest ist eine hundertprozentige Tochter des Stone-Konzerns. Da hast du völlig recht.“

„Ich hätte niemals gedacht, dass du so eiskalt bist. Was du mir alles vorgegaukelt hast! Dass ich etwas Besonderes bin und du nie eine Frau wie mich getroffen hast. Mir wird übel, wenn ich nur daran denke. Ich Idiotin habe dir tatsächlich geglaubt!“

„Ich habe dich nicht angelogen“, erwiderte er. „Du bist mir wichtig, ich will mit dir zusammen sein, ich liebe…“

In diesem Moment kam eine weibliche Stimme von weiter hinten aus der Wohnung. „Richy, wo bist du? Der Pförtner rief gerade an, dass irgendeine Frau, die nicht hierher gehört, in den Lift gestiegen ist. Soll er die Polizei herholen?“

Entsetzt sah Emilia eine junge Frau neben Richard auftauchen. Sie trug nur einen dünnen Seidenbademantel, der vorne offen stand. Die Spitzenunterwäsche, die darunter hervorblitzte, kostete wahrscheinlich so viel wie Emilias gesamte Garderobe. Sie stellte sich nah neben ihn. Viel zu nah. Eine ihrer schmalen Hände legte sich auf seine Schulter. Ihre grauen Augen musterten Emilia abfällig.

„Wer ist diese Frau, eine Reporterin? Was will sie von dir?"

„Lass uns alleine, Samantha", fuhr Richard die Leichtbekleidete an, doch Emilia hatte sowieso genug gesehen. Sie fühlte heiße Tränen aufstiegen und wandte sich ab. Er wohnte mit einer Frau zusammen!

„Du verlogener Bastard!", rief sie und stolperte in den Aufzug zurück. Wie verrückt drückte sie auf den Knopf nach unten. Er musste doch reagieren! Bitte! Sie musste hier weg, schnell, sie wollte Richard nie wieder sehen. Nur weg hier, weg aus diesem Flur, aus diesem Stockwerk, aus diesem Gebäude.

„Warte, Emilia, wir müssen reden", rief Richard und sie hörte ihn näherkommen.

Doch die Türen schlossen sich. Der Aufzug reagierte ungewöhnlich schnell. Durch den Spalt sah sie noch kurz Richards Augen, die sie so sehr geliebt hatte und die doch nichts anderes taten als lügen und betrügen.

Emilia krallte sich an der Haltestange des Aufzugs ein. Sie bebte am ganzen Körper. Alles, alles, alles war also vorgespielt gewesen! Selbst seine Begeisterung für sie hatte nur als Schachzug gedient.

Bisher hatte sie sich, trotz ihrer Enttäuschung, zumindest noch eingeredet, dass er vielleicht echte Gefühle für sie entwickelt hatte.

Doch nun war klar – jedes Lächeln, jedes Wort, jeder Kuss: Es gehörte alles zu Richards Plan, ihr die Rezepte, den Laden und am Ende noch jeden Funken Selbstachtung abzuluchsen. Sogar geschlafen hatte er mit ihr! Emilias Magen rebellierte, wenn sie nur daran dachte. Sie musste würgen, schnappte nach Luft, bekam den Übelkeitsanfall aber noch rechtzeitig in den Griff, bevor der Lift unten ankam. Auf ihrer Stirn stand kalter Schweiß.

Emilia fingerte an der Halskette herum. Sie wollte sie keine Sekunde mehr tragen. Endlich schaffte sie es, den Verschluss der Kette zu lösen. Ohne einen Blick auf das Schmuckstück versenkte sie es in ihrer Hosentasche.

„Wo waren Sie?“, wurde sie vom Pförtner empfangen, als sich die Türen des Fahrstuhls erneut öffneten.

„Bei Richard Stone. Diesem Teufel“, murmelte sie, sah den Mann nicht an und rannte in Richtung Türen. Nur schnell weg.

Sie stieß die Glastür auf und verließ das Stone-Building mit wackligen Schritten.

So lebte also ein Richard Stone. In einem Luxusapartment. Mit einer Samantha, die sofort die Beine breit machte, wenn er von der Arbeit kam. Und der er nach dem Sex, bei Champagner und Kaviar, lachend erzählte, wen er heute ausgenommen hatte.

„Nur eine dumme Bäckerin“, würde er sagen. „Ein einfaches Ding. War nicht schwer, sie rumzukriegen. Ihren Namen habe ich schon wieder vergessen.“

Emilia lief über die Straße. Autos hupten und jemand fluchte. Es war ihr egal. Alles war ihr egal. Sie rannte und rannte, kam erst zum Stehen, als es nicht mehr weiterging, weil sich eine Gruppe reicher Touristen vor einem der Nobelhotels versammelt hatte. Emilias Tränen tropften auf den Boden. Ein Mann in Livree stand vor der Tür und sah sie vorwurfsvoll an. Er würde die kleinen, nassen Flecken auf dem Gehsteig sicher sofort beseitigen, damit nichts die makellose Fassade des Hotels beschmutzte.

Einfach wegwischen würde er sie. Die Tränen und sie selbst. Dann blieb nichts mehr übrig von ihrem Besuch hier in der Park Avenue, keine einzige Spur. Nicht auf dem Gehsteig und ganz sicher auch nicht in Richard Stones Leben.

## 14. Quarkschnecken mit Walnuss-Crumble

*Köstliches Gebäck aus Quarkteig mit Rosinen und Walnuss-Streuseln*

Als Emilia nach Hause kam, mit geschwollenen Augen und wunder Seele, war die Wohnung verlassen. Wie jeden Mittwochabend besuchte Violetta mit ihrer Freundin Shanti die wöchentliche Yoga-Stunde. Emilias Kopf war leer und das Denken schmerzte. Sich erinnern schmerzte. Fühlen schmerzte.

Emilia schleppte sich zu ihrem Bett und ließ sich angezogen darauf fallen. Die Stille in der Wohnung dröhnte in ihren Ohren. Sie raffte sich schwerfällig auf und bückte sich zu ihrem niedrigen CD-Regal. Endlich hatte sie gefunden, was sie suchte: Leonard Cohen. Was sonst sollte sie auflegen? Weder fröhliche Popsongs noch die romantische Melancholie ihrer geliebten italienischen Cantautori passten. Das einzige, was man eine ganze durchweinte Nacht lang hören konnte, war Cohens tiefschwarze Schwermütigkeit.

Sie wusste nicht, wie lange sie so dagelegen hatte, als ein Schlüssel in die Wohnungstür gesteckt wurde. Ihre Augen schmerzten, aber Tränen kamen keine mehr. Also musste einiges an Zeit verronnen sein. Wahrscheinlich waren Vio und Shanti noch auf einen Drink gegangen. Violetta trällerte eine Melodie vor sich hin, hörte aber damit auf, sobald sie in der Wohnung war.

„Emilia?“, rief sie halblaut. Ihre Stimme klang so, als würde Violetta sich Sorgen machen. Manchmal konnte ihre Tante wirklich Dinge erspüren, das hatte Emilia bereits mehrmals erlebt.

Obwohl sie keinen Mucks von sich gab, öffnete sich die Tür zu ihrem Zimmer nach einem leisen Klopfen und Vio steckte ihren Kopf herein.

„Ist alles in Ordnung? Ich habe ein komisches Gefühl. Bist du krank?"

Die Augen ihrer Tante schienen den dunklen Raum zu durchdringen, obwohl die winzige Anzeige des CD-Spielers die einzige Lichtquelle war.

Emilia schluckte. Was sollte sie Vio sagen?

„Ich weiß nicht recht", presste sie hervor. In ihrem Kopf herrschte gähnende Leere. Sie wusste nicht, ob sie reden oder lieber ihre Ruhe haben wollte.

Violetta nahm ihr die Entscheidung ab. Sie kam langsam näher und setzte sich auf die Bettkante.

„Irgendetwas Schlimmes ist passiert. Das spüre ich ganz deutliche. Erzähl es mir, dann geht es dir besser, du wirst sehen."

Dankbar blickte Emilia ihre Tante an und setzte sich ein bisschen auf. Violetta hatte sicher recht, wie so oft. Man brauchte in solchen Situationen eine mitfühlende Seele. Einen Zuhörer, bei dem man Verständnis fand und bedingungslose Unterstützung. Jemanden, mit dem man auf diesen Mistkerl Richard Stone schimpfen konnte, ihn gemeinsam verfluchen und hassen. Ja, das würde ihre Gefühlswelt ganz sicher etwas leichter machen.

Emilia stopfte sich ein Kissen in den Rücken, schnäuzte noch einmal und beschloss, dass sie diesem Bastard keine einzige Träne mehr nachweinen würde.

„Er hat mich ausgenutzt", begann sie und freute sich über den festen Klang ihrer Stimme. „Stell dir vor, Richard Stone, dieser Schweinehund, hat meine Rezepte geklaut für seine Firma."

Sie sah Violetta auffordernd an und wartete auf eine Schimpftirade. Nichts passierte. Die Tante legte nur den Kopf schief.

„Er hat also etwas nachgemacht, was er bei dir gesehen hat?“, fragte Vio.

Ärgerlich schüttelte Emilia den Kopf. Wieso verstand niemand, welch böses Spiel Richard spielte?

„Nein, er hat meine Rezepte gestohlen! Eine ganze Reihe Pralinen, die es nur bei mir gibt. Und die verwendet er jetzt für seine neue Serie, er wirbt sogar ganz groß damit. Das ist Diebstahl! Diese Kreationen sind mein geistiges Eigentum.“

Violetta machte noch immer keinen empörten Eindruck.

„Cara, deine Kreationen sind so etwas Besonderes, die kann er gar nicht nachmachen. Du hast mir selbst erzählt, er stellt seine Sachen in Massenproduktion her. Das kann doch nicht mehr werden als ein billiger Abklatsch. Meinst du nicht, dass du ein wenig überreagierst?“

Emilia krallte ihre Finger ins Betttuch.

„Überreagierst? Der Kerl hat mich von hinten bis vorne belogen und ausgenutzt! Nicht nur mit den Pralinen, auch…“ Sie hielt inne. Fast hätte sie ihrer Tante vor lauter Wut von der Haussache erzählt, aber das wollte sie auf jeden Fall für sich behalten. „…auch mit anderen Dingen“, fügte sie ganz pauschal hinzu.

„Ach Emilia, er liebt dich. Da bin ich ganz sicher.“

Violetta schenkte ihr ein aufmunterndes Lächeln, das seinen Zweck völlig verfehlte, denn Emilia geriet jetzt erst richtig in Rage.

„Liebe? Pah! Von wegen. Er wohnt mit dieser Samantha zusammen. Ich war dort und habe sie gesehen, halbnackt und völlig hingerissen von ihrem ‚Richy‘. Versteh doch endlich, er hat eine andere!“

Ihr Atem kam schnell und ihr wurde heiß. Schon wieder drückten diese verdammten Tränen nach oben und verengten ihren Hals zu einem dicken Kloß. Aber sie kämpfte dagegen an. Emilia konzentrierte sich auf ihre Tante, die sollte wirklich mal kapieren, dass Richard ein Lügner war.

Doch Violettas Miene war immer noch ganz entspannt.

„Ach was.“ Sie winkte mit der Hand ab. „Das glaube ich einfach nicht. Ich habe deinen Richard kennengelernt und du weißt, ich kann Menschen gut einschätzen. Er ist vernarrt in dich. Und außerdem ist er kein Betrüger. Das merkt man schon am Handschlag. Wenn ihm diese Samantha wichtig wäre, hätte er sich niemals mit dir im Park getroffen. Oder absichtlich sein Handy bei dir liegen lassen. Nein nein, Cara, du wirst sehen, es gibt eine ganz einfache Erklärung für das alles.“

Vio nickte, um ihre Worte zu unterstreichen. Alles an ihr strahlte Bestimmtheit aus. Sie war nicht bereit, etwas anderes in Richard zu sehen als den künftigen Bräutigam ihrer Nichte.

Emilia biss sich auf die Zunge, um ihrer Tante nicht an den Kopf zu werfen, dass der feine Richard sogar dafür gesorgt hatte, dass ihr Laden bald nicht mehr existierte. Sie hätte Violetta am liebsten gepackt und geschüttelt, damit diese aufwachte und sich nicht mehr in Hochzeitsfantasien vergaß. Aber es war nutzlos.

„Und jetzt reiß dich zusammen“, schloss Violetta ihre Predigt ab. „Ruf ihn an, damit er euer kleines Missverständnis aufklären kann. Du musst endlich lernen, deinem Bauch zu vertrauen. Richard ist der Richtige für dich, spürst du das nicht? Und diese Zweifelei ist einfach nur kindisch. Soll ich dir das Telefon bringen?“

Violetta stand in vorauseilendem Gehorsam auf.

Erschöpft lehnte sich Emilia in ihre Kissen zurück.

„Ich mache das morgen. Jetzt muss ich schlafen“, log sie ihre Tante an. Vio verengte die Augen und musterte Emilia noch einmal eindringlich.

„Glaub mir, ich weiß, dass er ehrlich ist“, beharrte Violetta. „Fühle tief in dich rein, dann wirst auch du die richtige Entscheidung treffen.“

„Ist schon gut.“ Emilias Stimme war matt. „Gute Nacht, Vio. Es wird alles gut, mach dir keine Sorgen.“

Sie zog das Kissen hinter ihrem Rücken hervor und

drehte sich im Bett demonstrativ auf die Wandseite. Kurz darauf hörte sie, wie Violetta von außen die Tür schloss. Sie war wieder allein. Allein mit ihrer Trauer und ihren Gedanken. Sogar noch einsamer als vorher, denn Emilia hatte damit gerechnet, in ihrer Tante eine mitfühlende Zuhörerin zu finden. Aber weit gefehlt. Vio hatte sich so sehr der Vorfreude auf diese Beziehung hingegeben, die ihr eigenes Hochzeitsdefizit ausgleichen sollte, dass sie jeden Realitätssinn verloren hatte. Und Emilia konnte ihr nicht mal alles erzählen, denn die Sache mit dem Hausverkauf wollte sie ihrer Tante noch immer nicht verraten. Die würde sich zu viele Sorgen machen, was völlig unnötig war, denn ändern konnte Violetta schließlich überhaupt nichts an der Lage. Das konnte nur sie selbst.

Vielleicht war es so im Leben: Im Grunde war man immer auf sich allein gestellt und musste mit allem zurechtkommen. Womöglich wäre es besser, sich an diesen Gedanken zu gewöhnen. Liebe, Freundschaft, Zuneigung – das war alles nichts, was Bestand hatte. Traumschlösser, die sich am Ende doch immer und immer wieder in Luft auflösten. So war es mit Anthony passiert und nun auch mit Richard. Sie hätte sich erst gar nicht darauf einlassen, den geflüsterten Worten nicht glauben, den Liebesbeteuerungen nicht zuhören sollen. Dabei hatte sie sich doch genau das geschworen! Nie wieder hatte sie sich in einen Kerl verlieben wollen. Warum war sie nur schwach geworden? Jetzt war sie zum zweiten Mal in fast genau die gleiche Situation geraten. Und wieder übermannte sie dieser Schmerz fast vollständig.

Emilia wälzte sich schlaflos von einer auf die andere Seite. Es tat ihr weh, dass nicht mal Violetta ihr richtig zuhören wollte. Natürlich konnte sie nach deren Erzählung über Dave verstehen, warum die Tante sich so an den Gedanken von Hochzeitsglocken klammerte. Aber sie hätte wirklich einen Menschen benötigt, mit dem sie reden konnte.

Sandy fiel ihr ein, aber dann erinnerte sie sich daran,

dass die Freundin morgen mit ihrem George nach Long Island fuhr. Für romantische Schäferstunden am Strand im Schein des Leuchtturms.

Erneut wurden ihre Augen nass und Emilia schüttelte heftig den Kopf, um die Tränen zurückzudrängen. Es gelang nicht ganz. Eine rann über ihre Wange und Emilia machte sich erst gar nicht die Mühe, sie abzuwischen.

Glück war offensichtlich immer nur den anderen vergönnt. Sam und seiner Frau Cora. Sandy, die nur mit den Fingern zu schnippen brauchte, und schon hatte sie einen Begleiter für einsame Stunden, was vermutlich besser war als große Emotionen. Tante Vio, die zumindest ehrlich von einem Mann geliebt worden war. Ja, es hatte ein tragisches Ende genommen und das tat Emilia auch leid. Aber dieser Dave hatte voll und ganz zu ihr gestanden. Und selbst heute noch gab es in Violettas Leben Verehrer und sie erzählte viel von früheren Beziehungen, die in der Regel auch durch sie beendet worden waren.

Nur sie selbst, Emilia, war offenbar nicht gut genug, dass irgendjemand sie lieben konnte. Von ihrer lausigen Menschenkenntnis wollte sie gar nicht erst anfangen.

Sie fühlte sich wertlos und hässlich. Am liebsten hätte sie sich irgendwo verkrochen und wäre nie mehr unter Menschen gegangen. Keine Diskussionen mehr mit Mrs. Morehouse, keine Abfuhren bei den Hotels, keine aufgetakelte Mrs. Hannigan-Flynn und erst recht kein verlogener Richard Stone.

Immer wieder kehrten ihre Gedanken zu ihm zurück, sie konnte nichts dagegen tun. Selbst als sie sich das Kissen auf die Ohren drückte, hörte sie noch seine tiefe Stimme und sein inniges Flüstern. Hier hatte er gelegen, genau in diesem Bett, hatte ihren Namen gehaucht. Und anschließend war er heimgegangen zu seiner sexy Samantha, die zu Hause immer in Reizwäsche herumlief, stets bereit, um sich mit ihm zwischen den Satinlaken zu wälzen.

Verdammt!

Emilia drehte sich schon wieder auf die andere Seite. Sie musste ihn endlich aus ihrem Kopf bekommen, wenigstens ein paar Stunden!

Als alles nichts half, stand sie auf und knipste das Licht an. Sie kramte ein Blatt Papier heraus, nahm einen Stift zur Hand und versuchte, sich einen Businessplan auszudenken. Zumindest ihren Laden durfte sie nicht aufgeben. Sie kritzelte ein paar Sätze darauf, die sie gleich danach wieder durchstrich. Wie sollte so etwas überhaupt aussehen? Sicherlich musste sie die Einnahmen aufführen, die sie jetzt erzielte, oder besser gesagt den Umsatz und den Gewinn. So hieß das doch in der Geschäftssprache. Danach gehörte eine Rechnung für die Zukunft aufgemacht, mit den Daten der Hotels, die sie künftig beliefern konnte, und der zu erwartenden Umsatzsteigerung.

Emilia seufzte. Die groben Umrisse waren ihr klar, aber sie hatte keinerlei Vorstellungen, wie sie das Ganze in eine angemessene Form bringen konnte. Der einzige, der ihr dabei helfen konnte, war Onkel Alfredo. Der hatte für sein Pizza-Imperium sicher schon oft Kredite bei der Bank aufnehmen müssen und für so etwas brauchte man schließlich diese Unterlagen. Sie würde ihn anrufen. In ein paar Stunden. Und bis dahin eben noch ein wenig Cohen hören, denn der lag sowieso noch im CD-Fach. Emilia schleppte sich zur Stereoanlage, drückte auf den Play-Knopf und legte sich wieder ins Bett, um die dunkle Zimmerdecke anzustarren. Allen Vorsätzen zum Trotz bahnte sich, als Cohens düstere und doch so eingängige Stimme einsetzte, schon wieder eine Träne ihren Weg und versickerte im Kissen, leise begleitet von „A thousand kisses deep“.

*

Irgendwann in den frühen Morgenstunden musste Emilia doch noch eingeschlafen sein, denn sie schreckte auf, als jemand in der Küche herumklapperte. Ein Blick auf die Uhr bewirkte, dass sie im Bett hochfuhr. Es war schon fast neun! Um diese Zeit hatte sie „Pastry Passion" normalerweise längst aufgesperrt.

Sie sprang aus dem Bett und hastete ins Bad, um sich schnell fertigzumachen. Ihr Spiegelbild sah genauso aus, wie sie sich fühlte: zerknittert und grau. Ihre Augen waren rot und angeschwollen.

„Wieso hast du mich nicht geweckt?", fragte sie Vio vorwurfsvoll, die ihr immerhin einen Espresso reichte. „Ich muss doch in den Laden."

„Du musst auch schlafen", hielt die Tante dagegen. „Zum Beispiel damit du bei Kräften bist für wichtige Gespräche."

Emilia stöhnte innerlich. Sie hatte gehofft, Violetta würde nicht mehr auf dem Thema herumreiten. Aber das war natürlich illusorisch gewesen. Kaum hatte sich Emilia im Eiltempo angezogen, schleppte Vio auch schon das Telefon an.

„Ich kann rausgehen, wenn du in Ruhe reden willst", schlug sie vor und holte ihre Zigarettenschachtel aus der Tasche ihres Morgenmantels.

So leid es Emilia auch tat, sie musste das klarstellen. Hinter ihrer Stirn hämmerten fiese Kopfschmerzen. Sie hatte wirklich schon bessere Tage gehabt.

„Ich regle das selbst, Vio. Bitte misch dich da nicht ein. Das ist eine Angelegenheit zwischen Richard und mir."

Es gab ihr einen Stich in die Brust, seinen Namen auszusprechen. Aber es war nötig, sich Violetta und das vor ihr hergetragene Telefon vom Hals zu schaffen, ein für alle Mal. Sonst würde die Tante niemals Ruhe geben.

„Na gut", kam dann auch spitz zurück. „Wenn du dich unglücklich machen willst, bitteschön."

Violetta zog mit einer großen Geste den seidenen Gürtel ihres Morgenmantels enger, spürst du ihre Nichte keines weiteren Blickes und stolzierte mit hochgerecktem Kinn in Richtung Wohnzimmer. Emilia sah ihr nach. Ihre

Tante war eingeschnappt, das war klar. Was umgehend dazu führte, dass Emilia sich noch schlechter fühlte. Der Wunsch, sich irgendwo zu verkriechen, wurde immer mächtiger. Aber es half nichts, sie musste in den Laden.

Vio würde sich schon wieder einkriegen. Im Moment fehlte Emilia schlichtweg die Kraft, zu ihr zu gehen und sich zu entschuldigen. Außerdem würde das heißen, dass sie doch mit Richard reden musste – und das kam keinesfalls in Frage. Sie musste den letzten Rest Energie, den sie noch hatte, zusammenkratzen, um überhaupt durch den heutigen Tag zu kommen.

Als sie zwanzig Minuten später auf den Laden zueilte und die Tür aufsperrte, ging es ihr ein klein wenig besser. „Pastry Passion" war ihr Reich und hier war sie immer glücklich gewesen. Auch ohne Mann.

Sie richtete alles her und schaltete schnell den Kaffeeautomat ein. Ein wenig später kam auch schon die erste Kundin und kaufte äußerst großzügig ein. Sie war von einer großen Anwaltskanzlei hier in der Nähe, die Herrschaften holten sich manchmal Bomboloni zum Frühstück.

Emilia dachte an ihre Tante. Vielleicht sollte sie abends einen der Schokokrapfen einpacken für Violetta, als kleines Friedensangebot. Während Emilia noch überlegte, klingelte das Telefon. Sie zuckte erschrocken. Ob das Richard war? Ihr Magen zog sich schmerzhaft zusammen. Sollte sie heute überhaupt ans Telefon gehen? Emilia war hin und her gerissen. Nach dem fünften Klingeln fiel ihr jedoch ein, dass es auch Sallenger sein konnte. Sie eilte also zum Telefon und sah auf die Nummer. Es war ein Handy. Emilia konnte die Nummer nicht zuordnen. Unsicher biss sie auf ihrer Lippe herum. Könnte natürlich sein, dass dieser Sallenger von irgendwoher außerhalb seines Büros anrief. Auch ein Hotelmanager war denkbar. Oder dass Richard unterwegs war.

Wieder ein Klingeln. Emilia wünschte sich von Herzen, Richards Handynummer auswendig gelernt zu haben. Jetzt musste sie gegen die Angst, mit ihm konfrontiert zu werden, kämpfen.

Eine Entscheidung musste her, schnell! Kurz entschlossen ergriff Emilia den Apparat und drückte die grüne Taste. Sie konnte es schließlich nicht riskieren, dass die Rettung von „Pastry Passion“ missglückte, nur weil sie zu feige war, sich ihrer Lebensrealität zu stellen.

Aber es war nicht Sallenger. Auch nicht einer der Hotelmanager. Nachdem Emilia sich gemeldet hatte, hörte sie am anderen Ende eine bekannte Stimme und entspannte sich sofort.

„Wo zum Teufel steckst du nur?“, schimpfte Sandy ins Telefon. „Ich rufe schon zum dritten Mal an, weil ich wissen will, was gestern passiert ist. Mann, Em, wieso meldest du dich nicht bei mir?“

Im Hintergrund hörte man Leute sprechen, jemand lachte laut.

„Ich habe verschlafen.“

„Das beantwortet meine Frage kein bisschen. Nun sag schon, warst du bei ihm? Wie hat er das alles erklärt? Ich hab die ganze Zeit an dich gedacht.“

Emilia holte tief Luft. Was sollte sie sagen?

„Es war fürchterlich, noch schlimmer als vermutet“, begann sie.

„Echt?“, unterbrach Sandy und klang überrascht. „Hat er zugegeben, dass er die Rezepte gestohlen hat und hinter dem Hauskauf steckt? Ich hätte eigentlich gedacht, es klärt sich alles auf.“

„Global Invest gehört zu seinem Konzern, natürlich musste er das zugeben. Das kann er wohl kaum verleugnen. Aber das ist noch nicht alles.“ Ihre Stimme zitterte.

„Was war denn noch?“

„Er war nicht alleine in seiner Wohnung. Neben ihm stand seine Freundin und reckte mir ihre kaum verhüllten Brüste entgegen. Ich Idiotin! Ich hätte es mir gleich denken können. Damals, als sein BlackBerry bei mir liegen geblieben war, hat eine gewisse Samantha andauernd versucht, ihn zu erreichen."

Stille. Nur ein Fön begann irgendwo im Hintergrund zu blasen.

Emilia lauschte einen Augenblick, dann fragte sie nach. „Sandy, bist du noch dran?"

„Ich glaub das einfach nicht", polterte die Freundin los. „Das kann echt nicht wahr sein. Ich dachte wirklich, dass er dich liebt!"

„Tja, offenbar nicht."

„Vielleicht gibt es ja trotz all der Unklarheiten eine einfache Erklärung für die Frau? Ach, ich weiß. Es war bestimmt irgendeine Assistentin. Er kam doch frisch aus Brasilien zurück, da hat die ihn auf den neusten Stand der Dinge gebracht. Genau. Oder seine Putzfrau. Der wird seine fünf Bäder ja kaum selber wischen."

„Eine Putzfrau, die in Spitzenslip und Morgenmantel herumläuft? Ganz ehrlich, wenn er eine halbnackte Reinigungskraft beschäftigt, spricht das auch nicht gerade für ihn."

„Vielleicht war sie gerade dabei, ihre Schürze anzuziehen." Sandy war wirklich unermüdlich in dem Versuch, sie aufzuheitern. Auch, wenn ihre Argumente viel zu weit hergeholt waren, wusste Emilia die Bemühungen ihrer Freundin zu schätzen.

Ein Kunde betrat den Laden, es war ein älterer Herr, der zielsicher auf die Pralinen zusteuerte. Sicher brauchte er ein Geschenk.

„Sandy, ich muss Schluss machen", sagte Emilia schnell.

„Warte kurz. Bist du wirklich sicher, es war nicht alles ein Missverständnis? Ich traue ihm echt nicht zu, dich zu betrügen. Er klang so toll. Bitte rede noch mal mit ihm, unbedingt! Wirklich doof, dass ich heute nach Long Island fahre, ich wäre gern da für dich."

„Ich komme zurecht, Sandy. Mach dir ein tolles Weekend mit deinem George und genieß die Nacht ohne zwanzig Puppen, die euch beim Knutschen zusehen."

Emilia legte auf und wandte sich dem Kunden zu. Sie atmete zweimal tief durch, dann war sie bereit, ihr Verkäuferinnenlächeln aufzusetzen und ihn freundlich wie immer zu bedienen. Dass ihre Hände feucht waren und ihr Atem schneller ging, bemerkte der Mann nicht. Er nahm die lila Schachtel strahlend entgegen und verließ das Geschäft.

Sofort verschwand das Lächeln aus Emilias Gesicht. Es war anstrengend, professionell zu sein. Gleichzeitig half es ihr, durch den Tag zu kommen. Nur daheimzusitzen und ins Kopfkissen zu heulen würde sie noch viel tiefer in ihrem Liebeskummer versinken lassen. Da war Ablenkung durch Arbeit sicher die bessere Option.

Sie stürzte sich also aufs Backen. Von den Quarkschnecken mit Walnuss-Crumble waren nur noch zwei da, da musste sie dringend für Nachschub sorgen. Auch die Rosmarin-Grissini sollte sie auffüllen, die wurden gern gekauft.

Ihr Nudelholz glitt gerade über den ausgerollten Teig, nebenbei schaltete sie den Ofen an, da läutete schon wieder das Telefon. Emilia wischte sich die mehligen Hände an einem Tuch ab und hob ab. Sie musste zusehen, dass sie die Gebäckstücke ins Rohr bekam. Hoffentlich dauerte das Telefonat nicht zu lange.

„Pastry Passion, hier spricht Emilia", sagte sie und blickte auf, weil zeitgleich zwei junge Mädchen das Geschäft betraten.

„Wir müssen reden", hörte sie die tiefe Stimme von Richard, ganz nah.

Ihr Brustkorb zog sich so heftig zusammen, dass sie kaum noch Luft bekam. Wieso wolltee er mit ihr sprechen? Sie spürte, wie ihr unmittelbar der Schweiß ausbrach. Gleichzeitig war ihr Kummer beinahe übermächtig. Sie ermahnte sich, sich zusammenzureißen. Nun war er dran, es war nicht zu ändern. Dann würde sie das eben regeln. Ein für alle Mal.

„Es gibt nichts, was wir beide zu besprechen hätten“, sagte sie mit fester Stimme. „Ich will keinen weiteren Kontakt zu dir, bitte respektiere das. Lass mich in Zukunft einfach in Ruhe!“

Dann drückte sie den Knopf zum Auflegen. Ihre Knie gaben nach. Sie klammerte sich am Tresen fest, um das aufsteigende Schwindelgefühl zu bekämpfen. Zum Glück unterhielten sich die Teenies und begutachteten die Cupcakes, von denen sie schließlich welche kauften. Emilia musste sich noch immer mit einer Hand festhalten, während sie die kleinen Kuchen mit einer Zange aus der Theke hob.

„Wir brauchen keine Verpackung, wir essen sie gleich“, erklärte eines der Mädchen und bezahlte die bunten Kunstwerke.

Als die beiden draußen waren, lehnte sich Emilia an die kühle Wand und schloss für einen Moment die Augen. Der Schmerz übermannte sie. Nun hatte sie es also ausgesprochen. Es war vorbei. Nie mehr würde sie seine dunkle Stimme hören, die ihr so oft eine Gänsehaut geschenkt hatte. Nie mehr in seine Augen sehen. Die Enttäuschung über seine Lügen bohrte sich in ihr Herz, doch gleichzeitig war auch wieder die Wut auf dem Vormarsch.

Emilia riss die Augen auf. Was wollte er denn überhaupt noch? Er hatte doch schon alles bekommen.

Und wie bestimmt er geklungen hatte! Gar nicht kleinlaut oder voll Reue. Nein, es war fast ein Befehlston gewesen. Klar, der große Richard Stone wollte das letzte Wort haben, schließlich war er gewohnt, das zu bekommen, was er wollte. Vielleicht fand er es sogar spannend, jetzt noch auszuprobieren, ob er sie erneut einlullen konnte mit seinen wertlosen Versprechungen.

Aber nicht mit ihr!

Sie stieß sich von der Wand ab und zog ihre Schultern gerade. Er würde nie mehr die Gelegenheit bekommen, sie zu manipulieren, das stand fest. Falls er nochmals anrief, würde sie nicht mehr ans Telefon gehen. Jetzt kannte sie die Nummer, sie war in ihr Gedächtnis eingebrannt für immer. Und hier im Laden hatte sie das Hausrecht, jedenfalls noch. An ihr würde er sich die Zähne ausbeißen.

Sie schluckte die aufsteigenden Tränen hinunter. Richard verdiente nicht, dass sie auch nur eine Sekunde lang seinetwegen weinte. Es war an der Zeit, diese Episode hinter sich zu lassen. Von nun an würde sie sich voll und ganz um den Weiterbestand von „Pastry Passion" kümmern. Das fing damit an, die Quarkschnecken fertig zu machen. Und genau das nahm sie jetzt in Angriff.

*

In den nächsten Tagen versuchte Richard noch zwei Mal, sie anzurufen, aber Emilia ging einfach nicht ans Telefon. Dafür hatte sie noch eine ganze Reihe Hotels herausgesucht, denen sie Pralinen und ihr Angebotsschreiben vorbeibrachte.

Onkel Alfredo hatte sich bereit erklärt, ihr genau zu zeigen, worauf es bei einem Businessplan ankam. Aber dazu brauchte sie erst neue Kunden.

Jeden Tag sprach Emilia bei ein paar kleineren Hotels vor. Auch an diesem Tag, in der Mittagspause, machte sich Emilia auf den Weg zu einem Hotel in der 7. Avenue. Sie schaffte es sogar, zur Managerin vorzudringen, einer eleganten Frau um die fünfzig, die echtes Interesse an ihrer Idee zeigte.

„Ich bespreche es mit den Besitzern", sagte die Frau. „Und gebe Ihnen Bescheid. Aber vom Stil her würden Ihre Pralinen gut zu unserem Haus passen – besonders hübsch und überaus lecker."

Frohen Mutes machte sich Emilia auf den Rückweg in die 16. Straße. Sie fühlte sich zum ersten Mal seit einer Woche halbwegs gut. Zumindest tagsüber konnte sie den Gedanken an Richard gut verdrängen. Nachts hingegen, wenn sie allein im Bett lag, kamen die Erinnerungen an seine zärtlichen Berührungen immer wieder hoch und raubten ihr den Schlaf.

Mit Violetta war eine Art Waffenruhe eingetreten. Sie gingen nach außen hin normal miteinander um, aber Emilia spürte die Spannung zwischen ihnen deutlich. Ihre Tante war noch immer der Meinung, Emilia hätte die Beziehung zu Richard leichtfertig über Bord geworfen. Sie hielt sich aber an das Verbot, sich in die ganze Sache einzumischen. Leicht fiel ihr das sicher nicht und sie war immer noch eingeschnappt, dass ihre Nichte auf ihren Rat keinen Wert legte.

Emilia hatte sich fest vorgenommen, sich bei Violetta zu entschuldigen und ihr alle Details zu erzählen, sobald „Pastry Passion" gerettet war. Dann würde Vio die ganze Wahrheit über Richard kennen und stünde wieder voll auf ihrer Seite, da war Emilia sich ganz sicher.

Und nach dem heutigen Gespräch mit der Hotelmanagerin war sie guter Dinge, dass es mit dem Geschäft irgendwie weiterging. Als sie um die nächste Straßenecke bog, sah sie schon das lila Schild über ihrem Laden glänzen. Emilia war immer noch stolz darauf, dass sie es geschafft hatte, mit ihren kreativen Leckereien Kunden an sich zu binden.

Neben dem Eingang stand der Oleander – in voller Blüte. Es tat ihr jedes Mal weh, seinen Duft einzuatmen, deshalb musste er weg. Vielleicht würde sie die Pflanze in den nächsten Tagen bei Mrs. Witherleaf vorbeibringen, dann wäre sie auch diese Erinnerung an Richard los.

Emilia betrat den Verkaufsraum und sog wie üblich die Luft ein, die so wunderbar nach Gewürzen und Vanille duftete. Es gab keinen besseren Geruch auf der Welt. Außer vielleicht Richards frisches Aftershave, das war wirklich – stop! Energisch gebot sich Emilia selbst Einhalt. Weg mit diesen Gedanken! Er musste aus ihrem Kopf verschwinden.

„Hi, Emilia."

Sam war hereingekommen, einen riesigen Strauß

Blumen in den Armen. Er lächelte sie an. Emilia freute sich. Sie war so viel unterwegs gewesen in den letzten Tagen, dass der Cappuccino, der sonst ein tägliches Ritual zwischen Ihnen war, oft hatte ausfallen müssen.

„Hallo Herr Nachbar“, begrüßte sie ihn. „Möchtest du einen Kaffee?“

„Nein danke, ich muss gleich wieder rüber. Heute ist Pflanztag.“

Sam blieb am Eingang stehen, die Blumen vorsichtig vor sich hertragend. Der Strauß war ausgesprochen schön. Dunkelrote Rosen, langstielig, mit etwas Grün als Dekoration. Es waren mindestens fünfzig Blütenköpfe. Er musste ein Vermögen gekostet haben.

„Brauchst du Pralinen, die wir an deinen Blumengruß hängen?“

Sam schüttelte den Kopf.

„Musst du sie liefern?“, fragte Emilia weiter. „Dann passe ich so lange auf deinen Laden auf.“

Sie hatte inzwischen gelernt, wie man Blumensträuße band und auch Sam konnte mittlerweile ganz wunderbar Strawberry- und Raspberrycupcakes voneinander unterscheiden.

Aber er schüttelte erneut den Kopf.

„Dein Richard Stone war hier“, erklärte er ihr.

Emilia zuckte zusammen. „Wann denn?“

„Vor zehn Minuten. Er wollte zu dir, aber du warst unterwegs. Deshalb hat er diesen Strauß gekauft. Und diese Karte soll ich dir auch geben.“ Er hielt ihr einen Umschlag entgegen.

Emilia erkannte Richards schwungvolle Lettern sofort. „Für Emilia“ hatte er darauf geschrieben. Sie schluckte hart.

„Nimm ihn wieder mit“, sagte sie mit rauer Stimme. „Du kannst ihn noch mal verkaufen. Doppelter Gewinn für dich. Ich will ihn nämlich nicht haben.“

„Den Strauß?“ Sam sah sie an, als hätte sie den Verstand verloren.

„Den Strauß nicht und den Mann ebenso wenig“, antwortete sie.

Sam ließ die Blumen sinken und nickte langsam.

„Ich habe mir schon so etwas gedacht. Vor kurzem hast du noch mit dem Times Square um die Wette gestrahlt, aber jetzt hat dich jemand ausgeknipst. Hat wohl doch nicht gepasst mit dem reichen Schnösel?“

„Er hat es nicht ernst gemeint mit mir.“

„Dann ist er ein sehr, sehr dummer Mann.“ Sams Gesichtsausdruck war so ernst und aufrichtig, dass es Emilia tief berührte.

Er legte den Blumenstrauß vorsichtig auf den Tresen und die Karte daneben, dann ging er auf Emilia zu.

„Komm mal her“, sagte er weich. „Ich glaube, du brauchst eine Umarmung. Du siehst gerade furchtbar verloren aus.“

Bevor sie etwas erwidern konnte, kam er näher und presste sie an seinen Grizzlybärenbauch. Sams Bart kratzte an ihrer Wange und er roch ein wenig nach den Zwiebeln, die er gerne auf sein Sandwich legte, aber es fühlte sich wunderbar an, von ihm festgehalten zu werden. Endlich jemand, der nichts fragte oder sie von irgendetwas überzeugen wollte. Sam legte einfach schweigend die Arme um sie und gab ihr für einen Moment das Gefühl, nicht allein zu sein in dieser großen Stadt.

Irgendwann ließ er sie wieder los.

„Danke, Sam“, sagte Emilia gerührt und strich sich eine Strähne hinters Ohr. „Das hat richtig gutgetan.“

„Immer zu deinen Diensten, Mylady.“ Er deutete eine Verbeugung an und brachte sie auf diese Weise zum Lachen. „Aber jetzt muss ich zurück in meinen Urwald. Ich bin gerade beim Umtopfen.“

„Warte!“

Sie flitzte hinter den Tresen und packte ein paar Crunchies und Macarons ein.

„Für Cora und Connor“, sagte sie und übergab ihm die Schachtel. „Falls die beiden dich mal ausmustern – ich übernehme dich mit Handkuss."

Emilia hatte ihr Lachen wiedergefunden.

„Werde ich ausrichten", sagte Sam und ging samt Strauß und lila Box zur Tür. „Weißt du, wenn meine Kumpels bei uns rumhängen und zum Super Bowl Unmengen Bier kippen, will mich Cora oft rauswerfen!"

Er winkte grinsend und verschwand.

Zurück blieb nur die zartrosa Karte auf dem Tresen. Aber Emilia wusste genau, was zu tun war. Sie nahm das Kuvert, ging zum Mülleimer hinterm Haus und zerriss Umschlag und Karte in mehrere Teile, ohne zu lesen, was darin stand. Danach ließ sie den Metalldeckel krachend auf die Tonne fallen.

Gut so!

Richard würde keine Chance mehr bekommen, sie noch einmal in seinen Bann zu ziehen. Als sie wieder ihr Geschäft betrat und sich die Hände gewaschen hatte, fühlte sie sich besser.

Mit der Zeit würde sie wieder die alte Emilia werden und all das vergessen können. Das war ihr schließlich damals bei Anthony auch geglückt. Der Gedanke tröstete sie. Ja, im Augenblick tat es noch schrecklich weh, aber das würde vergehen. Was war denn schon groß passiert? Nichts. Sie hatte sich dummerweise in den falschen Mann verliebt, ein paar nette Stunden mit ihm verbracht und am Ende festgestellt, dass er ein Mistkerl war. Das war alles. Solche Dinge passierten hier in New York jeden Tag hundert Mal.

Alles, was sie tun musste, war, dieses kurze Zwischenspiel aus ihrem Gedächtnis zu streichen. Dann wäre ihr Leben wieder vollkommen in Ordnung.

Emilia strich eine Falte aus ihrem Rock, glättete ebenso ihre Stirn und erklärte das Kapitel Richard Stone für vollständig abgehakt.

## 15. Cinnamon Knots

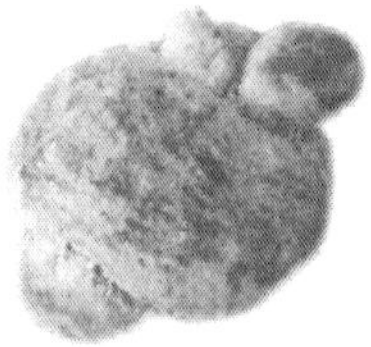

*Hefegebäck mit Zimtfüllung und Zuckerguss*

Der Geruch frischen Hefeteiges. Emilia atmete den Duft tief ein. Sie fügte noch eine kleine Schaufel Mehl hinzu und ließ die Knetmaschine ihre Arbeit tun. Es war der erste Tag, an dem sie sich wieder wie sie selbst fühlte. Sams mitfühlende Art hatte sie am Vortag so sehr aufgebaut. Noch immer spürte sie seine Umarmung. Diese nichts fordernde Zuwendung gab ihr unglaublich viel Kraft.

Leise summte sie vor sich hin. Sie wollte Cinnamon Knots machen. Emilia liebte das aromatische Hefegebäck und hatte heute richtig Appetit auf die leckeren Zimtknoten. In den letzten Tagen war sie über Kaffee und ein paar Bissen Pasta am Abend mit einer sehr mürrischen Vio nicht hinausgekommen.

Vorsichtig gab sie den Zimt hinzu. Es kam auf die richtige Menge Gewürz an. Sie machte die süßen Brötchen perfekt. Jetzt musste der Teig nur noch gehen, dann konnte sie ihn zu kleinen, knotenförmigen Gebäckstücken formen und backen.

Bis dahin würde sie einfach die Himbeer-Nougat-Trüffel einräumen. Sie waren ein absoluter Verkaufsschlager und Emilia kam mit der Produktion kaum noch hinterher.

Sie trug das Tablett zur Theke und reihte vorsichtig die Pralinen aneinander. Auch auf den Probierteller legte sie ein paar der Köstlichkeiten. Kombiniert mit ein paar Florentinern und etwas von der Rosenblätterschokolade sah das Arrangement sehr appetitlich aus.

Gerade, als sie den Teller zurück auf die Theke stellte, kam eine Wagenkolonne angefahren und hielt vor dem Laden. Es sah ein wenig aus wie eine Abordnung der CIA, die vor ihrem Haus parkte. Natürlich im Halteverbot, wie sich das für einen solchen Einsatz gehörte. Alle drei Fahrzeuge waren schwarz und hatten abgedunkelte Scheiben. Als sich die Türen der beiden hinteren Autos öffneten, stiegen fünf Männer in schwarzen Anzügen aus. Wie bei einer Beerdigung. Einer trug ein IPad in seiner Hand und fing sofort an, Fotos von dem Gebäude zu machen. Ein anderer Mann schrieb eifrig etwas in ein Notizbuch.

Dann wurde die Tür des vordersten Wagens aufgerissen und Leroy stieg aus. Er trug als einziger ein unglaublich hässliches, rosarotes Jackett. Offenbar war er zwischenzeitlich beim Friseur gewesen, denn er hatte sich eine Hipster-Frisur verpassen lassen. Auf der einen Seite war das Haar wegrasiert, während es ihm auf der anderen Seite locker in die Stirn fiel. Das Rostrot seiner Haare biss sich heftig mit dem Pink seines Sakkos.

All dies nahm Emilia binnen Sekundenbruchteilen wahr. Sie fragte sich, was Leroy hier wollte und wofür er die Armada Männer mitgebracht hatte. Und wo war Richard? Emilia hatte Leroy noch nie ohne Richard gesehen. Würde der etwa auch noch hier auftauchen? Emilias Herz schlug bis zum Hals. Sie konnte sich nicht bewegen, stand da, mit weit aufgerissenen Augen, wie festgefroren. Ihre Hände klammerten sich so sehr an das Tablett, auf dem sie die Pralinen in den Verkaufsraum getragen hatte, dass ihre Knöchel weiß hervortraten.

Nachdem Leroy sein Jackett zurechtgerückt und ein Haar von seinem Ärmel gezupft hatte, kam er zielstrebig auf die Konditorei zu. Die Männer folgten ihm Gewehr bei Fuß.

Leroy riss die Tür mit unglaublichem Tatendrang auf. Ein frischer Luftzug kam herein, gemeinsam mit dem Geruch eines schrecklich süßen, penetranten Aftershaves.

„Guten Tag, guten Tag, guten Tag." Leroy klatschte in die Hände und grinste.

Emilia war nicht in der Lage, ihr Tablett loszulassen. Sie konnte auch nicht sprechen. Also nickte sie. Wo war Richard? Wann würde er auftauchen? Eine regelrechte Schockstarre hatte sie erfasst.

Leroys Hand streckte sich nach dem Pralinenteller und griff zielsicher nach einem Nougattrüffel. Emilia fiel zum ersten Mal auf, dass Leroy lange Fingernägel hatte. Sie ekelte sich vor ihm.

„Göttlich, diese Trüffel, einfach göttlich!"

Leroy sprach mit vollem Mund und rieb seine Hände aneinander. Dann klatschte er erneut. „Wo beginnen wir, Gentlemen? Und bitte, bedienen sie sich bei den Pralinen, ja?" Sein Zeigefinger deutete auf den Probierteller.

Emilia war fassungslos. Was war denn in diesen Widerling gefahren?

Der Mann mit dem IPad machte ein Foto vom Verkaufstresen und der Auslage. Dann fotografierte er die Seite des Ladens, auf der das kleine Tischchen stand.

Leroy fuhr sich mit der Hand durchs Haar und versuchte erfolglos, eine Strähne hinter sein Ohr zu klemmen.

„Das brauchen Sie nicht zu fotografieren,. Jones. Das kommt alles weg." Leroy machte eine allumfassende Geste. „Ich steh' nicht auf dieses muffige Retrozeug."

„Sehr wohl, Mister Sallenger!" Der iPad-Mann deutete eine Verbeugung an und machte einen Schritt zur Seite.

Emilia traute ihren Ohren nicht. Hatte der Mann tatsächlich genau diesen Namen zu Leroy gesagt? Ihre Hände zitterten heftig.

„Sie sind Mister Sallenger?", brach es aus ihr heraus. Sie spürte, wie die Farbe aus ihrem Gesicht wich. Ihr Magen zog sich zu einem Klumpen zusammen.

Leroy Sallenger tippte sich mit dem Finger an die Schläfe, als salutiere er. „Angenehm!“, sagte er. Wieder zeigte er dieses süffisante Grinsen. Und wieder steckte er sich eine von Emilias Pralinen in den Mund, mit einer einzigen, gierigen Bewegung. Das Bild einer Schlange beim Angriff kam Emilia in den Sinn.

Und in diesem Augenblick wusste sie, dass alles verloren war. Ihr letzter Strohhalm für die Rettung von „Pastry Passion“ hatte sich gerade in Luft aufgelöst. Der Geschäftsführer von Global Invest stand hier vor ihr und hatte nicht das geringste Interesse, ihrem Laden eine Chance zu geben. Das Tablett, an dem sie sich festgehalten hatte, fiel krachend zu Boden. Alle Anwesenden zuckten durch das laute Scheppern zusammen und blickten zu ihr. Kurz verstummte jedes Gespräch. Emilia wurde schwindlig.

„Was geht hier vor? Muss ich die Polizei rufen? Emilia, bedrohen dich diese Herren?“ Eine laute, schneidende Stimme durchbrach die eingetretene Stille und füllte umgehend den ganzen Raum aus.

Alle Anwesenden drehten sich in Richtung Tür um.

Dort stand eine aufrechte, sehr schlanke Gestalt in einem knallroten Etuikleid mit halblangen Ärmeln. Dazu trug die Dame einen überdimensionalen Hut mit einer passenden roten Feder, den sie jetzt mit einer eleganten Geste abnahm und auf das kleine Tischchen legte.

Violetta!

Emilia wusste nicht, ob sie lachen oder weinen sollte. In ihr war alles in Aufruhr. Sie stand völlig neben sich.

Sallenger pfiff durch die Zähne.

„Guten Tag, die Dame! Ich weiß zwar nicht, warum Sie das etwas angeht, aber ich bin der neue Besitzer des Gebäudes. Darf ich mich vorstellen? Sallenger. Leroy Sallenger. Von Bedrohen kann also keine Rede sein.“

Violetta stolzierte förmlich in den Laden, mit ihren Augen Emilias Blick suchend. Die beiden Frauen sahen einander an. Nur Emilia konnte die leichte Verunsicherung ihrer Tante erkennen. Einem Fremden wäre sie niemals aufgefallen und so blieb sie auch Sallenger und seinen Kumpanen hinter der Grazie und angeborenen Eleganz Violettas verborgen, genauso wie das stumme Zwiegespräch zwischen den beiden Frauen.

Leroy griff nach einem Florentiner und stopfte ihn sich in den Mund. Erneut drang ein Schwall seines unangenehm süßlichen Geruchs in Emilias Nase. Sie kämpfte verzweifelt gegen den Würgereiz an, der unweigerlich in ihr aufstieg.

„Die Pralinen hier sind köstlich“, wandte sich Sallenger erneut an Violetta. „Kaufen Sie, solange es den Laden noch gibt. In ein paar Wochen ist ‚Pastry Passion‘ Geschichte. Dann wird es hier einen neuen Werksverkauf von ‚Sweet Temptation‘ geben.“

Kauend drehte Leroy sich zu dem Mann mit dem Notizbuch um.

„Ich möchte verchromte Regale. Die Küche dort hinten kommt raus. Hier drüben wird die Kasse sein und natürlich brauchen wir keine altmodische Theke.“ Leroy lachte abfällig. Wieder schob er eine Haarsträhne hinter sein Ohr.

Der Mann mit dem Notizblock nickte und schrieb eifrig. Er hatte schon ganz rote Wangen.

Violetta sah wieder zu ihrer Nichte. Emilia fühlte sich wie ein hilfloses kleines Kind. Sie war völlig gefangen von dem, was da gerade geschah. Sie spürte reine, tiefe Verzweiflung.

Emilias Tante ging auf Sallenger zu und klopfte ihm mit ihrem perfekt manikürten Finger auf die Schulter.

„Wann, sagten Sie, endet der Mietvertrag von Emilia?“, fragte sie lammfromm.

„In genau sechs Wochen, meine Liebe. Aber ich versichere Ihnen, unsere Produkte sind gar nicht mal so anders als die von ‚Pastry Passion‘!“

Er zwinkerte Violetta zu und kicherte überheblich. Die verzog keine Miene, sondern baute sich zu ihrer vollen

Größe vor ihm auf. Da Leroy nicht an Richards Gardemaße heranreichte, begegnete sie ihm auf Augenhöhe. Ihre Blicke durchbohrten ihn förmlich.

„Dann schlage ich vor, Sie kommen in sechs Wochen wieder, nicht wahr?", sagte sie völlig emotionslos, aber sehr bestimmt.

Sallengers Lächeln gefror auf seinem Gesicht.

„Renovieren können Sie jetzt ohnehin noch nicht und ich bin sicher, Sie haben kein Recht, jetzt schon mit dem Umbau zu beginnen. Als Teilhaberin an ‚Pastry Passion' sehe ich es überhaupt nicht gerne, wenn Sie durch Ihren Auftritt unsere Geschäfte schädigen. Sollten Sie dennoch hierbleiben, bin ich gezwungen, Verstärkung zu rufen. Ich bin Italienerin und habe entsprechende Kontakte. Das verstehen Sie doch, Signore?"

Violetta hatte den Arm um Leroys Schulter gelegt und schob ihn entschlossen in Richtung Ausgang.

„Kommen Sie auch, Gentlemen? Oder wollen Sie noch Pralinen kaufen? Andernfalls… wie gesagt. Ich mache hiermit von meinem Hausrecht Gebrauch." Violetta lächelte den Herren zu. Es war ein eisiges Lächeln, bei dem sie lediglich die Mundwinkel nach oben zog. Dann öffnete sie die Tür und schob den überraschten Leroy vollständig auf die Straße hinaus.

Die anderen Männer folgten dem verstummten Sallenger im Gänsemarsch. Violettas Auftreten war das einer Geschäftsfrau, die mit wirklich allen Wassern gewaschen war.

Als alle Herren auf dem Bürgersteig standen, wandte Leroy Sallenger sich nochmals um. Aber Vio ließ ihn nicht zu Wort kommen.

„Sie haben da noch Schokolade im Mundwinkel. Das sieht enorm unprofessionell aus, wenn Sie mich fragen!" Violetta zeigte auf die Stelle. „Guten Tag noch, Signori!"

Mit diesen Worten ließ Violetta die Ladentür vor der verdutzten Nase Sallengers ins Schloss krachen und schob den Riegel vor, der an der Tür angebracht war.

Sie lehnte sich von innen gegen das schwere Holz. Die Spannung wich aus ihrem Körper. Kurz sah man Tante Violetta ihr eigentliches Alter an.

Emilia kämpfte noch immer gegen den Würgereiz. Ihr Atem ging stoßweise. Der Raum schien geradezu getränkt zu sein von dem süßlichen und zugleich beißenden Geruch Sallengers. Endlich konnte Emilia ihrem Bedürfnis nachgeben. Sie riss die Hände vor den Mund und rannte zu der kleinen Toilette, die am anderen Ende des Ladens lag. Dort beugte sie sich über die Kloschüssel und würgte. Emilia konnte eine gefühlte Ewigkeit lang nicht damit aufhören, bis sie schließlich völlig erschöpft auf dem Boden des winzigen Badezimmers in sich zusammensank.

Jetzt war es also vorbei. „Pastry Passion" war vorbei. Alles war eine einzige große Leere. Es war nichts mehr von ihrem Leben übrig.

Da klopfte es leise an die Tür.

„Emilia? Cara? Geht es dir gut?" Die besorgte Stimme Violettas drang zu ihr herein.

Emilia hatte nicht damit gerechnet, dass ihre Tante bleiben würde. Nicht nach allem, was gerade geschehen war.

„Komm ruhig rein."

Violetta öffnete die Tür und stand auf der Schwelle.

„Geht's wieder?"

Emilia nickte. Sie konnte Violetta nicht in die Augen schauen.

Wie es Vio wohl gerade ging? Nach allem, was sie ihr angetan hatte? Sie wusste nur, dass sie an der Stelle ihrer Tante wahnsinnig verletzt wäre.

„Es tut mir so leid, Violetta. Ich hätte mit dir reden müssen, aber…" Emilia zuckte hilflos mit den Schultern. Sie hatte ihre Arme um die Knie geschlungen und saß noch immer kreidebleich auf den kalten Fliesen des kleinen Badezimmers, unfassbar erschöpft.

„Wir reden zu Hause darüber. Komm, steh auf."

Violetta streckte Emilia ihre Hand hin und zog sie

hoch. Die alte Dame war viel kräftiger als sie aussah. Kein Wunder, dass Sallenger perplex gewesen war. Von einer alten Lady im knallroten Etuikleid war er sicher noch nie vor die Tür gesetzt worden.

Ein Blick nach draußen verriet Emilia, dass die Luxuskarossen abgefahren waren. Langsam legte sich das Gefühl von Übelkeit und Emilia bekam wieder Luft.

Ein Wecker schrillte. Das bedeutete, dass der Hefeteig fertig gegangen war.

„Ich wollte noch Cinnamon Knots backen“, sagte Emilia mechanisch. Als ob es noch darauf ankäme, korrigierte sie sich im nächsten Moment. Alles schien plötzlich keinen Sinn mehr zu haben.

„Nicht heute. Wir gehen heim.“ Violetta klang bestimmt.

Emilia erkannte an ihrem Ton, dass sie nicht mit sich reden lassen würde. Heute war es Emilia ganz recht. Die Nuance von neuem Mut, den sie noch vor einer Stunde verspürt hatte, hatte sich dank Sallenger in Nichts aufgelöst. Außerdem war sie Violetta endlich eine Erklärung schuldig.

*

Violetta kochte einen Tee aus Anis, Kümmel und Fenchel. Magenschonend. Dazu hatte sie Biscotti mit kleinen Schokoladenstückchen aufgetischt.

Emilia saß in der Küche wie in Trance. Sie starrte vor sich hin. Ihre Hände umschlossen die Teetasse. Sie fror erbärmlich. In kleinen Schlucken trank sie das heiße Getränk. Immer wieder blitzte das Bild Leroys auf. Seine Fingernägel. Sein schlecht sitzendes Sakko. Die Art, wie er Pralinen vertilgte.

Ein Anflug von Übelkeit saß noch immer hartnäckig in ihrem Magen fest. Emilia schüttelte sich. Sie spürte die Gänsehaut auf ihrem Rücken. Ihre Hände und Füße waren eisig.

Gegenüber von Emilia saß Violetta und hatte sich großzügig Grappa in ein Whiskyglas eingeschenkt. Sie nahm einen kräftigen Schluck und wartete darauf, dass Emilia zu reden beginnen würde.

Als diese immer weiter schwieg, nahm sie selbst das Gespräch in die Hand.

„Nimm einen Keks“, befahl sie und schob Emilia den Teller hin. Die griff gehorsam nach einem der Biscotti, um ihn dann aber gleich wieder zurück zu legen. Ihr Magen war wie ein Stein.

„Es tut mir leid. Ich kann nichts essen.“

„Warum bist du denn nicht zu mir gekommen, Bella?“ Violettas besorgter Gesichtsausdruck rührte Emilia zu Tränen.

„Ich wollte es selbst schaffen. Du solltest gar nicht mitbekommen, dass all deine Ersparnisse…“

Emilias Stimme versagte.

„Kind, es ist nur Geld!“ Violetta machte eine wegwerfende Handbewegung. „Wenn es mir so wichtig wäre, hätte ich es eingerahmt und aufgehängt.“

Emilia starrte ihre Tante an. Sie war einfach ein Freigeist sondergleichen. Nie wäre Emilia darauf gekommen, dass Tante Vio so entspannt reagierte. Vorsichtig stellte sie ihre Tasse ab. Sie wollte Violetta jetzt alles erklären, die Karten auf den Tisch legen.

„Ich dachte, weil es doch dein ganzes Vermögen war. Und ich wollte dich nicht enttäuschen. Weißt du, ich habe alles gegeben. Ich wollte den Laden retten, dann hättest du gar nichts gemerkt. Die Firma, die das Haus gekauft hat, gehört Richard! Er hat mich in wirklich jeder Hinsicht betrogen. Aber das konnte ich dir auch nicht sagen. Und wie hätte ich ahnen können, dass dieser Sallenger Leroy ist? Wenn ich das gewusst hätte, dann…“

Violetta unterbrach Emilias wirren Redefluss, indem sie die Hand auf die ihrer Nichte legte.

„Emilia, du brauchst dich nicht zu rechtfertigen. Ich weiß, dass du alles für ‚Pastry Passion‘ gegeben hast.

Schließlich lebe ich mit dir zusammen, falls dir das noch nicht aufgefallen ist."

Die beiden Frauen schwiegen einen Moment. Dann fuhr Vio fort.

„Das Einzige, was mich enttäuscht, ist, dass du nicht zu mir gekommen bist mit deinen Sorgen. Gemeinsam trägt es sich doch viel leichter als allein. Dass du das noch immer nicht gelernt hast, Cara! In all den Jahren mit mir."

Emilia erwiderte den sanften Druck von Violettas Hand.

„Der Laden hat dich glücklich gemacht, nicht wahr?" Violetta klang sehr ruhig. Sie schaute Emilia eindringlich an.

Emilia nickte energisch. Das war etwas, das sie mit Sicherheit sagen konnte. „Pastry Passion" war für sie genau das, was der Name schon aussagte: ihre Leidenschaft.

„Dann war das Geld doch ganz wunderbar investiert!" Violetta lächelte Emilia aufmunternd zu.

„Es wird weitergehen, Bella. Wir werden gemeinsam einen Weg finden. Onkel Alfredo ist mit Sicherheit kreditwürdig. Vielleicht gibt er dir sogar selbst ein Darlehen, wenn ich es mir recht überlege. Seine Pizzen sind schließlich unglaublich begehrt. Und er schuldet mir noch einen Gefallen. Ehe du dich versiehst, feiert ‚Pastry Passion' eine Auferstehung."

Emilia war von tiefer Dankbarkeit erfüllt. Ihre Tante war ein so starker, guter Mensch. Wie hatte sie nur glauben können, dass das Aus von ‚Pastry Passion' Violetta aus der Bahn werfen könnte? Emilia nahm einen weiteren Schluck von ihrem Tee.

Endlich, endlich spürte sie, wie die Kälte aus ihren Gliedern wich.

Als Violetta ihr mit dem bauchigen Glas zuprostete und noch einen Schluck Grappa nahm, erwiderte sie das zuversichtliche Grinsen ihrer Tante unweigerlich. Einen kurzen Augenblick lang hatte sie das Gefühl, dass alles irgendwie gut werden würde, auch wenn sie im Moment keinen Schimmer hatte, wie.

*

Am nächsten Morgen ging Emilia, noch bevor sie „Pastry Passion“ aufsperrte, hinüber zu Sam. Er verkaufte nicht nur Blumen, sondern auch Zeitungen, und sie musste sich dringend nach einem neuen Ladenlokal umschauen. Oder nach einem Job.

„Was war denn das für ein Aufmarsch bei dir gestern?“, fragte Sam, während er ihr die zwei gewünschten Zeitungen in die Hand drückte. „Kauft Donald Trump neuerdings bei dir ein? Oder waren das Dreharbeiten zu einem Sequel von ‚Men in Black‘?“

Emilia seufzte tief.

„Will Smith wäre mir bedeutend lieber gewesen“, sagte sie. „Aber es war der Assistent von Richard. Es ging um den Umbau des Gebäudes. Der Typ hat sich aufgeführt, als wäre er der König der Welt.“

„Und der Tross, den er mitgebracht hat? Ist das sein Gefolge?“

„Architekten oder so was.“

Sam blickte sie verärgert an. „War ja klar, dass der Typ keinen Meterstab selbst bedienen kann. Typisch! Er ist ein klassischer Profilneurotiker.“

„Naja, manche Menschen setzen sich gern in Szene.“

„Verdammter Wichtigtuer.“ Sams Ärger war echt. Er wollte nicht, dass Emilia weg musste. Seine Anteilnahme tat ihr gut. Er war wirklich ein Schatz. Sie würde ihm gleich als erstes, wenn sie drüben war, einen Cappuccino machen.

„Tante Vio hat sie vertrieben, als wäre sie der italienische Terminator. Sie war unglaublich. Die Kerle waren total sprachlos.“ Noch immer musste Emilia lachen, wenn sie an die Szene dachte, in der Vio ihre Nationalität zum Einsatz gebracht hatte wie eine Waffe im Anschlag.

„Kann ich mir gut vorstellen. Deine Tante ist eine toughe Lady.“ Sam streichelte einer Orchidee über die zartlila Blütenblätter, während er mit Emilia sprach. „Wie geht es jetzt weiter mit deiner Konditorei?“

„Ich muss raus hier, daran gibt es nichts mehr zu rütteln. Leroys Auftritt war sehr eindeutig. Deshalb brauche ich ja die Zeitungen, um mich nach freien Läden umzuschauen.“

„Puh, dann viel Glück! Ist nicht leicht im Moment. Die Mieten sind irrsinnig in die Höhe geschossen.“ Sam machte ein besorgtes Gesicht. Dann hellte sich seine Miene wieder auf. „Weißt du was? Ich schenke dir zur Zeitung noch ein Lotterielos, das wirst du brauchen können.“

Er hielt Emilia einen gläsernen Behälter entgegen und sie nahm sich eines heraus.

„Du meinst wohl, wenn es mit dem Glück in der Liebe nicht klappt, sollte ich es mit dem Spiel versuchen?“

Lächelnd riss sie das Briefchen auf. Es war eine Niete. Mit gespielt vorwurfsvoller Miene hielt sie Sam den Aufdruck entgegen.

„Tja“, meinte er grinsend. „Dann muss es wohl doch noch mit der Liebe was werden. War denn keiner der Architekten nach deinem Geschmack?“

„Ein Anzugträger? Igitt. Von denen habe ich endgültig die Schnauze voll! Stell mir lieber ein paar Gärtner vor, die sind bestimmt total bodenständig.“

„Und vor allem geerdet.“

Beide lachten.

Da eine Kundin zur Tür hereinkam, nahm Emilia die Zeitungen, warf Sam eine Kusshand zu und marschierte nach nebenan. Es war immer schön mit ihm. Die Vorstellung, Sam nicht mehr täglich sehen zu können, war so furchtbar, dass Emilia sie schnell wegschob.

Sie richtete im Eiltempo das Gebäck in der Theke und ordnete die Pralinen hübsch an. Wie immer am Vormittag kamen eine ganze Reihe Kunden, die sich Leckereien für ihr spätes Frühstück holten.

Kurz vor der Mittagszeit wurde es ruhiger. Emilia verschob die anstehenden Ahornsirup-Muffins auf den Nachmittag und schlug gespannt die Zeitung auf. Sie suchte eine Zeit lang, bis sie auf die Anzeigen für Gewerbeimmobilien stieß. Als sie die Preise las, ging sie erst einmal zur Kaffeemaschine, um sich einen stärkenden Espresso zu brühen. Tante Violetta an ihrer Stelle hätte ungläubig ihre goldene Lesebrille geputzt, aber Emilia konnte höchstens an einen Druckfehler glauben. Doch auch der wurde unwahrscheinlich, nachdem sie die ganze Spalte durchgesehen hatte.

Selbst wenn sie in eine billigere Gegend auswich, wollten die Vermieter fast 3.000 Dollar pro Monat. Dreitausend! Das würde sie niemals bezahlen können. Da half nicht mal ein kleiner Kredit von Onkel Alfredo oder eine Bankbürgschaft, denn sie musste die Miete schließlich jeden Monat erwirtschaften.

Erst jetzt wurde ihr bewusst, wie günstig die Ladenmiete in diesem Gebäude bisher gewesen war. Die Vermieterin war eine sehr alte Dame gewesen, die Alfredo von irgendwoher kannte. Emilia selbst hatte sie nie zu Gesicht bekommen, nur gehört, dass der Lady der Gedanke an eine Konditorei in ihrem Haus zusagte. Warum sie verkaufen hatte müssen oder ob das jetzt vielleicht ihre Erben getan hatten, wusste Emilia nicht. Es war auch egal. Fakt war, dass das ganze Haus nun Richard gehörte und der offenbar nichts Besseres damit zu tun wusste, als ihr Sallenger samt seinem Architektentross auf den Hals zu hetzen.

Eines hatte der Auftritt von Leroy wenigstens bewirkt: Sie war längst nicht mehr so traurig über das Ende mit Richard wie noch vor ein paar Tagen. Einen derart kaltherzigen Menschen wie ihn wollte sie nämlich gar nicht lieben.

Frustriert warf Emilia die Zeitung auf einen Stuhl und widmete sich doch erst einmal den Muffins. Anschließend rief sie beim Großhändler an und bestellte die Goldfolie, die sie für die Diamantentorte der Hannigan-Freundin benötigte. Sie befüllte die Formen für die weißen Schokoblüten, denn die Himbeer-Nougat-Trüffel waren schon wieder fast alle weg, und bediente eine Menge Kunden. Kurz vor Ladenschluss kam noch Jason mit seiner Mutter vorbei. Sie kauften ein paar Cupcakes mit lila Sahnehaube und Smarties, die Emilia eigens für Kinder im Programm hatte, und der Kleine zeigte ihr sogar Fotos von seiner Geburtstagsfeier, bei der die Miniontorte ratzeputz aufgegessen worden war. Sein glückliches Strahlen und sein erzählerischer Eifer waren unglaublich süß.

Der Tag war prall gefüllt mit Arbeit gewesen. Als Emilia schließlich bei Violetta im Wohnzimmer saß, war sie vollkommen erledigt.

„Puh, ich bin heute echt schlapp", erklärte sie ihrer Tante und legte ihre Beine mit einem Stöhnen auf das Sofa. „Deshalb habe ich dir einfach bei José zwei Burritos mitgenommen. Ich weiß, ich wäre mit Kochen dran, aber heute schaffe ich es nicht mehr. Da dachte ich mir, dir schmecken die Dinger immer so gut, da vermisst du meine Küche gar nicht."

Vio legte die mexikanischen Wraps gerade auf einen Teller. Ihre Augen leuchteten.

„Wenn sie mit viel Chili sind, ist das goldrichtig", sagte sie und biss sogleich hinein. „Herrlich!", schwärmte Violetta, die scharfes Essen liebte und amerikanisches Fastfood sowieso. Dann sah sie ihre Nichte an und zog die Augenbrauen hoch.

„Was ist mit dir? Hast du dir nichts mitgebracht?"

„Ich hatte keinen Appetit auf mexikanisch", erklärte Emilia. Das war nicht ganz richtig. Seit der Sache gestern mit Sallenger schien ihr ihr Hunger endgültig abhanden gekommen zu sein. Sie machte sich so große Sorgen um den Weiterbestand von „Pastry Passion", dass sie nichts hinunter bekam. Dazu der Liebeskummer.

„Magst du etwas anderes?", fragte Violetta besorgt.

„Ich habe noch einen Donut herumliegen. Und eine Banane."

Um ihre Tante zu beruhigen, zwang sich Emilia, ein Stück Obst zu essen. Anschließend nahm sie wieder die Zeitungen zur Hand, die sie vom Laden mitgebracht hatte.

„Es ist echt schwer, einen bezahlbaren Laden zu finden, in den ich mit ‚Pastry Passion' umziehen könnte. Und ich müsste erst einmal alles wieder neu einrichten." Seufzend blätterte Emilia nun auch die zweite Zeitung durch, mit dem gleichen Ergebnis.

Violetta setzte sich zu ihr und sah sie aufmunternd an.

„Bella, ich habe gute Nachrichten. Ich habe gleich heute mit Onkel Alfredo telefoniert. Er hat erst den Überraschten gespielt und mich drei Mal nach meinem Namen gefragt. Als wüsste er nicht sofort, wer ich bin. So was von lächerlich!"

Die Entrüstung stand ihr ins Gesicht geschrieben. Sie und Alfredo würden wohl nie aufhören, einander zu drangsalieren.

„Was sagt er?", fragte Emilia gespannt. Dass er nicht der größte Fan von Violetta war, wusste jeder in der Sippe. Emilia vermutete, dass er irgendwann einmal bei ihr abgeblitzt war. Aber als Familie half man sich schließlich trotzdem. Blut war nun mal dicker als verletzter Stolz.

„Er ist gerade nicht liquide. Behauptet er. Ich glaube diesem sizilianischen Windhund kein Wort." Violetta als stolze Römerin hatte für den Süditaliener nicht viel übrig. „Aber er hat mir angeboten, mit seiner Bank zu sprechen. Er würde für dich als Bürge eintreten, wenn du einen Kredit aufnimmst. Das wäre doch die Lösung, nicht wahr? Du könntest von dem Geld den Umzug bezahlen, alles schön einrichten lassen und auch die ersten Mieten hinblättern, bis das neue ‚Pastry Passion' richtig anläuft."

Vio strahlte ihre Nichte an.

Leider teilte Emilia die Begeisterung nicht. Ein Darlehen von der Bank half ihr kaum weiter, denn auch in diesem Falle müsste sie die hohe Miete zahlen und zusätzlich die Kreditrate. Selbst bei dem aktuell niedrigen Zinsniveau war das viel zu viel. Trotzdem freute sie sich, dass ihre Tante sich so für sie ins Zeug gelegt hatte.

„Das ist total lieb von dir, Vio."

Emilia gab ihrer Tante ganz spontan einen Kuss auf die Wange. Sie war mehr als froh, dass sie sich wieder gut verstanden.

„Ich habe allerdings bisher noch keine Laden aufgetrieben, den ich mir leisten kann. Selbst mit Kredit. Aber ich bin ja noch ganz am Anfang bei der Suche. Vielleicht ergibt sich noch was Günstiges. Oder ich suche mir vorübergehend einen Job."

Emilia blätterte weiter zur Seite mit den Stellenangeboten.

„Als was willst du denn arbeiten?", wollte Violetta wissen.

Gute Frage. Leider hatte Emilia überhaupt keine Ahnung, in welchem Bereich sie suchen sollte.

„Als Verkäuferin vielleicht? In einer anderen Bäckerei?"

„Wo du den ganzen Tag mit anschauen musst, welche lieblosen Sachen die produzieren? Das ist ja Folter!" Violetta sah richtig entsetzt aus.

„Naja, für einen Bürojob fehlt mir die Ausbildung. Es ist doch sicher am besten, ich bleibe in meiner Branche. Meinst du nicht?"

Unsicher blickte sie Violetta an. Sie war so erledigt wie schon lange nicht mehr. Und nun auch noch solche Entscheidungen treffen! Im Augenblick sehnte sich Emilia, die sonst immer gerne für sich selbst gesorgt hatte, nach irgendjemandem, der das alles für sie entschied. Falls Violetta eine Freundin in ihrem riesigen Bekanntenkreis auftrieb, die irgendeine Arbeit für sie hätte, würde sie den Job sofort annehmen. Ihr fehlte einfach die Kraft für eine aufwändige Suche. Sallenger lag ihr immer noch im Magen. Und Richard dazu. Eine sehr unverdauliche Mischung.

„Ich glaube, ich gehe ins Bett", beschloss Emilia und

erhob sich schwerfällig. Heute war ihr alles zu viel. Morgen war auch noch ein Tag. Da würde sie wieder frisch und munter sein. Nun ja, zumindest nicht so erschöpft. Sie zog sich aus und machte sich fertig für die Nacht. Schlafen hatte noch nie geschadet.

Mit dem Muntersein klappte es jedoch auch am nächsten Morgen nicht wirklich. Emilia hatte nicht einmal Lust auf den morgendlichen Latte Macchiato, den Violetta eigens für sie zubereitet hatte. Sie drückte Emilia das Glas in die Hand. Aber Emilia schüttelte den Kopf und stellte es ab.

„Du bist vom Frühstück machen für mich natürlich ab sofort befreit, angesichts der Sorgen", informierte Violetta sie mit einem mitfühlenden Blick.

„Lieb von dir." Sie lächelte ihre Tante an. Ihr Magen rebellierte schon beim Geruch des Kaffees. „Ich habe leider keine Zeit mehr. Ich trinke etwas im Laden. Zusammen mit Sam", erklärte Emilia ihrer Tante, die sie streng musterte. Dann winkte sie Vio noch mal zu und lief, um einem Gegenargument aus dem Weg zu gehen, schlagartig in Richtung Garderobe, schlüpfte in ihre Schuhe und war schon aus der Tür.

Als Emilia abends nach Hause kam, fühlte sie sich kein Stück besser als am Vortag. Es war einfach gerade alles zu viel. In dem Moment, wo sie das Treppenhaus betrat, roch sie schon Zwiebeln und Knoblauch. Was um Himmels Willen veranstaltete Violetta da oben? Sie lief die Treppe hoch zu ihrer Wohnung.

„Was brutzelst du denn?", fragte Emilia, als sie in die Küche trat. Am liebsten hätte sie sich ein Taschentuch vor die Nase gehalten.

„Scampi", flötete Violetta fröhlich. „Die magst du doch so gerne. Vor allem, wenn ich die schön herzhaft mache." Sie rührte voll Inbrunst in der Pfanne herum.

Es stimmte. Scampi á la Violetta war normalerweise eines von Emilias Lieblingsgerichten. Aber heute war es ihr deutlich zu viel des würzigen Dufts. Ihr wurde mulmig im Bauch.

„Du hast es aber ein bisschen übertrieben mit den Zwiebeln und dem Knoblauch, meinst du nicht?“ Emilia konnte sich beim besten Willen nicht vorstellen, das Gericht zu essen. Ihr Magen rebellierte.

„Wieso?“ Violetta fuhr herum. „Du musst endlich mal wieder was Gescheites essen. Du bist schon ganz mager. Und es sind die gleichen Zutaten wie immer, ich habe...“ Sie stockte.

„Cara, was ist los mit dir?“, sagte sie und kam einen Schritt näher, den Kochlöffel noch in der Hand. „Du bist ja ganz weiß im Gesicht.“

„Tut mir leid, ich muss…“

Emilia stürmte aus dem Zimmer, direkt ins Bad, wo sie sich kurz darauf vor der großen Porzellanschüssel wiederfand. Seit dieser Begegnung mit Leroy hatte sie einen nervösen Magen. Es war wirklich erstaunlich, wie sehr sich die Psyche auf den Körper niederschlug.

„Bist du in Ordnung, Liebes?“, fragte Violetta von der Badezimmertür aus.

Emilia nickte. „Das ist immer noch die Nachwirkung vom Besuch der Sallengertruppe“, erklärte sie. „Weißt du, wenn man so plötzlich mit dem Aus seines eigenen Geschäfts konfrontiert wird, schlägt das ganz schön auf den Magen.“

Violetta schwieg. Sie sah aus, als dachte sie nach. Dann kam plötzlich Bewegung in die Tante.

„Ich bin gleich wieder da. Muss noch etwas einkaufen“, rief sie und schlüpfte bereits in ihre Schuhe.

Emilia sah ihr erstaunt hinterher. Fehlte ihr noch eine Zutat für die Scampi? Hoffentlich nicht noch mehr Kräuter, es reichte auch so schon.

Sie spülte sich den Mund aus, trank ein wenig Wasser und ging mit wackligen Knien ins Wohnzimmer. Vorher kontrollierte sie noch schnell die Küche, aber Vio hatte die Pfanne mit dem brutzelnden Essen zum Glück von der

Herdplatte geschoben und sie ausgedreht.

Es dauerte gar nicht lange, da kam Violetta leicht schnaufend wieder zurück.

„Was musstest du denn so Wichtiges besorgen?“, fragte Emilia, denn sie sah beim besten Willen keine Einkaufstüte. Nur ein kleines längliches Schächtelchen, das ihre Tante aus einer ebenso winzigen Tüte des benachbarten Drugstores zog.

„Das hier!“

Violetta reichte ihr die Schachtel und Emilia las die Aufschrift.

„Ein Schwangerschaftstest?“, rief sie verdutzt. „Tante Vio, ich bin doch nicht…“ Sie brach den Satz ab. Versuchte zu rechnen. Konnte sich nicht konzentrieren.

Völlig durcheinander sprang Emilia auf und stürmte zum Kalender, der im Flur der Wohnung hing. Sie studierte die letzten Wochen und wurde dann richtig blass. Es waren tatsächlich schon mehr als vier Wochen seit ihrer letzten Regelblutung vergangen. Und der Abend mit Richard bei Luigi, der mit dieser märchenhaft zärtlichen Nacht geendet hatte – der war vor mehr als zwei Wochen passiert.

„Das darf nicht… das kann doch nicht…“, stammelte Emilia.

Violetta schob sie sanft in Richtung des Badezimmers. „Mach den Test“, sagte sie mit weicher Stimme. „Dann haben wir Gewissheit.“

Zwei Minuten später saßen beide Frauen in trauter Zweisamkeit nebeneinander und starrten eine winzige weiße Linie im Sichtfenster des Tests an. Violetta hatte Emilias freie Hand in die ihre genommen, was bitter nötig war. Die Anspannung war kaum auszuhalten.

„Wie viele Sekunden sind schon um?“, fragte Emilia, die jeden Begriff für Zeit und Raum verloren hatte.

Noch bevor Violetta antworten konnte, verfärbte sich die Linie in ein zartes Hellblau.

„Nein!“, hauchte Emilia.

Nun wurde die Farbe deutlicher und erreichte exakt den Ton von Richards Augen. Am Ende manifestierte sich ein kräftiger Strich in Navyblau. Er ragte entschlossen aus der weißen Umgebung heraus und schrie seine farbige Botschaft damit in die Welt hinein.

„Ich bin schwanger", übersetzte Emilia tonlos. „Oh Gott, ich bin schwanger."

Diese Erkenntnis war so überwältigend, dass Emilia total den Boden unter den Füßen verlor. Hätte sie nicht auf dem Sofa gesessen, hätten ihre Beine den Dienst quittiert. Alles drehte sich, das Wohnzimmer wurde zum Karussell, vor ihren Augen flackerte es. Ein Schluchzen drängte sich von ganz tief innen nach draußen, ließ ihre Schultern beben und ihren Atem stocken.

„Ich bekomme ein Kind von Richard", presste Emilia hervor. „Von dem Mann, der gerade alles daransetzt, mein Leben zu zerstören!"

Ihr war schrecklich übel, viel mehr noch als bisher, aber sie konnte nicht aufstehen. Sie krümmte sich zusammen und versuchte, ihren Magen mit gleichmäßigen Atemzügen zu beruhigen. Ein und aus. Und noch einmal. Ein und aus. Emilia konzentrierte sich auf ihren Atem, denn alle anderen Gedanken waren so übermächtig, dass sie diese für einen Moment verdrängen musste. Sonst würde sie vollends zusammenbrechen.

„Cara", hörte sie von irgendwoher. Sie spürte eine schmale Hand auf ihrer Stirn.

Emilia blickte auf. Allmählich drang die Stimme von Violetta zu ihr durch.

„Das ist kein Weltuntergang", sagte die Tante und strich Emilia über den Rücken. „Wir kriegen das gemeinsam hin. Mach dir doch keine Sorgen."

Langsam fand Emilia wieder ins Hier und Jetzt zurück. Sie sah Violetta an, erkannte den zuversichtlichen Ausdruck in deren Gesicht, ja, sogar einen Anflug von Freude.

„Ich helfe dir", sprach Vio weiter. „Das ist gar keine

Frage. Ich bin noch fit wie eine junge Großmutter, ach was, wie eine ältere Schwester! Du bist nicht alleine, hörst du?"

Ihre Augen strahlten. Im Geiste sah sie sich bestimmt schon stolz beim Schieben eines Kinderwagens. Nun war nicht mal mehr der Central Park sicher vor Violetta.

Emilia hingegen dachte noch lange nicht so weit im Voraus. Panik kroch in ihr hoch und schnürte ihr den Hals zu.

„Wie soll ich jetzt einen Job finden?", rief sie. „Oder mich um einen neuen Laden kümmern. Es ist eine Katastrophe!"

Doch ihre Tante wurde mit einem Mal völlig ruhig. Ernst sah sie ihr in die Augen.

„Nein, Emilia, es ist ein Kind."

Dann legte sie ihre Hand auf Emilias Arm und streichelte diesen. „Es ist ein kleiner Mensch und er ist in unserer Familie herzlich willkommen. Ich bin mir sicher, dass es ein Mädchen wird. Ja, ganz bestimmt sogar! Und sie wird deine Haare haben. Richard ist ja auch dunkel. Wie willst du sie nennen?"

„Äh…" Im Moment war Emilia noch mit völlig anderen Dingen beschäftigt. Ein Kind. Sie würde ein Baby bekommen! Das war vollkommen unglaublich. Sie nahm noch einmal den Test in die Hand. War das Ergebnis auch wirklich richtig? Vielleicht hatten Violetta und sie in der Aufregung die Anleitung nicht richtig gelesen und ein blauer Strich bedeutete „nicht schwanger."

Noch einmal studierte sie die Packungsbeilage ganz genau. Es blieb dabei. Sie erwartete ein Kind. Ausgerechnet jetzt! Schon wieder musste Emilia konzentriert Luft holen, damit die Panik nicht in ihr hochstieg.

„Du wolltest doch immer Kinder." Vio war wirklich unermüdlich darin, die positiven Seiten herauszustellen.

„Ja schon", erwiderte Emilia. „Aber doch nicht jetzt! Und nicht von Richard."

„Ach Bella, die Natur sucht sich schon den richtigen Zeitpunkt. Du bist jung und kerngesund, wir haben ein Dach über dem Kopf und genug zu essen. Warum also sollte es nicht passen?“

Da Emilias Kopf sich in ein Vakuum verwandelt hatte, fiel ihr keine vernünftige Antwort ein. Aber mit Vernunft erreichte man bei Vio sowieso nie etwas.

„Ein Vater wäre vielleicht nicht verkehrt“, fiel Emilia irgendwann ein. Doch auch diesen Einwand wischte ihre Tante mit einer spontanen Handbewegung weg.

„Unsinn. Wir leben im 21. Jahrhundert. Selbstverständlich können zwei Frauen allein ein Kind aufziehen.“

Dann schlich sich dieser besondere Blick in Violettas Augen, dieses Glitzern.

„Sag mal, wann ist das Ganze denn passiert?“

„Na, als du bei Rosemary warst“, musste Emilia zugeben.

„Ach so!“ Violettas Wangen färbten sich rot. Sie liebte solche Themen. „Da bin ich also mal eine Nacht ausgeflogen und ihr macht ein Liebesnest aus der Wohnung.“

„Tante, bitte, es…“

Doch Violetta war nicht zu stoppen.

„Recht habt ihr“, erklärte sie nickend. „Man muss jede Gelegenheit nutzen. Du hättest nur etwas sagen zu brauchen! Ich wäre hin und wieder ins Kino gegangen, in die Spätvorstellung. Dann hättet ihr noch öfter freie Bahn gehabt.“ Sie zwinkerte ihrer Nichte zu.

Seufzend richtete sich Emilia auf.

„Es war nur dieses eine Mal. Und auch das war nicht geplant.“

„Von ihm vielleicht schon.“

„Nein, ganz gewiss nicht.“ Jetzt verteidigte sie Richard sogar! „Er wollte sogar gehen, war schon auf dem Weg zur Tür. Aber ich habe ihn daran gehindert.“

„Du hast ihn also nach Strich und Faden verführt?“

Begeistert klatschte Violetta in die Hände. „Brava, Cara! Gut gemacht."

Emilia verdrehte die Augen. „So war das gar nicht. Es... wie soll ich sagen...es hat sich irgendwie ergeben."

„War es schön?" Violettas Augen weiteten sich gespannt.

„Oh ja, es war wie im Traum!" Emilias Blick verschleierte sich kurz bei der Erinnerung.

Ups! Vor lauter Verwirrtheit hatte sich Emilia auch noch dazu hinreißen lassen das zuzugeben. Dabei hatte sie so sehr darum gekämpft, den Gedanken an diese Nacht und all ihren Zauber weit nach hinten zu drängen.

Violetta strahlte. „Ich bin sehr gespannt, was Richard dazu sagen wird."

Umgehend war Emilia wieder im Vollbesitz ihrer geistigen Kräfte.

„Er wird es nie erfahren!", stellte sie klar. „Ich will keinen Cent von ihm. Das ist mein Kind und er hat damit nichts zu tun."

„Cara, er trägt die gleiche Verantwortung wie du. Er hätte daran denken müssen, dass beim Sex nun mal Kinder entstehen können."

„Tante!"

„Ist doch wahr. Schließlich hätte er eines seiner goldenen Milliardärskondome überziehen können. Das hat er nicht getan, oder?"

Emilia gefiel es gar nicht, mit Vio diese intimen Details zu diskutieren, aber sie hatte keine Wahl.

„Nein, hat er nicht", gab sie leise zu.

„Eben!" Violetta grinste triumphierend. „Also kann man dir absolut nichts vorwerfen. Und eines ist ja wohl klar – er hat ein Recht zu erfahren, dass er Vater wird."

In diesem Punkt war Emilia völlig anderer Meinung. Sie war kein Golddigger, anders als Richard, der ganz offensichtlich aus allem Geld machte. Und sie wollte auch nicht, dass ihr Kind, ihre Tochter, so werden würde wie ihr Vater.

„Nein!“, bekräftigte sie. „Ich will ihn nicht in meinem Leben. Er soll sich raushalten. Ich werde ihm keinesfalls von der Schwangerschaft erzählen.“

Sie war sich absolut sicher, dass das die richtige Entscheidung war.

„Dann werde ich ihm von dem Kind erzählen“, erwiderte Violetta bestimmt. „Ich lasse nicht zu, dass er nichts davon erfährt. Er muss wissen, dass er Vater wird. Es ist sein Recht, Emilia! Und wenn du nicht zu ihm gehst, werde ich das tun.“

„Untersteh dich!“

„Du kannst mich nicht daran hindern.“ Violettas Tonfall ließ keine Zweifel zu.

Sie meinte es ernst, das war völlig klar. Und dann wäre die Situation vermutlich noch verfahrener, als ohnehin schon.

„Lass mich wenigstens eine Nacht darüber schlafen“, gab Emilia also klein bei. „Ich muss erst mal verdauen, dass ich Mutter werde, bevor ich Richard damit konfrontiere, dass er Vater wird.“

Violetta schaute Emilia forschend an. Sie nickte. Erneut drückte sie die Hand von Emilia. „Na gut.“

Einen Augenblick lang saßen die beiden Frauen still nebeneinander. Dann stand Violetta auf. „Ich gehe erst mal ein Zigarettchen rauchen. Es scheint, die Tage, wo ich das noch einfach so tun kann, sind gezählt. Schließlich habe ich als Großmutter eine gewisse Vorbildfunktion.“

Violettas Gesicht strahlte vor Freude. Sie war einfach ein wunderbarer Mensch. Eine bessere Oma für ein Kind konnte man sich gar nicht wünschen.

Als ihre Tante den Raum verlassen hatte, blieb Emilia allein zurück. Der Gedanke an ein Kind stellte alle Ereignisse der vergangenen Tage in den Schatten. Emilia legte ihre Hand auf ihren Bauch. Es fühlte sich an wie immer. Höchstens ein bisschen flacher, da sie die letzten Tage kaum etwas hinunterbekommen hatte. Und doch war alles anders. Von einem Moment auf den anderen. Genau unter ihrer Hand wuchs auf wundersame Weise ein neues Leben heran. Noch ganz winzig, kaum zu sehen und erst recht nicht zu spüren. Trotzdem ließ Emilia ihre Hand dort liegen. Ein kleines Wesen, für das sie von nun an verantwortlich war. Das ihr manch schlaflose Nacht bereiten würde, aber sie hundert Mal öfters mehr glücklich machen würde, vermutlich glücklicher als ein Mann das je könnte. Die Wärme ihrer Hand breitete sich auf ihrem ganzen Bauch aus. Und irgendwie… bei all der Angst und Unsicherheit… war es ein schönes Gefühl, genau dort hineinfühlen zu können.

„Hallo, da drinnen“, flüsterte sie leise. „Schön, dass du da bist.“

Der Gedanke an das Kind, ihr Kind, war so unrealistisch und zugleich hatte er einen ganz eigenen Zauber, eine Magie, der Emilia sich nicht entziehen konnte.

Allen Sorgen, allen Problemen und jeder Logik zum Trotz nahm etwas von Emilia Besitz: ein kleines Lächeln, das sich ganz leise in ihr Gesicht schlich und dort haften blieb.

## 16. Cornetto

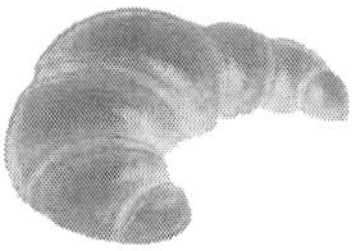

*Hörnchen aus Blätterteig mit Vanillecremefüllung – ein typisch italienisches Frühstücksgebäck*

Auch am nächsten Morgen hatte Emilia keinen Schluck ihres Cappuccinos trinken können. Diese verflixte Übelkeit schien sie immer mehr im Griff zu haben. Violetta hatte dann wieder ihren Kümmeltee gekocht, so dass Emilia wenigstens etwas Flüssigkeit bei sich behielt.

„Du gehst heute zu Richard?“, fragte Violetta. Eigentlich klang es mehr wie eine Feststellung.

„Mal sehen. Ich möchte vorher auf jeden Fall noch zu Doctor Jackson. Ich muss schließlich ganz sicher sein.“

Emilia nahm einen kleinen Schluck Tee. Er tat gut. Vielleicht konnte sie es sogar mit einem Cornetto versuchen.

Erst jetzt fiel ihr auf, dass Violetta gar nicht geantwortet hatte. Stattdessen blickte die Tante sie streng an.

„Aber du wirst es tun!“, sagte sie im bestimmten Ton.

Noch nie hatte Emilia es leiden können, wenn man ihr Anweisungen gab. Auf einen Tag mehr oder weniger kam es doch wirklich nicht an! Violetta konnte manchmal so anstrengend sein.

„Ja doch! Ich werde ihm die frohe Botschaft verkünden. Aber erst möchte ich Gewissheit. Kannst du das denn gar nicht verstehen?“

Sie versuchte es ihrerseits mit einem strengen Blick. Ausnahmsweise schien der sogar zu funktionieren. Violetta senkte die Augen und spielte mit ihren bunten Schalfransen herum.

„Natürlich“, gab sie zu. Dann seufzte sie tief. „Verzeih einer alten Frau. Ich will einfach die Hoffnung nicht aufgeben, dass noch alles gut wird zwischen Richard und dir. Daran halte ich mich tatsächlich fest, du hast schon recht. Es wäre so schön: eine kleine, glückliche Familie. Wir Senioren sind halt manchmal sentimental.“ Sie lächelte verlegen.

Emilia, die sowieso in den Laden musste, stand auf und umarmte ihre Tante spontan.

„Eine Taufe ist doch fast so gut wie eine Hochzeit“, fiel Emilia ein. „Findest du nicht?“ Sofort hellte sich Vios Miene auf.

„Ob es da auch Magazine gibt? Für Taufkleider?“, überlegte sie.

Emilia lachte. Ihr war jetzt klar, welche Mission ihre Tante heute zu erfüllen hatte. Sie würde sämtliche New Yorker Shops für Babybedarf abgrasen und alle möglichen Werbeprospekte erbeuten. Aber das war besser, als wenn sie ständig Brautkleider verglich, denn im Gegensatz zu einer Hochzeit würde die Taufe mit Sicherheit stattfinden. Falls der Test nicht doch irgendeinen Unsinn angezeigt hatte.

„Bis später, Vio!“, rief Emilia und schlüpfte in ihre Schuhe.

Kaum hatte sie ihren Laden betreten, rief sie bei Doktor Jackson an. Sie hatte Glück und durfte in ihrer Mittagspause in die Praxis kommen, die gleich in der Nähe lag. Den ganzen Vormittag war sie fahrig und unkonzentriert. Fast hätte sie einer Kundin statt der gewünschten Brownies ein Gorgonzola-Brötchen eingepackt. Gut, dass die Frau sie so seltsam ansah, als sie das würzige Gebäck aus der Theke holte.

Mittags schloss sie eilig ab, machte sich ein wenig frisch und eilte zum Arzt. Dort ging alles sehr schnell, weil heute wenig los war. Bevor Emilia richtig durchatmen konnte, lag sie schon auf der Untersuchungsliege und der glatzköpfige Dr. Jackson deutete auf ein grobkörniges Ultraschallbild. Emilia konnte auf Anhieb nicht viel erkennen. Doch dann zeigte der Arzt auf eine winzige, pulsierende Stelle.

„Da ist das Herz." Er lächelte.

Emilia starrte auf den Punkt, der fast unmerklich pumpte. Das Herz! Ihr Baby hatte ein schlagendes Herz!

„Meinen Glückwunsch", sagte Dr. Jackson.

Also stimmte es tatsächlich. Emilia war schwanger.

Bis jetzt hatte sie die ganze Situation als total irreal erlebt. Nur ein harmlos wirkender blauer Streifen auf einem billigen Plastikstab. Aber nun wurde die Schwangerschaft plötzlich konkret. Ihr Kind hatte ein schlagendes Herz. Ihr Kind lebte. In ihr.

Emilia bekam ein paar Heftchen ausgehändigt und man nahm ihr Blut ab. Zum Abschied drückte ihr die Arzthelferin noch einen Kalender in die Hand, auf dem sie die Schwangerschaftswochen eintragen konnte.

„Hier ist ihr neuer Termin, zur Vorsorge. Bis dahin alles Gute! Und bitte melden Sie sich, wenn es Probleme gibt, ja?", sagte sie und wandte sich schon der nächsten Patientin zu. Für sie war eine Schwangerschaft das tägliche Geschäft. Für Emilia stand die Welt Kopf.

Gehörig durcheinander marschierte sie wieder zurück in ihre Straße, den Kalender hielt sie fest umklammert. Darin stand schwarz auf weiß, dass sie ein Kind bekam. Trotzdem würde sie ihn noch lange anstarren müssen, bis sie sich das tatsächlich vorstellen konnte. Gut, dass es bis zur Geburt noch so lange hin war, das gab ihr Zeit, sich an den Gedanken zu gewöhnen.

Als sie abends nach Hause kam und von dem Arztbesuch erzählte, blickte Violetta sie zwar fragend an, sagte aber kein Wort.

Dieses Schweigen war allerdings nicht angenehm, denn man konnte Vio an der Nasenspitze ablesen, was sie wissen wollte.

Nach zehn Minuten Smalltalk gab sich Emilia geschlagen.

„Sonst noch irgendwas, das du mir erzählen willst?" Violetta schaute auf ihre perfekt manikürten, pinken Fingernägel, als ob ihre Frage ganz beiläufig wäre.

„Ist ja gut, ich gehe zu Richard.", sagte sie. „Und zwar in den nächsten Tagen, ich verspreche es dir."

Violetta sah gleich viel entspannter aus, als sie das hörte. Sie sprang erstaunlich gelenkig von ihrem Stuhl hoch, riss eine Schublade auf und holte einen Zettel hervor, auf den sie etwas gekritzelt hatte.

„Ich habe dir die Adresse aufgeschrieben. Das Verwaltungsgebäude des Stone-Konzerns. Beste Lage. Tolles Gebäude! Und angerufen habe ich auch."

„Bei Richard?", fragte Emilia entsetzt. Ihrer Tante traute sie alles zu.

„Dio mio, wo lebst du denn! Man kann den Boss eines solchen Imperiums doch nicht einfach ans Telefon holen lassen wie einen Pizzaboten. Ich habe natürlich nur mit seiner Vorzimmerdame gesprochen. Aber immerhin habe ich herausgekriegt, dass er diese Woche nicht auf Geschäftsreise ist. Also schnapp ihn dir! Du wirst sehen, wenn du ihm das sagst mit dem Kind, wird er sich freuen. Das weiß ich einfach!"

Mit diesen Worten drückte Vio ihr den Notizzettel in die Hand und verschwand in die Küche, um sich einen kleinen Verdauungs-Grappa zu holen. Dabei hatte Emilia noch gar nichts gekocht. Sie seufzte, steckte die Adresse ein und machte sich auf, ein Risotto zu zaubern. Noch nie hatte sie sich so sehr gewünscht, dass ihre Tante mit irgendetwas recht behielt.

*

Emilias Hände waren feucht, als sie am nächsten Tag die 56te Straße entlang ging. Ein moderner Glaspalast reihte sich hier an den anderen und die Hochhäuser dazwischen sahen, wenn man direkt davor stand, wirklich aus, als wollten sie an der Unterseite der Wolken kratzen. Die zahlreichen Menschen, die neben ihr marschierten, hatten nicht den gemächlichen Schlenderschritt, wie man ihn bei den Bummlern in SoHo beobachten konnte. Nein, hier hatte es jeder eilig. Männer in teuren Anzügen und glänzenden Schuhen hetzten an ihr vorbei, Pumps von Frauen in Businesskostümen klackerten über das Pflaster. Fast jeder sprach in ein Smartphone.

Emilia kam am Trump Tower vorbei, dessen blanke Bronzeplatten in der Sonne funkelten. Die Buchsbäume in Kugelform, die man vor dem Eingang aufgestellt hatte, wirkten fast schon verloren. Viel besser zu diesem Prunk passte der elegante Armani-Shop direkt gegenüber. Als eine riesige schwarze Limousine vorbei glitt, sah Emilia interessiert hinein. Vielleicht saß ja dieser seltsame Donald Trump persönlich darin. Aber vielleicht war er auch schon in Washington zugange und gierte nach dem Präsidentenstuhl.

Als sie an einer ganzen Reihe knallblauer Leihfahrräder vorbeilief, die direkt vor dem mondänen Sony Plaza Gebäude in Reih und Glied aufgestellt worden waren, musste sie schmunzeln. Die Räder kamen ihr hier völlig deplatziert vor. Gab es wirklich Leute, die sich so ein Citybike ausliehen und damit gemütlich die Fifth Avenue entlangfuhren?

Emilia kam sonst nie in diesen Teil der Stadt. Was sollte sie auch hier? Heute allerdings blieb ihr nichts anderes übrig. Ihre Finger schlossen sich um den Zettel von Violetta. Darauf zu blicken brauchte sie nicht mehr, sie hatte die Hausnummer längst im Kopf. Weit war es nicht mehr.

Endlich stand sie vor dem Stone Building, der Zentrale von „Sweet Temptation" und weiteren Firmen des Konzerns. Das Gebäude war fast genauso protzig wie der Trump Tower und ebenso modern mit den verspiegelten Fenstern und den glänzenden Metallstreben. Der Name

„Stone“ war in großen Lettern über dem Eingang angebracht worden. Emilia legte den Kopf in den Nacken und sah nach oben. Es gelang ihr nicht, die Stockwerke zu zählen. Richards Vater war sicher ein außergewöhnlich guter Geschäftsmann, wenn er so ein Imperium aufgebaut hatte. Sie musste tief Luft holen, weil ihr Magen rebellierte. Die Idee, Richard gleich gegenüberzutreten, gefiel ihr nicht. Hoffentlich musste sie sich nicht genau dann, wenn sie in seinem Büro war, wieder übergeben. Das wäre eine Katastrophe.

Langsam ging Emilia auf die Glastür zu und zog sie auf. Innen stand der übliche Wachmann in schwarzer Uniform. Aber da sie keine Tasche dabei hatte, brauchte er sie nicht zu durchsuchen. Er nickte ihr ungewohnt freundlich zu, als sie den Eingangsbereich betrat.

Überrascht sah sie sich um. Es war hier kein bisschen steril, sondern wirkte durch die vielen Grünpflanzen in riesigen Trögen sogar einladend. Die Halle erinnerte Emilia an das IBM Building in der Madison Avenue, wo man zwischen wunderschönen Bambuspflanzen herumlief. Ob das hier Richards Idee gewesen war? So, wie er seinen Vater beschrieben hatte, konnte sie sich kaum vorstellen, dass der ein grünes Paradies in seinem Glaspalast erschaffen hätte.

Eine unüberschaubare Menge Menschen wuselte herum. Vermutlich Mitarbeiter, die zur Arbeit kamen. Ein junger Mann rempelte sie aus Versehen an und entschuldigte sich mit einem Lächeln. Anschließend lief er schnell weiter. Emilia steuerte den Aufzug an, neben dem die einzelnen Abteilungen auf einem Metallschild aufgelistet waren. Die meisten Stockwerke verzeichneten mehrere Wörter. Controlling und Finanzen, Personalverwaltung und –entwicklung, Marketing und Steuerung. Ganz oben aber, im 22. Stock, standen nur drei Buchstaben, die Abkürzung für den Konzernboss.

„CEO“

Kein Name, kein Titel, nichts.

Emilias Mund war plötzlich wie ausgetrocknet. Sie sah Richard vor sich, auf der Holzbank im Central Park oder lachend bei Luigi, und dieses Bild wollte so gar nicht zu jemandem passen, der eine eigene Etage in diesem mächtigen Gebäude sein eigen nannte. Nein, er nannte sogar das ganze Hochhaus sein eigen! Würde sie überhaupt zu ihm durchkommen auf dieser Chefetage?

Die gute Violetta war nicht müde geworden, zu betonen, dass Richard sich bestimmt freuen würde. „Er hat noch keine Kinder“, hatte sie erst heute Morgen gesagt. „Und keine Ehefrau. Jeder mächtige Mann will doch Nachkommen. Und so, wie ich ihn einschätze, wird er nach einer Schrecksekunde dann doch glücklich sein. Du wirst ihn lächeln sehen, Cara, das garantiere ich dir!“

An diesen Worten hielt sich Emilia fest, als sie einen der Aufzüge klingeln hörte, weil er im Erdgeschoss angekommen war. Trotzdem machte ihr dieses Macht ausstrahlende Gebäude Angst. Es wäre sicher besser gewesen, Richard an einem neutraleren Ort zu treffen. Aber nun war sie schon mal da. Ihr blieb nichts anderes übrig, als das Beste zu hoffen.

Mit unsicheren Schritten ging sie näher an den Lift heran, trat ein und drückte den obersten Knopf. Eine ältere Frau in weißer Bluse und dunkelblauem Rock musterte sie neugierig.

Es dauerte eine halbe Ewigkeit, bis der Aufzug endlich oben ankam. Ab dem 17. Stock war sie allein gewesen und als sie nun in der obersten Etage ausstieg, wurde ihr heiß. Ihre Hände zitterten, ihr Magen zog sich immer mehr zusammen und in ihrem Nacken kribbelte es unangenehm.

Ob man sie bis ins Vorzimmer von Richard durchließ? Sicher gab es da mindestens eine Sekretärin, die sein Reich verwaltete, vielleicht sogar ein Heer von Assistenten. Leroy würde Emilia garantiert abwimmeln, wenn er sie sah. Schon allein nach dem Rauswurf durch Violetta war dieser Sallenger ihr sicher nicht wohl gesonnen. Sie sollte sich eine überzeugende Begründung ausdenken, was sie von seinem Boss wollte. Leider war ihr Kopf völlig leer gefegt.

„Suchen Sie etwas?“ Eine freundliche Dame in einem grauen Businesskostüm war an Emilia herangetreten.

„Ähm, ja, also… Ich müsste zum Büro von Richard Stone.“

„Das ist ganz hinten, auf der linken Seite. Fragen Sie nach Mr. Donalds. Er vertritt heute Mr. Sallenger.“

Immerhin! Wenn das keine guten Neuigkeiten waren! Leroy zu sehen, hätte Emilia nicht verkraftet. Die Aussicht, nur seinem Vertreter zu begegnen, war eine riesige Erleichterung.

Emilia schritt den Gang entlang. Es war hier oben sehr leise. Alle Türen, die zu ihrer linken Seite lagen, waren geschlossen. Rechts hingegen bestach diese Etage durch eine lange Fensterfront, die einen atemberaubenden Blick auf New York gewährte. Nicht nur die Hochhäuser waren zu erkennen, man konnte durch eine Lücke sogar das sanfte Grün des Central Parks sehen. Es kam Emilia vor wie ein Zeichen, dass sie von hier aus ausgerechnet den Ort ihres ersten richtigen Treffens erkannte. So kurz vor ihrer wichtigen Begegnung mit Richard wirkte das wie ein Wink des Schicksals. Obwohl sie an so etwas nicht recht glaubte, gefiel ihr diese Vorstellung. Ihr Atem wurde ein klein wenig ruhiger.

Als Emilia am Ende des Flurs angekommen war, stand sie vor einer breiten Tür, neben der ein unauffälliges Schild angebracht war. „Richard Stone, CEO“, stand darauf. Also war sie hier richtig. Zögerlich klopfte Emilia an die Tür.

„Herein!“ Hinter einem ganz gewöhnlichen Schreibtisch saß ein junger Mann in einem weißen Hemd, aber - das fiel Emilia sofort auf - ohne Krawatte und mit offen stehendem Kragen. Dadurch wirkte er in diesen heiligen Hallen fast schon unkonventionell. Als er Emilias irritierten Blick sah, stand er auf.

„Kann ich Ihnen irgendwie helfen?“ Sein offenes, freundliches Lächeln machte Emilia Mut. Dieser Donalds war ihr sofort sympathisch.

„Ja, ich… Ich würde gern mit Mr. Stone sprechen."

Der Mann winkte Emilia zu sich heran. „Haben Sie denn einen Termin? Ich habe für heute Vormittag keinen Besucher eingetragen."

Er holte einen altmodischen Terminplaner aus der Schublade und legte ihn auf den Schreibtisch vor sich.

„Nein. Tut mir leid. Mein Anliegen ist eher, sagen wir, privater Natur." Emilia wurde rot. „Sehr privat", fügte sie beinahe flüsternd hinzu. Sie konnte keinem völlig Fremden, auch wenn er noch so sympathisch war, ihr intimstes Geheimnis erzählen.

Donald griff erneut nach dem Buch und ließ es wieder in der Schublade verschwinden. Sein Telefon klingelte, er schaute kurz auf die Nummer und machte sich eine kleine Notiz. Anschließend schenkte er seine volle Aufmerksamkeit wieder Emilia. Sie mochte Donalds wirklich.

„Nun, es tut mir wirklich leid, Verehrteste. Aber Sie sind nicht die erste Frau, die ihr Glück bei Mr. Stone versuchen möchte…"

Emilia schüttelte den Kopf. „Nein, so ist es nicht. Richard und ich kennen einander und…" Widerwillig überlegte sie, was sie diesem Mr. Donalds erzählen sollte, um zu Richard vorzudringen.

„Donalds? Ich bräuchte jetzt wirklich die Daten von dem Werk in China! Haben Sie mir die Unterlagen schon ausgedruckt?"

Emilia erkannte die Stimme sofort. Von einem imposanten Ficus halb verborgen hatte sich eine Tür geöffnet und Richard steckte seinen Kopf ins Zimmer.

Ihr Herz schlug bis zum Hals. Leider sah er ganz genau so gut aus, wie sie ihn in Erinnerung hatte.

Als Richard Emilia sah, kam er in das Vorzimmer.

„Emilia! Was für eine Überraschung!" Richard wirkte ein wenig verwirrt. Ganz offenbar wusste er nicht, wie er Emilias Auftauchen einschätzen sollte.

„Was machst du denn hier?"

„Ich… ich muss mit dir sprechen."

„Komm doch rein! Ich habe so oft versucht, dich zu erreichen." Richard wies in sein Büro. Als er ihren Rücken leicht berührte, fühlte es sich an, als ob die Stelle brennen würde.

„Donalds, bitte stellen Sie keine Anrufe durch, ja?", wandte Richard sich an seinen Vorzimmersekretär.

„Natürlich, ganz wie Sie wünschen."

„Setz dich doch." Emilia schaute sich um. Der imposante Schreibtisch aus dunklem Holz musste noch aus den Zeiten von Richards Vater sein. Er sah antik und teuer aus. Es stapelten sich eine beeindruckende Menge Akten und Papiere zu beiden Seiten. Ein riesiger Computermonitor dominierte die Mitte des großen Möbels. An der Wand, seitlich des Schreibtisches, waren drei Uhren angebracht, die unterschiedliche Tageszeiten anzeigten. Darunter standen die entsprechenden Länder.

Die andere Seite des Raumes war vollverglast. Auch hier hatte man einen fantastischen Blick auf die Stadt. Davor stand ein Besprechungstisch, ebenfalls aus dunklem Holz, umrahmt von schwarz gepolsterten Stühlen. Der Raum hätte sehr schwer wirken können, wäre da nicht der starke Lichteinfall vom Fenster her und die vielen Bilder an den Wänden gewesen. Es waren samt und sonders Gemälde, die europäische Motive darstellten. Richards Leidenschaft für die alte Welt wurde jedem deutlich, der diesen Raum betrat. Sicher waren die Werke von einem bekannten Künstler. Jedes wirkte teuer und wurde separat von einer kleinen Lampe beleuchtet: Weinberge, Lavendelfelder, der Eiffelturm, ein Bild vom Meer, Algarve, vermutete Emilia.

So wirkte der Raum zwar geschäftsmäßig, aber nicht zu kühl.

Richard deutete auf den Tisch und setzte sich Emilia gegenüber. Die Situation kam Emilia absurd vor. Es fühlte sich so nach einem Geschäftsgespräch an. Dabei wollte sie Richard über seine Vaterschaft informieren.

„Ich versuche seit Tagen, dich zu erreichen", sagte Richard noch einmal, als sie sich gegenüber saßen. Hörte Emilia da einen leisen Vorwurf heraus? „Wir müssen doch reden! Bestimmt gibt es eine Erklärung für alles."

Sie konnte nicht mehr. Sie wollte nicht, dass Richard weitersprach. Es schmerzte sie so sehr. Emilia wollte eigentlich gar nicht hier mit ihm in diesem Raum sein. Es gab keinen Grund, ihm länger zuzuhören als irgendwie nötig. Er würde sie nicht noch einmal umgarnen!

„Ich bin schwanger!" Es platzte förmlich aus Emilia heraus.

Sie blickte Richard gespannt an. Würde jetzt die von Violetta angekündigte Freude in seinen Augen erscheinen?

Richard wirkte völlig erstarrt. Sein Gesicht, das gerade noch ernst und zugleich irgendwie eifrig ausgesehen hatte, gefror mit einem Schlag. Er starrt Emilia an, als habe er sie noch nie zuvor gesehen.

„Du wirst Vater, Richard."

Noch immer sprach er nicht. Sein Gesichtsausdruck war versteinert, die Augen kalt. Dann stand er wortlos auf und ging zu einem Schrank, der in der Ecke stand. Als er zurückkam, hielt er ein Scheckbuch in der Hand.

„Wie viel willst du?" Seine Stimme war genauso schneidend wie sein Blick.

„Was?" Emilia verstand nicht gleich.

„Geld. Sag mir, was du haben willst. Ich stelle dir einen Scheck aus. Und dann verschwinde."

Emilia starrte Richard an. Der wirkte völlig unbeteiligt. Er setzte sich wieder hin und klopfte auf das Scheckbuch.

„Also?"

Seine kalte Art ließ Emilias Blut in den Adern gefrieren. Da war kein Funken Freude in seinen Augen, ganz im Gegenteil. Er wollte sich freikaufen! Sein Kind interessierte ihn kein bisschen.

Emilia sprang auf, stand kerzengerade vor dem Tisch und sah auf Richard hinunter. Auf keinen Fall würde sie ihm zeigen, wie tief er sie gerade traf. Sie dachte an

Violetta, die aufrechte, stolze Violetta und nahm sie sich als Vorbild.

„Ich will dein schmutziges Geld nicht. Ich will überhaupt nichts von dir. Ich will nicht einmal, dass du deine Vaterrolle ausfüllst. Alles, was ich wollte, war, dich über die Vaterschaft in Kenntnis zu setzen. Das habe ich hiermit getan. Herzlichen Glückwunsch. Und schönen Tag noch."

Hocherhobenen Hauptes stolzierte Emilia aus Richards Büro. Sie kochte vor Wut und verletztem Stolz, als sie mit schnellen Schritten an Mr. Donalds vorbeilief. Emilia hoffte von Herzen, dass sie diesen eiskalten Richard Stone niemals wiedersehen würde. Sie war so entsetzt von Richard, dass sie nicht einmal weinen konnte. Wie hatte sie sich nur in so jemanden verlieben können?

*

„Er hat mich behandelt, als ob es mir um das Geld ginge!" Emilia saß mit Violetta auf der Couch. Sie war nicht in ihren Laden gegangen, sondern schnurstracks zurück nach Hause gelaufen. Jetzt endlich konnte sie ihrer Wut und ihren Tränen freien Lauf lassen.

„Ich habe von dem Baby erzählt und er hat sein Scheckbuch gezückt!" Emilia schrie fast. Violetta streichelte ihr sanft über den Rücken und reichte ihr Taschentücher.

„Cara! Bestimmt war das ein Missverständnis."

„Vio, dein Gutmenschentum geht mir wahnsinnig auf die Nerven. Selbst du musst doch irgendwann mal erkennen, was Richard Stone für ein Mensch ist. Er wollte sich freikaufen, versteh doch! Richard mag keine Kinder, nicht einmal sein eigenes." Emilia schnäuzte sich. Dann wischte sie mit dem Handrücken über ihre Augen.

„Missverständnis?", fuhr sie fort. „Von wegen. Er hat mich gefragt, welche Summe ich haben will. Eiskalt! Als ob ich mich nur bereichern wollte."

„Vielleicht möchte er dich ja einfach nur unterstützen?" Violetta gab offenbar niemals auf. „Ich habe ihn kennengelernt. Und ich habe mich noch nie in einem Menschen getäuscht. Keine Ahnung, warum dein Richard so reagiert, wie er es gerade tut, aber auf keinen Fall ist er schlecht. Ich weiß es einfach!"

Violetta machte eine hilflose Geste.

„Er ist nicht ‚mein' Richard! Das war er vermutlich nie. Er ist nur ein reicher Betrüger. Mehr nicht. Und wenn seine Fassade so gut ist, dass sogar du darauf hereinfällst, dann…" Emilia zuckte mit den Schultern. „Dann weiß ich auch nicht!"

„Bella! Bitte! Ich habe eben den Eindruck, du hast Richard nie eine echte Chance gegeben, alles aufzuklären. Womöglich liegst du mit all deinen Anschuldigungen falsch. Dann hätte er jedes Recht darauf, auf dich genauso wütend zu sein wie du auf ihn. Hast du darüber schon mal nachgedacht?"

„Ich will darüber gar nicht mehr nachdenken. Manchmal ist die Beweislast so dermaßen erdrückend, dass man gar nicht anders kann, als jemanden ohne eine eingehende Befragung zu verurteilen. Und Richard ist so ein Fall. Er ist ein schlechter Mensch, das kannst du mir getrost glauben. Ich habe seinen kalten Blick gesehen. Ein Gesicht lügt nicht."

Emilia schossen wieder die Tränen in die Augen. Der Vater ihres Kindes war ein mieser Charakter. Sicher war es gut, dass er nichts mit ihr und seinem Nachwuchs zu tun haben wollte. Auf diese Weise konnte sie wenigstens schalten und walten, wie sie wollte.

## 17. Blueberry Muffins

*Muffins mit Blaubeeren und Joghurt, verfeinert mit Buttermilch und einem Hauch Nelken*

Emilia sperrte den Laden auf. Süßer Schokoladenduft kam ihr entgegen. . Ihr Magen rebellierte, obwohl sie heute tatsächlich Hunger hatte. Sie ging in ihre kleine Küche, bereitete Muffinteig zu und überlegte, was ihr Körper wohl bei sich behalten würde. An Cinnamon Knots war nicht zu denken, allein der Geruch war heute kaum auszuhalten. Vielleicht eher Rosmarin Grissini? Aber auch das schien nicht ideal zu sein. Die Schwangerschaft hatte ihren Körper bereits jetzt ganz schön im Griff.

Sie wälzte ein Rezeptbuch. So unentschlossen war sie selten.

„Emilia?" Emilia schreckte auf. Sie hatte gar niemanden hereinkommen hören. Wahrscheinlich hatte die Teigmaschine alles übertönt.

Als sie in den Verkaufsraum kam, stand da Mrs. Witherleaf auf einer Krücke. Neben ihr war eine junge Frau, die sie vorsichtig stützte.

„Hallo, Emilia! Wie schön, Sie zu sehen." Mrs. Witherleaf strahlte über das ganze Gesicht.

„Mrs. Witherleaf! Das freut mich aber, dass Sie reinschauen."

„Sie können sich gar nicht vorstellen, wie sehr ich mich erst freue." Die alte Dame war tatsächlich geradezu außer sich.

„Sehen Sie, Jenna, das hier ist mein Engel." Mrs. Witherleaf deutete auf Emilia.

„Ach, das bisschen Schokolade." Emilia wurde rot und winkte ab.

„Nein, nein, meine Liebe, ich weiß sehr wohl, dass Sie mehr für mich getan haben, als mir falsche Bruchschokolade unterzujubeln." Mrs. Witherleaf lachte.

„Ich möchte Ihnen Jenna vorstellen. Sie ist von der Stone-Stiftung, für die ich empfohlen wurde. Und da Sie die Einzige sind, die von meinen Problemen wusste… Tun Sie ja nicht so, als hätten Sie keine Ahnung!" Mrs. Witherleaf hob in gespielter Drohung ihren Zeigefinger.

Emilia überspielte ihre Überraschung. Richard hatte sich offenbar mit Mrs. Witherleaf in Verbindung gesetzt. Oder diese Liz, von der er gesprochen hatte. Damit hätte sie niemals gerechnet. Immerhin war es sicher ein beträchtlicher Aufwand gewesen, die alte Dame ausfindig zu machen.

„Möchten Sie einen Trüffel?" Emilia hielt den Damen den Probenteller hin. Beide griffen gerne zu.

„Ich wollte Jenna hier ein Schächtelchen Pralinen kaufen. Sie kommt jede Woche drei Mal. Stellen Sie sich das mal vor. Ich kann wieder rausgehen. Und für meine Wohnung muss ich mich auch nicht mehr schämen. Es ist wunderbar. Außerdem bekomme ich eine wöchentliche Lebensmittellieferung mit Produkten des Stone Konzerns. Wussten Sie, dass dort auch Pralinen hergestellt werden? Die sind allerdings leider kein Vergleich mit Ihrer Qualität, meine Liebe."

Emilia sagte nichts. „Sweet Temptation" war nicht unbedingt etwas, über das sie reden wollte. Sie hatte sich fest vorgenommen, Richard Stone aus ihren Gedanken zu sperren, so gut sie nur konnte. Somit beschränkte sie sich auf ein freundliches Lächeln.

„Jedenfalls geht es mir inzwischen sehr viel besser, dank Ihnen."

Mrs. Witherleaf stupste ihre Pflegerin sehr auffällig an.

Die griff in eine mitgebrachte Tasche und holte ein winziges Blumensträußchen hervor.

„Für Sie. Als Dankeschön!“

Der Strauß war von Sam. Er war offensichtlich für ein kleines Budget, so groß wie ein Handteller, eine Rose, ein wenig Schleierkraut, Grün. Aber Emilia war unglaublich gerührt.

„Danke, Mrs. Witherleaf! Das ist der schönste Strauß, den ich seit Langem bekommen habe. Vielen Dank.“

Emilia legte das Sträußchen vorsichtig auf den Tresen.

„Auch, wenn ich Ihnen versichern muss, dass ich wirklich nichts mit Richard Stone zu tun habe“, ergänzte sie.

Mrs. Witherleaf zwinkerte ihr zu. „Natürlich nicht.“

Dann wandte sie sich der Pralinentheke zu. „Schauen Sie mal, Jenna. Diese hier sind besonders lecker.“ Mrs. Witherleaf deutete auf die Pecan Crunchies.

Jenna suchte sich sechs verschiedene Pralinen aus. Mrs. Witherleaf schien es richtig stolz zu machen, die Schokoladen bezahlen zu können. Sie war einfach eine gute Seele. Emilia freute sich für die alte Dame, dass sie Hilfe bekam. Ihr Geld reichte sogar noch für etwas Rosenschokolade und Traubennusskonfekt.

Immerhin ging es Mrs. Witherleaf besser, auch wenn Richard sicher nicht um das Wohlergehen älterer Menschen besorgt war mit seiner Stiftung, sondern um sein Image. Er war ein berechnender Mistkerl! Sein kalter Blick, als sie ihm von der Schwangerschaft erzählt hatte, war das Verletzendste gewesen, das ihr je passiert war. Aber sie musste jetzt stark sein für das Baby und da war kein Platz für Selbstmitleid und Liebeskummer. Emilia schob den Gedanken an Richard so weit weg, wie es nur ging.

Im Anschluss packte sie der alten Frau heimlich noch zwei Cinnamon Knots mit in die Tüte, bevor Mrs. Witherleaf am Arm von Jenna durch den Verkaufsraum in Richtung Ausgang humpelte.

Dort hielt Jenna einer anderen Kundin die Tür auf, bevor sie mit Mrs. Witherleaf den Laden verließ. Die Frau, die hereingekommen war, war ungefähr so alt wie Emilia und hatte ein Kind in einem Tragetuch um den Bauch gebunden. Es sah aus, als wäre ein kleines Päckchen um sie herumgewickelt. Nur die Beinchen des Babys schauten links und rechts heraus. Unter dem Po des kleinen Würmchens war das Tuch verknotet.

„Guten Tag. Was darf es denn sein?", fragte Emilia die Dame.

„Haben Sie heute diese Zöpfe mit dem Käse obendrauf?"

„Ja, hier drüben."

„Ach, wunderbar. Ich nehm gleich zwei. Und dazu bitte eine Quarkschnecke."

Emilia packte alles in Papiertüten. „Darf es sonst noch etwas sein?" Sie streckte sich und versuchte unauffällig einen Blick auf das Baby zu erhaschen.

„Ich überlege gerade… Ich nehme noch diesen Muffin, den mit Schokolade. Wissen Sie, seit ich stille, habe ich quasi permanent Hunger. Es ist fürchterlich. Der Kleine scheint mich total auszusaugen." Die Frau lachte und legte ihre Hand auf die Stelle, wo sich der Kopf des Kindes im Tuch abzeichnete. Emilia packte noch den Schokomuffin ein.

„Darf ich das Baby mal sehen?"

„Natürlich. Sehr gerne." Die Frau drehte sich ein wenig und schob das Tuch bei Seite.

Das Baby schlief selig. Seine Augen waren geschlossen, der winzige, herzförmige Mund leicht geöffnet. Das Kind sah sehr zufrieden aus in seinem Nest aus Tuch.

„Wie süß!", entfuhr es Emilia. „Und so winzig."

„Nun ja. Also ehrlich gesagt ist Henry ziemlich propper", lachte die Mutter.

Emilia wurde verlegen. „Naja, ich habe wenig Ahnung von Säuglingen. Wie alt ist denn Ihr Henry?"

„Drei Monate, heute auf den Tag genau." Die Frau

streichelte vorsichtig mit ihrem Zeigefinger über die kleine Pausbacke des Kindes. Man sah ihr ihren Mutterstolz an.

Emilia fragte sich, wie unfassbar klein Neugeborene wohl waren, wo sie Henry schon als winzig empfand.

„Er ist wahnsinnig niedlich. Bestimmt sind Sie sehr glücklich."

Die Frau nickte. „Und müde auch. Ich bin froh, dass mein Mann nachts auch ab und zu aufsteht. Sonst würde ich nie mehr als zwei Stunden am Stück schlafen. Aber ich hoffe, das wird bald besser."

„Na, da wünsche ich Ihnen alles Gute."

Emilia reichte der Frau die Tüten über den Tresen und kassierte.

Ihre Gedanken waren bei ihrem eigenen ungeborenen Kind. Wie es wohl sein würde, mit einem Kind zu leben? Was, wenn es nicht schlief? Oder wenn es nicht klappte, das Kind zu stillen? Ob sie wohl eine gute Mutter sein würde? Emilia plagte sich schon jetzt mit den verschiedensten Sorgen, wenn es um das Wohl ihres Babys ging. Wie es dann erst wäre, wenn das Baby auf der Welt war? Wieder einmal schätzte sich Emilia glücklich, Violetta an ihrer Seite zu haben. Zwar hatte Vio keine eigenen Kinder, aber wenigstens würde Emilia nicht allein mit dem Kind sein. Das war schon viel wert.

*

Emilia hatte die Ladentür weit aufgemacht. Es roch nach Frühsommer. Sie war in die Küche gegangen und backte ein paar Blaubeermuffins. Das fruchtige Gebäck mit Joghurt und etwas Buttermilch passte wunderbar zum schönen Wetter. Sie rührte das Mehl unter den Teig und füllte ihn in die Förmchen um.

Ganz unvermittelt roch sie ein penetrantes Parfum, das sie unter tausenden wiedererkannt hätte. Süß. Viel zu süß. Sie fuhr herum. Da stand er, Leroy Sallenger. den Mund schon voll. Offenbar hatte er wieder einmal den

Probierteller geplündert. Sallenger grinste süffisant.

„Guten Tag, Emilia. Wie laufen die Geschäfte?“ Er warf eine Praline in die Luft und fing sie mit dem Mund wieder auf, wo er sie sofort zerbiss wie eine Jahrmarktsmandel. Emilia kochte innerlich. Die Übelkeit ergriff wieder von ihr Besitz, aber Emilia straffte den Rücken und ging nach vorne zu ihm.

Sie griff nach dem Probierteller und stellte ihn auf ihre Seite des Tresens. Genug war genug. Und sie hatte die Schnauze voll von diesem Unmensch.

„Was kann ich für Sie tun?“ Emilia zwang sich zu einem professionellen Gesichtsausdruck.

Leroy trug seine Haare heute streng zurück gegelt, was auch nicht besser aussah als das Frisurdesaster vom letzten Mal, wo er in den Laden gekommen war. Sein Sakko war senfgelb. Wo fand er nur solche Geschmacklosigkeiten? Er musste erst hinunterschlucken, bevor er antworten konnte. Einstweilen griff er in die Innentasche seines Sakkos und holte ein Kuvert und einen Zettel heraus. Das Kuvert legte er auf den Verkaufstresen, wo zuvor noch der Teller mit den Samples gestanden hatte.

Dann faltete er den Zettel auseinander und räusperte sich:

„Ich überbringe eine Nachricht von Richard Stone und diese Urkunde.“ Leroy zeigte mit dem Kinn auf das Kuvert. „Mr. Stone lässt Folgendes ausrichten: Er wünscht dir und deinem Kind sowie dem Vater des Ungeborenen alles Gute.“

Sallenger schnaubte abfällig. „Der Idiot!“ Er schaute gierig auf die Theke mit den Süßigkeiten.

Emilia traute ihren Ohren nicht. Hatte er tatsächlich „dem Vater des Ungeborenen“ gesagt? Das konnte nicht Richards Ernst sein! Was unterstellte er ihr denn da? Sie war völlig durcheinander.

„Was ist das?“ Emilia zeigte auf den Umschlag. Vielleicht enthielt dieser irgendeine Erklärung, denn im Augenblick konnte sie sich überhaupt keinen Reim auf

Sallengers Besuch machen. Aber sie würde sich auf keinen Fall von diesem überheblichen Kerl einschüchtern lassen.

„Keine Ahnung, wie du das hinbekommen hast, du Schlampe, aber der Boss hat dir das Haus hier überschrieben. Immerhin, du bist gerissener, als du aussiehst. Dafür muss ich dich fast schon wieder bewundern. Wir sind uns gar nicht so unähnlich, Schätzchen."

Er grinste. Aber es sah mehr aus wie ein Zähnefletschen. Zwischen seinen Zähnen hing ein bisschen Nuss. Emilia war richtig angewidert.

Sie konnte gar nicht glauben, was sie da eben gehört hatte. Richard wollte ihr das Haus schenken? Ihr und einem ominösen Kindsvater. Was für ein eiskalter Weg, um sich aus der Verantwortung zu stehlen. Als ob es ihr jemals darum gegangen wäre! Sie hatte sich gewünscht, dass er sich über das Baby freuen würde. Sonst nichts. Und er hatte mit dem Einzigen reagiert, was er im Überfluss hatte: Geld. Wie armselig das war!

„Wir sind aus anderem Holz geschnitzt als Stone, nicht wahr? Cleverer." Leroy grinste wieder sein humorloses Monstergrinsen. „Ich hätte ja einen Vaterschaftstest verlangt, dann wäre dir ganz schnell die Luft ausgegangen."

„Wie bitte?"

„Na, wir wissen doch beide, wie das gelaufen ist. Stell dich doch nicht blöd."

Emilia starrte Sallenger an.

„Da hast du Stone finanziell ganz schön ausgenommen. Du stehst seiner Alten in nichts nach, was?" Leroy lachte trocken. „Egal. Ich habe schon dafür gesorgt, dass wir die Verluste wieder reinkriegen. Kann froh sein, dass er mich hat, der gute Richard. Wenn er für die Süßigkeiten verantwortlich wäre, wäre der Laden schon längst den Bach runtergegangen. Auf so eine Idee wie „Dolce Vita" wäre er nie gekommen. Der alte Käsefresser hat ja von Süßem nicht den Hauch einer Ahnung!" Leroy strich sich selbstzufrieden über den Wohlstandsbauch, der sich unter seinem Hemd abzeichnete.

„Wie gut, dass ich da bin. Stones Vater würde verrückt werden mit seinem Sohn ohne meine Talente. Richard ist ja für nichts zu gebrauchen, weder für die Immobilien noch für den Food-Bereich. Nur bei seinen Kakaobohnen fühlt er sich wohl, bei diesen ekelhaften Bauern, den Hund streicheln, die Hühner füttern.“

Leroys Lachen klang kalt wie Eis.

Emilia spürte wieder den Drang, sich zu übergeben. Ihr war so schwindlig, dass seine Worte nur durch einen dämpfenden Nebel zu ihr durchdrangen. Sie und Leroy konnten einfach nicht in einem Raum sein. Das ging nicht. Sie wollte nur, dass dieses Ekelpaket verschwand. Emilia versuchte, tief durchzuatmen. Sie legte eine Hand auf ihren Bauch.

„Wie dem auch sei. Ich nehme noch ein paar davon mit, als Wegzehrung.“ Sallenger deutete auf die Schokoladenfrüchte und warf eine Zehndollarnote auf den Tresen.

„Ich verkaufe Ihnen nichts.“ Emilia schluckte den dicken Kloß in ihrem Hals schwer hinunter. „Und das da können Sie auch mitnehmen!“

Sie griff nach dem Kuvert, zerriss es in zwei Teile und reichte es Sallenger zurück.

„Sagen Sie Richard, er soll sich sein Geld sonst wohin stecken!“

Leroy lachte. Die Situation schien ihn köstlich zu amüsieren.

„Sehr geschäftstüchtig! Vermutlich kannst du Stone noch mehr melken, wenn du es darauf anlegst, aber ich würde es nicht zu weit treiben an deiner…“

„Verschwinden Sie!“ Emilia schnitt Sallenger das Wort ab und deutete auf die Tür des Ladens. „Und kommen Sie nie wieder. Ich brauche keine Kunden wie Sie.“

Leroy, der die beiden Teile des Kuverts wieder in die Jacketttasche gesteckt hatte, hob abwehrend die Hände.

„Ich bin ja schon weg, Tortenqueen."

„Sehr gut. Und kommen Sie ja nicht wieder, sonst rufe ich die Polizei. Haben Sie meine Miteigentümerin neulich nicht gehört? Ich glaube, sie war sehr eindeutig in ihrer Aussage."

Sallenger hob beide Arme, als würde er mit einer Waffe bedroht, und ging in Richtung Tür. Dort drehte er sich nochmal um und zwinkerte Emilia zu.

Dann war er verschwunden.

Emilias Atem ging stoßweise. Sie war unglaublich wütend und mindestens genauso fassungslos. Unsicheren Schrittes ging sie in das Hinterzimmer und setzte sich dort auf den einzigen Stuhl. Ihre Gedanken purzelten wild durcheinander. Die unangenehme Stimme Sallengers dröhnte in ihren Ohren. „Dir und deinem Kind sowie dem Vater", hatte er zitiert. Das wurde ihr jetzt erst richtig bewusst.

Wofür hielt Richard sie denn? Für ein billiges Flittchen?

Emilias Blut rauschte in den Ohren.

Glaubte er tatsächlich, sie sprang ständig mit irgendjemandem ins Bett und versuchte nun, dem Herrn Konzernboss ein Kuckuckskind unterzuschieben? Wie konnte er ihr nur so etwas zutrauen!

Glühende Wut durchströmte sie. Emilia sprang vom Stuhl auf und ging schwer atmend in der kleinen Küche auf und ab. Leroy hatte sogar gewagt, einen Vaterschaftstest anzusprechen, und sie behandelt, als sei sie eine verlogene Hure! Dazu dann diese großzügige Spende, mit der Richard ihr noch die letzte Würde nehmen wollte. Ein riesiges Geschenk für die arme Ex-Geliebte, die von einem anderen geschwängert worden war. Wie schrecklich nett von ihm. Immens edelmütig, das musste man zugeben. Wahrscheinlich hatte ihm einer seiner Steuerberater das vorgeschlagen, aus irgendwelchen Abschreibungsgründen. Oder er wollte sie einfach damit kaufen, damit sie nicht zur Presse lief und dort Radau schlug. Wäre für sein Image wahrscheinlich schlecht, wenn er kleine Konditorinnen mit einem Kind von ihm sitzen ließ. Ungute Publicity. Dann lieber bezahlen für deren Schweigen, für ihn war das sowieso nur ein Betrag aus der Portokasse.

Noch nie im Leben hatte Emilia sich so erniedrigt gefühlt. Heiße Tränen drängten nach außen. Er musste doch gespürt haben, dass ihre Gefühle für ihn etwas Besonderes waren! Diese Nacht mit ihm zusammen – das war so märchenhaft gewesen. Und nun unterstellte er ihr einfach, sie würde es noch mit anderen Kerlen treiben. Oder noch schlimmer – ihm ein Kind unterjubeln.

Wie hatte Sallenger gesagt? „Vielleicht könntest du Stone noch mehr melken." Wenn das die Worte von Richard waren, hielt dieser sie tatsächlich für eine gierige Golddiggerin.

Sie war kurz davor, sich übergeben zu müssen, aber nicht aufgrund der fast schon normalen Übelkeit, sondern vor Zorn wegen Richards Verhalten. Das einzig Gute war, dass sie diese Überschreibungsurkunde sofort zerrissen hatte. Sie wollte keinen Cent von diesem Mistkerl und schon gar nicht eine ach so wohltätige Spende für sich und den „Kindsvater".

Richards eisige Miene fiel ihr wieder ein, als sie ihn in seinem Büro aufgesucht hatte. Dieser Mann hatte kein Herz im Leib. Nicht einmal den kleinsten Hauch von Anstand und Wärme. Er war ein skrupelloser Geschäftsmann durch und durch. Sallenger hierher zu schicken mit einer beleidigenden Nachricht, passte genau ins Bild.

Emilia zuckte zusammen, weil die Türglocke bimmelte. Sie musste mehrmals tief durchatmen, bis sie auch nur annähernd in der Verfassung war, in den Verkaufsraum zu treten. Eine schwarzhaarige Inderin, die hin und wieder vorbeikam, kaufte ein paar Gebäckstücke. Mit gezwungenem Lächeln bediente Emilia die Kundin.

Sobald die Frau „Pastry Passion" verlassen hatte, ging Emilia zur Ladentür, hängte das „Geschlossen"-Schild auf und sperrte ab. Sie war immer noch völlig durcheinander.

Gesprächsfetzen von Sallenger vermischten sich mit der Stimme von Richard, zwei Papierschnipsel von der Urkunde lagen auf dem Tresen, ein Hauch von ekelhaft süßem Männerparfum überlagerte hartnäckig das Aroma der Pralinen.

Sie musste mit jemandem sprechen, dringend. Sonst würde sie noch vollends verrückt in diesem ganzen Chaos.

Emilia wählte mit zitternden Fingern Sandys Handynummer. Sie hoffte inständig, dass die Freundin nicht mitten in einer Dauerwelle steckte.

Es tutete drei Mal, dann hob jemand ab.

„Hallo Em! Das ist ja eine Überraschung. Du rufst sicher wegen der 90er Party im Soundhouse an. Finde ich toll, dass du dich heute Abend mal aufraffst“, sprudelte Sandy los.

„Äh … nein …ich…“, stammelte Emilia. „Kannst du reden?“

Sandys Stimme, die eben noch ganz übermütig geklungen hatte, wurde ernst.

„Warte einen Moment“, sagte sie.

Emilia hatte ihrer Freundin natürlich schon kurz nach dem Gespräch in Richards Büro erzählt, wie eiskalt er gewesen war. Sie konnte es jetzt kaum erwarten, Sandy von der Begegnung mit Sallenger zu berichten.

Im Hintergrund hörte Emilia ein paar Leute sprechen, es ging offensichtlich um einen Stufenschnitt mit Strähnchen, dann war Sandy wieder in der Leitung.

„So, jetzt geht es. Ich habe mich in den Aufenthaltsraum verdrückt. Du klingst nicht gut, Em.“

„Leroy war gerade hier im Laden.“

„Richards Kammerzofe? Was wollte der denn?“

„Er hat mir eine Urkunde gebracht, in der Richard mir das ganze Haus hier überschreibt.“

„Was?“ Sandy kreischte fast. „Das ist ja großartig! Dann steht er also doch zu eurem Kind? Alles andere hätte mich auch gewundert. Ach, ich freu mich so für dich.“

„Du verstehst nicht. Das Haus ist für mich, mein Baby und dessen Vater. So hat er es formuliert. Dessen Vater!“ Emilia erhob ihre Stimme vor Empörung.

Stille breitete sich aus.

„Du machst Witze“, krächzte Sandy schließlich.

„Leider nicht. Er hält mich offenbar für ein raffgieriges Flittchen, dass ihm ein Kind unterschieben will.“

„Willst du sagen, er unterstellt dir allen Ernstes, dass du neben ihm noch mit einem anderen Mann zusammen warst? Der hat doch ’nen Knall! Du warst total vernarrt in ihn!“

Emilia seufzte tief. Es kam ihr inzwischen vor, als wären lange Monate vergangen, seit sie mit Richard so innige Stunden erlebt hatte.

„Aber immerhin bist du jetzt finanziell aus dem Schneider“, fuhr Sandy fort. „Versuch doch, dich an dem Gedanken festzuhalten, dass du jetzt ein Haus in Manhattan besitzt.“

„Ich habe die Urkunde an Ort und Stelle zerrissen.“

„Du hast was?“ Sandy schnappte hörbar nach Luft. „Spinnst du total?“

„Ich will seine Almosen nicht. Niemals. Er hat mich beleidigt und gedemütigt. Ach Sandy, ich hätte nicht auf Violetta hören und zu ihm gehen sollen. Es wäre besser gewesen, ihn erst gar nicht über sein Kind zu informieren.“

„Hm“, machte Sandy und schien zu überlegen. „Du willst das Haus wirklich nicht nehmen? Das würde dir echt aus der Patsche helfen.“

Entschlossen schüttelte Emilia den Kopf, obwohl ihre Freundin das natürlich nicht sehen konnte.

„Ich wollte schon immer auf eigenen Beinen stehen“, erklärte sie. „Und mein Leben selbst im Griff haben, mit allen Höhen und Tiefen. Gerade jetzt, wo ich ein Kind erwarte, hat sich das nicht geändert. Was wäre ich denn da für ein Vorbild? Ich werde mich durchkämpfen und eine Lösung finden, für mich und meine Tochter.“

„Es wird ein Mädchen?“, kam wie aus der Pistole geschossen. „Weiß man das schon? Oh wie toll! Hast du einen Namen ausgesucht? Das wird bestimmt was Italienisches, wie ich dich kenne. Margherita oder Regina vielleicht.“

Sandys Fremdsprachenkenntnisse beschränkten sich hauptsächlich auf die Speisekarten von Restaurants. Wahrscheinlich sollte Emilia froh sein, dass die Freundin nicht noch „Quattro Stagioni“ vorgeschlagen hatte.

„Nein, nein. Das habe ich einfach nur so dahingesagt. Ich kann mir das alles noch kein bisschen vorstellen mit Kind. Aber dass ich keinen Typ wie Richard als Vater haben will, das weiß ich sicher.“

„Du hast recht“, gab Sandy zu, nun wieder ernster. „So einen Fiesling braucht niemand. Wie der dich behandelt hat! Erst spielt er dir die große Liebe vor und dann unterstellt er dir solche Sachen.“ Die Freundin regte sich immer mehr auf. „Und das alles nur, um an deine Rezepte zu kommen.“

„Nun ja“, warf Emilia ein. Leroys Worte kehrten plötzlich in ihr Gedächtnis zurück. „Ich glaube, so war es gar nicht.“

„Was meinst du, Em?“

Mit bebenden Fingern strich sich Emilia eine Haarsträhne zurück, die ihr in die Stirn gefallen war. „Dieser Sallenger hat zugegeben, dass er für neue Produkte verantwortlich ist. Er hat die ja hier im Laden schon mit Begeisterung gefuttert. Und dann habe ich auch noch Mrs. Morehouse Pralinen vorbeigebracht. Sie ist seine Sekretärin bei Global Invest. Da war jede einzelne Süßigkeit sogar mit einem kleinen Namenszettel versehen. So hatte Leroy Sallenger leichtes Spiel. Er brauchte meine Rezepte nur noch nachmachen.“

„Moment mal!“ Sandy atmete schwer. „Das heißt also, dass Richard dich gar nicht beklaut hat?“

So richtig bewusst wurde das Emilia erst jetzt, da Sandy es aussprach. Vorher, in Gegenwart Sallengers, war sie viel zu durcheinander gewesen, um alles aufzunehmen.

„Zumindest nicht, was die Pralinen angeht. Richard mag keine Süßigkeiten und Sallenger ist der Hauptverantwortliche für diese Sparte bei ‚Sweet Temptation'“, informierte sie die Freundin. Ihr Herz und ihre Würde hatte Richard ihr trotzdem gestohlen.

„Und der Hausverkauf?“ Sandy war unerbittlich. „Kann es sein, dass da auch dieser Sallenger dahintersteckt und Richard gar nichts davon wusste? Richard hat doch so viele Firmen wie ich Schuhe. Alles bekommt er da bestimmt nicht mit. Offensichtlich war der rote Leroy doch bei Global Invest als Oberhäuptling eingesetzt, oder?“

Emilia musste hart schlucken.

„Möglich wäre es“, gab sie zu. Sie wusste langsam überhaupt nicht mehr, was sie denken sollte. „Aber genauso gut könnte es sein, dass Richard hinter der ganzen Sache steckt und Leroy den Auftrag hat, genau solche Dinge auf breiter Front durchzuführen, also Rezepte auszuspionieren und neue Filialen zu akquirieren. Er kann doch nicht ganz blind sein, was seinen wichtigsten Assistenten anbelangt.“

„Stimmt auch wieder.“ Sandy schwieg lange Sekunden.

„Es ist ja auch völlig egal“, nahm Emilia schließlich den Faden wieder auf. „Egal, ob er hinter den Rezepten oder dem Haus steckt – er behandelt mich wie ein Flittchen, hat keinerlei Interesse an dem Kind und will sich mein Schweigen erkaufen. Von dem halbnackten Samantha-Model ganz zu schweigen. Das sind Fakten. An denen kommt man einfach nicht vorbei.“

Sie hörte Sandy tief seufzen.

„Schätze, du hast recht“, gab die Freundin letztendlich zu. „Du, Süße, ich muss jetzt langsam wieder raus in den Salon. Magst du heute Abend zu mir kommen? Dann können wir weiterreden.“

Doch Emilia verneinte.

„Ich glaube, ich muss erst einmal selbst über alles

nachdenken. Wir holen das die nächsten Tage mal nach, okay?“

„Logicamente.“ Sandy sprach das Wort total schräg aus, aber das war egal. Sie war einfach immer da, wenn Emilia eine Freundin brauchte, und allein das zählte.

Da sah sie es ihr sogar nach, dass sie einem Baby Pizzanamen geben wollte.

# 18. Chili Bagels

*Würziger Kringel mit einer scharfen Chilinote on Top*

Zwei Tage waren vergangen, seit Sallenger Emilia erneut heimgesucht hatte.
Zwei Tage, die rabenschwarz gewesen waren. Den Gedanken an Richard auszublenden, wie sie es sich vorgenommen hatte, fiel ihr sehr schwer. Emilia wurde geradezu verfolgt von den gemeinen Dingen, die Sallenger gesagt hatte. Und sie war unglaublich wütend auf Richard, der sich von ihr freikaufen wollte. Von ihr und seinem Kind. Sie merkte, dass die Situation ihr auf die Stimmung schlug.

Heute hatte dann noch eines der Hotels angerufen und ihr eine Absage erteilt. Immerhin eine Reaktion. Die anderen hatten sich nicht einmal diese Mühe gemacht. Emilia nahm sich vor, bei den einzelnen Hotels noch nachzufragen, um wenigstens Gewissheit zu haben. Die Unsicherheit frustrierte Emilia genauso wie die Absage. Dabei war sie eigentlich von ihrer Arbeit überzeugt.

Emilia probierte heute herzhafte Bagels aus, mit Chiliflocken als Topping. Einfach, weil sie selbst das würzige Hefegebäck essen wollte. Die Schärfe der Chilis schien ihr genau das zu sein, was sie brauchte. Und wenn sie schon einmal Lust auf ein Essen verspürte, musste sie das ausnutzen. Vielleicht würde ihr rebellierender Magen ausnahmsweise einmal kooperieren.

Gerade war das Gebäck fertig geworden und Emilia

hatte die Backbleche aus dem Ofen geholt. Da klingelte das Telefon.

„Emilia? Ach, Emilia! Guten Tag. Ich wollte nur noch mal wegen der Torte für den Junggesellinnenabschied von meiner Freundin nachfragen und ein paar Einzelheiten besprechen. Es klappt doch alles, nicht wahr?"

Typisch Mrs. Hannigan-Flynn. Sie stellte sich nicht einmal vor am Telefon, so sicher war sie, erkannt zu werden in ihrer Einzigartigkeit.

Emilia fühlte sich durch die forsche Art von Mrs. Hannigan-Flynn ganz schön auf den Schlips getreten. Als ob sie je einen Auftrag vergessen hätte! Während der ganzen Zeit mit „Pastry Passion" war ihr das nicht passiert. Sie griff in die Auftragsschublade und wühlte nach dem Zettel mit den Daten, den sie achtlos dorthinein gelegt hatte.

„Wer spricht denn da?", fragte sie scheinheilig. Jetzt erst recht! So leicht würde sie es der Society-Dame nicht machen, die sich für den Nabel der Welt hielt.

„Hannigan-Flynn!" Die reiche Lady war offensichtlich ein wenig entrüstet angesichts der Missachtung ihrer Person. „Was ist denn jetzt wegen der Torte für Elly?"

Emilia grinste.

„Ich habe den Auftrag natürlich nicht vergessen. Die Goldfolie ist schon bestellt. Ich liefere die Torte übernächsten Samstag um vier Uhr an Catharina-Zoelle Monroe in die Madison Avenue", las sie mechanisch vom Zettel ab. Dann stutzte sie. Catharina-Zoelle. Den Namen hatte sie schon mal gehört. Aber wo? Es wollte ihr einfach nicht einfallen, aber trotzdem: Irgendwo in ihrem Kopf läutete bei dem Namen ein Glöckchen.

„Ja wunderbar, Emilia! Könnten Sie die Torte vielleicht mit einer Beerencreme füllen? Mit hohem Fruchtanteil und Stevia als Süßungsmittel? Elly ist etwas eigen, wenn es um ihre Figur geht." Mrs. Hannigan-Flynn war hörbar besänftigt und erleichtert, dass Emilias Hirn kein Sieb war.

„Selbstverständlich. Ich dachte an Low-Fat-Sahne,

dazu vielleicht eine Erdbeerfüllung?"

Emilia starrte noch immer auf den Zettel, während sie sprach. Woher kannte sie nur diesen Namen? Sie klopfte mit dem Zeigefinger auf das Papier.

„Fabelhaft, Emilia, ganz fabelhaft!" Mrs. Hannigan-Flynn erging sich förmlich in Begeisterungsstürmen wegen der Kalorienersparnis. Emilia gab zustimmende Laute von sich. Auch nachdem sie sich endlich von der Societylady verabschiedet hatte, grübelte sie noch.

Sie ging in die Küche, um sich weiter um die Bagels zu kümmern. Das Gebäck sah wundervoll aus. Ihr lief das Wasser im Munde zusammen, wenn sie an einen scharfen Bagel mit Räucherlachs dachte. Genau das war es, was sie essen wollte. Sie war froh, dass ihr Körper endlich wieder nach fester Nahrung verlangte.

Emilia würde in den Lebensmittelladen an der Ecke gehen und sehen, ob es dort Räucherlachs gab. Als die Bagels im Ofen waren, schlüpfte Emilia in ihre Jacke.

„Sam, kannst du kurz ein Auge aufs Geschäft haben? Ich laufe nur schnell in den kleinen Supermarkt vor."

„Na klar, meine Liebe." Er lächelte sie an. „Und dann trinken wir zusammen Kaffee, ja?"

„Selbstredend!" Als Emilia sich umdrehen wollte, fiel ihr Blick auf einen Stapel Klatschzeitschriften und schlagartig fiel es ihr wieder ein. Natürlich! Daher kannte sie den Namen Catharina-Zoelle. Aus einem Magazin. Es war die Zeitschrift gewesen, die Tante Violetta so auffällig unauffällig unter der Bettdecke verschwinden ließ an dem Tag, an dem Emilia ihr das Frühstück im Bett serviert hatte. War diese Catharina-Zoelle nicht die Exfrau von Richard Stone? Und hatte Mrs. Hannigan-Flynn nicht irgendetwas furchtbar Hinterhältiges von ihr erzählt?

Emilia versuchte krampfhaft, sich an das Geplapper der reichen Kundin zu erinnern. Nach und nach fiel es ihr wieder ein. Diese Catharina-Zoelle – oder Elly - war bei der Trennung von Richard unglaublich hoch abgefunden worden. Grund für die Scheidung war seine vermeintliche

Zeugungsunfähigkeit gewesen. Wenn Emilia sich das richtig gemerkt hatte, steckte laut Hannigan-Flynn jedoch ein extrem cleverer Trick der Ehefrau dahinter.

Es war höchst unwahrscheinlich, dass es in der Stadt zwei D-Prominente mit einem so prägnanten Vornamen gab. Emilia war sich ziemlich sicher, dass diese Catharina-Zoelle Richards Ex-Frau war. Aber das hieße ja…

Emilia wurde schwarz vor Augen. Glücklicherweise hatte Sam sie aufmerksam beobachtet. Er hechtete geradezu hinter seinem kleinen Verkaufsstand hervor und stützte die Freundin.

„Em, geht es dir gut?"

Emilia nickte. „Es geht gleich wieder, danke dir! Ich habe nur gerade etwas herausgefunden."

Sie versuchte ein Lächeln, aber es wollte ihr nicht gelingen. Wenn das stimmte, was sie sich gerade zusammenreimte, dann …

Der Gedanke war so überwältigend, dass er Emilia völlig lähmte.

Sam sah sie mit seinen ruhigen, braunen Augen an und wartete.

„Willst du reden?", fragte er schließlich.

Sie schüttelte nur stumm den Kopf. Es gab nur eine einzige Person, die ihr jetzt weiterhelfen konnte: Violetta, denn Klatsch und Tratsch war eindeutig ihr Fachgebiet.

Vorsichtig befreite sich Emilia aus Sams stützendem Griff. Sie war noch wackelig auf den Beinen, aber es würde gehen.

„Kannst du heute auf den Laden aufpassen?", fragte sie ihren Freund. „Ich muss heim."

„So blass, wie du gerade bist, ist das sicher die richtige Entscheidung. Gib mir einfach den Schlüssel und ab nach Hause mit dir."

Emilia atmete auf. „Kann ich dir jemals danken?", fragte sie.

Sam lachte nur. „Ich werde mich durch dein gesamtes Sortiment probieren, keine Angst."

Zwei Minuten später legte sie den Schlüssel zu „Pastry Passion“ in seine großen Hände und eilte in ihre Wohnung. Sie brauchte Hilfe beim Denken, dringend.

*

Die Denkhilfe trug heute einen orangefarbenen Jumpsuit und hatte sich einen verdünnten Apérol eingeschenkt. Farblich passte das Getränk perfekt zu Violettas Outfit. Vio saß gemütlich auf dem Sofa im Wohnzimmer und blätterte in einem Spielwarenkatalog.

Als sie ihre Nichte sah, stellte sie das Glas ab und klappte das Heft zu.

„Was ist passiert?“, fragte sie sofort. Wie immer wusste Vio gleich, wenn etwas mit Emilia nicht stimmte.

Die holte sich erst einmal ein großes Glas Wasser, anschließend setzte sie sich zu Violetta. Ihre Tante musterte sie besorgt.

„Was weißt du über die Trennung von Richard Stone und seiner Frau?“, begann Emilia.

Falls Violetta von diesem Thema überrascht war, ließ sie es sich zumindest nicht anmerken. Stattdessen überlegte sie ein paar Sekunden und antwortete mit ruhiger Stimme.

„Kennengelernt haben sie sich im Theater, glaube ich. Dann ging alles relativ schnell. In den Medien war von einer Blitzhochzeit die Rede. Aber lange hielt das Glück bekanntlich nicht. Wenn du mich fragst, war dieses hinterhältige Biest von Anfang an nur auf seine Millionen aus. Und am Ende hat sie ordentlich abkassiert.“

„Was munkelte man denn, warum sie sich scheiden ließen?“ Äußerst gespannt blickte Emilia ihre Tante an. Die Klatschmagazine hielten doch für alles immer eine Erklärung parat. Und oft genug steckte ein Körnchen Wahrheit darin.

Vio zupfte an ihrem Ohrläppchen, was ein sicheres Zeichen dafür war, dass sie angestrengt nachdachte.

„Ich fürchte, da kann ich dir nicht helfen, Cara. Es stand kein Satz in der Presse, dass er sie geschlagen hätte, weder beim Sex noch im Wohnzimmer, oder dass er die Tendenz hat, zu Hause in Frauenklamotten herumzulaufen. Nicht mal Alkohol ist ein Thema bei ihm. Auch von lautstarken Streitereien hat kein Mensch etwas mitbekommen. Und glaube mir, so ein Paar wird genau beobachtet!"

Violetta legte die Stirn in Falten und schüttelte den Kopf.

„Nein, mir fällt beim besten Willen nichts ein, was ich dazu gelesen hätte. Es klang nach einer einvernehmlichen Trennung. Nach sechs Monaten. Also ich bin bei so was ja immer skeptisch."

„Ich habe da ein Gerücht gehört", sagte Emilia betont langsam. „Dass diese Catharina-Zoelle ihm vorgegaukelt habe, er sei zeugungsunfähig. Auf diese Weise hat er dann in die teure Scheidung eingewilligt."

Tante Vio lachte.

„Wo hast du denn so einen Unsinn aufgeschnappt? Wie soll eine Frau denn ihrem Ehemann vorspielen, dass er unfruchtbar ist?"

„Indem sie Hilfe von einem Arzt hat", erwiderte Emilia ernst.

Das Lachen ihrer Tante erstarb urplötzlich.

„Du meinst das ernst?", fragte sie.

Emilia trank einen Schluck Wasser. Es war herrlich kalt und half ihr, wenigstens halbwegs logisch zu denken. Ihre Gedanken benötigten dringen etwas Struktur.

„Eine Kundin von mir ist mit Catharina-Zoelle befreundet", erzählte sie schließlich. „Sie hat gesagt, dass diese ihren damaligen Gatten, also Richard Stone, ausgenommen hat wie einen Thanksgiving-Truthahn. Und zwar mit dieser Sterilitäts-Nummer. Jetzt rate mal, wem die gute Elly, wie ihre Freundin sie nennt, demnächst das Ja-Wort gibt?"

„Wenn ich ein Ratespiel will, schau ich eine Quizshow

im Fernsehen an. Nun sag schon!" Violetta war näher gerückt und lauschte gespannt.

„Ihrem Frauenarzt. Irgendeinem reichen Kerl aus der Upper Class, der auch Spezialist für gut bezahlte Fruchtbarkeitsbehandlungen ist. Oder entsprechende Diagnosen. Er hat immerhin eine eigene Klinik."

„Aber Bella!" Violetta riss die Augen auf. Man konnte förmlich hören, wie es in ihrem Kopf klick machte. „Soll das heißen, Richard geht davon aus, dass er unfruchtbar ist?"

„Könnte gut sein, dass dieser Doc ihm das diagnostiziert hat. Auch wenn es vielleicht gar nicht stimmt", erwiderte Emilia.

„Madonna!" Violetta kippte den Apérol in einem Schluck hinunter. „Und dann kommst du zu ihm und behauptest, du seist schwanger. Kein Wunder, dass er da nicht gleich einen Freudentanz aufführt!"

Erleichtert atmete Emilia aus. Ihre Tante hatte den Zusammenhang sofort umrissen.

Völlig außer sich sprudelte Violetta weiter: „Wenn er also denkt, das Kind kann sowieso nicht von ihm sein, dann… dann…"

Sie suchte nach Worten.

Emilia half aus: „Dann muss er natürlich davon ausgehen, dass ich mit einem anderen ins Bett gestiegen bin und ihm jetzt das Baby unterschieben will, um abzukassieren. Eine andere Erklärung gibt es schließlich nicht."

Alles lag plötzlich glasklar vor ihr. Seine anfängliche, wenn auch verhaltene, Freude, als sie in seinem Büro aufgetaucht war. Er war unsicher gewesen, aber sie hatte in seinen Augen dieses warme Leuchten gesehen, das sie so liebte. Auch wenn er versucht hatte, es zu verheimlichen. Anschließend ihre Eröffnung, dass sie sein Kind erwarte. Damit war sie in seinen Augen zur Betrügerin mutiert. Nicht nur, dass sie mit einem anderen geschlafen hatte, sie wollte auch noch Kapital daraus schlagen. Kein Wunder, dass seine Miene sofort zu Eis gefroren war. Das musste ein Schlag tief unter die Gürtellinie gewesen sein.

„Wie hättest du dich an seiner Stelle gefühlt, Cara?", fragte Violetta.

Emilia schluckte hart.

„Betrogen", presste sie hervor. „Ausgenutzt. Unendlich verletzt."

So wie sie selbst.

Der Schmerz war immer noch da, sie konnte ihn nicht einfach abstellen. Selbst wenn sie jetzt wusste, dass Richard vielleicht gar kein eiskalter Geschäftsmann ohne Herz war. Sie konnte nicht einfach tun, als sei nichts gewesen. Er hatte ihr nicht vertraut, nicht nachgefragt, sondern gleich sein Scheckbuch gezückt. Die Wunden waren zu frisch, sie bluteten noch.

„Warte kurz", sagte Vio, stand auf und ging in die Küche. Dort klirrte sie mit Flaschen herum und kam schließlich mit einem aufgefüllten Glas Apérol zurück, in dem mehrere Eiswürfel schwammen.

„Ich muss noch was trinken, das viele Denken trocknet mich aus", erklärte sie und nahm einen tiefen Schluck.

Als sie das Glas wieder abgestellt hatte, nahm sie Emilias Hand in die ihre und blickte ihr tief in die Augen.

„Lass uns das alles mal zusammenfassen", begann sie. „Richard hatte also mit den abgekupferten Pralinenrezepten gar nichts zu tun. Das war alleine Leroys Machenschaft."

Emilias Hals wurde eng. Sie wusste, worauf ihre Tante mit der nun folgenden Aufzählung hinauswollte: Vio würde ihr wie ein Anwalt in einem dieser alten Gerichtsfilme beweisen, dass Richard in allen Punkten unschuldig war.

Doch wollte sie das überhaupt hören?

Das würde bedeuten, wieder Hoffnung zu schöpfen, die anschließend erneut enttäuscht werden konnte. So war es bisher immer gewesen in ihrem Leben.

Das würde bedeuten, Richard aufsuchen zu müssen,

ihm in die Augen zu sehen, seine Stimme zu hören.

Das würde bedeuten, der Liebe, diesem mächtigsten und doch grausamsten aller Gefühle, mehr Raum zu geben, um am Ende vielleicht wiederum alles zu verlieren, diesem unsäglichen Schmerz noch einmal ausgeliefert zu sein, die Enttäuschung zulassen zu müssen.

Sie konnte das nicht. Nicht noch einmal. Das war zu viel. Oder?

Emilia dachte an Richards Augen, diese einzigartigen Augen.

„Genauso wie die Sache mit dem Haus“, sprach Violetta in ihre Gedanken. „Auch da hatte Leroy seine Hände im Spiel. Dieses verdammte Schwein! Schade, dass ich nicht mehr gelenkig genug bin, sonst hätte ich ihm dort im Laden einen Fußtritt verpasst, und zwar an einer Stelle, wo es richtig weh tut!“

In diesem Punkt war sich Emilia mit Violetta einig. Leroy Sallenger war ein berechnender, herzloser Geschäftsmann, der nur auf seinen eigenen Vorteil bedacht war. Trotzdem war Emilia verunsichert.

„Wir wissen nicht, ob Richard nicht doch dahintersteckt“, widersprach Emilia.

„Bella!“, rief Violetta entsetzt. „Wie kannst du so reden?“

„Ich bin nur realistisch. Ich will mich nicht mehr auf irgendwelche Träumereien einlassen, nie wieder!“

Ihre Stimme war laut geworden.

„Hast du Angst, an seine Unschuld zu glauben?“, fragte Vio und musterte sie mit diesem intensiven Blick, der alles durchdrang.

Emilia krallte die freie Hand in den Sofabezug.

„Ich versuche nur, auf dem Boden der Tatsachen zu bleiben. Luftschlösser bringen doch nur Ärger.“ Emilia wusste überhaupt nicht mehr, was sie glauben konnte, und sie hatte Angst davor, sich wieder verletzbar zu machen, indem sie Gefühle für Richard zuließ.

„Er wurde hereingelegt!“, protestierte Violetta heftig.

„Von dieser Catharina sonstwas, von Leroy und nun glaubt er das auch von dir. Das musst du richtigstellen!"

„Ich muss überhaupt nichts." Trotzig verschränkte Emilia die Hände vor der Brust. Das brachte ihre Tante nun so richtig in Fahrt.

„Er liebt dich, versteh das doch! Obwohl er von dir total enttäuscht ist, wollte er dir das Haus überschreiben."

„Vielleicht will er auch nur, dass diese Samantha nichts von dem Kind erfährt, und so mein Schweigen kaufen!"

„Emilia, es reicht!"

Violetta sprang auf und baute sich vor ihr auf wie eine Furie aus der griechischen Sage. Sogar ihre Haare standen vom Kopf ab, als wollten sie sich jeden Moment in einen Turban aus Schlangen verwandeln.

„Warum weigerst du dich so, ein gutes Haar an ihm zu lassen? Maledetto!"

Emilia schwieg.

Sie wusste, dass sie das ihrer Tante nicht erklären konnte. Für Violetta hatte schon immer nur das Gefühl gezählt. Aber Emilia hatte gelernt, dass das nur zu Enttäuschung und Schmerz führte.

Violetta gab noch nicht auf. Sie fixierte ihre Nichte ganz genau.

„Hast du es denn nicht gespürt, dass seine Gefühle ehrlich waren? Fühle doch mal ganz tief in dich hinein, Bella. Jede Faser von dir hat doch gespürt, dass er dich ernsthaft liebt."

„Meine Fasern haben aber auch die nackte Samantha gesehen, die sich an ihn schmiegte. Wie passt das in deine Theorie?"

Sie sah ihre Tante herausfordernd an.

Violetta schwieg. Sie stand einfach nur da und atmete schwer, das sah Emilia an ihrem Brustkorb. Offensichtlich rang sie mit sich selbst. Sie öffnete mehrmals den Mund, schloss ihn aber wieder, ohne etwas zu sagen.

Erst nach einer ganzen Weile begann sie zu reden, ruhig und ernst.

„Du musst dich entscheiden, Emilia. Willst du weiterhin feige sein und dich hinter deiner Vernunft verstecken, oder hast du den Mut, auf deine Gefühle zu vertrauen? Kopf oder Bauch. Das obliegt alleine dir. Ich werde mich nicht mehr einmischen."

Daraufhin drehte sich Violetta abrupt um und verschwand in ihrem Zimmer.

Emilia starrte ihrer Tante hinterher.

Eins musste man wirklich zugeben – Vio hatte es geschafft, das ganze Chaos durchzustrukturieren und auf drei simple Wörter einzukochen. Kopf oder Bauch.

Emilia saß noch einen Augenblick im Wohnzimmer, verwirrt, ängstlich, unsicher. Was sollte sie nur tun? Nach einer gefühlten Ewigkeit spürte sie, wie bleierne Müdigkeit Besitz von ihr Ergriff. Sie beschloss, ins Bett zu gehen, die Decke über ihren Kopf zu ziehen, sich einzurollen und zu schlafen. Einfach zu schlafen, um nichts mehr denken zu müssen. Mit schlurfenden Schritten ging Emilia in den Flur. Als sie in Richtung Haustür blickte, durchfuhr es sie wie ein Blitz.

Emilia sah Richards Gesicht so deutlich vor sich, als wäre es nur eine Armlänge von ihr entfernt. Alles war plötzlich ganz greifbar - der Schmerz in seinen Zügen, die glanzlos gewordenen Augen, die aufeinandergepressten Lippen.

Ein Zittern ergriff Emilia bei dieser Erinnerung.

Sie wusste nun, warum er darauf bestanden hatte, nicht der Richtige zu sein für sie. Weil er davon ausgegangen war, ihr niemals Kinder schenken zu können. Genau das war es gewesen. An jenem Abend hatte sie im Wohnzimmer das Familienalbum durchgeblättert und begeistert von den Bambini erzählt. Da musste ihm klargeworden sein, dass sie gerne eigenen Nachwuchs haben würde, aber er ihr das nie würde ermöglichen können.

Emilia lehnte sich Halt suchend an die Wand.

Kein Wunder, dass er da so auf Distanz gegangen war!

Er hatte gesehen, wie sehr sie Kinder mochte. So wie auch im Central Park, wo er plötzlich so kühl geworden war.

Fühlte Richard sich als Versager wegen seiner angeblichen Zeugungsunfähigkeit?

Emilia löste sich von der Wand und ging in ihr Zimmer, wo sie sich grübelnd umzog und ins Bett legte.

War seine vermeintliche Sterilität die Ursache dafür, dass er manchmal so zurückhaltend gewesen war? Gar nicht, weil sie in so unterschiedlichen Welten lebten, sondern weil er dachte, ihr keine Familie schenken zu können?

Und genau deshalb wollte er an jenem Abend auch gehen. Ihr zuliebe. Um sie nicht zu enttäuschen, sie nicht an sich zu binden. Auch wenn das für ihn Schmerz und Verzicht bedeutete.

Mit einem Mal brachen all die verdrängten Gefühle für Richard wieder über Emilia herein. Sie überschwemmten sie in einer gewaltigen Woge, die ihr fast die Luft zum Atmen raubte. Ihr Bauch zog sich zusammen und alle Muskeln verkrampften sich, so heftig war die Erinnerung an seine Nähe.

Er war nicht herzlos!

Ganz im Gegenteil, er hatte sich um sie gesorgt. Immer. Mit Oleander und selbst entworfenem Rubinanhänger. Sogar noch nach der Brüskierung in seinem Büro, da hatte er ihr ohne ein Wort des Vorwurfs das Haus überschrieben. Für ein fremdes Kind und einen fremden Mann!

Jeder Gedanke, dass das Berechnung sein könnte, war plötzlich ganz weit weg. Emilia konnte sich nicht wehren gegen die Wucht der Bilder, die auf sie einstürzte. Sein Lachen, als er das Eichhörnchen gefüttert hatte. Seine leicht entsetzte Miene, als Melissa ihn an ihren üppigen Busen gepresst hatte, als wäre er ein verlorener Sohn. Der Anblick seiner nackten Schulter, so perfekt gerundet und maskulin. Der verletzliche Ausdruck auf seinem Gesicht, als sie ihn aus dem Flur hierher in ihr Schlafzimmer dirigiert hatte.

Es war schwer, normal zu atmen. Alles in ihr war mit einem Mal wund.

An Richard zu denken war gleichzeitig schön und immens verletzend. Sie versuchte verzweifelt, die Gedanken zu verdrängen, aber sie waren zu stark. Selbst der Geruch seiner nackten Haut schien in ihr Schlafzimmer zurückzukehren und auch sein leises Flüstern, als er neben ihr gelegen hatte, drang aus allen Winkeln.

Alles in ihr sehnte sich nach ihm.

Nach seinen Fingern in ihrem Haar, nach seinen Lippen auf ihrem Mund, nach seinem Körper, der sich so wundervoll angefühlt hatte.

Ein heftiges Schluchzen entfuhr ihr. Warum musste das Leben nur so kompliziert sein? Warum konnte man diese Dinge nicht einfach verdrängen und vergessen?

Aber sie waren da und ließen sie nicht mehr los.

Emilia presste ihren Kopf ins Kissen. Sie musste schlafen! Vielleicht würden diese Gespenster bis morgen verfliegen. Vielleicht lösten sie sich auf angesichts der ersten Strahlen der Morgensonne.

Aber das taten sie nicht. Als Emilia nach einer kurzen Nacht, in der sie sich noch lange im Bett hin- und hergewälzt hatte, aufwachte, erinnerte sie sich ganz klar an einen Traum: Richard hatte neben ihr gelegen, sich über sie gebeugt und sie sanft wachgeküsst. Wohlig brummend hatte sie sich zu ihm umgedreht und direkt in seine schönen Augen geblickt, die so voll Liebe für sie waren. Sie hatte den Kopf gehoben, seine weichen Lippen auf den ihren gespürt, erst sanft, dann fordernder. Dazu seine Hände, damit beschäftigt, ihren Körper zu erforschen. Ein erstes Stöhnen von Richard kitzelte in ihren Ohren, doch da fuhr plötzlich ein Windstoß durch das Traumbett und eine fremde Stimme drang herein. „Richy, wo bist du den?“, hatte diese Samantha gerufen und war im durchsichtigen Negligé ins Zimmer gekommen.

Verdammt! Nun spielte ihr das eigene Unterbewusstsein schon so arge Streiche!

Emilia schlüpfte aus dem Bett und ging erst einmal unter die Dusche, um richtig zu sich zu kommen.

Das warme Wasser prasselte auf ihren Kopf und sie hoffte, es würde all diese Erinnerungen und Überlegungen mit sich fort spülen. Sie shampoonierte sich mehrmals die Haare, um den Traum herauszuwaschen. Doch es misslang.

Immer deutlicher spürte sie den Wunsch, mit Richard zu reden, ihn zu sehen. Schon allein, um ihre dumme Angst zu besiegen. Emilia war immer stolz gewesen, dass sie vor nichts und niemandem davonlief. Also würde sie Richard aufsuchen und mit ihm sprechen. Streng genommen hatte sie nichts mehr zu verlieren.

Sie stellte die Dusche aus, trocknete sich ab und warf sich in ihren Bademantel. In der Küche traf sie Tante Vio.

„Ich werde zu ihm gehen", sagte Emilia schlicht.

Die Miene der Tante, die um diese frühe Uhrzeit normalerweise nicht gerade freundlich aussah, hellte sich auf, als hätte jemand eine Neonröhre angeknipst.

„Ich wusste, dass du kein Hasenfuß bist", jubilierte sie. „So etwas liegt bei uns nicht in der Familie. Außer bei Alfredo, der macht sich jedes Mal in die Hose, wenn einer vom Finanzamt bei ihm vorbeischaut. Aber ein schwarzes Schaf muss es schließlich geben, nicht wahr?"

„Puh, da habe ich ja Glück, dass dieser Kelch an mir vorbeigegangen ist", erwiderte Emilia und zog eine Pfanne auf den Herd. Sie brauchte dringend ein wenig Stärkung, wenn sie sich nun auf in den Kampf machen wollte. Offenbar kam mit dem gefassten Entschluss endlich auch der Hunger wieder zurück.

„Was wirst du ihm sagen, Cara?"

Um Zeit für eine Antwort zu gewinnen, holte Emilia erst einmal drei Eier aus dem Kühlschrank.

„Ich muss das klarstellen mit der Schwangerschaft",

erklärte sie. „Er soll bei einem vertrauenswürdigen Arzt einen Vaterschaftstest machen lassen, denn ich will auf keinen Fall, dass er mich für eine Betrügerin hält. Aber ich nehme trotzdem kein Geld von ihm!“

„Verstehe. Dir geht es darum, deine Ehre zu retten.“

Emilia nickte, während sie Öl in die Pfanne goss.

„Außerdem muss Richard wissen, wie sein Leroy sich verhält. Okay, vielleicht ist ihm das alles sowieso klar, weil es auf seine Anweisung hin geschieht. Aber falls nicht, sollte er davon erfahren.“

„Brava!“, lobte Vio. „Du bist auf dem richtigen Weg. All diese Dinge gehören ausgesprochen. Sonst erstickt man am Ende noch daran.“

„Oder hat seltsame Träume“, ergänzte Emilia halblaut.

Dummerweise hatte ihre Tante Ohren wie eine Zwanzigjährige.

„Du hast von deinem Richard geträumt? Was Romantisches? Komm, erzähle es einer alten Frau! Schließlich ist das bei mir schon eine Weile her mit dem Knutschen im Kerzenschein.“

„Ach wirklich?“ Schmunzelnd schlug Emilia die Eier auf und verrührte sie. „Was ist mit diesem Archibald, der dir schon mehrmals Blumen geschenkt hat?“

„Du lenkst vom Thema ab!“

„Schon möglich.“

Violetta seufzte theatralisch und stellte schicksalsergeben die Teller auf den Tisch. „Ich träume höchstens von meinem Orthopäden“, sagte sie mit bleischwerer Stimme. „Bei einer Knieuntersuchung. Und der Mann ist ungefähr so sexy wie ein rostiges Wasserrohr. Und genauso starr.“

Emilia musste lachen.

„Sehr viel besser war es bei mir auch nicht, Tantchen. Diese Samantha ist nämlich in meinem Traum aufgetaucht.“

Violetta sah ihre Nichte lange an. Sie schwieg.

Erst als die Rühreier auf den Tellern lagen und Vio ihre

Portion ordentlich mit Tabasco würzte, sagte sie etwas, mit weicher und doch sehr eindringlicher Stimme.

„Vertrau deinem Bauch, Cara."

Anschließend widmete sie sich ihrem Samstagsfrühstück.

*

Emilias Herz klopfte bis zum Hals, als sie die Park Avenue die letzten Meter bis zu Richards Wohnhaus entlangging. Hoffentlich war er zu Hause! Sie hatte natürlich überlegt, ihn vorher anzurufen und einen Gesprächstermin zu vereinbaren. Aber er hätte vielleicht abgelehnt. Oder sie vertröstet auf einen Tag in zwei Wochen, wo sie in seinen Terminkalender passte. Beides war undenkbar, sie wollte Klarheit. Und sie wollte sie jetzt.

Das mit dem Vertrauen auf den Bauch war eine wirklich schwierige Übung. Bei Violetta klang das alles so einfach, aber jetzt, wo Emilia unmittelbar vor dem Eingang des Stone Buildings stand, verspürte sie einen fast übermächtigen Impuls wegzulaufen.

„Nein, ich muss da durch. Ich bin kein Feigling", murmelte sie vor sich hin.

Anschließend zog sie die Schultern gerade und drückte die Tür auf.

Zum Glück saß heute ein anderer Wachmann unter dem riesigen Metall-S an der Wand. Sie nickte ihm freundlich zu.

„Ich werde erwartet", rief sie und steuerte selbstbewusst auf den Aufzug zu. Vorsichtshalber hatte sie für den heutigen Tag ihr Businesskostüm und die eleganten Pumps gewählt. Das machte die Behauptung gleich viel glaubwürdiger.

Der Portier nickte zurück und blätterte eine Seite der Zeitung um, die er gerade las.

Gut so! Da sah man wieder, wie viel das richtige Outfit und Auftreten ausmachte.

Zwei Minuten später schloss sich die Lifttür hinter Emilia. Wenn Richard in der Zwischenzeit die Kombination geändert hatte, stand sie vor einem Problem. Sie hielt die Luft an, als sie die Ziffernfolge ihrer eigenen Hausnummer eintippte. Würden die Zahlen noch funktionieren?

Eine schrecklich lange Sekunde passierte gar nichts. Doch dann ruckelte der Aufzug ganz wenig und anschließend begann die Fahrt bis ganz nach oben ins Penthouse.

Emilia musste schlucken, als der Aufzug langsamer wurde und schließlich anhielt. Wie beim letzten Mal glitten die Türen fast lautlos auseinander und entließen sie in den Flur von Richards Wohnung.

Dort stolperte Emilia fast über zwei riesige Hartschalenkoffer, die direkt vor dem Lift standen. Offenbar stand wieder eine Geschäftsreise an.

Bevor sie sich sammeln und seinen Namen rufen konnte, hörte sie Schritte näher kommen. Die Augen der Frau, die in den Flur einbog, weiteten sich.

„Sie?", fragte sie und klang äußerst verärgert. „Wie kommen Sie hier herein?"

„Ich möchte Richard sprechen", presste Emilia hervor.

Samantha, die heute vollständig bekleidet war mit Jeans und Karobluse, ganz leger, zog die Brauen zusammen.

„Er ist nicht hier. Wie sind Sie überhaupt hier rauf gekommen? Ich sollte wirklich den Wachdienst rufen, so geht das nicht!"

Emilias Hände wurden feucht. Am Ende hatte sie sich noch strafbar gemacht wegen Hausfriedensbruch oder so etwas, weil dieser dämliche Aufzug mitten in der Wohnung hielt. Sie musste Farbe bekennen.

„Richard hat mir die Kombination für den Lift gegeben", erklärte sie. „Es ist meine Hausnummer. Deshalb habe ich sie mir gemerkt."

In Samanthas Gesicht regte sich plötzlich etwas. Wo gerade noch absolute Verärgerung zu sehen gewesen war, entstand nun ein Ausdruck der Überraschung.

„Du bist Emilia?“, fragte sie und kam einen Schritt näher. „Ich bin Samantha Stone. Richy hat mir viel von dir erzählt. Magst du einen Kaffee? Bis zu meinem Flug habe ich noch kurz Zeit.“

Völlige Verwirrung ergriff Emilia. Die beiden waren verheiratet? Aber wieso redete er mit seiner Frau über sie und warum war diese Samantha mit einem Schlag so freundlich?

Wie in Trance folgte sie ihr in eine helle Küche mit Stehtisch, an dem ein paar hohe Barhocker standen.

„Wie hast du meinen Bruder eigentlich kennengelernt?“, fragte Samantha, während sie einen teuren Vollautomat einschaltete. „Espresso oder Cappuccino?“ fügte sie noch hinzu.

„Espresso“, antwortete Emilia ganz automatisch. „Du bist seine Schwester?“

Das änderte natürlich alles!

„Hab keine Angst, ich wohne nicht hier. Ich bin eigentlich auf der ganzen Welt zu Hause. Meine Wohnung ist in London, aber ich reise gern herum. Richard nennt mich gerne seine „Jetset-Sister“. Da ist etwas Wahres dran. Heute fliege ich nach Indien, Meditationstrip.“

Sie warf ihre honigblonde Mähne über die Schulter und lachte. Wenn man genau hinsah, konnte man den dunklen Ansatz erkennen. Und auch die Form der Nase und der Lippen wiesen Ähnlichkeit mit Richard auf.

Ganz plötzlich ergab alles einen Sinn. Die Anrufe der ominösen Samantha, die Tatsache, dass Richard Emilia nie zu sich nach Hause eingeladen hatte. Es passte mit einem Mal zusammen.

„Dann hast du ihn hier nur besucht?“, fragte Emilia und nahm dankbar die kleine Tasse entgegen. Sie schnupperte. Der Geruch war in Ordnung, nicht mehr abstoßend, wie so oft in den letzten Tagen.

„Ich wohne immer bei ihm, wenn ich in New York bin. In das Haus meiner Eltern kriegen mich keine zehn

Pferde. Die nehmen es mir übel, dass ich mich nicht um die Firma kümmere, aber das ist einfach nichts für mich", sprudelte die Frau heraus. Sie war ganz offensichtlich eine Person, die gern redete.

Doch nun hielt sie ein und musterte Emilia. Ihr Ton veränderte sich, als sie sprach.

„Was ist passiert mit euch?", fragte sie und ließ Emilia nicht aus den Augen.

„Wie meinst du das?"

„Richard war völlig hin und weg von dir. Er redet normalerweise nie über seine Bekanntschaften, aber von dir hat er mir erzählt. Dass du so bodenständig bist und dir ganz andere Dinge wichtig sind als allen anderen Frauen, die er kennt. Er hat sogar von besonderen Erfahrungen geredet – einem Hotdog, wenn ich mich richtig erinnere?"

Emilia musste lachen.

„Wir waren im Central Park. Er hat Eichhörnchen gefüttert."

„Das passt zu meinem Bruderherz!" Samantha trank ihren Espresso. „Aber dann – er war mit einem Mal völlig niedergeschlagen. Sprach nichts mehr, aß fast nichts. Ich erkannte ihn echt nicht wieder. Er ging kaum noch in die Firma, saß stundenlang im dunklen Wohnzimmer und starrte vor sich hin. Ewig lief die gleiche CD, irgend so ein Liedermacher mit seltsamen Namen. Ich habe mir wirklich Sorgen um ihn gemacht!" Sie schüttelte leicht den Kopf.

„Aber vielleicht wird ja alles leichter für euch, wenn er erst einmal in der Firma entlastet wird. Wobei, ich habe kein gutes Gefühl dabei. Noch dazu wegen Leroy."

Emilias Nackenhaare stellten sich auf, jeder einzelne ihrer Muskeln verkrampfte sich. War Richard ihretwegen so bedrückt gewesen?

Samantha sprach weiter. Sie war wirklich ein einziger Wasserfall.

„Richard hat wohl immer wieder versucht, dich anzurufen. Ist sogar zu deinem Laden gefahren. Was hast du, eine Bäckerei oder so ähnlich? Na, jedenfalls wurde er immer verzweifelter, als du dich nicht gemeldet hast."

Emilia fühlte einen tiefen Stich in der Brust. Trotzdem überging sie Samanthas Bemerkung. Sie wollte etwas anderes wissen.

„Was meinst du mit ‚Entlastung'? Worum geht es denn dabei?"

„Richard will raus aus der Firma. Jetzt im Augenblick sitzt er mit Dad und den anderen Schlipsträgern zusammen. Sie kümmern sich um eine ‚Neuverteilung der Verantwortlichkeiten', so nannte unser Vater es. Leroy wird sich freuen, wenn er künftig als Geschäftsführer eingesetzt ist. Dann kann er endlich schalten und walten, wie er will. Ich mag diesen schmierigen Kerl ja nicht, aber Dad hält große Stücke auf ihn."

„Was?" Emilia war völlig entsetzt. „Sallenger soll Geschäftsführer werden? Das ist ja fürchterlich!"

„Warum? Kennst du ihn?"

„Allerdings! Der Kerl hat mich beklaut. 'Dolce Vita', diese neue Sommerpralinenkollektion von ‚Sweet Temptation', sind meine Rezepte. Er war noch bei mir im Laden und hat damit angegeben, dass er bei den Süßwaren in der Firma freie Hand hat!"

Samantha neigte ihren Kopf interessiert zur Seite.

„Hast du Beweise?", fragte sie.

„Ich… nun ja, einige der Pralinen sind seit Jahren in meinem Angebot, ist das Beweis genug?", fragte Emilia.

Samantha grinste. Plötzlich riss sie ihr Handgelenk hoch, sah auf die Armbanduhr und sprang vom Barhocker auf.

„Komm!", befahl sie. „Wenn wir uns beeilen, schaffen wir es noch, bevor alle Verträge unterschrieben sind. Und ich fahre dann eben von dort aus weiter zum JFK Airport."

Sie schob die beiden Koffer in den Lift, warf sich ihre Handtasche über die Schulter und rief gleich aus dem Aufzug den Portier an, er solle ein Taxi bestellen.

„Ohne mich kommst du nicht ins Firmengebäude",

erklärte sie der überraschten Emilia. „Ich habe irgendwie das Gefühl, du musst einiges mit Richy besprechen. Es gab wohl eine Menge Missverständnisse zwischen euch."

Emilia nickte. „Oh ja, das denke ich auch!"

*

Das Geschäftsgebäude von „Sweet Temptation" war wie ausgestorben. Ein Wachmann stand etwas verloren im Empfangsbereich herum. Als er Samantha sah, richtete er sich merklich auf.

„Guten Tag, Miss Stone! Schön, Sie zu sehen." Seine Stimme hallte in dem leeren Raum wieder.

Samantha winkte dem Mann flüchtig zu und zog Emilia zu den Fahrstühlen. Sie hielt ihre Karte gegen den Scanner und die Aufzugtüren öffneten sich sofort.

Emilias Herz zersprang fast in ihrer Brust. Dieser Moment war einer der aufregendsten ihres Lebens. Hoffentlich würde Richard sie anhören. Und hoffentlich kamen sie nicht zu spät. Wenn alles schon unter Dach und Fach wäre, dann… Sie wollte gar nicht daran denken.

Die kurze Fahrt mit dem Aufzug kam Emilia vor wie eine Ewigkeit. Jetzt, wo sie sich entschlossen hatte, mit Richard alles zu besprechen, konnte sie den Augenblick ihres Wiedersehens kaum noch erwarten.

„Komm, hier entlang!" Samantha rannte fast den Flur hinunter, was Emilia nur recht war.

Vor einer imposanten Flügeltür blieb Samantha stehen. Auf beiden Seiten prangte das unübersehbare goldene S des Stone-Konzerns. „Da wären wir."

Samantha hielt ihre Schlüsselkarte gegen einen Scanner neben der Tür. Ohne anzuklopfen, öffnete Samantha beide Flügel weit. Keine Frage, Samantha hatte einen Hang zum Theatralischen. Als sie einen Schritt in den Saal machte, erstarb das Gespräch, das dort gerade in Gang war.

„Samantha, du in diesen heiligen Hallen?" Eine für Emilia unbekannte Stimme, kräftig, triefend vor Ironie.

„Was machst du denn hier? Hast du den Weg zum Flughafen nicht gefunden?“

„Guten Tag, Vater. Nein, keine Sorge. Zum Airport finde ich im Schlaf. Aber ich glaube, vorher müssen wir etwas klären.“

Emilia, die ein kleines Stück hinter Samantha zurückgeblieben war, trat jetzt auch vor.

In der Mitte des riesigen Zimmers stand ein imposanter Besprechungstisch, an dessen Stirnseite ein kleines Grüppchen Menschen versammelt war. Da war Leroy Sallenger, ein triumphierendes Grinsen im Gesicht. Neben ihm saß ein etwas betagterer Herr, sehr aufrecht, ebenfalls im Anzug. Er war eine ältere Version Richards. So eindeutig sein Vater, wie er es nur sein konnte. Die gleichen feinen und dennoch maskulinen Gesichtszüge, derselbe Mund. Richard, in einem dunklen Anzug mit lila Krawatte, sah irgendwie mitgenommen aus. Er hatte sichtlich an Gewicht verloren. Neben Richard saß Donalds, sein persönlicher Assistent, den Emilia schon im Vorzimmer kurz getroffen hatte, als sie in Richards Büro gewesen war. Auch er trug heute Vollmontur: Anzug, Krawatte, Gelfrisur.

Am Tischende stand eine junge Frau. Ihr grauer Hosenanzug passte perfekt ins Bild. Das musste die Anwältin sein. Sie sah jedenfalls wie eine Anwältin aus, stand sehr aufrecht, perfekte Frisur, perfekt gestylt. Eine Frau, die so leicht nichts aus der Ruhe brachte, hochprofessionell.

Samantha betrat den Raum souverän und ging mit langen Schritten auf die Dame zu.

„Ich glaube, wir kennen uns noch nicht. Samantha Stone.“ Sie schüttelte der Frau die Hand.

„Rebecca Miller, ich bin die Juristin. Schön, Sie kennenzulernen.“ Die Anwältin lächelte angespannt.

„Oh, und das hier ist Emilia. Emilia, das ist mein Dad. Die anderen Anwesenden kennst du, oder? Hier haben wir Leroy, Richy und Jason Donalds.“

Richard starrte Emilia an. Er hätte nicht überraschter sein können. Emilia nickte in die Runde. Ihre Knie fühlten sich sehr wackelig an. Sie spürte Richards Blick, der auf ihr lag.

„Sam, was soll das?“ Emilias Vater war eindeutig verärgert. „Ich weiß, dass du vom Business keine Ahnung hast, aber du kannst nicht während eines so wichtigen Geschäftstermins einfach hier auftauchen und noch dazu eine Fremde mitbringen. Es ist besser, wenn du und die Dame jetzt gehen.“

„Aber ich habe etwas Wichtiges zu sagen!“ Emilias Stimme klang ruhig und fest. So leicht würde Emilia sich nicht abwimmeln lassen.

„Dann vereinbaren Sie doch einen Termin mit der Geschäftsführung.“ Richards Vater zeigte auf die Tür. Doch Richard griff ein.

„Nein, sie muss keinen Termin machen, Vater. Wenn sie etwas zu sagen hat, dann lass sie sprechen.“ Er war – wenn das überhaupt möglich war – noch entschlossener im Ton als sein Vater.

„Ich glaube, Ihr Dad hat Recht, Richy, das ist nicht der richtige Augenblick, um…“ Sallenger mischte sich ein. Er hatte kleine Schweißtröpfchen auf der Oberlippe. Seine Hände fuhren unruhig über die Tischplatte. Die Situation war ihm sichtlich unangenehm.

„Ich heiße Richard. Und noch habe ich hier etwas zu sagen. Also: Emilia, bitte sprich.“

Emilias Gedanken fuhren Achterbahn. Vorhin war alles noch ganz klar gewesen. Jetzt wusste sie gar nicht, wo sie anfangen sollte. Sie zögerte. Dann fing Richards Blick den ihren ein und sie spürte wieder festen Boden unter ihren Füßen.

„Wusstest du, dass ‚Global Invest‘ das Haus in der 16. Straße gekauft hat, in dem ich meine Konditorei habe?“, begann sie.

„Nein. Ich habe es erst viel später herausgefunden. Leroy hier ist mit den Immobilienangelegenheiten vertraut.

Wir tätigen so viele Geschäfte in diesem Bereich…“ Richard zuckte mit den Schultern. Sein Vater unterbrach ihn.

„Wo soll das hinführen? Ich möchte keine Zeit vertrödeln. Miss Miller hat die Unterlagen schon bereit.“ Richards Vater sah demonstrativ auf seine Armbanduhr, ein protziges, goldenes Schmuckstück.

Die Anwältin hatte einen ganzen Stapel Papiere am Tischende vor sich ausgebreitet.

„Dad, das ist meine und Emilias Angelegenheit. Bitte halt dich raus, ja? So viel Zeit haben wir.“ Richards Ton war hart. Der Blick seines Vaters verriet pure Überraschung.

Richard wandte sich wieder Emilia zu.

„Als mir klar wurde, dass deine Existenz wegen ‚Global Invest‘ bedroht ist, habe ich dir das Haus geschenkt. Jetzt hast du eine Sorge weniger, nicht wahr?“ Er sah ihr fest in die Augen. Sein trauriger Blick verriet, wie verletzt er war. Das Strahlen und die Wärme, die Emilia so viel bedeuteten, waren restlos verschwunden.

Emilia schüttelte den Kopf. „Nein. Ich habe das Geschenk nicht angenommen. Hat Sallenger dir meine Nachricht nicht übermittelt?“ Emilia spuckte Leroys Namen angewidert aus. „Ich will weder dein Geld noch das Haus! Mir war nur wichtig, dass du von deiner Vaterschaft weißt.“ Emilia war laut geworden. Sie spürte, wie Tränen in ihre Augen stiegen. Mit einer ärgerlichen Handbewegung wischte sie sie weg. Das Letzte, was sie wollte, war, von ihren Gefühlen übermannt zu werden. Bevor jemand etwas sagen konnte, fuhr sie fort.

„Bitte, erfülle mir nur einen einzigen Wunsch, wenn dir auch nur ein winziges bisschen an mir liegt: Mach einen Vaterschaftstest! Ich weiß, wer der Vater meines Kindes ist. Du solltest dir auch sicher sein!“

„Nett, wieder jemand, der unser Bestes will. An wie viel Geld hatten Sie denn gedacht?“ Richards Vater klang tatsächlich ein wenig amüsiert, als er sich neuerlich einmischte.

„Hör auf damit, Vater! Wie ich schon sagte: Das hier ist meine Angelegenheit. Ich wünsche, dass du dich da raushältst. Bitte respektiere das!“ Richard war laut geworden.

Samantha hatte sich an den Tisch gesetzt und auf den Stuhl neben sich gezeigt. Emilia nahm Platz. Richard wandte sich indessen an Sallenger.

„Leroy, warum haben Sie es nicht für nötig befunden, mich über Emilias Entscheidung zu informieren, das Haus nicht anzunehmen?“

Leroy wurde blass.

„Nun, ich… Es waren so viele wichtigere Angelegenheiten und da…“

„Wichtigere Angelegenheiten also? Haben Sie mich erlebt in den letzten Wochen? Wie mies es mir ging?“ Der Ärger in Richards Ton war nicht zu überhören.

Sallenger nickte widerstrebend.

„Dann haben Sie die Menschenkenntnis einer brasilianischen Kakaobohne! Wie konnten Sie glauben, dass ich über Angelegenheiten, die meine Situation mit Emilia betreffen, nicht in Kenntnis gesetzt werden wollte?“ Richard schrie jetzt fast. Seine Augen glitzerten vor Wut.

Mr. Stone Senior hob besänftigend die Hände. „Müssen wir wirklich über ein kleines Anwesen in Downtown Manhattan sprechen?“

„Es geht doch darum, wie Leroy Geschäfte handhabt, Vater! Hinter meinem Rücken.“

„Aber ich dachte…“ Leroy konnte seinen Satz nicht zu Ende bringen, denn jetzt redete Samantha dazwischen. „Erzähle von den Pralinen, Emilia!“

Alle außer Sallenger, der seine Fingernägel inspizierte, sahen Emilia aufmerksam an. Sie holte tief Luft. Dann begann sie, die ganze Geschichte zu erzählen.

„Ich bin Konditorin und stelle eigene Pralinen her.“ Erst kamen die Worte zögernd. Doch dann berichtete sie von ihrem Geschenk für Sallenger, als sie versucht hatte, ihr Geschäft zu retten. Und wie sie dann auf „Dolce Vita" gestoßen war – eine exakte Kopie ihrer eigenen Kompositionen.

„Und da Leroy Sallenger für die Süßwaren zuständig ist, wie er mir gesagt hat, gehe ich davon aus, dass er es war, der die Rezepte ohne meine Erlaubnis kopiert hat. Richard hat Sallenger freie Hand im Süßwarensektor gelassen. Leroy nannte ihn einen Käsefresser, der von nichts Ahnung hat", schloss sie ihre Ausführungen.

„Stimmt das so?" Richards Vater hatte sich Leroy zugewandt.

„So arbeiten Profis, nicht wahr? Das Business ist nun mal hart, wie Sie selbst immer sagen. Und glauben Sie mir, Chef, die Sachen sind gar nicht übel geworden." Leroys Selbstbewusstsein schien grenzenlos. Zufrieden hatte er eine Hand auf seinem Bauchansatz abgelegt, offensichtlich auf ein dickes Lob wartend.

„Profis?" Das Gesicht des alten Mr. Stone war rot geworden.

„Ja, natürlich. Marktforschung betreiben, Gutes finden und es selbst produzieren." Sallenger klatschte in die Hände. Er lachte schrill.

Richards Vater starrte Sallenger mit weit aufgerissenen Augen an. „Kann es sein, dass Sie die Firmenphilosophie des Stone Konzerns in all den Jahren nicht verstanden haben?"

Leroy war irritiert. Sein Lachen erstarb abrupt.

„Ich habe immer nur zu Ihrem Besten gehandelt, Sir! Damals die Rumkugeln, oder diese Chocolate-Marshmallow-Bites vorletztes Jahr – das waren alles Verkaufsschlager."

Stone Seniors Atem ging schwer. Er lockerte seine Krawatte und schnappte nach Luft. Augenscheinlich hatte es ihm die Sprache verschlagen.

„Zu unserem Besten?" Richards Hände zitterten. Man sah, dass es ihn unglaubliche Mühe kostete, nicht die

Beherrschung zu verlieren. „Wir sind ein Unternehmen, das auf Werte und Traditionen baut! Wie können Sie Plagiate als unsere Ideen ausgeben? Das ist nicht, wofür ‚Sweet Temptation' steht, geschweige denn der gute Name Stone! Ich dulde solche beruflichen Praktiken nicht!"

Richard schlug mit seiner flachen Hand auf den schweren Eichentisch.

Vater und Sohn schauten einander an. Unmerklich nickte Stone Senior seinem Sohn zu.

Richard war aufgestanden und zeigte auf die riesigen Flügeltüren. „Verschwinden Sie, Leroy! Wer sich so verhält, kann keine Führungsaufgaben in unserem Konzern übernehmen."

Doch Sallenger wollte nicht so leicht aufgeben.

„Es sind doch nur ein paar Pralinen. Industriell gefertigt werden sie sowieso ein wenig anders schmecken als von dem kleinen Flittchen da." Leroy zeigte mit dem Kinn auf Emilia.

Alle horchten auf bei Sallengers Wortwahl. Sogar ihm selbst schien klar, dass er damit weit über das Ziel hinausgeschossen war. Richard sah aus, als ob er gleich platzen würde. Doch bevor er das Wort ergreifen konnte, stand auch sein Vater auf. Er hielt sich an der Tischkante fest und man sah, dass sein souveräner Auftritt ihn Kraft kostete.

„Mister Sallenger, ich stimme mit Richard in jeder seiner Aussagen überein. Bitte verlassen Sie das Gebäude. Ich möchte Sie nicht mehr sehen. In unserem Unternehmen ist kein Platz für Sie. Sie können von Glück reden, wenn die taffe junge Dame hier Sie nicht verklagt!"

Noch immer saß Leroy Sallenger auf seinem Stuhl. Nicht bereit, aufzugeben.

„Aber Sir…"

„Habe ich mich nicht deutlich genug ausgedrückt? Hauen Sie ab!"

Donalds war jetzt auch aufgestanden. Er hatte die ganze Zeit über schweigend zugehört, doch sein

Gesichtsausdruck verriet eindeutig, was er von Sallenger hielt.

Die Anwältin mischte sich ein. „Da Sie vor Zeugen die Plagiatsvorwürfe eingeräumt haben, dürfte es auch vor Gericht wirklich schwierig für Sie werden. Ich meine nur, im Fall des Falles…“ Die Juristin deutete ein eisiges Lächeln an.

Langsam stand Leroy Sallenger auf. Er schob seinen Stuhl zurück. Ohne sich umzuschauen ging er in Richtung Tür. Auf Emilias Höhe blieb er kurz stehen und zögerte. Auch heute war sein Parfum überwältigend. Doch dann ging er weiter und verließ wortlos den Raum. Emilia war mehr als erleichtert, als er endlich verschwunden war.

Zurück blieb zunächst nur betroffene Stille, bis sich die Anwältin räusperte.

„Darf ich davon ausgehen, dass sich unser Meeting hiermit erledigt hat?“, fragte sie in die Runde.

„Nein. Ich möchte trotzdem geschäftlich weniger eingebunden sein. Gerade jetzt, wo…“ Richard schaute zu Emilia hinüber. Der Anflug eines Lächelns huschte über sein Gesicht. Emilia erwiderte kurz seinen Blick, bevor sie die Augen niederschlug. Sie konnte sich Richards Zauber einfach nicht entziehen. Ihr wurde schlagartig warm und sie fragte sich, ob Richard Stone für immer diese Wirkung auf sie haben würde. Der Gedanke war schön und beängstigend gleichermaßen.

„Lassen Sie uns kurz eine Pause machen, ja? Ich glaube, wir haben ein paar Angelegenheiten zu diskutieren.“ Richards Vater setzte sich wieder und nahm einen Schluck Wasser. Die Anwältin wusste, was zu tun war. Sie nickte und verließ mit zügigen Schritten das Besprechungszimmer.

„Möchten Sie auch etwas trinken, Emilia?“ Der alte Mann schaute zu ihr. Sie stellte überrascht fest, dass sie ihn mochte. Er wirkte nicht wie der Tyrann, den sie sich vorgestellt hatte. Ein tougher Geschäftsmann durch und durch, das ja. Aber Emilia glaubte, noch mehr in ihm zu sehen. Vielleicht, weil er Richard optisch so ähnlich war.

„Gern.“ Stone Senior goss auch für Emilia ein Glas Wasser ein. Samantha hatte sich schon selbst bedient.

Keiner wusste so recht, was er mit der Situation anfangen sollte, bis Richards Vater das Wort ergriff.

„Danke, dass Sie hier waren, Emilia. Ich bin mir sicher, dass es kein leichter Gang für Sie war, nach allem, was ich gerade gehört habe… Offensichtlich haben Sie uns heute sehr weitergeholfen.“ Stone Senior lächelte Emilia zu.

Emilia fragte sich, ob der Seniorchef der Firma deshalb so freundlich war, weil er tatsächlich eine Klage fürchtete. Doch dann entschied sie sich, auf ihren Bauch zu hören. Richards Vater hatte sich einfach nur bedankt. Und sie würde den Konzern ohnehin nicht verklagen. Wenn ihr Baby noch eine Chance auf einen guten Start mit seinem Vater haben sollte, war eine Klage keine Option.

„Ich… Danke. Ich bin gerne gekommen.“ Und das stimmte. Emilia war unendlich erleichtert, weil alle Unklarheiten ausgeräumt worden waren. Sie trank ihr Wasser in einem Zug leer, erst jetzt realisierend, wie durstig sie gewesen war.

Noch immer herrschte in dem Besprechungsraum bedrückende Stille. Der Schock über Sallengers wahres Gesicht saß tief und Emilia glaubte auch zu spüren, dass sie jetzt wirklich fehl am Platze war.

„Ich geh dann mal.“ Emilia stand auf. „Dann können Sie Ihre geschäftlichen Belange in Ruhe klären.“

Sie nickte in die Runde. Samantha zwinkerte ihr zu. Als Emilia in Richtung Tür ging, kam Richard ihr nach.

„Können wir draußen noch kurz reden?“ Wieder dieser tiefe Blick, mitten in ihr Herz. Emilia nickte. Richard ging voraus, um ihr die Tür aufzuhalten. Er dirigierte sie in Richtung seines Büros. Schweigend gingen die beiden nebeneinander her.

In seinem Büro deutete Richard auf einen der Stühle an seinem Besprechungstisch und setzte sich schräg gegenüber. Emilia und Richard sahen einander an, noch immer, ohne etwas zu sagen.

„Ich werde also Vater?“, fragte Richard schließlich nach einer gefühlten Ewigkeit. Er schien gar nicht aufhören zu können, Emilia zu fixieren.

„Ja...“ Endlich bot sich die Gelegenheit, ihm zu sagen, was über Catharina-Zoelle herumgetratscht wurde. „Eine Kundin von mir war neulich da und hat eine Torte für eine Verlobungsparty in Auftrag gegeben. Und zwar für eine Bekannte, die ihrem Ex mit Hilfe eines Freundes, der eine Fertility-Klinik leitet, vorgegaukelt hat, dass er unfruchtbar sei. Diese Freundin heiratet jetzt wieder, eben diesen Arzt. Der Name der Frau ist Catharina-Zoelle Monroe.“

„Meine Ex-Frau!“, entfuhr es Richard. Er strich sich mit den Händen übers Gesicht. „Sie hat mir das alles vorgespielt mit der Sterilität? Und sich mit diesem Quacksalber zusammengetan? Ich fasse es nicht.“

Emilia nickte. „Es sieht zumindest so aus. Wenn du also einen Fruchtbarkeitstest machen lassen willst, dann gehst du lieber zu einem anderen Mediziner. Einem neutralen und verlässlichen.“

Richard brauchte einen Augenblick, um diese neuen Informationen zu verdauen. Doch dann griff er nach Emilias Hand und hielt sie fest. Seine Augen strahlten. Er lächelte Emilia an, wie nur er es konnte, auf diese einzigartige Weise, die ihr sofort das Gefühl gab, zu Hause zu sein. Langsam schüttelte er den Kopf.

„Nein. Ich werde keinen Test machen lassen. Manchmal sollte man einfach auf sein Gefühl vertrauen, nicht wahr?“

Richard strich Emilia so sanft über die Wange, als wären seine Finger Federn.

„Ich bin so froh, dass du heute hierhergekommen bist.“ Richards Stimme klang unfassbar zärtlich. Emilia konnte einfach nicht anders. Sie beugte sich zu ihm vor, bis sie seinen Atem spürte. Ganz langsam, fast zögerlich, küsste sie Richard auf die Lippen. Sie roch Erde, Bergamotte und Heimat. Ihr Herzschlag beschleunigte sich, als Richard ihren Kuss erwiderte. Seine Lippen schmeckten süßer als jede Praline, die sie in ihrem Leben gekostet hatte. Wie sehr sie diesen Augenblick ersehnt hatte!

Endlich fühlte sich alles richtig an. Richard zog Emilia auf die Füße und schloss sie fest in seine starken Arme. Sie fühlte die Geborgenheit, die sie in den letzten Wochen so sehr vermisst hatte.

Richard. Ihr Richard. Emilia schloss ihre Arme fest um seine Taille. Richards Lippen waren an ihrem Ohr.

„Ich liebe dich, Emilia. Dich und unser Kind“, flüsterte er.

Emilia schossen Tränen in die Augen. Endlich durfte sie sich gehenlassen und musste einmal nicht stark sein. Das Gefühl, am Ziel ihrer Träume zu sein, all das zu haben, was sie noch nicht einmal zu wünschen gewagt hatte, war überwältigend.

Vorsichtig probierte sie die Worte aus, die sie schon so lange empfand.

„Ich liebe dich auch“, flüsterte sie. Richard zog Emilia noch fester an sich. Und Emilia ließ sich einfach in die Umarmung mit Richard fallen, mit ganzem Herzen.

Endlich, endlich waren sich ihr Bauch und ihr Kopf einmal in einer Sache einig.

# 19. Schafskäse Oliven Focaccia

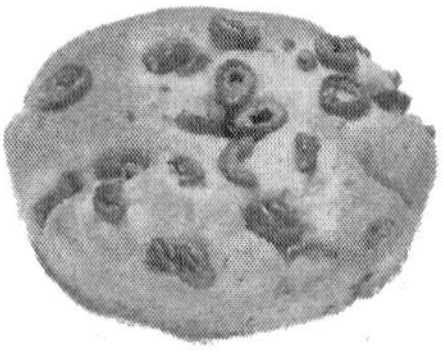

*Deftiges Fladenbrot aus Ligurien, mit schwarzen Oliven, Schafskäse und Rosmarin gewürzt*

Auf der Oberfläche des Flusses tanzten unzählige kleine Lichter. Es waren winzige Reflexionen der frühen Abendsonne, die die Silhouette der gegenüberliegenden Hochhäuser warm beleuchtete. Das leise Plätschern der Wellen, wenn ein Schiff oder Boot vorüber zog, vermittelte ein Gefühl von Urlaub. Selbst der Verkehrslärm der Straße, die auf der anderen Seite der Bäume verlief, drang nur ganz gedämpft herüber.

Hier im Hudson River Park, einem schmalen Grünstreifen am Rand von Manhattan, atmete die Millionenstadt New York in einem viel behäbigeren Tempo. Die Hektik der Fifth Avenue, der Trubel am Rockefeller Center, die Betriebsamkeit der Wall Street – all das war nicht spürbar. Familien schoben bunte Kinderwagen den Weg entlang, Jugendliche trafen sich zum Minigolf auf der benachbarten Anlage, Angler warfen ihre Köder aus und saßen dann so ruhig auf ihrem Klappstuhl, dass man glauben könnte, sie entzögen sich jedem Zeitbegriff vollständig.

Selbst der Geruch der City war verändert, statt nach Autoabgasen roch es an diesem Ort nach Barbecue und Salzwasser.

Emilia blickte einer Möwe hinterher, die suchend ihre Runden über den Rand des Flusses zog. Ihre Hand schloss sich um die Finger von Richard, der neben ihr stand, aber nicht auf das Wasser schaute, sondern nur in ihr Gesicht.

„Es war wie immer eine gute Idee von dir, in einen Park zu gehen", sagte er und lächelte. Richard trug ein langärmliges Shirt und eine Jeans. Er sah wahnsinnig gut und wahnsinnig normal aus. Bei seinem Anblick schlug Emilias Herz sofort schneller.

„Eigentlich war es eher Violettas Vorschlag", erwiderte sie. „Sie wollte unbedingt ein Picknick machen. Natürlich nur, wenn du dabei bist."

Emilia lachte und drehte sich zu ihrer Tante um, die gerade den perfekten Platz für die Picknickdecke aussuchte. Während Richard in seiner Freizeitkleidung zum Anbeißen lässig aussah, wirkte Vio, als wäre sie auf dem Weg in die Oper. Mit dem bodenlangen Organzarock, dem silbernen Oberteil und ihrem unvermeidlichen Hut hätte man ihr auch in der Met sofort alle Türen aufgehalten. Unvergleichlich stilvoll ließ sie sich auf der ausgebreiteten Decke nieder.

Sie winkte die beiden heran.

„Ich weiß", rief sie, „ihr ernährt euch nur von der Liebe, aber ich für meinen Teil könnte einen Bissen vertragen."

Richard legte den Arm um Emilias Schulter, drückte ihr einen federleichten Kuss auf die Stirn und schlenderte mit ihr zusammen auf die Rasenfläche zu. Er schaffte es mit jedem Kuss aufs Neue, ihr das Gefühl zu geben, etwas ganz Besonderes zu sein. Emilia genoss seine zärtlichen Berührungen in dem Wissen, dass sie ihn fast verloren hätte, umso mehr. Die Beziehung mit Richard war ein wunderschönes Geschenk und machte ihr Leben vollständig.

Nachdem sie sich neben Violetta niedergelassen hatten, sah Emilia ihre Tante und Richard an.

„Sagt mal, was habt ihr denn vorhin getuschelt?" Als Emilia etwas verspätet im Park ankam, hatten Richard und Violetta sehr verdächtig die Köpfe zusammengesteckt, das war ihr nicht entgangen. „Ihr heckt doch etwas aus!“

„Ach was.“ Violetta machte eine wegwischende Handbewegung. „Du bist zu misstrauisch, Cara. Lass doch einer alten Frau ein kleines, unwichtiges Geheimnis. Hast du mir ein paar Grappa-Pralinen eingepackt in deine schicke Kühltasche?“ Tante Violetta war eine lausige Lügnerin. Sie warf Richard einen Blick zu und senkte dann die Augen.

„Ja, ich habe dir Pralinen mitgebracht, keine Sorge“, antwortete Emilia. Sie wollte die schöne Stimmung nicht kaputt machen. Bald würde die Sonne untergehen, dazu kam ein fantastischer Blick über den Fluss und die milde Abendstimmung – alles war perfekt.

„Und für dich habe ich Auberginenaufstrich gemacht, und einen mit Peccorino, den magst du sicher gern.“ Emilia strahlte Richard an.

„Oh, ich habe dir auch etwas Besonderes mitgebracht“, sagte er.

Gespannt beobachtete Emilia, wie er eine Plastikbox aus dem riesigen Rucksack, der neben ihm stand, nahm und ihr überreichte. Als sie den Deckel anhob, kam ihr ein unglaublicher Duft entgegen.

„Das riecht ja großartig. Wo hast du es gekauft?“, fragte sie und tatsächlich lief ihr das Wasser im Munde zusammen.

„Es ist ein Focaccia-Brot. Ich habe es selbst gebacken. Mit einer Hand voll Oliven und viel Fetakäse. Hoffentlich ist es essbar.“ Richard wirkte etwas verlegen und wurde rot.

Emilia schüttelte lachend den Kopf. „Du bist wirklich immer für eine Überraschung gut. Wie wäre es, wenn wir dein Focaccia gleich mal probieren? Ich habe einen Bärenhunger.“

Sowohl Vio als auch Richard nickten. Emilia breitete eine Serviette aus und brach sich ein Stück des würzigen Brotes ab. Es schmeckte mindestens genauso gut wie es roch. Richard hatte dem Teig offenbar noch Kräuter beigefügt und sogar eine schöne Kruste hinbekommen.

Der Park war gut besucht an diesem Sonntag. Bunte Picknickdecken schienen überall aus dem Boden gewachsen zu sein, ein Dackel flitzte mit wehenden Ohren einem Frisbee hinterher und jemand lachte. Emilia fühlte sich mehr als wohl. Ein paar Meter weiter saß ein Mann mit Dreadlocks im Schneidersitz, hielt eine abgewetzte Gitarre und spielte leise vor sich hin.

Seine Songs erinnerten Emilia an den gemeinsamen Abend beim Nobelfranzosen und sie lächelte bei der Erinnerung an den Zauber, den der erste Abend versprüht hatte. Als Richard sich zu ihr herüber beugte, um sie erneut zu küssen, und sie mit seinen strahlend blauen Augen ansah, war Emilia sicher, dass auch er daran dachte, wie sie dort im Lokal getanzt hatten, eng ineinander verschlungen.

Violetta saß wie eine Königin auf der Decke. Sie hatte sich ein Stück des Focaccias abgebrochen und öffnete gerade den Reißverschluss der kleinen Kühlbox, um die Brotaufstriche herauszunehmen. Voller Wohlwollen beobachtete sie die Verliebten.

Emilia und Richard schienen in ihrer ganz eigenen Welt versunken, als sie sich zum wiederholten Mal tief in die Augen sahen.

„Habe ich es dir nicht gesagt, Cara? Richard ist der richtige Mann für dich. Das wusste ich gleich. Es lohnt sich, auf seine Gefühle zu hören." Tante Violetta strahlte.

Richard hatte den Arm um Emilia gelegt und ihre Hand ruhte auf seinem Oberschenkel. Er nickte Vio zu.

„Die Kiste Prosecco hat dazu sicher auch beigetragen", erwiderte Emilia grinsend.

„Ach wo, ich bin doch nicht bestechlich!" Violetta biss herzhaft in das Focaccia. Genussvoll verdrehte sie die Augen. „Emi, der Mann kann auch noch backen", stellte sie fest und steckte den Rest des Brots in ihren Mund. Dann reichte sie auch Emilia ein Stückchen Focaccia, das sie mit dem Peccorino-Dip bestrichen hatte.

Die Kombination war wirklich eine Geschmacksexplosion.

„Vielleicht solltet ihr bei ‚Sweet Temptation' statt nur Süßigkeiten herzustellen mal über eine Backwarenserie nachdenken. Mir scheint, da hättest du das größte Talent! Eine ‚Salty Temptation', sozusagen." Emilia hielt Richard ihren Auberginenaufstrich entgegen, dazu reichte sie ihm ebenfalls ein Stück des Focaccias.

„Man könnte darüber nachdenken." Richard schmunzelte. „Aber jetzt will ich ja erst einmal kürzertreten. Besonders, wenn dann das Baby kommt."

Richard beugte sich vor und streichelte sanft über den noch nicht vorhandenen Babybauch von Emilia.

„Habt ihr denn schon einen Geschäftsführer gefunden?", fragte Violetta.

Richard schüttelte den Kopf. „Noch nicht. Mein Vater und ich haben uns darauf geeinigt, dass ich fünf Mitarbeiter auswähle, die wir dann erst einmal eine Weile beobachten." Er wandte sich an Emilia. „Du erinnerst dich an Donalds? Er ist einer davon. Sehr fähig und ein Mann, der um die Ecke denken kann. Das mag ich."

Emilia nickte und tunkte ihr Brot erneut in den Peccorino-Aufstrich.

„Ja, der war richtig nett. Ein Mensch mit Herz."

Richard zog eine große Flasche Wasser und ein Dr. Pepper aus seinem Rucksack. Emilia hatte in den vergangenen Tagen ein seltsames Gelüst auf süße Limonaden entwickelt. Alkohol war wegen der Schwangerschaft ohnehin tabu. Sie griff dankbar nach der Flasche und trank einen großen Schluck des prickelnden Zuckerwassers.

Violetta, Richard und Emilia saßen auf der Wiese und ließen sich das Picknick schmecken. Richard hatte wirklich an alles gedacht und neben dem Brot auch noch andere Spezialitäten mitgebracht. Er wollte „seine Damen", wie er sagte, ein wenig verwöhnen. Es gab Parmaschinken, eingelegtes Gemüse, Mozzarella Caprese mit

Büffelmozzarella, zuckersüße Weintrauben, eine kleine Auswahl italienischer Käse – und Emilias Brotaufstriche.

Die Dämmerung setzte allmählich ein und das Wasser des Hudson glitzerte im schwindenden Licht, als wäre seine Oberfläche aus flüssigem Gold. Der junge Gitarrist mit den Dreadlocks spielte „Wonderful Tonight“ von Eric Clapton und sang mit rauer Stimme dazu. Ein historisches Boot fuhr langsam in ihre Richtung.

„Kommst du mit ans Wasser, Emilia? Da hinten kommt die ‚Frying Pan‘. Sie war früher ein Leuchtschiff. Das musst du dir einfach anschauen, sie hat eine irrsinnig interessante Geschichte.“ Richard war aufgesprungen und hatte Emilia seine Hand hingehalten. „Äh, kommst du auch, Violetta?“

„Oh nein.“ Violetta winkte ab. „Ich bin für alte Kähne nicht besonders zu begeistern. Außerdem haben wir sowieso alles Wichtige besprochen, nicht wahr? Ihr beiden süßen Turteltäubchen könnt sicher ein wenig Privatsphäre brauchen. Ich werde noch einen kleinen Abendspaziergang machen.“ Vio stand auf, schwungvoll wie ein junges Mädchen. Sie zwinkerte Richard zu. Dann streckte sie ihm die Hand zum Abschied hin. Anschließend drückte sie Emilia fest an sich.

„Hör auf dein Herz, Cara! Vergiss das nicht“, raunte sie ihr ins Ohr. Bevor Emilia fragen konnte, was ihre Tante jetzt schon wieder meinte, löste die sich aus der Umarmung, zog ihre Zigarettenspitze aus ihrer paillettenbestickten Handtasche und machte Anstalten zu gehen.

Die letzten Töne von „Wonderful Tonight“ verklangen und ein paar Menschen klatschten. Auch Violetta stimmte mit ein. „Bravo!“, rief sie sogar laut und lachte. Dann wandte sie sich ab und stolzierte in Richtung Uferpromenade davon.

Emilia blickte ihr grinsend hinterher.

„Wollen wir, Emilia?“, fragte Richard in ihre Gedanken hinein und griff wieder nach ihrer Hand. Die Lichter des abendlichen New York tauchten die Szene in warmes, romantisches Licht und spiegelten sich im Wasser. Das historische Boot zog langsam vorbei. Wenn Richard Emilia etwas über die Leuchtschiffe der Vergangenheit hatte erzählen wollen, so war ihm der Gedanke daran entfallen. Das verliebte Paar stand an der Uferbrüstung, eng umschlungen, und schaute schweigend auf den Hudson. Ein kleiner Junge, der ein Stückchen weiter weg stand, warf seine Angelschnur ins Wasser. Er war so niedlich mit seinen dunklen Locken und dem konzentrierten Gesichtsausdruck. Seine Welt war ganz offensichtlich noch voller Wunder.

Emilia dachte an ihr eigenes Kind. Sie freute sich jetzt so sehr auf das kleine Wesen, das sie und Richard für immer verbinden würde. Ihre Hand fand den Weg zu der winzigen, noch fast unsichtbaren Rundung ihres Bauches. Richard sah Emilias Bewegung und legte seine Hand auf die ihre. Dann beugte er sich zu Emilia herüber und küsste sie zärtlich.

„Was hat eigentlich Violetta gemeint damit, dass ihr alles besprochen hättet?“, fragte Emilia schließlich, als ihre Lippen sich von Richards lösten.

Richard musste lachen. „Dir entgeht wirklich nie etwas, oder?“

„Selten.“ Emilia lachte auch.

Richard wurde ernst. „Deine Tante hat mir etwas mitgebracht.“

Emilia blickte Richard fragend an.

„Warte kurz hier.“ Mit schnellen Schritten eilte er zu ihrer Decke und wühlte in seiner Tasche. Dann lief er zu dem Gitarristen. Er redete mit ihm und deutete auf Emilia. Der Mann nickte, grinste und stand auf. Gemeinsam kamen die beiden Männer zurück.

Der junge Musiker stellte sich mit einem Stückchen Abstand zu Emilia und Richard auf. Er begann leise ein Lied zu spielen. Es war „I will do the breathing“ von Matt the Electrician. Das Lied, das ihren ersten Abend mit

Richard zu einem der schönsten ihres Lebens gemacht hatte. Emilia spürte, wie ihre Augen sich mit Tränen der Rührung füllten. Richard griff nach ihren Händen und fing ihren Blick auf. Es fühlte sich an, als würde er ihr mitten ins Herz blicken. Seine Augen hielten sie. Fest. Alles war Liebe.

Als er ihre linke Hand losließ, um in seine Hosentasche zu greifen, sah sie, dass seine Finger zitterten. Er holte ein kleines Schächtelchen heraus und versuchte, einhändig den Deckel aufzubekommen, ohne Emilia loszulassen.

Fast fiel die Schachtel zu Boden. Richards Atem ging stoßweise. Sein Brustkorb hob und senkte sich, als würde er nach Luft schnappen.

Emilia legte die Finger ihrer freien Hand auf die seine. Richard schaute erneut in Emilias Richtung. Ihrer beider Augen fanden einander wieder und Richard atmete tief ein. Schlagartig wurde er ruhiger und der Deckel klappte auf wie von selbst.

In der Schachtel lag ein silberner Ring mit einem roten Rubin, passend zu den Ohrringen und der zauberhaften Kette Richards.

„Den Ring hat Violetta mir gegeben. Sie sagt, er bringt uns Glück. Wenn du ihn annimmst. Also, wenn du mich nimmst…"

Richards sonst so starke, tiefe Stimme war zu einem rauen Flüstern geworden und schließlich erstorben. So verletzlich wie in diesem Augenblick hatte Emilia ihn noch nie gesehen.

Sie konnte nichts sagen, überwältigt von der Welle an Emotionen, die in diesem Augenblick über sie hinweg schwappte. Stattdessen warf Emilia sich in Richards Arme und konnte nicht aufhören, ihn zu küssen. Richard war alles, was sie wollte. Das wusste sie einfach. Als die letzten Töne des Liedes von Matt verklangen, trug sie Daves Ring am Finger. Er passte perfekt, wie für sie gemacht.

Kurz schweiften Emilias Gedanken zu Violetta, der guten alten Violetta, die ihr den Weg zu Richard geebnet hatte – und die bestimmt schon ein Kleid in einem ihrer zahllosen Brautmodenmagazine für sie entdeckt hatte, eines, in dem Emilia aussehen würde wie ein Sahnebaiser.

Tante Vio hatte am Ende Recht behalten. Es gab tatsächlich eine Sache, der Emilia vertrauen konnte: ihrem Bauch. Genau das hatte sie vor zu tun. Jetzt, morgen und jeden Tag, an dem die Sonne über den New Yorker Dächern aufging.

ENDE

Habt Ihr Lust bekommen auf ein Wiedersehen mit Emilia, Violetta und anderen Figuren aus dem Roman?
„Sweet Temptation – Ein Milliardär zum Anbeißen" ist der Auftakt unserer Reihe **„New York Lovestorys"**.
Jedes Buch ist eine in sich abgeschlossene Geschichte, aber Ihr werdet trotzdem einigen alten Bekannten begegnen. Genaue Termine für die Veröffentlichungen stehen noch nicht fest, aber wir werden uns beeilen, logicamente!
Wir würden uns sehr freuen, wenn Ihr mal reinschaut.

Jetzt geht es erst einmal weiter mit den versprochenen Rezepten:

**Mrs. Hannigan-Flynns Gesundheitstipp: Vegane Brownies**

Für ein halbes Blech Vegane Brownies (ergibt ca. 9 Stück)

- 250g Mehl
- 200g Zucker
- 50g gemahlene Mandeln
- 30g gehackte Mandeln
- 200g grob gehackte Zartbitterkuvertüre
- 60g Kakaopulver
- 1TL Backpulver
- 1Prise Salz
- eine Prise Nelken
- 100g Apfelmus
- 40g Öl
- 150ml Hafermilch

Alle Zutaten außer der Kuvertüre miteinander vermengen. Die Zartbitterkuvertüre im Wasserbad schmelzen und hinzufügen. Alles miteinander verrühren. In eine mit Margarine oder Öl gefettete, kleine Backform geben.
Bei 160 Grad für 25 Minuten backen.

Empfehlenswert gegen freie Radikale, gegen vorzeitige Hautalterung und vor allem gut für die Laune.

**Sandys Favourites: Peanutbutter Cookies**

150g Butter oder Margarine
200g Peanutbutter
Je 150 g Zucker weiß und braun
1 Ei
250g Mehl
1 TL Backpulver
Knapp ¼ TL Salz

Alle Zutaten verrühren, mit dem Löffel Häufchen aufs Blech setzen oder Kugeln formen und flachdrücken.
Bei 200 Grad backen, bis sie hellbraun sind. Dann haben sie einen herrlich weichen Kern. Wer mag, kann für den besonderen Biss noch Erdnüsse in den Teig geben.

Eine süße Leckerei mit leicht salziger Note.

**Richards verliebter Backversuch: Schafskäse-Oliven-Focaccia**

1 Würfel Hefe
1 TL Zucker
400 g Mehl
100g Hartweizengrieß
1 TL Salz
2 EL Oliven, kleingeschnitten
100 ml lauwarmer Weißwein oder Traubensaft
100ml + 50 ml Olivenöl
1 EL + 1 EL Rosmarinnadeln
200g Schafskäse, gewürfelt

Hefe zerbröckeln, mit warmem Wasser und Zucker glattrühren, 10 min ruhen lassen.
Mehl, Grieß, Salz, 1 EL Rosmarin und Oliven mischen, mit Wein, Öl, Hefewasser verrühren, 10 min kneten, danach 1 Stunde ruhen lassen.
Den Teig auf ein Blech mit Backpapier geben, die Käsewürfel hineindrücken, 30 min gehen lassen.
Mit feuchten Fingern Mulden in den Teig drücken, mit 50 ml Öl beträufeln, mit Rosmarin und Salz bestreuen.

Bei 220 Grad 15-20 Minuten backen und noch lauwarm genießen, am besten bei einem Picknick in netter Gesellschaft

**Violettas beschwipster Traum: Tiramisu Cupcakes**

200 g Mehl, 1 TL Backpulver
2 Eier, getrennt
1 EL Amaretto
60 ml Kaffee
150 g Zucker

Für die Creme:
2 Eigelb
3 Teelöffel Zucker
1 Esslöffel Amaretto
200 g Mascarpone
Raspelschokolade

Mehl und Backpulver mischen. Eier trennen, die Eigelbe mit dem Kaffee und dem Amaretto verrühren, bis die Mischung cremig wird. 100 g Zucker dazu geben und so lange rühren, bis eine dicke Masse entstanden ist. Das Eiweiß steif schlagen und die restlichen 50 g Zucker langsam zugeben. Drei Esslöffel der Mischung in die Eigelbmasse geben und verrühren. Nun die Mehlmischung über die Eigelbmasse sieben und unterheben. Den Eischnee zugeben und ebenfalls vorsichtig unterheben.
Den Teig in das gefettete Muffinblech füllen und für ca. 20 Min. bei 200 Grad backen und abkühlen lassen. Mit einer Gabel mehrere Löcher in die Muffindecke stechen und jeden Muffin dann mit einem Esslöffel Amaretto tränken.

Nun für die Mascarponecreme die zwei Eigelbe mit dem Zucker verrühren bis dieser sich aufgelöst hat und die Masse schön hell und cremig ist. Dann den Amaretto und den Mascarpone unterrühren.
Die vorbereiteten Muffins mit einem Spritzbeutel mit Sterntülle damit verzieren. Die Cupcakes mit Schokoladenraspeln bestreuen.
Ein alkoholisches Gedicht!

**Emilias Nervennahrung: Coconut Pecan Crunchies**

50 g Kokosflocken
1 TL brauner Zucker
200 g Nüsse (je nach Lust und Laune Walnuss, Haselnuss, Pecan)
2 EL Cornflakes
1 Prise Zimt und Nelken
Ein paar Tropfen Rum oder Rumaroma
400g Kouvertüre oder Schokolade (Vollmilch oder weiß)

Die trockenen Zutaten in einer Schüssel mischen. Schokolade im Wasserbad schmelzen, unter die anderen Zutaten geben und verrühren.
Kleine Häufchen auf ein Blech mit Backpapier setzen und 2 Stunden erkalten lassen.

Eine knusprige Leckerei mit Suchtfaktor!

Für mehr Rezepte, Fotos und Infos besucht uns doch auf unseren Facebookseiten:
https://www.facebook.com/k.koenicke/
https://www.facebook.com/lotteroemerschreibt

**Karin Koenicke**

Von Karin Koenicke sind weitere 6 Bücher auf Amazon erhältlich.
Vielleicht wollt Ihr die chaotische Pia kennenlernen, die sich tapfer mit einer Menge Abenteuer herumschlägt?

In „Domina aus Versehen“ wird sie durch einen Zufall (und aufgrund eines Schoko-Gurken-Kuchens) Herrin über eine Horde Online-Sklaven und sucht im Gemüseladen nach Mister Right.

In der Fortsetzung „Einen Cowboy küsst man nicht“ verschlägt es Pia in den wilden Westen, wo sie sich mit einem Lasso beweisen muss und es nicht nur mit 400 Longhorns, sondern auch mit einem arroganten Cowboy zu tun bekommt.

**Lotte Römer**

Von Lotte Römer sind folgende Bücher erschienen:

Rattenscharfe Nachbarn: Ein skurriler Roman über die Irrungen und Wirrungen der Nachbarschaft – und die kuriosen Wege der Liebe.

Babybauchgefühle: Ein witziges Buch über das Kinderhaben und das Kinderkriegen.

13805773R00218

Printed in Poland
by Amazon Fulfillment
Poland Sp. z o.o., Wrocław